# 〈インターネット〉の次に来るもの

未来を決める12の法則

ケヴィン・ケリー

NHK出版

# THE INEVITABLE

Understanding the 12 Technological Forces That will Shape Our Future

by Kevin Kelly

目次／CONTENTS

※本文中の（ ）は原注、〔 〕は訳注、
［ ］内の数字は巻末注があることを示す。

# はじめに

私が13歳のとき、父がニュージャージー州のアトランティック・シティーで開催されているコンピューターの展示会に連れていってくれた。それは1965年のことで、アメリカで最も頭脳明晰なIBMのような企業が作っている、部屋の大きさほどもある機械《マシン》を見て、父は興奮していた。彼は進歩を信じていて、初期のコンピューターは彼の想像する未来を垣間見させてくれるものだったのだ。私はといえば、当時の典型的な十代の子どもらしく、まったくガッカリさせられた。展示会場を埋め尽くしたコンピューターを見るのは退屈だった。何エーカーにもわたって、四角い金属の箱がただ並んでいた。ディスプレーの付いているものは1台もない。音声を入出力できるものもない。それらのコンピューターができる唯一のことは、折り重なった紙に何行にもわたってわけの分からない数字を印刷することだけだった。SFの熱心な読者だった私は、コンピューターについてはよく知っていたし、それからすると、これらは本物のコンピューターではなかった。

1981年になって、ジョージア大学の科学関係の研究室で働くことになり、そこでアップルIIというコンピューターに触れるチャンスがあった。緑と黒で表示される小さなスクリーンが付いていて、テキストを表示できたが、私はこのコンピューターにもまたガッカリした。それはタイプライターよりはましで、数字からグラフを作ったりデータを追跡記録したりするすごい機能があったが、本物ではなかった。私の人生を大きく変える代物ではなかったのだ。

しかしそれから数カ月して、同じアップルIIにモデムを付けて電話につないだとき、私の意見は完全に変わった。突然、すべてが違ったものになった。電話のジャックの向こう側にはまるで宇宙のようなものが出現し、それは巨大でほとんど無限に思えた。オンラインの掲示板があり、実験的な電話会議システムがあり、それはインターネットと呼ばれていた。電話線の向こうに開けた世界は、広大であると同時に人間のスケール感に合ったものだった。それは有機的ですばらしいものに思えた。それは人々とマシンを個人的に結び付けていた。私は自分の人生がまるで別のレベルに飛び上がった気がした。

いま振り返ってみると、コンピューターの時代は、それらが電話につながれるまで、本格的には始まっていなかったのだ。コンピューターが一台だけあっても無力だった。コンピューターのもたらしてきたすべての効果は、１９８０年代初頭にコンピューターが電話と結び付いてお互いが融合し、強固な複合体になって初めて現れたものだ。

その後30年にわたって、コンピューターの計算能力とコミュニケーション・テクノロジーの融合は広がり、速度を増し、開花し、進化していった。このインターネットとウェブ、モバイルの融合したシステムは、最初は社会の端っこにあったが（１９８１年にはほとんど無視されていた）、グローバル化した現代社会の中心へと躍り出た。過去30年にこのテクノロジーに支えられた社会の経済状況は山あり谷ありで、さまざまなヒーローが現れては去っていったが、その背景にはもっと大きなトレンドがあった。

重要なのは、この大きな歴史的な流れがいまだに健在で進化していることで、それはこのトレンドが今後数十年ずっと増大し続けることの強い確証にもなっている。いまのところ、その流れを頓挫させそうなものは前方には見えていない。犯罪や戦争、われわれの行き過ぎた行為ですら、この同じ流れのパターンに従っているからだ。本書では、今後30年を形作ることになる12の不可避なテクノロジーの力について述べることにする。

「不可避」というのは強い言葉だ。避けられないものなど何もないと考える人なら、難色を示すだろう。彼らに言わせれば、テクノロジーのトレンドは人間の意志の力や目的意識によって曲げたりねじ伏せたりしてコントロール可能だし、そうできなくてはならない。だから、「不可避」というと、自由意思を放棄して逃げ出す話に聞こえるのだ。とりわけ本書で紹介するような見栄えの良いテクノロジーについて不可避という考え方を提示すると、そうした運命決定論への反発はより強烈なものになるだろう。「不可避」を定義する一つの方法としては、古典的な巻き戻し型の思考実験がある。歴史のテープを巻き戻し、文明の始まりからこれまでを何度も再生してみると、強い意味での不可避論では、何度それを繰り返しても2016年には結局、十代の子どもが5分おきにツイートしている、という現在に帰着する。私が意味しているのはそうではない。

私は不可避ということを、もっと違う形で捉えている。テクノロジーの性質そのものに、ある方向に向かうけれど他の方向には行かないという傾向《バイアス》がある。つまり均質な条件なら、テクノロジーを規定する物理的・数学的な法則は、ある種の振る舞いを好む傾向があるのだ。基本的にこうした傾向は、テクノロジー全体を規定する集合的な力として存在し、個々のテクノロジーやその状況には影響を与えない。例えば、ネットワークのネットワークとして世界に広がったインターネットそのものは不可避だが、われわれがどんな種類のインターネットを選んだかはその限りではない。それは非営利でなく商業的に、世界規模でなく国ごとに、公共のものでなく私的なものになっていたかもしれない。声のメッセージを遠くに送る電話は不可避だが、アイフォンはそうではない。四輪車そのものは不可避だが、SUVは違う。インスタントメッセージは不可避だが、5分おきにツイートすることはそうではない。

5分おきにツイートすることは、違う意味でも不可避ではない。われわれはあまりに早く変化していて、新しい機能を発明する速度がそれを文明に取り入れる速度を超えてしまっている。あるテクノロジーが出現すると、それが何を意味するものか、それを飼い馴らすためにどういうマナーが必要かという社会的な同意ができるまでに、10年はかかっている。これから5年の間に、かつて携帯電話がどこでも鳴り響かないように対処したように（バイブレーターやサイレントモードで）、ツイートする場合もそれにふさわしい場所とマナーができるだろう。このように、テクノロジーを使い始めた頃の反応はすぐに消えていくもので、別に本質的でも不可避でもない。

ここで私が話しているデジタル世界の不可避とは、ある慣性の結果生じたものだ。つまり、テクノロジーの移り変わりには慣性が働いている。過去30年間にデジタルテクノロジーを形成してきた強い潮流は、これから30年間さらにしっかりと広がっていくだろう。それは北米に限らず、全世界にわたってだ。本書が紹介する事例はアメリカ合衆国のものだが、それはよく知られているというだけで、それと同じような事例はインド、マリ、ペルー、エストニアでも容易に見つけることができるだろう。デジタルマネーの本当の主導者は、電子マネーがときとして唯一の通貨となるアフリカやアフガニスタンだ。モバイルの共有アプリの開発に関しては、中国が他の地域のはるか先を行っている。文化によってそれらが進歩したり遅れて現れたりすることもあるが、その底流としてある力は普遍的なものなのだ。

ここ30年、私はオンラインの世界で生きてきて、最初はパイオニアとして、その後はこの新しい大陸を築く役割の一部を担ってきた経験を基に、不可避であると私が自信を持って言えるのは、それがテクノロジーの深い部分での変化から来るものだからだ。ハイテクの新製品たちは、そうした底流の上で日々キラキラと輝いている。デジタル世界のルーツは、ビットと情報、ネットワークの持つ物理的欲求と自然の性質に根差している。どの場所にあろうとも、どの集団や政治形態でも、ビットとネットワークのこうした基本的構成要素が繰り返し同じような結果を生み出すだろう。そうした不可避さは、内在する基礎的な物理法則から来る。本書では、そうしたデジタル・テクノロジーのルーツに光を当てようと思う。次の30年のトレンドが、そこから持続的に生み出されていくからだ。

こうした変化すべてが歓迎されるわけではない。既存産業はこれまでのビジネスモデルが働かなくなりつまずくことになるだろう。あらゆる職業が消えて、中には生活に支障が出る人々もいるだろう。新しい職業ができてもそれが均質に普及することはなく、やっかみや格差も生じるだろう。ここで紹介するトレンドが拡大し続ければ、それは法の想定を超えようとし、法による保護の範囲を逸脱して、違法な領域にまで踏み入るだろう。デジタル・テクノロジーはもともとボーダーレスなので、国境で騒動を起こすことになる。信じられないほどの利点に加えて、心を痛めるような事件や紛争や混乱も生じるだろう。

デジタル世界に躍り出てくる突き抜けたテクノロジーに遭遇すると、まずはそれを押し戻したいという衝動に駆られるかもしれない。止めるか、禁止するか、拒否するか、少なくとも利用しづらくするのだ（一つの例として、インターネットが音楽や映画を簡単にコピーできるようにすると、ハリウッドや音楽業界はあらゆる手でコピーを阻止しようとした。だがそのかいもなく、顧客の中に敵を作るだけに終わった）。不可避なものを阻止しようとすれば、たいていはしっぺ返しに遭う。禁止は一時的には最良の策であっても、長期的には生産的な結果をもたらさない。

　それより、目を見開いて警戒しながらも利用する方がずっと上手くいく。私が本書を書いた意図は、デジタルによる変化のルーツを明らかにすることで、それを取り込めるようにするためだ。その性質が目に見えれば、逆らうのではなく、それと一緒に動いていける。大量のコピー問題はなくならない。大規模な情報のトラッキングや全体的な監視状況は変わらない。所有はなくなっていく。バーチャル・リアリティー（ＶＲ）はリアルになっていく。人工知能（ＡＩ）やロボットが改良され、新しい仕事を生み出すのと同時にわれわれの仕事を奪うことは阻止できない。それは最初に感じた衝動に反するかもしれないが、われわれはそれらのテクノロジーを取り入れていかなくてはならない。テクノロジーを妨害することなく、協働することによってのみ、その果実を得ることができるのだ。いっさい手出しをするなと言っているのではない。生まれてくる発明が実際に（つまり可能性としてでなく）害悪にならないように、われわれは法的、技術的な手段によって制御する必要がある。個々の性質に合わせて、文明化し手なずける必要もある。ただそうするためには、まずは深く関わり、手を出して試してみて、警戒しながらも受け入れていく必要がある。例えばウーバー〔Uber〕のようなタクシーのサービスを規制することはできるかもしれないが、サービスが分散化することは不可避であって、それを禁止するようなことはできないし、あってはならない。そうしたテクノロジーは、どうやっても消えることはないのだ。

　変化は不可避だ。われわれはやっと、ほとんどが目に見えない形ではあるものの、すべてのことが変異し変化を被っていることを理解し始めている。最も高い山々もゆっくりと削られて足元から消えていき、この惑星のどんな動植物も非常にゆっくりと何か別のものに変異していく。天文学的な時間から見れば、永遠に輝いているように見える太陽も、われわれが滅びたずっとのちには消えていくだろう。人間の文化や生物学的身体でさえ、こうした感知できないほどのゆっくりとした、新しい何かに向かう流れの一部なのだ。

現在の生活の中のどんな目立った変化も、その中心には何らかのテクノロジーが絡んでいる。テクノロジーは人間性を加速する。テクノロジーによって、われわれが作るものはどれも、何かに〈なっていく《ビカミング》〉プロセスの途中にある。あらゆるものは何か他のものになることで、可能性から現実へと攪拌《かくはん》される。すべては流れだ。完成品というものはないし、完了することもない。決して終わることのないこの変化が、現代社会の中心軸なのだ。

常に流れているということは、単に「物事が変化していく」以上の意味を持つ。つまり、流れの原動力であるプロセスの方が、そこから生み出される結果《プロダクト》より重要なのだ。過去２００年で最大の発明は、個別のガジェットや道具ではなく、科学的なプロセスそのものだ。ひとたび科学的な方法論が発明されれば、それなしでは不可能だった何千ものすばらしいものをすぐに創れるようになる。方法論として常に変化し進歩するというプロセスは、ある特定のプロダクトを作り出すより１００万倍も優れ、おかげで何世紀にもわたって１００万もの新しいプロダクトを生み出してくれた。現行のプロセスを正しく使えば、それは今後も利益を生み出していくだろう。われわれの新しい時代には、プロセスが製品《プロダクト》を凌駕するのだ。

プロセスへと向かうこうした変化によって、われわれが作るすべてのものは、絶え間ない変化を運命づけられる。固定した名詞の世界から、流動的な動詞の世界に移動していく。今後30年で、形のある自動車や靴といった物は、手に触れることのできない動詞へと変化していくことになるだろう。プロダクトはサービスやプロセスになっていくだろう。テクノロジーを高度に取り込んだ自動車は交通サービスに変わり、その素材を常に最新のものにアップデートすることで、ユーザーの使い方にすぐに適応し、フィードバックし、競合しながらイノベーションを起こして使い込まれていく。それが自動運転か自分で運転するかにかかわらず、この交通サービスは常に柔軟で、カスタマイズされ、アップデートされ、他とつながり、新しい利便性をもたらすものになる。靴も完成されたプロダクトではなく、われわれの足の拡張として再定義する終わりのないプロセスが続く。それは例えば使い捨ての足カバーだったり、歩くごとに変形するサンダルだったり、靴底が入れ替わるものだったり、靴の代わりに動く床だったりするだろう。「靴をはく」という言葉は、その行為を指すのではなくサービスになる。手で触れられないデジタル世界では、静的で固定されたものなど何もない。すべては、〈なっていく〉のだ。

この絶え間ない変化の上に、現代の破壊的進歩が成り立っている。いまに続く多様なテクノロジーの力を渡り歩いてきた私は、それらの変化を、アクセシング、トラッキング、シェアリングといった12の動詞に分類してみた。それらは正確には動詞ではなく、文法的には現在進行形という、連続した行動を表現する。こうした力があらゆる行動を加速しているのだ。

こうした12の連続した行動の一つひとつがいまのトレンドとなり、少なくとも今後30年は続いていくことを身をもって示し続けている。私はこうしたメタレベルのトレンドを「不可避」と呼ぶ。というのはそれらが社会ではなくテクノロジーの性質に根差したものだからだ。これらの動詞は、新しいテクノロジーに現れるあるバイアスを表している。そのバイアスも、すべてのテクノロジーに共通するものだ。われわれは創造主としてテクノロジーを選別し、その舵取りに責任を担っているものの、テクノロジーにはコントロールの及ばない性質がたくさんある。個々のテクノロジーのプロセスは、それに固有の結果を好む。例えば工業プロセス（蒸気機関、化学プラント、ダムなど）は、人間が快適と思えないほどの温度や圧力の環境を好むし、デジタル・テクノロジー（コンピューター、インターネット、アプリなど）は、手軽にどこでも増殖する傾向がある。工業プロセスの高圧で高温な環境にかかるバイアスは、文化や社会や政治的背景とは関係なく、製造現場を人間の周りから離し、大規模で、中央集権型の施設を作る。容易にどこでもコピーできるデジタル・テクノロジーにかかるバイアスは、国や経済の慣性、人間の欲望などとは無関係に、テクノロジーを社会の隅々にまで行き渡らせていく——これはデジタルのビットの中にもともと焼き込まれたバイアスなのだ。この両者の例では、われわれはテクノロジーが向いている方向に耳を傾けることで、その基本的な傾向に合わせた期待や規則やプロダクトを作ることができ、そのテクノロジーの恩恵を最大限に引き出すことができる。バイアスの進む方向へわれわれが寄り添うことで、複雑さを管理し、恩恵を最適化し、個別のテクノロジーの持つ害悪を減らすことが簡単にできるようになる。本書の目的は、これら最新のテクノロジーに作用する傾向を集めて、その軌跡を目の前に並べてみることだ。

　これらの生成する動詞は、近い将来にわれわれの文化に起こるメタレベルの変化を表している。つまり、すでにいまの世界を動かす大まかなアウトラインとなっているのだ。私はそれらのうち、どれが来年とか数年後に花開くと予測するつもりはないし、ましてやどの企業が勝つとも予想しない。こうした個別の話は流行やファッション、市場の動向によって決まるので、まるで予測ができないものなのだ。しかし今後30年間に起きるプロダクトやサービスの一般的なトレンドについては、いまでも見えている。その基本形は、いままさに世界中に行き渡りつつある新しいテクノロジーの方向性に根差している。この広範で動きの速いテクノロジーのシステムは、文化の進む方向を少しずつ確実に曲げていくことで12の力を増幅させるのだ——ビカミング（なっていく）、コグニファイング（認知化していく）、フローイング（流れていく）、スクリーニング（画面で見ていく）、アクセシング（接続していく）、シェアリング（共有していく）、フィルタリング（選別していく）、リミクシング（リミックスしていく）、インタラクティング（相互作用していく）、トラッキング（追跡していく）、クエスチョニング（質問していく）、ビギニング（始まっていく）。

各章に一つの単語を当てはめたが、それらは単独で働く動詞ではない。どちらかというと、互いがかなり重なり合い、相互依存しながら互いを加速させていく。一つの単語について話すときに、同時に他の単語について話さないわけにはいかない。シェアリングが増えることでフローイングが増え、かつそれに依存することになる。コグニファイングにはトラッキングが必要になる。スクリーニングはインタラクティングと分けられない。ここで挙げた動詞たちはリミクシングされ、すべての動きはビカミングというプロセスの変形だ。それはあらゆる動きの統一された場となるのだ。

これらの力は軌跡を示しているのであって、運命を告げているわけではない。われわれが結局どこにたどり着くのかは予測してくれない。ただ、近い未来に不可避的に向かう方向を示してくれるのだ。

# 1. BECOMING
ビカミング

60年もかかったが、私は最近になってやっとある啓示を得た。それは、どんなものも例外なく、そのままの形を維持するためには、付加的なエネルギーや秩序が必要だということだ。そのことは、有名な熱力学の第2法則、つまり万物は徐々に壊れ去っていくという形で抽象的には知っていた。これに気づいたのは、年を取った悲哀からではない。ずっと昔から、石や、鉄の柱、銅のパイプ、砂利道、紙といった最も無機質な物でも、注意して直したり、新たな秩序を加えたりしてやらないと長くはもたないことは学んでいた。存在するということは、主にメンテナンスをするということなのだ。

最近になって驚いたことは、無形のものでさえ不安定だということだ。ウェブサイトやソフトウェアのプログラムをずっと運用することは、ヨットをきちんと走行させるようなものだ。それはあたかも人の注意を無尽蔵に吸い込むブラックホールのようだ。ポンプのような装置が使っているうちに壊れる理由は、湿気で金属が錆びたり、空中の酸素で表面が酸化したり、潤滑油が蒸発したりしてしまうせいだと分かるし、そうなったら修理が必要になる。しかし非物質的な世界でビット自体が劣化するとは思ってもみなかった。何が壊れるのだろう？　もちろんすべてだ。

最新型のコンピューターも融通が利かなくなる。使っているうちにアプリも古びてくる。プログラムも陳腐になる。新しいソフトもすぐにほころんでいく。あなたのせいではなく、勝手にそうなっていくのだ。それが複雑であればあるほど、より多く（少なくではなく）注意を払わなければいけない。変化へと向かおうとする自然の傾向は、最も抽象的だと思えるもの——ビットにさえ及ぶのだ。

こうしてデジタル世界の景色を変えようと攻撃が始まる。周りのものがすべてアップグレードされたら、自分のデジタル機器にもその圧力がかかってメンテナンスが必要になるのだ。あなたはアップグレードしたくないかもしれないが、他人が皆やっていたら、あなたもせざるを得ない。それはアップグレードの軍拡競争だ。

　私はずっと自分のデジタル機器を（まだ使えるのになぜだと思いながら）、最後の最後にいやいやながらやっとアップグレードしていた。それがどんな結末になるかはお分かりだろう。一つアップグレードすると途端に他のものもアップグレードが必要となり、さらにそれがあらゆるものへと飛び火する。私はある小さなアップグレードをしたせいで、自分の一生の仕事をダメにした経験があるので、ともかく何年でも延ばせるものは延ばしたい主義だ。しかし個人が使うテクノロジーがどんどん複雑になってくると、周辺機器ともお互いに依存するようになり、それは生きた生態系《エコシステム》のようになっていくので、アップグレードを遅らせることはより破壊的な結果をもたらすことになる。現在進行中の小さなアップグレードを放っておくと、それがどんどん溜まっていき、最終的に行なわれる大きなアップグレードがとんでもなく大変なものになる。そこでいまでは、アップグレードはある種の衛生手段だと考え、テクノロジーの健康を保つための健康法だと思うようにした。テクノロジーのシステムにとってアップグレードを続けることは不可欠なので、主要なコンピューターのOSやいくつかのアプリでは、自動アップデートが行なわれる。マシンは陰に隠れて自らをアップグレードし、時間と共に静かに自らを変えていくのだ。これは徐々に行なわれるので、われわれはそれらが何かに〈なっていく《ビカミング》〉ことに気がつかない。

　われわれはこの進化を当たり前に受け取るようになるだろう。

未来のテクノロジー生活は、終わることのないアップグレードの連続となる。そしてその頻度はどんどん高まっていく。性能は変化し、デフォルトというものはなくなり、メニューが姿を変えていく。いつもは使わないソフトを開いてある機能を使おうとしたら、メニューそのものがすべて消えていたということも起こるだろう。

あるツールをどんなに長く使っていたとしても、際限ないアップグレードのせいであなたは初心者、つまりどう使っていいかまるで分からない新米ユーザーになってしまうだろう。この〈なっていく〉世界では、誰もが初心者になってしまう。もっと悪いことに、永遠に初心者のままなのだ。だからいつも謙虚でいなくてはならなくなる。

それは繰り返し起こる。未来にわたってずっと、誰もが新しいものに追いつこうとする永遠の初心者になる。第一にそれは、これから30年後の未来の生活を支配する重要なテクノロジーのほとんどがまだ発明されていないので、自ずと誰もが初心者になるからだ。二つ目に、新しいテクノロジーは際限なくアップグレードを要求するので、あなたはずっと初心者のままだ。そして三つ目に、陳腐化のサイクルがどんどん早くなり（電話アプリの平均寿命はたったの30日[1]だ！）、別のものに取って代わられるまでにそれを修得するだけの時間はなくなり、あなたは永遠に初心者のままとなる。年齢や経験と無関係に、永遠の初心者こそが、誰にとっても新たなデフォルトになる。

止まることのないアップグレードと、永遠に〈なっていく〉テクニウム（テクノロジーの活動空間を生命における生態系と同等なものとして定義した著者の造語）の持つ一つの側面は、われわれの心に穴を空けていくことだと素直に認識すべきかもしれない。スマートフォンがなかったらもう生きていけないとわれわれ誰もが思うようになったのはそれほど昔のことではないが、その十数年前には、そんなことはあまりにばかげて聞こえただろう。ネットの速度が遅いといまでは怒るが、それ以前の無垢な時代には、ネットワークとは何かを考えたこともなかった。新しいものを発明するたびにそれが新しい渇望を呼び起こし、それによって生まれた新しい心の穴を埋めなければならなくなるのだ。

自らが作るものによって心に穴を開けられることに腹を立てる人たちもいる。際限のない欲求こそが人間の尊厳を低下させ、不満足なままでいる原因だというのだ。それがテクノロジーのせいであることに、私も同意する。テクノロジーの慣性はわれわれに最新のものを追いかけるようけしかけるが、それも次に出てくるさらに新しいものによって見えなくなり、われわれはますます満足できなくなっていく。

しかし私は、テクノロジーがもたらす終わりなき不満足を祝福する。われわれは祖先と違ってただひたすら生き延びることだけに満足することはない。これまでもずっと、驚くほど熱心に自分でかゆい箇所を作ってはそれを掻いてきたように、以前にはなかった欲望を生み出してきた。この不満足こそ、われわれの創造性や成長のきっかけとなったのだ。

われわれは心に渇望感を持たない限り、自分や集団の自我を拡張することができない。だからテクノロジーによって自分の境界を拡張し、アイデンティティーを収容する器を拡げ続けている。それは痛みを伴うかもしれない。もちろん、激怒する人々もいるだろう。すぐにも時代遅れになりそうな機器《ギズモ》を紹介する深夜の広告情報番組やウェブページにテクノロジーの高揚感はほとんどないが、進歩への道は平凡で退屈な日々の繰り返しなのだ。もしもっと良い未来を目指すなら、こうした居心地の悪さを受け入れて対処しなければならない。

居心地が悪くない世界はユートピアだ。しかしその世界は停滞している。ある観点から完全に正当に思える世界は、他の観点からは恐ろしく不公平だ。ユートピアには解決すべき問題はないが、チャンスもない。

ユートピアは絶対に上手くいかないので、われわれはこうした「ユートピアのパラドクス」に悩む必要はない。ユートピアのシナリオには、どれも自己崩壊につながる欠陥があるからだ。ユートピアに対する私の反感はさらに根深い。自分が住みたいと思えるような、想像上のユートピアにいままで出合った試しがない。どれも私には退屈なのだ。その正反対のディストピアの方が、よっぽど面白い。それに、想像するのもずっとやさしい。地上に最後の一人しか残っていない黙示録さながらの世界や、ロボットの大君主が支配する世界、徐々にスラム街へと崩壊していく地球規模のメガシティーを想像できない人はいないし、最も簡単なシナリオとしては、核戦争によるアルマゲドンが考えられるだろう。現代文明が崩壊する可能性なら、いくらでも列挙できる。しかし、映画にできそうなドラマチックな話題で、想像するのがずっと容易だからといって、ディストピアが起こるかもしれないというわけではない。

ディストピア的なシナリオの欠陥は、それらが持続的でないということだ。文明を終わらせることは実際には難しい。その惨事がし烈さを極めれば極めるほど、混乱はより早く潰えてしまう。すべてが崩壊した当初は無法者や地下社会が活気づくだろうが、あっという間に組織犯罪や武装勢力がそれを乗っ取り、ならず者たちの利益を最大化するべく無法状態はすぐさま闇社会へと変わり、さらに足早に腐敗した政府のごとくなっていく。ある意味、貪欲さが無政府状態を脱却させてくれるのだ。現実のディストピアは『マッドマックス』の描く世界というよりソビエト連邦に近く、そこは無法地帯というより息が詰まるような官僚主義が支配している。恐怖が支配し、ほんの少数の人を除いて社会は身動きが取れない状態だが、2世紀前の海賊のように、[2]実際には見かけよりずっと掟や秩序が支配している。実際に破綻した社会では、凶暴な無法者が跋扈《ばっこ》するようなディストピアはあり得ない。強い無法者が弱い者を束ね、ディストピア的な混乱は最小化していくのだ。

しかし、ユートピアもディストピアも、われわれが向かうべき方向ではない。テクノロジーはむしろわれわれを「プロトピア」に向かわせる。より正確に言うなら、われわれはすでにそこに着いている。

プロトピアは目的地というより、ある状態に〈なっていく〉ことを指す言葉だ。つまりプロセスだ。プロトピアの状態では、物事は日々良くなっていくが、それはほんのちょっとだけでしかない。漸進的でゆるやかな進歩だ。プロトピアという言葉の「プロ」という部分は、プロセスや進歩《プログレス》からきている。このわずかな進歩は劇的なものではなく、興奮するようなものはない。プロトピアでは新たに生み出される利便性と同じぐらい新しい問題も起きるので、このわずかな進歩は見過ごされやすい。今日の問題は昨日のテクノロジーの成功が原因であり、今日の問題に対するテクノロジーを使った解決策は明日の問題の原因になる。問題と解決策が循環しながら拡大していくので、長期間にわたって着実に積み上がっていく小さな利便性の総体が見えなくなる。啓蒙時代や科学の発明以降、われわれは毎年、破壊したものよりわずかでも多くのものを生み出すよう工夫を重ねてきた。この数%のプラスの余剰が何十年も積み重なって、われわれが文明と呼ぶものを形成してきたのだ。その恩恵が映画スターのように喧伝されたことはない。
プロトピアは〈なっていく〉ものなので、それ自体を見るのは難しい。それはプロセスであり、他のものの変化に常に影響を与え、自分自身を変え、変異しながら育っていく。変わり続けるゆるやかなプロセスに喝采を送るのは確かに難しい。でもそれが見えていくかどうかは重要だ。

今日われわれはイノベーションの悪い面にあまりに注意が向くようになり、かつてユートピアが約束したことに失望しているので、明日が今日よりほんの少し良くなるというプロトピアが描く未来ですら、簡単に信じられなくなっている。望ましいと思えるどんな未来も、それを想像することすらとても困難な時代を生きているのだ。この惑星で、実現可能性があって望ましい未来を描いたＳＦ小説を一つでも挙げられるだろうか？（『スター・トレック』は宇宙の話なので除く）。

車が空を飛ぶ幸せな未来はもはやわれわれを出迎えてはくれない。前世紀と違って、誰も遠い未来に行ってみたいとは思っていないし、多くの人は恐れている。そのために、未来について真面目に考えることが難しくなっている。目先のいまに囚われ、一世代先を見通すこともない。シンギュラリティー〔人工知能が人間の能力を超える技術的特異点〕信奉者が言うように、これから１００年先を想像することなど技術的に無理だ、という考えを受け入れている人もいる。それでは未来に対して盲目になってしまう。それは単に、現代社会の逃れようのない疾患なのかもしれない。多分、文明とテクノロジーがこの段階に達すると、われわれは過去も未来もない、いつまでも同じで止まることのない現在にいることになるのだ。ユートピアもディストピアもプロトピアもなく、そこにはただ「盲目の現在」があるだけだ。

別のやり方があるとすれば、それは未来へと〈なっていく〉ことを受け入れることだ。われわれが進む先にある未来はいままさに見ているプロセス――ビカミング――から生まれる。いま現れつつある変化を受け入れることで、それが未来へとなっていく。

常に〈なっていく〉ことの問題は（特にプロトピア的な変化においては）、変化が止まらないことで、漸進的な変化に気がつかないことだ。常に動き続けるものは、もはや動きとして気づかない。もっと重要なことは、われわれが新しいものを古いものの枠組みで捉えようとしがちだということだ。〈なっていく〉とは、自らを見えなくさせる動きであり、たいてい後からでないと分からない。現在の見方を将来にそのまま当てはめることで、実際には新しいことをすでに知っているものに当てはめようとして歪めることになる。最初の映画が劇場での芝居のように撮影され、最初のVRが映画のように作られたのはそのためだ。無理やり押し込むのがいつも悪いとは限らない。物語の語り手は、新しいものと古いものを関係付けようとするときにこの人間の反射行動をうまく利用するが、目の前でこれから起こることを見極めようとするときには、この習慣に自分が騙されてしまう。われわれは、いまここで起きている変化を知覚することがとても苦手だ。その先が明らかに不可能なものに見えたり、あり得ない、あるいはあまりにばからしいと思えたりすると、それを無視してしまう。われわれはこの20年、もしくはもっと昔から、起こってきたことにいつも驚かされてきた。

私もこうした思い込みから自由なわけではない。約30年前にオンラインの世界が立ち上がる場面や、その10年後のウェブ時代の到来にも関わっていた。しかしその各段階で〈なっていく〉ものをその時点で見定めるのはとてつもなく難しかった。信じられないこともよくあった。そんなことは起きてほしくないという思いから、実際に起きていることを見逃すこともあった。

常に起きているプロセスから目を背ける必要はない。最近のこうした変化の速度は未曾有のものなので、気づかずに油断したわれわれはつけ込まれている。でもいまなら分かる。われわれは現状も、これからも、永遠の初心者なのだ。起こりそうもないことを信じないといけない場面がこれからもっと増えるだろう。すべてが流れていき、新しい形は古い形との居心地の悪いリミックスになっていく。一生懸命に想像力を働かせれば、この先に起きることに目をつぶらず、より明確に理解できるようになるだろう。

まず、ウェブという最近の歴史から未来について何を学べるかという事例を紹介しよう。グラフィックスを駆使したネットスケープのブラウザーが１９９４年に注目されるまでテキストのみで運用されていたインターネットは、ほとんどの人には存在しないも同然だった。[3] それを使うのは難しかった。コードをそのまま打ち込まなくてはならなかった。画像はまるでなかった。こんな退屈なものに誰が時間を費やすだろう？ １９８０年代にインターネットを知ったとしても、会社で使う電子メール（ネクタイのようなもの）か、十代の子どもがクラブ活動で使うものだと見なしただろう。インターネットはきちんと存在していたが、完全に無視されていた。

どんなに将来を有望視される新しい発明にも異を唱える人はいるし、期待が大きければ大きいほど反対の声も大きくなる。インターネットやウェブが誕生したばかりの頃に、頭脳明晰な人たちが愚かなことを言った例を探すのは難しくない。１９９４年の暮れにはタイム誌が、インターネットはなぜ主流になれないかを説明する記事を掲載した。[4]「それは商売をするためにデザインされたものではなく、新参者を素直に受け入れてはくれない」。なんということだ！ ニューズウィーク誌は1995年2月号の見出しで、そうした疑念をもっとあからさまに謳っている。[5]「インターネット？　なんだそれ！」。この記事では、天文物理学者でネットワークの専門家のクリフ・ストールが、オンラインのショッピングやコミュニティーというのは常識に反する非現実的な妄想だと述べている。「本当のところ、オンラインのデータベースがあなたの新聞になり代わるなんてことはない」と彼は主張した。「しかしMITメディアラボの所長ニコラス・ネグロポンテは、われわれはすぐにでも本や新聞をインターネットで購入するようになると予想している。本当に？」。ストールは「インタラクティブな図書館、バーチャル・コミュニティー、電子コマース」といった言葉に満ち溢れたデジタル世界に対する懐疑が広がりつつあることを踏まえ、それらを「タワゴト」の一言で片づけたのだ。

　こうした否定的な態度は、私が1989年にABC社の首脳たちと行なった会議にも蔓延していた。「インターネットというもの」をプレゼンするため、役員室のお歴々を訪ねたときのことだ。彼らの名誉のために言っておくと、ABCの重役たちも何か異変が起きていることには気づいていた。同社は世界の放送局のトップ3に入る巨大企業で、それと比べたら当時のインターネットは蚊みたいなものだった。しかし（私のような）その世界の住人は、インターネットが彼らのビジネスを破壊するかもしれないと主張していた。それはキワモノのような存在ではなく、キーボードで叩くだけのものでもなく、断固として十代の子どもだけのものではないと説いても、誰も納得はしていないようだった。すべてが共有《シェア》され無料《フリー》で流通するという話に、ビジネス界の重役はあり得ないという反応をした。ABCの上級副社長のスティーブ・ワイズワッサーがとどめを刺した。彼は「インターネットは90年代のアマチュア無線のようなものになるだろう」と私に語り、それと同じことをのちにマスコミにも繰り返し言っていた。[6] ワイズワッサーは、ABCが新しいメディアを無視するのは、「受け身の消費者が、インターネットの中を積極的にうろつくようにはならない」からだと締めくくった。

私はそのまま見送られたが、一つだけヒントを残しておこうと「いいですか。偶然知ったのですが、abc.comというアドレスはまだ登録されていないですね。すぐに地下に降りて、一番のコンピューターオタクを捕まえて、このアドレスをすぐ登録したほうがいいですよ。それが何なのかは分からなくても構いません。きっと良い結果をもたらしますから」と言った。彼らは虚ろな口調で感謝の言葉を述べた。1週間してチェックしてみたが、まだそのアドレスは登録されていなかった。

テレビ業界の夢遊病者たちをあざ笑うのは簡単だが、ソファーでテレビを漫然と見ている人々の将来を想像できなかった例はこれだけではない。実はワイアード誌もそうだった。私はこの雑誌の共同創刊者で編集者をしていたが、1990年代初期の（私が自信を持って編集していた）バックナンバーを再度読み返して、未来の高付加価値製品を喧伝しているコーナーを見て驚いた。ちょっと議会図書館を髣髴《ほうふつ》とするような、常時5000チャンネルが視聴可能なテレビやVRが紹介されていた。実際のところワイアードは、ABCのような放送業界や出版、ソフト、映画業界のネット好きが言っているのとほとんど同じ展望を唱えていた。この公式の未来予測では、ウェブとは、それなりに機能しているテレビのことだった。いまは5チャンネルしかないテレビが、ちょっとクリックするだけで5000チャンネルを自由に切り替えて、関連情報を見たり、学習に使えたり、番組を鑑賞したりできるようになる。すべてのスポーツの試合を常時中継しているチャンネルから、海水魚の泳ぐ水槽をずっと映しているチャンネルまで、どんなものにでもジャックインできる。唯一の不確定要素は、それほど多くのチャンネルの番組を誰が作るのかという点だった。ワイアードではそういうコンテンツは、古い化石となったABCのようなメディアではなく、ニンテンドーやヤフーといった新星たちが行なうと期待していた。

問題はコンテンツを作るのにはお金がかかり、5000チャンネルになると5000倍の費用がかかるということだ。そんな大事業に出せる資金など持っている会社も業界もない。大手の通信会社はデジタル革命を牽引することを期待されていたが、先行きの不透明感からネットへの投資に二の足を踏んでいた。1994年6月にはブリティッシュ・テレコムのデビッド・クウィンがソフトウェア会社の集まりで「私はあなた方がネットからどうやって儲けているのか分からない」と述べた。ネット空間を満たすだけのコンテンツを作るのにどれだけ膨大な費用が必要かを知って、テクノロジーに批判的な人々は動揺していた。サイバースペースは私企業が所有して運用していく電脳郊外《サイバービア》のようなものになるのではないかと懸念したのだ。

商用化に関しては、実際にウェブを構築している熟練のプログラマー、つまりコーダーやユニックス使い、ボランティアでその場しのぎのネットワークを運用しているIT関係者たちが最も懸念していた。技術屋《テッキー》な管理者たちは、自分たちの仕事は高潔なもので、人類への贈り物だと思っていた。彼らは、インターネットは万人に開かれた共有地《コモンズ》であり、私欲や商売のせいで壊されてはたまらないと思っていた。いまでは信じられないが、1991年まではインターネットで商売を行なうことは厳禁だったのだ。商品も並んでいなければ、広告も出ていなかった。（インターネットのバックボーンを運営する）米科学財団（NSF）にとっては、インターネットに資金を出しているのは研究のためであって、商売のためではなかったからだ。いまでは無邪気過ぎるとも思えるが、この規則は公的機関を優遇し、「私的使用や個人のビジネスに活用する」ことを禁止していた。１９８０年代の半ば、私はＷＥＬＬというテキストのみで運用されている初期のオンラインシステムに関わっていた。私的ネットであるＷＥＬＬを、興隆しつつあるインターネットに接続しようとしていたが、ＮＳＦの「利用規約」に引っ掛かって苦労していた。結局ＷＥＬＬは、利用者がインターネットでビジネスをしないと証明できなかったので、接続を許可されなかった。われわれは皆、〈なっていく〉ものがまったく見えていなかったのだ。

　こうした反商用主義的な態度はワイアードにも蔓延していた。１９９４年にワイアードの初期のウェブサイトであるホットワイアード［HotWired］の準備会議でプログラマーたちは、当時始まっていたばかりの、クリックすると他のページに飛ぶバナー広告なんていうでっち上げのイノベーションは、新しい領域としてのネットの社会的可能性を損なうものだと反発した。ウェブはまだよちよち歩きの段階なのに、広告やコマーシャルによってそれを台無しにしろと言われているように彼らには思えたのだ。しかし、第二の文明として興隆しつつあるネットに、お金の流れを禁止するのはばかげた話だ。サイバースペースでお金が流通するのは不可避なことだった。

　しかしそれも、われわれ誰もが見逃したもっと大きな話と比べれば些細なものだ。

　コンピューターのパイオニアであるバネバー・ブッシュが、ウェブの中核的な考えとなるハイパーリンクのアイデアを構想したのは１９４５年に遡るが、[7] この概念を最初に補強しようと考えたのはテッド・ネルソンという自由思想家で、１９６５年に独自の方式を構想した。[8] しかしネルソンは、デジタルのビットを十分な規模で接続することができず、その努力は閉ざされた信奉者の一団にしか知られていなかった。

私は１９８４年に、コンピューターに詳しい友人の紹介でネルソンに会ったが、それは最初のウェブサイトが出現する10年前のことだった。われわれはカリフォルニア州サウサリートの波止場にある暗いバーで会った。彼は近所のボートハウスを借りていて、まるで自由人の風情だった。彼のポケットからは畳まれたメモがはみ出しており、いろいろ挟み込んだノートからは、長い紙の切れ端が垂れ下がっていた。首に紐を付けたボールペンをかけた彼は、人間のすべての知識を整理するという構想について、午後４時のバーには似つかわしくないほどの真剣さで語り始めた。その教義は３×５インチの何枚ものカードに書かれていた。

ネルソンは親切で魅力的で話も上手だったが、私は彼の話についていくのがやっとだった。だが彼のすばらしいハイパーテキストという考えにはピンときた。彼が主張するには、どんな文書にも、その文書に関連する他の文書を参照する脚注が付されるべきであり、そうすればコンピューターは両者のリンクを見える形にして恒久的に張ってくれるというのだ。それは当時、新しい考え方だった。しかも、ただの始まりに過ぎなかった。彼はおおもとのクリエーターにまで戻って著作者を特定し、かつ読者が文章のネットワークを行き来する過程での支払いをどうトラッキングしていくかという難解な機構をインデックスカードに殴り書きでスケッチし始め、それをドキュバース（docuverse）と呼んだ。彼はトランスクルージョン[9]（transclusion）とかインタートゥインギュラリティー[10]（intertwingularity）という言葉を使いながら、そうした構造を組み込むことで大いなるユートピア的な利益があることを説いた。ばかげたことから世界を救えるというわけだ。

私は彼の言うことを信じた。彼の変人ぶりは置いておいて、ハイパーリンクによってつながる世界が――いつか――来ることは、明らかに不可避だと思えた。しかしいまになって過去30年のオンラインでの経験からウェブの誕生について振り返って見ると、バネバー・ブッシュのビジョンやネルソンのドキュバース、とりわけ私自身が期待したことからいかに多くのことが失われたかに愕然とする。大きな物語が進行していることに誰一人気がつかなかった。昔のＡＢＣもスタートアップのヤフーも、５０００のウェブのチャンネル分のコンテンツは作らなかった。その代わりに、何十億ものユーザーが他のユーザーのためにコンテンツを提供しているのだ。そこには５０００どころか5億のチャンネルがあり、それはすべてユーザーが作ったものだ。破綻したＡＢＣは、この「インターネットというもの」が、以前は受動的な消費者だった人々を活動的なクリエーターに変えることを想像できなかった。ウェブの引き起こした革命は、ハイパーテキストや人間の知識についてはほんの些細なものだった。革命の中心にあったのは、新しい種類の参加の形であり、それはシェアを根本原理とした新しい文化へと発展していった。そしてハイパーリンクによって「シェア」することで、一部が人間で一部がマシンという、かつてこの星の歴史上どこにもなかった新しいタイプの思考を創造しているのだ。ウェブが新たな〈なっていく〉ことを解き放ったのだ。

われわれはウェブがどうなるかを想像できなかったのと同様、今日の姿もきちんと把握してはいない。そこに花開いた奇跡についてすでに忘れている。生まれてから20年経ったウェブの規模は想像を絶する。ウェブのページの総数は、一時的に作られたものも含めて60兆を超える。[11] これは今生きている人ひとりにつき約1万ページ分の量だ。そしてこの肥沃な世界全体は、創造されてからまだ8000日も経っていない。

驚異的な変化が少しずつ積み重なると、ついにそれが巨大なものとなっても、われわれは感覚が麻痺して気がつかない。現在ではインターネットのどんな画面からでも、驚くべき種類の音楽や動画、進化する百科事典、天気予報、クラシファイド広告、地球上のあらゆる場所の衛星画像、世界中からの分刻みの最新ニュース、税金申請のための書類、テレビ番組案内、ナビゲーション付き道路地図、リアルタイムの株価情報、バーチャル内見可能な不動産一覧と価格表、あらゆるものの画像、スポーツの最新の試合結果、何でも買える場、政治家の活動報告、図書館の目録、道具類のマニュアル、現在の交通情報、主な新聞のアーカイブなどに、瞬時にアクセスできるようになった。

それは気味が悪いほどで、神になったような気分だ。世界のある地点を地図で探したら、クリック一つで衛星画像、3Dのモデルへと瞬時に情報を切り替えることができるのだ。過去を回想する? もうそこにある。誰もがつぶやき投稿している日々の不満や願いごとに耳を傾けてみるといい(もうすでにしているかもしれないが)。天使だって、人間全体をこれだけきちんとは見渡せないはずだ。

これほどの繁栄について、われわれはもっと驚くべきじゃないだろうか? 古代の王はこうした能力を求めて戦争に赴いた。その頃は、そんな魔法の窓が実際にあると信じるのは子どもだけだっただろう。1980年代の賢明なる専門家の将来予測を検証すると、これほど包括的にあらゆるコンテンツが豊かに出回り、オンデマンドでかつ無料で手に入るという話は、誰も語ってはいなかった。当時は、先に挙げたようなリストが近未来に実現すると愚かにも喧伝する者には、これほどの寛大なサービスを提供するには世界中の企業が投資してもお金が足りないという証拠が叩きつけられた。これだけの規模でウェブが成功するのは不可能だと考えられたのだ。

しかし、われわれが過去30年で学んだことがあるとすれば、それは、不可能と思えるものも、見かけほどにはそうでもないということだ。

テッド・ネルソンのハイパーテキストによるトランスクルージョンの複雑なスケッチは、バーチャルな蚤の市が出現するという話だったが、夢物語に終わってしまった。ネルソンは彼のザナドゥ［Xanadu］というハイパーテキストのシステムを、街の小さな夫婦がやっているカフェのように、全国展開したお店に行けばいつでも使えるようなものにしたいと考えていた。その代わりにウェブは、イーベイ［eBay］やクレイグズリスト［Craigslist］やアリババ［Alibaba］のような、寝室にいながら使えて、毎年何十億もの取引ができる世界的な蚤の市を形成した。何より驚くのは、ユーザーがほぼ何でもこなすことだ――写真を撮り、カタログを作り、郵送し、自分でセールの宣伝をする。そして警察の役割も果たすようになり、システムを乱用する人を見つけて通報したり、利用者が評価するシステムを作ったりすることで、公平さを担保しようとした。30億ものコメントが返ってくれば、驚異的な効果を生む。

われわれが見落としていたことは、このすばらしい新オンライン世界が、大きな組織ではなくユーザーによって作り上げられたことだ。フェイスブックやユーチューブ、インスタグラムやツイッターの中のコンテンツはすべて、これらの運営会社ではなく、その利用者が創造したものだ。アマゾンの成功が驚きなのは、それが「何でも売っている店」（そう想像するのは簡単だが）だからではなく、その顧客たちが（あなたも私も含め）商品の評価を争うように書いたことで、それがロングテールの中から商品を選択することを可能にしたためだ。いままでは、大手のソフト開発会社は最小限のヘルプデスクしか置いていないが、それは、会社がサポート用のフォーラムページを作れば、熱心な顧客たちが他の顧客にアドバイスやサポートをしてくれ、新しい購買者にとってこれが非常に質の高いカスタマーサポートになるからだ。そして、一般ユーザーを最大限活用しているのがグーグルで、毎月900億回の検索によるトラフィックやリンクパターンを使って新しい経済を生み出す知能を作り出している。[12] こうしたボトムアップの力が世界をひっくり返すような話も、20年前の将来予測には含まれていなかった。

こうしたウェブの現象の中でも、ユーチューブやフェイスブックの動画が生み出す無限の不思議な世界ほど、われわれを当惑させてきたものはないだろう。視聴者についてメディアの専門家が知っている限り——多くのことを知っていた——視聴者が自分から立ち上がってエンターテインメントを作り出すことなど絶対にない、と信じる証拠はいくらでもあった。視聴者はABCの大物が考えていたように、一様に受動的な観客であることは確認済みなのだ。読んだり書いたりする習慣は終わったし、音楽はただ座って聴いているだけのもので、映像を作るなど、費用や経験の点から素人には手が届かないものだった。ユーザーがコンテンツを創造するなど決して大規模には広まらないだろうし、もしそうなっても観客はつかないし、もし観客がついたとしても、たいしたものではないはずだった。だから、2000年代の頭に急に5000万ものブログが、毎秒二つのペースで立ち上がるのを目撃したのは大きな衝撃だった。[13] それから数年で、ユーザーの撮影した動画が爆発的に増え始め、2015年にはユーチューブに毎分6万5000本、[14] 300時間分もの動画がアップされるようになった。[15] 最近では、アラートやいろいろなコツの解説、ニュースの見出しなどが、留まることなく爆発的に投稿されている。ＡＢＣやＡＯＬやＵＳＡトゥデイにしかできないだろうと本人たちも、そして他の誰もが当然のように思っていたことを、ユーザー各人がするようになったのだ。ユーザーの創造したそれらのチャンネルは、経済的には意味をなさない。こうした時間やエネルギーやリソースは、一体どこから来るのだろうか？

オーディエンスからだ。

あたかも参加することが栄養源となるかのように、市井の人々が膨大なエネルギーと時間を注いで無料の百科事典を編み、パンクしたタイヤ交換のための無料チュートリアルを公開し、上院での投票を分類して一覧にまとめている。こうしたやり方で運営されるウェブが、どんどん増えている。数年前に行なわれたある調査では、商用のウェブは40％に過ぎない。それ以外は、義務感や情熱を糧に作られるのだ。

産業革命を経て、大量生産されるものが個人で作るどんなものより優れている時代にあって、消費者が突然こうして関わりだすのは驚き以外の何ものでもない。「素人が手作りする話は、馬と馬車の時代のような遠い昔に滅んでいる」とわれわれは思っていた。ただ物事を選択するだけでなく、自ら作り、より深く関わりたいという情熱は、数十年前から続く大きな力だったにもかかわらず、顧みられることはなかった。参加したいというこの明らかに太古から続く衝動は経済をひっくり返し、ソーシャルネットワークの世界にスマートモブや集合精神《ハイブマインド》、コラボレーションをもたらし、着実に世の中の主流へとなっていった。

アマゾンやグーグル、イーベイやフェイスブックのような大きなプラットフォームが公開しているＡＰＩ（アプリケーション・プログラミング・インターフェース）を介して、自社のデータベースや機能の一部を開放していくことで、ユーザーたちはまったく新しいレベルでの参加を促される。こうした機能を利用できる人々は、もうその会社の顧客ではなく、会社の開発者やベンダーや研究者や市場担当者に等しい。

顧客や視聴者が参加できる新しい方法が着実に増えることで、ウェブはこの星のどの地域のどんな活動にも組み込まれていった。インターネットは本流から外れているという心配もいまや逆転した。1990年頃に言われていた、インターネットはそもそも男性優位のものだという考え方も間違っていた。2002年には女性のオンライン利用人口が男性を上回ったのに、[16]誰もそれを祝おうとはしなかった。現在ではネット市民の51%が女性なのだ。[17]そしてもちろん、インターネットはいまも昔も十代の子どもの世界ではない。2014年におけるネット利用者の平均年齢は、44歳といういい年をした中年なのだ。[18]

一般にネットがどれだけ受け入れられているかを知るには、アーミッシュがどの程度受け入れているかを知るのが最も良い指標だろう。最近、アーミッシュの農民を何人か訪ねてみた。彼らは一般のイメージそのままの姿で、麦わら帽を被り、もじゃもじゃに髭を生やし、妻たちはボンネット帽で、電気は使わず、電話もテレビもなく、外出は馬車という生活をしていた。テクノロジーを拒否していると不当に評価されるが、彼らはただそれを受け入れるのが非常に遅いというだけだ。私は、彼らが自分たちのウェブサイトについて話すのを聞いて驚いた。

「アーミッシュのウェブサイトがあるんですか？」

「家業の宣伝用にね。店ではバーベキュー用のグリルを溶接してるんです」

「そうですか、しかし……」

「ああ、ネット用の端末は、公共図書館にあるものを使っています。ヤフーも使っていますよ」
ネットが完全に行き渡ったのだと知ったのはこのときだった。全員が何か新しいものになっていたのだ。

この絶好調なウェブがこれから30年でどう変わるのかと考えると、まずウェブ2.0のような、より優れたウェブというものを想像したくなる。しかし2050年のウェブは、最初のウェブがチャンネル数の多いテレビでなかったように、より優れたウェブではない。それは何か新しい、最初のウェブとテレビの違いほどかけ離れた、まるで違ったものになるのだろう。

現在のウェブを厳密にテクニカルな意味で定義するなら、それはグーグルで検索できる、つまりハイパーリンクでたどり着けるファイルを全部寄せ集めたものだ。現在でもデジタル世界の大半のものはグーグルでは検索できない。現状では、フェイスブックの中で起こる多くのことや、電話アプリ、ゲームの中の世界、動画の中味は検索できない。しかしこれから30年経てば、それも可能になるだろう。蔓のように伸びるハイパーリンクは、ついにはすべてのデジタル情報をつなぐだろう。ビデオゲームの中で起こっていることは、ニュースと同じように検索可能になる。ユーチューブの動画の中で起きていることも探せる。例えばあなたの娘が学校に受かったまさにそのときの映像を、スマートフォンで呼び出せる。ウェブがこういう情報に届くのだ。それはまた、製造された物や自然にある物理的な事物にも届く。製品に組み込まれた無料同然の安いチップがそれらをウェブにつなげ、データを結び付けるのだ。あなたの部屋にあるほとんどの物も接続されて、部屋を検索できるようになる。家全体についてもそうだ。それが起こりそうな予感はすでにある。私の家では、温度センサーや音響システムを電話で操作できる。これから30年すれば、それ以外のものもこうした装置と同じようになる。ウェブは当然のことのように、この物理的な惑星全体にまで拡張していくのだ。

それはまた時間領域にも広がっていく。現在のウェブは驚くほど過去の情報に無関心だ。ウェブカムでエジプトのタージリー広場のライブ映像を提供してくれるかもしれないが、その広場の1年前の映像を見ることはほぼ不可能だ。主なウェブサイトの昔のバージョンを見ることも簡単ではないが、30年すればどんな昔の姿も垣間見ることができる機能があるだろう。ちょうどあなたの電話の通話の流れが日単位、週間、月間のパターンを使って改善されているように、2050年のウェブは過去の文脈に学ぶようになる。それは未来に対しても同じだ。

あなたが朝起きた瞬間から、ウェブはあなたの意図を読み取ろうとする。いつもの予定が記録されているので、ウェブはあらかじめ、あなたがある行動を起こすのに先駆けて、尋ねる前からその答えを送って来る。会議の始まる前には必要なファイルを送ってきてくれるし、友人とどこに昼食に行ったらいいのか提言するために、その日の天気やあなたのいる場所、今週食べたもの、この前その友人と食べたものなど、その他あなたが考えそうなさまざまな要素を考慮してくれる。ウェブと会話もできる。スマートフォンに溜めた友人の写真をめくっていくのではなく、ウェブに友人のことを尋ねる。ウェブはあなたが見たい写真を予想し、反応を観察しながら、もっと多くの写真や違う友人の写真を見せたり、次の会合が始まりそうだとか、メールを2通読んだ方がいいと知らせたりしてくれる。ウェブは1980年代に流行ったサイバースペースのように出向くべき場所というより、あなたの存在そのものに近いものになる。それはいつも周りにあって点灯し、目に見えない電気のような低位安定した存在になっていく。２０５０年にはわれわれにとってウェブは、常時存在している会話の一種のようなものになるだろう。

こうして強化された会話が、新たなさまざまな可能性を開くだろう。しかしデジタル世界にはもう、多くの選択肢や可能性があり過ぎて食傷気味だ。これから数年の間は、本当の意味で新しいものは出てきそうもない。

あなたがもしインターネットの黎明期である１９８５年に野心的な起業家だったらどんなにすばらしいことが起こっただろう？　その当時は、ドット・コムのドメイン名はどんなものでも手に入った。ただこういう名前がほしいと言えばよかった。単純に一語のものとか、一般名詞も、どんなものでも手に入った。費用もかからなかった。こうしたすごいチャンスのある期間は何年も続いていた。１９９４年になってワイアードのライターがmcdonalds.comがまだ取られていないことに気づき、私の勧めもあって登録した。その後にマクドナルド社に渡すのに失敗したが、マクドナルド社のネットに対する無知さは大変なもので（ドットって何ですかと訊かれた）、この話はワイアードにも掲載されて有名になった。[19]

その頃のインターネットは広大に開かれたフロンティアだった。自分が望むどんな分野でも一番乗りになれた。消費者はまるで期待していなかったので、参入障壁は驚くほど低かった。検索エンジンを開始する！　オンラインストアを最初に出そう！　アマチュア映像を公開！　もちろん、それは当時だったからだ。いまから振り返って見ると、移植者たちが波のように押し寄せてブルドーザーで可能な場所は全部開発してしまい、後から来たいまの人には手を付けるのが難しい劣悪な場所が少ししか残っていない。30年後のいま、インターネットはアプリやプラットフォーム、端末、すべて読むのに100万年はかかるほどのコンテンツで溢れている。もしあなたがその隙間に新しい革新的な何かをねじ込んだとしても、この奇跡のように潤沢な世界で誰が注目してくれるだろう?

しかし、しかし……ここで重要なことがある。インターネットに関してはまだ何も始まっていないのだ! インターネットはまだその始まりの始まりに過ぎない。それは何より〈なっていく〉ものなのだ。もしわれわれがタイムマシンに乗って30年後に行って、現在を振り返ってみたとすると、2050年の市民の生活を支えているすばらしいプロダクトのほとんどは、2016年には出現していないことに気づくだろう。未来の人々はホロデックやウェアラブルなVRコンタクトレンズ、ダウンロードできるアバター、AIインターフェースなどを見ながら、「あぁ、あの頃には、インターネット(その頃は何と呼んでいるのか知らないが)なんて、まるでなかったんだね」と言うだろう。

その意見は正しいだろう。なぜなら現在から見ると、今世紀の前半におけるオンラインの最良の部分はすべてわれわれの目の前にある。こうした奇跡のような発明は、「それが不可能だなんて誰も言わなかったじゃないか」と言わんばかりの突き抜けたビジョナリーが目の前の果実を摑み取るのを待っている。それらはまるで1984年のドメイン名のように、すぐ手の届くところにあるのだ。

2050年の年寄りたちはあなたにこう語りかけるだろう。2016年当時にもしイノベーターでいられたなら、どんなにすごかったか想像できるかね、と。そこは広く開かれたフロンティアだったんだ! どんな分野のものも自由に選んで、ちょっとAI機能を付けて、クラウドに置いておくだけでよかったんだよ！　当時の装置《デバイス》のほとんどには、センサーがいまのように何百じゃなくて、一つか二つしか入っていなかった。期待値や障壁は低かった。一番になるのは簡単だった。そして彼らは「当時は何もかもが可能だった。そのことに気づいてさえいれば！」と嘆くのだ。

つまりこういうことだ。いまここですぐに、２０１６年から始めるのがベストだということだ。歴史上、何かを発明するのにこんなに良いときはない。いままでこれほどのチャンスや、いろいろな始まりや、低い障壁や、リスクと利得の格差や、収益の高さや成長が見込めるタイミングはなかった。いまこの瞬間に始めるべきだ。いまこそが、未来の人々が振り返って、「あの頃に生きて戻れれば！」と言うときなのだ。

過去の30年ですばらしいスタート地点が創られ、真に優れたものを作り出す強固なプラットフォームとなった。しかしこれから来るものは、それとは別の、それを超える、もっと違うものだ。われわれが作るものは、恒常的に、休むことなく別のものに〈なっていく〉ものだ。それに、最高にカッコいいものはまだ発明されていない。

今日こそが本当に、広く開かれたフロンティアなのだ。われわれは皆〈なっていく〉。人間の歴史の中で、これほど始めるのに最高のときはない。

まだ遅くはないのだ。

# 2. COGNIFYING
コグニファイング

人工知能（ＡＩ）が安価で強力でどこにでもあるようになったとき、これに匹敵するような「すべてを変える」力を想像することは難しい。まず起こる変化といえば、何の知能もないモノがただちょっとスマートになるだけだ。現在あるどんなプロセスにでも、ほんのちょっと有用な知能を組み込んでやるだけで、まるで違うレベルの動きをするようになる。動きのないモノを認知化《コグニファイ》することで得られる利点は、産業革命の何百倍もの規模で、われわれの生活に破壊的変革をもたらすだろう。

こうした知能は安価というより、理想的には無料であるべきだろう。無料のＡＩは、ウェブに溢れている無料の共有物《コモンズ》のように、ビジネスや科学の分野にこれまでにないほどの恩恵をもたらし、すぐに元が取れるものになるだろう。つい最近まで、こうした人工的な知性を提供するのはまずはスーパーコンピューターで、次に恐らく家庭用に小型化されたものが登場し、さらに続けてパーソナル・ロボットの頭脳としてコンシューマモデルが登場するという順で考えるのが常識だった。個々のＡＩには境界があって、われわれの知性がどこまで及び、その先のどこからＡＩの知性が始まるかは明確だと考えられていた。

ところが最初の正真正銘のＡＩは、独立型《スタンドアロン》のスーパーコンピューターの中ではなく、インターネットとして知られている何十億ものコンピューター素子で造られた超生命体の中で生まれることになるだろう。ネットに組み込まれて互いにゆるく結ばれ、この惑星全体を薄く覆うことになるだろう。ＡＩの思考がどこから始まって、われわれの思考がどこまでなのか、その境界ははっきりしなくなる。このネットワーク化したＡＩに触れているどんなデバイスも、その知能を共有して、さらなる強化に貢献することになるだろう。ネットワークにつながっていないスタンドアロンのAIでは、70億人の知性と何十京個ものトランジスター、それに加えて何百エクサバイトもの個人の生活データなど、人間のすべての文明からフィードバックを受けて自動修正していくネットワーク化されたAIのようには、賢明にすばやく何かを学ぶことができない。そうしてネットワーク自体がコグニファイしていき、いつまでも改良され続けるという不思議な存在になっていくのだ。スタンドアロンの人工的な知性は、ネットワークのない遠隔の地を移動するために、しようがなくハンデを負ったものと見なされるようになるだろう。

いま勃興しつつあるこうしたAIは、あらゆるところに行き渡ることで、かえって隠れた存在になるだろう。われわれはあらゆる退屈な日々の雑事に、ますます賢くなる機能を使うようになるが、それは顔のない、見えないものになる。地球上のどこからでもあらゆるデジタル機器の画面《スクリーン》を通して、こうした分散した知能に何百万もの方法でアクセスできるようになるので、どこにそれが存在しているのかが分からなくなる。それにこの合成された知能は人間の知能(過去に人間が学んだすべて、そして現在オンラインにつながった人間の知能のすべて)との組み合わせなので、それが何であるかを正確に言い当てることも難しくなる。それはわれわれの記憶なのか、それとも合意の上での融合なのか? それはわれわれが探しているものなのか、それともそれがわれわれを探しているのか?

人工的な思考は、本書に描く他のあらゆる破壊的変革を加速させる、未来の力の源となる。コグニファイしていくことは確実に不可避だと言える。なぜならそれは、すでに起こっているからだ。

2年前のこと、長らく待ち続けたAIが急速に実現する姿を垣間見ようと、私はニューヨーク州ヨークタウンハイツの森に囲まれた、IBMの研究所のキャンパスに出掛けた。そこは2011年にクイズ番組「ジェパディー！」で優勝した電子仕掛けの天才ワトソンがいる場所だった。そこにあった初代ワトソンは、小さな部屋ほどの大きさがあり、縦型の冷蔵庫のような装置10台が四方に並べられて壁を作り、その内側のわずかな空間から技術者が込みいった配線やケーブルに手が届くようになっていた。内部は驚くほど暑く、この一群の装置がまるで生きているかのようだった。

現在のワトソンはこれとはまるで違う。もはや壁いっぱいのキャビネットの中に孤立して存在するのではなく、オープン・スタンダードなサーバー上のクラウドに分散して存在しており、何百ものAIの「事象」を同時に処理している。[20] クラウドを使ったあらゆるサービスのように、ワトソンも世界中のスマートフォンやパソコン、データサーバーから同時にやって来るさまざまな顧客の相手をしているのだ。こういう種類のAIなら、利用に合わせて規模を大きくしたり小さくしたりできる。AIというものは、人々が使えば使うほどさらに改良されていくものなので、ワトソンはいつでもどんどんスマートになっていき、ある事象から学んだことをすぐ次に応用していくのだ。そしてこれは単独のプログラムではなく多様なソフトウェア・エンジンの集合体で、論理推論と言語解析のエンジンは別の言語《コード》で書かれ、それぞれが別のコンピューターや場所で動いている場合もあり、それらが上手に統合されて知能の流れを形成している。

利用者は常にオンの状態にあるこの知能にダイレクトに接続できるが、サードパーティーのアプリを通して間接的にクラウド上のAIの力を利用することもできる。多くの優秀な子どもの親がそうであるように、ＩＢＭはワトソンを医学の仕事に従事させようとしているので、現在開発中の最初のアプリが医療診断ツールだと聞いても驚きはない。以前の診断用のＡＩ開発はほとんどがひどい失敗に終わっていたが、ワトソンではきちんとうまくいっている。私が以前にインドで罹った病気の症状を平易な英語で伝えると、それから推察できる病気の候補を最も確実そうなものから順に一覧にして並べてくれた。最も疑われるものとして挙げられたジアルジア症が、まさに正解だった。こうした機能はまだ患者本人が利用できるまでにはなっておらず、ＩＢＭはＣＶＳなどの薬局チェーンと組んで、ＣＶＳが集めたデータを基に慢性病を抱える顧客に向けてパーソナライズされた健康相談サービスの開発を支援している。「ワトソンのようなものが近いうちに、コンピューターか人間であるかを問わず、世界で最も優れた診断者になると信じています」と、『スター・トレック』に出てくる自動診断装置トライコーダーに触発されてＡＩ診断装置を作っているスタートアップ企業スキャナドゥ［Scanadu］のアラン・グリーンは言う。[21]「現在の速度でＡＩのテクノロジーが進化していけば、いま生まれたばかりの子どもが大人になる頃には、病気の診断のために医者にかかるということはほとんどなくなるでしょう」

医療分野はその始まりに過ぎない。クラウドを使っているすべての大手の企業、何十ものスタートアップが、ワトソンのような認知型サービスを開始しようとあわててこの分野に参入している。クイッド社という調査会社によると、ＡＩに対して２００９年から１８０億ドル以上の投資が行なわれているという。[22]２０１４年だけでも、ＡＩやそれに関連するテクノロジーを扱う３２２の会社に20億ドル以上が投資されている。フェイスブックやグーグル、また中国でそれらに相当するテンセント［Tencent］やバイドゥ［Baidu］も、社内にＡＩ研究チームを立ち上げ、人員を外から募集している。[23] ヤフー、インテル、ドロップボックス［Dropbox］、リンクトイン［LinkedIn］、ピンタレスト［Pinterest］やツイッターはどこも、２０１４年以降にＡＩ企業の買収を行なっている。[24] 一般企業によるＡＩ分野への投資は、ここ４年ほど毎年平均70％もの伸びを示しており、[25] この勢いが当分続くと考えられている。

グーグルが買ったアーリーステージのＡＩ企業ディープマインド［DeepMind］は、ロンドンにある会社だ。２０１５年に同社の研究者がネイチャー誌に、ビデオ・ピンボールのような80年代に流行したゲームセンターのゲームを、いかにしてＡＩに学習させたかについての論文を発表した。[26] 彼らはゲームの遊び方を教えることはせず、遊び方をどうやって学ぶかを教えた――両者は大きな違いだ。彼らはアタリ社のポンに似たブレークアウトというゲームをクラウドベースのＡＩに与え、どうやってスコアを上げるかをひたすら学習させてみた。その様子を映した映像を見るとびっくりする。当初ＡＩはほとんどあてずっぽうなやり方で遊んでいるが、次第に上達していく。30分経つと、４回に１回しか打ち損ねなくなる。１時間経って３００回ゲームをこなすと、まったくミスしなくなる。さらに速い速度で学習を続け、２時間経つと、ブレークアウトをプレーした何百万の人間がいままで考えもつかなかった抜け道を発見してしまう。それは壁との間にトンネルを作って勝つという、このゲームを作った人さえ考えつかなかったやり方だった。ディープマインド社の人間が何も指示を与えることなく、数時間も経つと、この「深層強化型機械学習」と呼ばれるアルゴリズムは、自分のマスターした49のアタリのゲームの半数で、人間を打ち負かすまでになった。こうしたタイプのＡＩは人間と違い、毎月ますます上達していくのだ。

こういった実例を通して、これからやって来るＡＩの未来が見えてくるが、それはＨＡＬ９

０００〔『２００１年宇宙の旅』に登場する人工知能〕のような個別のコンピューターに宿る、カリスマのような人間的意識（殺人犯になってしまう可能性のある）でもなければ、シンギュラリティー信奉者が夢見る超知性《スーパーインテリジェンス》でもない。いま姿を現しつつあるＡＩは、どちらかというとアマゾンのウェブサービスのようなもので、安価で信頼性が高く、あらゆるサービスの裏に隠れている実用的でスマートなデジタル機能であり、作動している間はほとんど気づかれることもない。この共有される機能は、必要とされる量に見合ったＩＱを提供してくれる。電気のようにただつなぐだけで、ＡＩの機能を利用できるようになるのだ。それは電気がこの１００年してきたように、不活性な対象物を活性化する。3世代ほど前には、手先の器用な人たちが、あらゆる道具の電動版を作ることで大金を手にしていった。手押しポンプ？　電気を流そう。手絞りの洗濯機？　電動にすればいい。こうした起業家たちは、電気を起こす必要はなかった——送電線経由で電気を買って、いままで手動だったものを自動化しただけだ。現在は、これまで電化されたものをコグニファイする段階だ。ＩＱをいくらか加えることで、ほとんどあらゆるものが新しく、いままでと違った、より興味深いものになるだろう。実際に、これから起業する1万社の事業計画を予想するのは簡単だ。それはただ、ＸにＡＩ機能を付けるというものだ。オンラインの知能を加えることで良くなるものを、ただ探せばいいのだ。

　ＸにＡＩ機能を付けるというマジックが成功した優れた実例は写真撮影だ。私は１９７０年代には旅行カメラマンをしていて、いつも重いバッグや機材を運んでいた。バックパックにはフィルム５００本と、ニコンの真鍮製ボディ2台、フラッシュと、それぞれが重さ1ポンド以上あるレンズを5本も入れていた。写真を撮るためには、暗い中でも光を捉えるために「大型レンズ」

が必要で、遮光したカメラに、ピント合わせや測光、数千分の1秒だけ光をさっと通すための複雑で驚嘆すべき機械工学が必要とされた。あれから何が起きただろうか？　現在私が持っている普段使いのニコンのカメラは、重さはないに等しく、ほとんど光がない所でも撮影でき、鼻先から無限大まで自在にズームできる。もちろん、スマートフォンに付いているカメラはもっと小さくていつでも手元にあり、重量級のおんぼろカメラと同じぐらいきれいに撮れる。新しいカメラはより小さく、より速く静かで、より安価になっているが、それは小型化が進んだからというだけではなく、伝統的なカメラの持っていた性能がスマートさに置き換えられたからだ。つまり、写真撮影のXがコグニファイされたのだ。最近のスマートフォンのカメラは何層もの厚いガラスの代わりにアルゴリズムと計算と知性によって、物理的なレンズがいままで行なっていた仕事を代替する。物理的なシャッターは、手に触れることのできない機能に取って代わられた。暗室やフィルム自体も、コンピューターの機能と光学的な知能によって置き換えられた。まったく平らで、レンズが一つも付いていないカメラまでデザインされている。レンズを使う代わりに完全に平らな光センサーが付いており、ピントも合っていないさまざまな光の波に対して信じられないほどの膨大な計算を行なって、画像を認知するのだ。写真撮影をコグニファイすることで、カメラはあらゆるもの（サングラスのフレームや、服の襟やペンなど）に組み込むことができるようになり、その上、以前は10万ドルもかかりバン1台分ほどの装置が必要だった3DやHDなどの他の機能も使えるようになるという革命的な変化が起きた。コグニファイされた写真撮影は、いまではほぼどんなデバイスでも片手間で行なえる機能になった。

それと似たような変化が、それ以外のありとあらゆるXで起ころうとしている。例えば化学の分野を見てみると、溶液でいっぱいのガラス器具やボトルを使って物理的に作業をしなくてはならない。それは原子を動かすということであり、これほどモノと関わる作業もない。ところが化学にＡＩを加えてやると、科学者はバーチャル実験ができるようになる。化学物質の天文学的な数の組み合わせを検索して、実際に研究室で実験する価値がありそうなものだけを選び出すことができるのだ。Ｘはインテリアデザインのようなもっとローテクなものにも当てはまる。インテリアのシミュレーションの中を歩く顧客の好みに合わせて提案をするシステムにＡＩを付加してみよう。顧客の反応に基づいたＡＩのパターン認識によって、デザインを微調整し、新しいインテリアを後景に据えてさらにテストを続ける。それを繰り返すことで、顧客個人に最適なデザインがＡＩによってできていく。法律にＡＩを適用すれば、大量の書類から必要な証拠を発見したり、判例間の整合性を判別したり、法的に議論の余地のある箇所を抽出したりすることもできるだろう。

Ｘの候補は数限りなくある。ありそうもない分野にこそＡＩを当てはめた方が、より強力な働きをしてくれる。コグニファイした投資はどうだろう？　すでにこうしたことを行なう、ベターメント［Betterment］やウェルスフロント［Wealthfront］という会社がある。[27] 彼らは株式の運用にＡＩを加え、税金対策の最適化やポートフォリオ間の持ち合いの調整に使っている。プロの資金管理者なら年に１度行なう程度の作業だが、ＡＩはそれを毎日、毎時こなすことができるのだ。

以下に挙げるのは、一見思いもよらない分野の認知化による強化の例だ。

**コグニファイした音楽**——ビデオゲームやバーチャル世界用に、アルゴリズムを使ってリアルタイムで楽曲を生成する。あなたの行動に連動して音楽が変化する。ＡＩが各プレーヤー用に何百時間分もの音楽を作曲してくれる。

**コグニファイした洗濯**——服が洗濯機にどのように洗ってほしいかを指示する。スマートになった服たちによって、毎回そのときの洗い物に合わせた指示が出され、洗濯時間も最適化される。

**コグニファイしたマーケティング**——個々の読者や視聴者が広告にどれだけ注目したかの総量を、その個人の社会的影響力（どれだけの人にフォローされ、その人たち自身がどれだけ影響力があるか）と掛け合わせ、1ドル当たりの注目度や影響力を最適化する。何百万人規模で行なわれるので、ＡＩに適した仕事だ。

**コグニファイした不動産**——「この物件を気に入った人はこういう物件にも興味があります」とＡＩによって表示して、売り手と買い手のマッチングをしてくれる。個人の実情に合わせて、融資計画なども提供してくれる。

**コグニファイした看護**——患者にセンサーを付け、生体情報を24時間監視することで個人に合わせた治療ができ、日々その精度を高めて最適化してくれる。

**コグニファイした建設**——プロジェクト管理プログラムが、設計の変更に加えて天気予報や港湾の交通渋滞、為替変動や事故までをきちんと計算に入れて動いてくれる。

**コグニファイした倫理**——自動運転車は、その行動の優先順位についてのガイドラインが必要だ。例えば歩行者の安全はドライバーのそれより優先されるかもしれない。プログラム言語に従って真に自律的な動きをするものは何であれ、スマートな倫理プログラムも必要となる。

**コグニファイしたオモチャ**――オモチャがよりペットに近づく。スマートなペットのようなオモチャは子どもの関心が非常に高く、ファービー人形なんて原始的に見えるようになる。会話できるオモチャはさらに愛されるだろう。人形は本当に受け入れられる最初のロボットになるだろう。

**コグニファイしたスポーツ**――スマートセンサーとＡＩが微妙な動きや接触を感知することで、スポーツゲームの審判や採点に新たな方法を実現できる。また、アスリートの毎秒の動きから抽出された非常に精度の高い統計データを活用すれば、最強の夢のチームができるだろう。

**コグニファイした編み物**――どんなものかは分からないが、いずれは！

われわれの世界をコグニファイすることはものすごいことであり、それはいままさに起こっているのだ。

２００２年頃に私はグーグルの社内パーティーに出席していた。同社は新規株式公開をする前で、当時は検索だけに特化した小さな会社だった。そこでグーグルの聡明な創業者ラリー・ペイジと話した。「ラリー、いまだによく分からないんだ。検索サービスの会社は山ほどあるよね。無料のウェブ検索サービスだって？　どうしてそんな気になったんだい？」。私のこの想像力が欠如した質問こそが、予測すること――特に未来に対して――がいかに難しいかを物語る確固たる証拠だ。だが弁解させてもらえるなら、当時のグーグルはまだ広告オークションで実収入を生み出してもおらず、ユーチューブなど多くの企業買収を行なうはるか前の話だった。私もその検索サービスの熱心なユーザーだったが、いずれは消えていくのではと考えていた大多数の一人だった。ペイジの返事はいまでも忘れられない。「僕らが本当に作っているのは、ＡＩなんだよ」と彼は答えたのだ。

私はここ数年、グーグルがディープマインド以外にもＡＩやロボット企業を13社も買っているのを見て、このやり取りのことを考えてきた。一見すると、グーグルはその収入の80％を検索サービスから得ているので[28]、検索機能の充実のためにＡＩ企業の買収を強化しているように思われるかもしれない。しかし私は逆だと思う。ＡＩを使って検索機能を改良しているのではなく、検索機能を使ってＡＩを改良しているのだ。あなたが毎回、検索語を入力し、その結果出てきたリンクをクリックしたり、リンクをウェブ上で新たに作ったりするのは、グーグルのＡＩのトレーニングをしていることになる。あなたが「イースターのうさぎ」の画像検索をして、結果一覧の中から最もそれらしい画像をクリックすると、あなたはＡＩにイースターのうさぎとはどういう姿なのかを教えていることになる。グーグルが毎日受けている30億回の検索要求の一つひとつがディープラーニングの先生役となってＡＩに繰り返し教えているのだ。今後10年、このままＡＩのプログラムが改良され続け、データが何千倍にも増えてコンピューターで利用できるリソースが１００倍になれば、グーグルは誰にも負けないＡＩを持つことになる。２０１５年秋の四半期決算報告会で、グーグルのＣＥＯサンダー・ピチャイは、ＡＩは「われわれがしてきたことすべてを再考して変容させる、中心的な方法論になるだろう……それを検索だろうがユーチューブだろうがグーグルプレイだろうが、すべてのプロダクトに適用していく」と述べている。[30] 私の予想では、２０２６年までにグーグルの主力プロダクトは検索ではなくＡＩになるはずだ。

この点に関しては当然ながら懐疑論もあるだろう。過去60年にわたって、ＡＩの研究者はＡＩの時代がもうすぐ来ると言い続けていたが、数年前までは未来の展望がまるで開けないままずっと停滞していた。たいしたことのない結果しか出ずに研究資金も底をつき、「ＡＩの冬」という言葉さえ作られた。[31] それから何かが本当に変わったのだろうか？

答えはイエスだ。最近になって起こった三つのブレークスルーが、ついにＡＩの扉を解き放ったのだ。

## 1．安価な並列計算

思考することは本来、並列したプロセスだ。われわれの脳の中では、何十億ものニューロンが同時に発火して、同期した波を起こすように計算を行なっている。[32] ＡＩソフトの基本的構造でもあるニューラルネットを作るには、多くの異なったプロセスが同期して起こる必要がある。ニューラルネットの各ノード〔ネットワークの接続ポイント〕は、脳の中のニューロンを大まかに真似たもので、周辺のノードと相互作用することで受け取った信号を理解する。話された言葉を理解しようと思ったら、プログラムはすべての音素間の関係を聞くことができなくてはならないし、画像を特定しようとするなら、ある画素と周りの画素の関係を見る必要があり、両者とも非常に並列的な仕事をこなしている。しかしごく最近まで、通常のコンピューターは、ある瞬間に一つのことしか実行できなかった。

変化が訪れたのは10年以上前、ビデオゲーム用に何百万もの画素を毎秒何回も並列に計算する必要から、画像処理ユニット（GPU）と呼ばれる新しいチップが考案されたときだ。パソコンのマザーボードに付加されたこの並列処理を行なう画像チップの性能はすばらしく、ゲーム産業も活気づいた。2005年までには、こうしたGPUが大量に生産されるようになり、価格がどんどん下がって基本的にコモディティー〔機能や品質の差がなくなり低廉化した一般消費財〕となった。2009年には呉恩達（Andrew Ng）とスタンフォード大学のチームが、こうしたチップを使えばニューラルネットを並列に稼働させられることに気づいた。[33]

この発見が、ニューラルネットに新しい可能性を開き、ノード間で何億もの結合を持つことが可能になった。これまでのチップでは、連鎖的につながった1億のパラメーターを持つニューラルネットの計算を行なうのに数週間かかった。呉は同じ計算をGPUのクラスタを使って1日でできることを発見した。いまでは、こうしたGPUの機能はクラウドを使って運用され、[34]フェイスブックが写真の中からあなたの友人を特定したり、ネットフリックス〔Netflix〕が5000万人の会員に的確なお勧めをしたりするために利用されている。

## 2．ビッグデータ

どんな知能にも教育が必要だ。人間の脳は物事を分類するのに優れているが、子どもが犬と猫を見分けられるようになるには、何十もの実例を見なくてはならない。[35]同じことは、人工的な知能においてさらに重要だ。チェスの最高のプログラムを積んだコンピューターでも、上手に指せるようになるにはまず最低1000試合はこなす必要がある。[36]AIのイノベーションが起きた裏には、学習に必要な、実世界に関するデータが堰を切ったように増えているという事情がある。巨大データベース、セルフ・トラッキング、ウェブのクッキー、オンラインの足あと、何兆バイトも収容する記憶装置、何十年にもわたる検索結果、ウィキペディアなどが構成するデジタル宇宙がAIを賢くするための先生役になっている。呉恩達はこう説明している。[37]「AIを作るのは宇宙船を組み立てるみたいなものです。巨大なエンジンと大量の燃料が要るのです。ロケットのエンジンが学習のアルゴリズムで、燃料はこのアルゴリズムにくべる大容量のデータというわけです」

## 3. アルゴリズムの改良

デジタル方式のニューラルネットは1950年代に発明されていたが、コンピューター科学者がこうした100万から億にまで及ぶニューロン間の天文学的な数の組み合わせにどう対処すればよいかを学ぶには何十年もかかった。重要な点は、ニューラルネットを何層か重ねて構成することだ。例えば顔を顔だと認識するという比較的単純な作業を考えてみよう。ニューラルネットの中のビットの一群があるパターン——例えば片目のイメージ——に反応したら、その結果(「これは目だ!」)はさらなる解析のためにニューラルネットの次のレベルに送られる。次のレベルでは二つの目をグループ化して、意味ある塊として階層構造の次のレベルに送り、そこで今度は鼻のパターンと関連付けられる。それには数百万のノードが必要になり(各ノードが計算結果を周りのノードにフィードバックする)、それが15層積み重なって人間の顔だと認識する。[38]2006年に当時トロント大学にいたジェフ・ヒントンが、この方法の決め手となる調整を加え、

「深層学習《ディープラーニング》」と名付けた。[39] 各層における計算結果を数学的に最適化することで、積み重なった階層の上に行くに従って、学習効果がより速く蓄積されるようにしたのだ。このディープラーニングのアルゴリズムは、数年後にＧＰＵに移植されてから急激に勢いを増した。複雑な論理思考を実現するには、ディープラーニングのプログラム単体では十分ではないものの、それはＩＢＭのワトソンやディープマインド、グーグルの検索エンジンやフェイスブックのアルゴリズムなど、現在使われているＡＩに絶対不可欠な構成要素になっている。

安価な並列処理機能とさらなるビッグデータ、そして深化し続けるアルゴリズムによるこの巨大な嵐によって、60年間もかかったＡＩが、あっという間に実現することになった。その事実が示すのは、こうしたテクノロジーのトレンドが続く限り——そうならないという理由は見つからない——ＡＩはますます進化し続けるだろうということだ。

実際にそうなっていけば、このクラウドベースのＡＩは、われわれの生活に深く関わるものになっていくだろう。しかしその実現には代償も伴う。クラウド・コンピューティングは収穫逓増《ていぞう》の法則を強化する。これはネットワーク効果とも呼ばれるもので、つまりネットワークの規模が拡大するにつれて、その価値はそれ以上に速く増大する、という法則だ。[40] ネットワークが大きくなると、新規ユーザーにとってさらに魅力的になり、それがまたネットワークを大きくし、それによって魅力を増すことでさらにネットを大きくするという循環がずっと続いていく。ＡＩ機能を持ったクラウドも同じ法則に従う。ＡＩを使うユーザーが増えれば増えるほど、より賢くなっていく。賢くなればなるほど、より多くの人が使うようになる。多くの人が使えば使うほど、より賢くなる。これがずっと続いていく。このものすごいサイクルに入ったスタートアップは急速に成長し、一気に大きくなって競合他社を圧倒する存在になっていく。その結果、われわれのAIの未来は、二、三の大きな汎用クラウドベースの商用知能に寡占的に支配されることになりそうだ。

IBMのワトソンの祖先にあたるディープ・ブルーは1997年、有名な人間対マシンの勝負で当時のチェスの世界チャンピオンだったガルリ・カスパロフを破った。[41] その後もいくつかのマシンが同様に勝利を重ねると、人々はこういった勝負にほとんど興味を示さなくなった。もうこの話は終わりだ（人類の歴史が、とまでは言わないが）と思われるかもしれないが、カスパロフは、もし自分がディープ・ブルーと同じように、過去の膨大な試合を記憶した巨大なデータベースをその場で使えていたら、もっと有利に戦えていただろうことに気づいた。こうしたデータベース・ツールを使うのがAIに許されるなら、人間が使ってもいいはずだ。ディープ・ブルーのように、人間の知性も拡張しようじゃないか。カスパロフはこのアイデアを実現しようと、AIが人間のチェスプレーヤーと対決するのではなく強化する、[42] マシン強化型プレーヤーによる試合を世界で初めて発想した。

これはいまではフリースタイルのチェスと呼ばれ、プレーヤーがお好みの戦闘技法を駆使する総合格闘技のようなものになっている。[43] 何にも頼らず人間としてプレーしてもいいし、超スマートなチェス・コンピューターの手先になって盤面の駒を動かすだけの役になろうが、カスパロフが言うところの、人間とAIがサイボーグのように一体となった「ケンタウロス」としてプレーするのも構わない。ケンタウロス型プレーヤーは通常はAIの助言をよく聞いて駒を動かすが、ときには自分の判断を優先する——われわれが車を運転していてカーナビを使うのと同じようなものだ。２０１４年に行なわれたフリースタイルバトル選手権では、どんな方式のプレーヤーも参加でき、完全にＡＩだけのエンジンが42勝したが、ケンタウロスは53勝した[44]。現存する最も強いチェスプレーヤーはケンタウロスだ。それはインタグランド［Intagrand］という、数名の人間といくつかのチェス・プログラムが組んだチームだ[45]。

しかし話はまだ先がある。ＡＩが出てくることで、純粋な人間プレーヤーの技能が下がることはなかった。まったく逆だったのだ。安価で超スマートなチェスのプログラムは、いままでにないほど多くの人々をチェスに惹きつけ、より多くの試合が開催されて、人々はいままでになく強くなった。ディープ・ブルーが最初にカスパロフを破った当時と比べ、現在は倍以上の人数のグランドマスターがいる。中でも人間の最高位にいるチェスプレーヤーであるマグヌス・カールセンはＡＩで訓練しており、人間として最もコンピューターに近いプレーヤーと言われている。彼はこれまでの人間のグランドマスターの中で、最も高い得点を記録している[46]。

もしＡＩが人間を助けてより優れたチェスプレーヤーにしてくれるのなら、同じようにより優れたパイロットや医者、判事、教師が出てきてもおかしくはない。

それでも、商用で使われるＡＩのほとんどは、非人間的なプログラムだろう。ある目的に特化したソフトウェアの脳で、例えばどんな言語も他のお望みの言語に翻訳してくれるが、その他のことはほとんど何もできない。車は運転するが、会話はしない。ユーチューブに上がっているすべての映像を１ピクセルごとに覚えているが、あなたの仕事を先回りしてはくれない。これからの10年であなたが直接間接を問わず使うＡＩの99％は、まるでオタクのように狭小で超有能な専門家のようなものになるだろう。

実際には、もし「知能」という言葉でわれわれが意味するものが、奇妙な自意識だったり、ぐるぐると回り続ける内省だったり、自意識のぐちゃぐちゃな渦だとするならば、健全な知能とはつまり、責任能力を持つものなのかもしれない。しかしもし自分の車が自動運転をするなら、ガレージと口論したことを気にするといった人間的な感情に囚われずに、道路の状態に集中してほしい。病院にいる人工のワトソン先生には診断に集中してもらって、本当は金融の専門になればよかった、などと決して悩んでほしくない。われわれがほしいのは、自意識を持つＡＩより、人工的な賢さだ。われわれは進化するＡＩに自意識が生じないように設計すべきなのかもしれない。最も高価なＡＩサービスは、自意識がないことを売りにすることになりそうだ。

非人間的な知能は、欠陥《バグ》というより特徴だ。思考するマシンで最も重要なことは、それらが人間とは違う発想をすることなのだ。

進化の歴史の気まぐれで、われわれはこの星で唯一、自意識を持った種のような顔をして、人間の知能は他に類を見ないものだという不確かな考えを抱き続けている。しかしそれは正しくない。われわれの知能は知能の集合体であって、この宇宙に存在する多くの種類の知能や意識の中の小さな一角を占めているに過ぎない。われわれは人間の知能を、他の種類の知性と比べてより多くの問題に対処できるからと「汎用」と呼びたがるが、より多くの人工的な知能を生み出せば生み出すほど、人間の思考には汎用性がまるでないことに気づくことになる。それは思考の一つの種に過ぎないのだ。

いま出現しつつあるＡＩによってなされる思考は、人間のそれとは似ていない。チェスを指したり、車を運転したり、写真に何が写っているかを説明したりといった、かつては人間にしかできないと思われていた仕事をこなしているが、それを人間のようなやり方で行なっているわけではない。私は最近、自分が保管していた個人的な写真13万枚をすべてグーグルフォトにアップロードしたのだが、グーグルのＡＩが、私の人生のすべての画像の中のすべての被写体を記憶してくれている。例えば、自転車や、橋や、私の母が写っている写真はと問いかけると、ただちに表示してくれる。フェイスブックもＡＩ機能を強化しており、地球上のどんな人が写っている写真でも、全世界のオンラインユーザー30億人の誰であるかを特定できる。[47] 人間の脳ではこれほど大量の対象にまで能力を拡張できない。つまりこれらの人工的な能力はとても非人間的なのだ。人間は統計的思考が不得意なことで有名だが、だからこそ人間のような思考法をとらず、統計に特別秀でた知能を作っているのだ。ＡＩに車を運転してもらう利点は、それが散漫になりがちな心を持った人間のようには運転しないということだ。

　何もかもが接続された世界では、違った考え方をすることはイノベーションや富の源泉になる。スマートであるだけでは足りない。商業的な要請から、産業用に強化されたＡＩがあらゆる場所に普及し、われわれの作るものすべてに安価な知能が組み込まれるだろう。しかし、電卓が算数の天才になるような、まるで新しい発想をする新しい種類の知能を発明しだしたときに、もっと大きな見返りが得られるだろう。計算はスマートさの一つの種類に過ぎない。知能全体の分類がどのようなものになるのか、いまのところは分かっていない。人間の思考のある特徴は誰でも共通したものだが（生物学的な左右対称や体節形成、管状の腸などが共通しているように）、あり得べき知性の広がりは、われわれが進化で得たものをはるかに超えた特徴を持っていると思われる。それは必ずしも、人間の思考より速いとか優れているとか深いものであるとは限らない。もっと単純なものもあるかもしれない。

宇宙においてあり得べき知性の多様性は厖大だ。近年われわれは地球上の動物の知性の種類について調査を始めたが、その過程ですでに多くの異なった種類の知性に出合うことになり、ますます畏敬の念を抱くようになった。クジラやイルカが持つ複雑で奇妙なほどにわれわれと異なる知能にはいつも驚かされる。ある知性がわれわれの知性と比べてどれだけ異質で優れたものになり得るかを想像するのはとても難しい。知性としてより優れていながら異質なものを想像する一つの手立てとして、いろいろな知性をきちんと分類してみることから始めるのもいいだろう。その分類表には、動物の知性、マシンの知性、あり得べき知性、特にSF作家が考え出してきたような、超人間的《トランスヒューマン》な知性についても入れておいた方がいいだろう。

こうして空想にふける作業が有用な理由は、たとえすべてのモノに知能を組み込むことになるのは不可避であっても、その性格については不可避なものもなければ明確な姿もないからだ。性格こそが、その知能の経済的価値や文化における役割を決めるだろう。マシンがわれわれよりスマートになるなら(理論上だけだとしても)、その可能性のおおまかなアウトラインを描いてみることが、こうした進歩を自らの手で導き、管理する上で助けになるはずだ。理論物理学者のスティーブン・ホーキング博士や天才的な発明家イーロン・マスクのような何人かの本当に賢い人々は、超スマートなAIは、われわれがそれに取って代わられる前の最後の発明となると心配する(私はそうは信じないが)。だからあり得べき知性のタイプを探るのは賢明なことなのだ。

例えばわれわれが、どこか知らない惑星に着陸したと想像してみよう。そこで出合うものの知能の程度をどうやって計ればいいだろう？　それが極度に難しいのは、われわれが自分の知能に対してさえ現実的に定義できていないからで、最近までこうした定義が必要とされなかったこともその一因だ。

　現実的な世界では――強力な知性群が存在する空間ですら――トレードオフが支配する。一つの知性が、どんなものにも完全に知性を発揮することはできないということだ。ある種の知性がある分野で優れているとすると、それは他の分野での犠牲の上に成り立っている。トラックを自動運転するスマートさは、債務担保を評価するものとは違う種類のものだ。あなたの病気を診断するＡＩと、あなたの家を見守ってくれるそれとははっきりと違うものだ。気象を正確に予測してくれるスーパー脳は、あなたの服に縫い込まれた知能とは完全に違う領域に属している。知性の分類には、それぞれがどういうトレードオフの基に設計されているか、という違いが反映されなくてはならない。以下の短い表には、われわれより優れていると見なせる種類の知性を挙げている――一方で、電卓の中の頭脳のような、モノのインターネット（ＩｏＴ）をますますコグニファイしていく何千種類とあるマイルドなマシンの賢さは除外している。

　可能性のある新しい知性：

○人間のような知性で、より速く答えを出してくれる（ＡＩとして最も想像しやすいもの）。
○巨大な補助記憶装置《ストレージ》やメモリーを使い、非常に広範囲に存在するゆっくり動く知性。
○たいしたことのない知性が何百万と集まり協調したグローバルな超知性。
○多くの非常にスマートな知性からなる集合精神《ハイブマインド》で、個々の知性はそうだと気づいていない。

○多くの非常にスマートな知性からなるサイボーグ型の超知性で、個々の知性が全体性を強く意識している。
○あなただけのために知性を強化するよう訓練されているが、他人には役に立たない知性。
○より優れた知性について想像できるが、それを作ることはできない知性。
○より優れた知性を創造できるが、それを想像するだけの自意識が十分ではない知性。
○より優れた知性を一度だけは作る能力がある知性。
○自分よりさらに優れた知性を作ることのできるような優れた知性を作ることのできる知性。
○自分のソースコードに常時アクセスでき、そのため定期的に処理作業が混乱する知性。
○感情を持たない超論理型知性。
○汎用の問題解決型知性だが、自意識は持たない。
○自意識は持つが、多用途の問題解決はできない知性。
○発達するのに長い時間がかかり、成熟するまで保護する知性が必要な知性。
○物理的に広範囲にわたって存在するので、素早く動く知性にとっては見えない超ゆっくりな知性。
○自分のクローンを正確に何度も素早く作れる知性。
○自分のクローンを作り、それらと共生する状態に留まる知性。
○プラットフォーム間を渡り歩くことで、不死を保てる知性。
○自分の認知プロセスやそのパターンを急速に変えることのできる動的知性。
○最小レベル（サイズやエネルギー消費の点から）で自意識を持ち得るナノ知性。

○シナリオを作ったり予測をしたりするのに特化した知性。
○間違いや嘘の情報も含め、一切の情報を消したり忘れたりしない知性。
○半分がマシンで半分が動物の共生生物型知性。
○半分がマシンで半分が人間のサイボーグ型知性。
○量子コンピューターを使い、われわれにはその論理が分からない知性。

こうした想像が現実になるとしても、20年以上先の未来になるだろう。この思いつきの表の重要なポイントは、どの認知も専門化されているということだ。われわれが現在作っている、もしくは来世紀に作るだろう知性は、専門的な仕事をこなし、われわれよりずっと上手にこなすようデザインされたものだろう。今後発明される最も重要なマシンは、人間の方が上手にできる仕事ではなく、人間がまるでできないことをこなすためのものだろう。最も重要な思考マシンは、人間の方がより速くより良く考えられるようなことを扱うのではなく、人間が考えもつかないことを扱うものだろう。

量子重力やダークエネルギーやダークマターといった、現在の大問題の謎を解明するためには、人間だけでなく、他の知能が必要になるかもしれない。そうした難しい問題を解決した後のもっと究極に複雑で難解な問題には、さらに進んだ複雑な知能が必要になることだろう。実際のところ、われわれだけではできないさらに洗練された知能をデザインするために、仲介して助けてくれる知能をまず発明する必要もあるだろう。違った思考が必要になるからだ。

今日では、科学的発見のためには何百人もの優れた知性が問題に当たることがほとんどだが、近い将来には、あまりに深遠なレベルの問題を解くには、何百もの異なった種の知性が必要になるだろう。異質な知性による解答をそのまま受け入れることは難しいため、新たな文化摩擦が生じるだろう。コンピューターが解いた数学の証明問題ですでにそれが起こっている。数学の証明の中にはあまりに複雑なために、コンピューターを使わなくては各手順を厳密にチェックできないものがあるが、すべての数学者がその結果を証明として受け入れているわけではいない。その証明は人間だけでは理解できず、一連のアルゴリズムを信頼する必要があり、そのためには、こうした創造物をどの時点で信頼すべきか判断する新しいスキルが必要になる。異質の知性を受け入れるにも同様のスキルが必要だし、われわれ自身の境界もさらに拡げなくてはならない。組み込み型のAIは、科学の方法論も変えるだろう。真に知的な機器が計測のスピードもやり方も変えるだろう。真に巨大なリアルタイムのデータセットがモデル作りのスピードもやり方も変えるだろう。真にスマートな記録が、何かを理解したとわれわれが容認するスピードもやり方も変えるだろう。科学的手法は理解のための方法論だが、それは人間がいかにして理解するかを基準にして築かれてきた。われわれがこの手法に新しい種類の知能を加えたとたんに、科学の理解や進歩は新しい知能を基準としなければならなくなる。その時点で、すべてが変わっていく。

AIという言葉は「異質の知性（Alien Intelligence）」の略号にもなることだろう。これから200年の間に、夜空に輝く何十億もの地球型惑星に住む宇宙人との接触があるかどうかは分からないが、その頃までにわれわれが異星人のような知能を作り上げていることはほぼ100％確かだ。そうした人工的な異星人からは、実際に宇宙人に遭遇したかのような恩恵や脅威を受けることになるだろう。われわれは自らの役割、信条、目標、アイデンティティーの再評価を迫られるだろう。人間は何のために存在しているのか？　私が考える最初の答えは「生物学的な進化では獲得できない新しい種類の知能を発明するために存在している」というものだ。われわれの仕事は違った考え方をするマシンを作り、異質な知性を創造することなのだ。だからＡＩのことを実際は、ＡＡ（Artificial Alien：人工異星人）と呼ぶべきだろう。

ＡＩは科学について異星人のように考えるだろう。それがあまりに人間の科学者と違う考え方なので、人間も科学に対して違った考え方をするよう迫られるだろう。あるいは、モノ作りやファッション、金融サービス、科学やアートのどんな分野でも、同様の現象が起きるだろう。ＡＩが異星人であればあるほど、それは速度やパワーよりよっぽど価値のあるものになるだろう。

そもそも知能とは何なのかをわれわれがより理解するのに、ＡＩは役立つだろう。車を運転したり、「ジェパディー！」のゲームで勝利したり、何十億もの顔を認識したりできるのは超知的なＡＩのみだとかつては主張していたかもしれない。しかしこの数年、ＡＩがそれらを成し遂げるたびに、われわれはそれが単なる機械であって真の知性とは言えないと考えるようになった。「機械学習《マシンラーニング》」というラベルを貼ったのだ。ＡＩが何かを成し遂げるごとに、それを非ＡＩとして再定義していった。

われわれはＡＩについて、それが何を意味するのかを再定義してこなかった——人間にとってどういう意味があるかということだけを再定義してきたのだ。過去60年以上にわたり、人間に固有だと考えてきた振る舞いや才能を、機械的プロセスがそっくり再現してきたことで、われわれをそれらと分かつものは何かと絶えず考えてこなくてはならなかった。より多くの種類のＡＩが発明されれば、人間に固有だと思われていたものをさらに放棄せざるを得なくなるだろう。われわれだけがチェスを指せる、飛行機を操縦できる、音楽を作曲できる、数学の法則を発明できる、という考えを一つひとつ放棄することは、苦痛に満ちた悲しみだろう。これからの30年、もしくは次の世紀まで、人間は一体何に秀でているのかと、絶えずアイデンティティーの危機に晒されることになるだろう。もし自分が唯一無二の道具職人でないなら、あるいはアーティストや倫理学者でないならば、人間を人間たらしめるものはいったい何だろうか？　極めつけの皮肉は、日々の生活で役立つＡＩのもたらす最大の恩恵が、効率性の増大や潤沢さに根ざした経済、あるいは科学の新しい手法といったものではないことだ。もちろんそうしたことはすべて起こるだろうが、ＡＩの到来による最大の恩恵は、それが人間性を定義することを手助けしてくれることだ。われわれは、自分が何者であるかを知るためにＡＩが必要なのだ。

これから数年の間に最も注目を浴びる異星人的知性は、身体を与えられたものだ。われわれはそれをロボットと呼ぶ。ロボットもまた、いろいろな形や大きさや構造を持つようになり、言うなれば多様な種として出現するだろう。あるものは動物のように吠え、多くのものは植物のように動かず、サンゴ礁のように散らばって存在したりするだろう。ロボットはすでにそこに、静かに存在している。すぐに、もっと目立つスマートなものが出てくるのは不可避だ。それらがもたらす破壊的影響は、われわれの根幹にかかわるものになるだろう。

もしもこの国の労働者の10人のうち7人が明日にでも解雇されたら、いったいどういう事態になるだろう？

半分以上の労働者に解雇通知を渡すことになったら、経済はどうなってしまうのか。しかし19

世紀初頭の産業革命において、まさに同じことが労働者の身にゆっくりと起こっていた。２００年前には、アメリカでは70％の労働者が農場で働いていた。[48] 現在ではオートメーションによってその仕事は１％となり、[49] 彼ら（労働用の家畜も含め）は機械に置き換わってしまった。しかしそうした労働者は、そのまま何もせずに座っていたわけではない。そうではなく、オートメーションは、まったく新しい分野で何億もの新しい仕事を生んだのだ。かつては農業で暮らしていた人々が、工場労働の分野に配置転換され、せっせと農機具や車や他の工業製品を作り始めた。それ以降、道具の修理工、オフセットの印刷工、食品を扱う化学者、写真家、ウェブデザイナーといった新しい職業が次々と波のように押し寄せたが、それは以前の職業をオートメーションすることで生まれたものだった。現在ではほとんどの人が、１８００年代の農民が考えもつかなかった職業に就いている。

信じ難いことかもしれないが、今世紀が終わるまでにいま存在する職業の70％がオートメーションに置き換えられるだろう——あなたの仕事も含めてだ。つまり、ロボット化は不可避であり、労働の配置転換は時間の問題なのだ。この激変はオートメーションの第二の波によって起こるだろう。そこでは人工的な認知、安価なセンサー、機械学習、遍在するスマート機能が中心に躍り出る。広範に及ぶこのオートメーションは、肉体労働から知識労働まで、すべての仕事に及ぶだろう。

まず手始めに、マシンはすでにオートメーションされた産業でその地歩を固めていくだろう。組み立てラインの作業員を一掃したロボットは、次は卸売店に向かう。１５０ポンドの荷物を一日中持ち上げることのできるスピード型ロボットが、荷箱を探し出し、それらを仕分けし、トラックに積み込む。こうしたロボットはすでにアマゾンの倉庫で稼働している。フルーツや野菜の収穫は、農園に人を見かけなくなるまでロボット化がどんどん進むだろう。薬局では薬剤師が患者の相談に乗っている裏側で、薬を1粒ずつ扱うロボットが使われるようになるだろう。実際にこういう薬を仕分けするロボットは、カリフォルニアの病院で稼働している。いままでのところ、人間の薬剤師ではあり得る処方の間違いを、彼らは一度もしたことがない。次には、オフィスや学校の掃除といったもっと手間のかかる仕事が、深夜労働をするロボットに置き換えられ、最初は簡単な床や窓の清掃から始まって、ついにはトイレ掃除もできるようになる日が来るだろう。長距離トラック輸送の高速道路の区間の運転は、トラックに組み込まれたロボットが行なうようになる。2050年までに、ほとんどのトラック運転手は人間でなくなるだろう。アメリカではとても一般的な職業なので、これは大ごとだ。[50]

そうしているうちに、ロボットはホワイトカラーの仕事にも進出してくる。すでにわれわれの持つ多くのマシンにはAIが入っている——ただそう呼ばないだけだ。例えばグーグルの最新のコンピューターは見せられたどんな写真にも正確なキャプションを付けるという。[51]ウェブから無作為に選んだ写真を見て、完璧な説明文を書いてくれるのだ。それに、一連の写真を見れば、そこでどういうことが進行しているのかを人間のように説明してくれ、しかも疲れるということがない。グーグルの翻訳AIはスマートフォンを通して個人用の通訳者になってくれる。マイクに向かって英語で話しかければ、直ちにそれを理解可能な中国語、ロシア語、アラビア語や他の何十もの言語に翻訳してくれるのだ。話しかけた相手にスマートフォンを向ければ、アプリが相手の答えをすぐに翻訳して返してくれる。この機械翻訳は、トルコ語をヒンディー語に、フランス語を韓国語に翻訳できる。もちろん、どんな文章も翻訳できる。外交関連のレベルの高い通訳者は当分失職しないだろうが、日々のビジネスで使うならこれで十分だろう。実際のところ、多くの書類仕事が、医学分野の大半を含め、どんどんロボットに取って代わられるだろう。大量の情報を扱って決まりきった作業をするような仕事は、すぐに自動化されるだろう。あなたが医者であろうと翻訳者であろうと編集者であろうと弁護士であろうと建築家であろうと記者であろうと、それどころかプログラマーであろうが関係ない。ロボットが代替する仕事は大量に発生するだろう。

われわれはすでに変曲点に来ている。

知的なロボットの見た目や行動についてわれわれが以前から抱く思い込みのせいで、すでに周辺で起きている現実が見えなくなってしまっている。ＡＩが人間のようなものだと思うのは、人工的な鳥である飛行機が翼をばたつかせると発想するのと同じ論理上の欠陥だ。ロボットもまた、人間とは違う考え方をする。

リシンク・ロボティクス社［Rethink Robotics］の作った革命的なワークボット（労働用ロボット）、バクスター［Baxter］について見てみよう。このバクスターは家庭用の掃除ロボットとして最もよく売れたルンバやその後継モデルを作った元ＭＩＴ教授のロドニー・ブルックスが開発したもので、人間の横で一緒に働く新しい次元の工業用ロボットの先駆けだ。バクスターの姿はそれほどカッコよくはない。つまり多くの工業用ロボットのように、大きくて強力な腕とフラットスクリーンが付いている。そして通常の工業用ロボット同様、その腕を使って繰り返し手作業をこなす。しかし、以下の三つの点で、他のロボットとは大きく違うのだ。

まず、このロボットは頭に付いたマンガのような目を動かすことで、周囲を見回したときに何に注目しているかを伝えられる。近くの人間を認識して、傷つけないよう配慮する。周囲で働く人たちは、見られていることが分かる。以前の工業用ロボットではこういう芸当はできなかったし、だからロボットを人間と物理的に切り離さなければならなかった。現在の典型的な工業用ロボットは鎖のフェンスやガラスケースの内側に閉じ込められている。他者に注意を払わないロボットに近寄るのが単に危険過ぎるからだ。そのため、隔離するスペースのない小さな工場では使うことができなかった。本来なら、労働者とロボットが互いに材料を手渡したり、ロボットのコントロールを手作業でやれればよいのに、隔離してしまうとそうもできない。一方、バクスターはそういうことを認識できる。フォースフィードバック機能〔入力操作に反応して入力装置に振動や衝撃を伝える機能〕を使って、自分が人間や他のロボットとぶつかっていないかを認識し、礼儀正しく振る舞う。ガレージのコンセントに電源プラグを挿せば、そのすぐ隣りで一緒に作業できるのだ。

二つ目は、誰でもバクスターを訓練できる点だ。他の工業用ロボットほど迅速でも強くも正確でもないが、よりスマートだ。訓練するのは、ただその腕を掴んで、正しい一連の動きをなぞってやればいい。それはある種、「私がやるから見て真似して」というおなじみのやり方だ。バクスターは手順を学んでそれを繰り返す。実演して教えるこのやり方ならどんな労働者でもできるし、特にロボットの操作に熟達する必要もない。以前の労働用ロボットではちょっとした仕事の変更をロボットに指示するだけでも、高度な訓練を受けたエンジニアや優秀なプログラマーが何千行ものプログラムを書かないと（そしてデバッグしないと）いけなかった。プログラムを変更する際は、ロボットを動かしながらというわけにいかないので、大掛かりで頻繁には行なえないバッチ方式という一括方式で行なっていた。典型的な工業用ロボットの運用にかかる本当のコストは、本体のハードウェアではなく運用コストだったのだ。工業用ロボットの購入には10万ドル以上かかったが、[52]それを使っている期間全体で、プログラム作成や訓練、保守などにその4倍以上の費用がかかった。[53]工業用ロボットの全運用期間中にかかる平均費用は、50万ドル以上に膨れ上がった。

そこで三番目として、バクスターは安価であることが挙げられる。本体は2万5000ドルで、総額50万ドルもかかった以前のものとは一線を画している。[54]言うなれば、バッチ方式のプログラムで動くこれまでの定番ロボットは、ロボットの世界ではメインフレームのコンピューターに相当するのに対し、バクスターは最初のパソコン型ロボットだと言える。ミリ単位以下の精度を持っているわけではないので、ホビー用として片づけられそうだが、大昔のメインフレームとは違ってパソコンを使うように、直接その場でやりとりできて、しかも専門家の助けを仰ぐ必要もない――だから気楽な目的にも利用できる。十分安いので、ちょっとした生産工場が導入して、製品のパッケージを作ったり、顧客の要望に合わせて製品の色を変えたり、3Dプリンターを運用させたりといった用途に使える。あるいは、アイフォンを作るような工場にも導入できるだろう。

バクスターはボストンのチャールズ川沿いにある、築100年以上のレンガ造りの建物の中で発明された。1895年当時、この建物は新しい工業化時代の中心にあって、製造業の驚異を体現していた。そこでは自家発電さえしていた。1世紀にわたって、この建物に入った工場たちが、われわれを取り巻く世界の形を変えていったのだ。いまや、バクスターの性能や今後予想されるさらなる高性能なワークボットの出現が、前回の産業革命を超える製造業の破壊的イノベーションを起こすのではないかと、発明家ブルックスは思いを巡らせている。窓の外に広がるかつての工業地帯を見渡しながら、彼は言う。「今は製造業といえば中国ということになっています。でもロボットのおかげで生産コストが下がるにつれ、輸送コストの方がはるかに大きなものになるでしょう。近場で生産した方が安くなるのです。そこで私たちは、地域のフランチャイズ化した工場のネットワークを作り、納品先から5マイル以内で生産できるようにするつもりです」

モノを作るならそれで正しいかもしれないが、人間の仕事として残っているもののほとんどはサービス業だ。そこで私はブルックスに一緒に近くのマクドナルドの店まで行ってもらい、彼のロボットが代替できる仕事を指摘してもらうことにした。彼は口ごもって、ロボットが料理してくれるようになるには30年はかかると言った。「ファストフードの店では、同じ仕事を長時間続けることがありません。いつでも状況に合わせて個別の解決法を見つけないといけないんです。私たちは個別の用途の解決法を売ろうとしているわけではありません。労働者が自分たちでセットして一緒に働ける、汎用マシンを造っているんです」と彼は言う。そして一旦それらのロボットと隣で働き始めると、お互いの仕事が混ざり合い、われわれが昔からやってきた仕事はやがて彼らの仕事となる――われわれの新たな仕事は、今からはほとんど想像もできないものになるだろう。

ロボットがわれわれの仕事をどのように代替していくかを理解するために、われわれとロボットとの関係を四つの分野に分類してみよう。

## 1. 人間ができるが、ロボットの方が上手にできる仕事

人間は綿から生地を作るのに大変な努力を要するが、自動化された織機は完璧な生地を1平方メートル当たり数セントのコストでいくらでも作ってくれる。手作りの服を買うたった一つの理由は、人間が作ることによる不完全さを求めているからだ。不完全な車を求める理由はほとんどない。われわれは、高速道路を毎時70マイルで運転するのに、もう不完全さを求めることはないし、車の製造には人手が加わらなければ加わらないほど良いと考えるようになった。

一方でもっと複雑な仕事に対しては、コンピューターやロボットは信頼できないという誤った考えを抱きがちだ。それらが概念的な繰り返し作業を、物理的な作業の繰り返しよりも上手にこなしている場合があることを、なかなか認めたがらない。ボーイング７８７ジェット旅客機を自動操縦できるコンピューター脳は、通常のフライトで7分間を除いて全航程を補助なしで操縦する。[55] コックピットにパイロットがいるのはその7分間と、「もしものとき」のためだが、人間が必要とされるこうした時間はどんどん減っている。１９９０年代には住宅ローンの評価について、コンピューターが人間に取って代わった。同様に、以前は非常に高度な専門家が高い料金で行なっていた税金対策やレントゲン画像解析や事前のチェックもコンピューターに移行した。生産現場でロボットに全幅の信頼を寄せるようになったわれわれは、じきにロボットがサービスや知識労働の分野でも、われわれより優れた仕事をすることを認めることになるだろう。

## 2. 人間にはできないが、ロボットができる仕事

典型的な例として、人間は手助けなしでは真鍮のネジ一つ作るのも難しいが、オートメーショ

ンを使えば、まったく同じものを毎時1000個は作れる。われわれはオートメーションなしにはコンピューターのチップ一つ作れない──そこで必要とされる精度や全体の制御、揺らぐことのない注意力といったものを、われわれの動物の肉体は持ち合わせていないのだ。同様に、どれだけ人が集まろうと、どんなに教育程度が高かったとしても、世界中のすべてのウェブを探索して昨日のカトマンドゥーの卵の値段をすぐに探し出すことはできないだろう。検索ボタンを毎回クリックするたびに、あなたは人間が種として単独ではできない仕事をロボットにやらせているのだ。

人間の仕事をロボットが奪ったことばかりがニュースで話題になるが、人間では不可能な仕事にロボットが使われて非常に役に立っていることこそが最大の恩恵だと言える。われわれはCAT(X線体軸断層撮影)でスキャンされた画像のすべての1ミリ角の領域を詳細に調べて、がん細胞の有無を調べる集中力は持ち合わせていない。溶けたガラスをミリ秒単位で制御して膨らませて瓶にすることもできない。メジャーリーグのすべての投球記録を完璧に記憶して次の投球の確率をリアルタイムで計算するといったこともできない。

われわれはロボットに「おいしい仕事」を与えたりはしない。だいたいにおいて、絶対自分ではできない仕事を投げているのだ。ロボットがいなければ、その仕事は手付かずのままだ。

## 3. われわれが想像もしなかった仕事

これこそ、ロボットが代替すべき仕事の極めつけだ。ロボットやコンピューター化された知能によって、われわれは150年前には想像もできなかったことをできるようになっている──いまでは臍《へそ》を経由して腸にできた腫瘍を切除したり、結婚式の音声付きの映像を撮影したり、火星でカートを運転したり、友人が送ってきたデータで布地に模様を印刷したりすることができる。1800年頃の農民が見たらショックで目を回すような何百万もの新しい活動を、自分自身で、ときには仕事としてこなしている。新たにできるようになったこうした仕事は、単に以前なら難しかったというだけではない。それよりも、それを可能にしたマシンの能力によって創られた夢であり、つまり、マシンが作り出した仕事なのだ。

自動車やエアコン、平面ディスプレーやアニメなどが発明される前の古代ローマで、エアコン付きの車に乗ってアテネに向かう車内でアニメを鑑賞したいと望む者など誰もいなかっただろう。私は最近、そんな経験をしたばかりだ。100年前の中国では、家の中に水道管すらないのに、遠くの友人と話したいからガラス張りの小さな板を買いたい、などと言う人は一人もいなかったはずだ。だが今や中国では、水道も通っていない農村の住民がスマートフォンを買っているのが日常だ。手の込んだAIが組み込まれた一人称視点《ファーストパーソン》シューティングゲームのおかげで、何百万もの十代の子どもが発奮してプロのゲームデザイナーを目指すなどということは、ビクトリア朝時代の少年は夢にも思わなかった。まさに現実において、われわれが発明したものがわれわれに仕事をもたらしている。さまざまな分野でオートメーションが成功して、そこに新しい職業が生まれる——それらはオートメーションされなければ想像さえできなかったものなのだ。

ここで強調したいのは、オートメーションによって生まれた新しい仕事のほとんどは、別のオートメーションしか手掛けられないということだ。いまではグーグルのような検索エンジンがあるが、われわれはこの召使に向かって何千もの用事を言いつける。ねぇグーグル、僕のスマホはどこにある？　グーグル、鬱病患者と薬を提供する医者をマッチングできる？　グーグルさん、口コミからの大流行が次に起こるのはいつ？　テクノロジーはこうして分け隔てなく、人間とマシンの両者に対して新しい可能性や選択肢を山のように提供してくれるのだ。

2050年に一番儲かる職業は、まだ発明されていないオートメーションやマシンによるものだと予測しておけばまず間違いないだろう。つまり、そうした仕事を可能にするマシンやテクノロジーがまだ分からないので、そうした仕事がどんなものになるかはいまは見通せない。ロボットはわれわれがかつては望みもしなかった仕事を生み出しているのだ。

### 4．まずは、人間にしかできない仕事

人間にできてロボットができないこと（少なくとも当分の間は）の一つが、人間がしたいこととはそもそも何なのかを決めることだ。これは大いなる語義矛盾だ――われわれの欲望はそれに先立つ発明によって喚起されているから、堂々巡りになってしまう。

ロボットやオートメーションが基本的な仕事をほぼこなしてくれて、衣食住が比較的容易になって初めて、われわれは「人間は何のために存在しているのか？」と気ままに問いかけることができるようになる。工業化がもたらしたのは、平均寿命の向上だけではなかった。人口のより多くが、バレリーナやプロのミュージシャン、数学者、アスリート、ファッションデザイナー、ヨガ教師、流行作家こそが人間の生きる道だと決意し、ユニークな肩書を名乗るようになった。マシンのおかげでそうした役割を演じることが可能になったわけだが、当然のことながら、時間が経てばそれらもマシンがこなせるようになっていく。そのことに後押しされて、われわれは「自

分たちが何をすべきか?」という問いの答えをさらにたくさん思いつくことだろう。ロボットがそうした疑問に答えてくれるには、まだ何世代もの時間がかかるだろう。

こうしたポスト工業化社会の経済は、新しい仕事を発明することが個々人の仕事(の一部)になる一方、その新しい仕事もそのうちロボットの反復作業になっていくことで、ずっと拡張し続けるだろう。今後数年でロボット運転の車やトラックが当たり前になり、トラック運転手は新たな仕事として経路の最適化や、交通アルゴリズムを調整してエネルギー消費や時間配分を最適化する業務に従事することになるだろう。ロボットを使った手術が日常的に行なわれるようになると、より複雑になったマシンを殺菌する新たな医学的手法が必要とされるようになるだろう。自分の行動のすべてを自動的にトラッキングすることが日常化すると、そのデータを解釈するのを助けてくれる、プロのアナリストという職業が出てくるだろう。そして当然ながら、あなたの個人用ロボットが日々稼働できるように面倒を見てくれる、ロボットシッターという職業が必要となるだろう。そうした新しい職業も、いずれはオートメーションで代替されていく。

バクスターの子孫であるパーソナル・ワークボットを誰もが自分の手足のように使うようになったら、本当の革命が起きるだろう。あなたが人口の0.1%にあたる農家だったとしよう。直販を行なう小さな有機農法の農園を経営している。農家の仕事はあっても、実際の農作業はほとんどロボットがやってくれる。ワークボットの一団が暑い日差しの下で、土に刺さったスマートなセンサーのネットワークから集めた情報に従って、除草したり病害虫駆除したり収穫したりというほとんどの仕事をこなしてくれる。あなたの農家としての新しい仕事は、農場のシステム全体を監視することだ。ある日のあなたの仕事は、さまざまなエアルームトマトのどれを植えるかを研究したり、顧客が何を食べたがっているかを探ったり、一人ひとりに向けた個別の商品ラベルの情報を最新のものにしたりという仕事かもしれない。それ以外の、測定可能な仕事はすべてロボットがやってくれる。

今はまだ考えもつかないだろう。さまざまな種類のものをかき集めてギフトに仕立てたり、芝刈り機用の予備の部品を製造したり、新しいキッチンを作るのに材料を組み上げたりといった作業がロボットにできるとは思えない。甥っ子や姪っ子たちが自宅のガレージで何十ものワークボットを使って、友達の電気自動車スタートアップのためにインバーターを作っている、というような状況は想像できない。子どもたちが家電デザイナーになって、液体窒素を使ったデザートマシンを大量生産して中国の大富豪に売りつける、なんてことも想像できない。でもそれこそが、パーソナル・ロボットのオートメーションが可能にすることなのだ。

誰もがパーソナル・ロボットを使えるようになるだろうが、ただ持っているだけでは成功はおぼつかない。それよりも、ロボットやマシンと一緒に働くプロセスを最適化できた者が成功を摑み取るだろう。生産拠点の配置を考えるには、地理的な労働賃金の差よりも人間の専門性の違いを考慮することが重要になる。つまり人間とロボットの共生環境だ。われわれ人間の役割は、ロボットのために仕事を作り続けることになる――この作業は決して終わりがないだろう。だからわれわれの仕事も少なくとも一つはずっと残るのだ。

これからの将来、ロボットとの関係はいままでになく複雑化するだろう。だが、そこで繰り返されるはずのあるパターンはすでに現れている。今の仕事や給与と関係なく、あなたは否定に否定を重ねていくという予想可能なサイクルを経て進歩していくのだ。ここに「ロボットに代替されるまでの七つの段階」を挙げておく。

1. ←ロボットやコンピューターに僕の仕事などできはしない。

2. ←OK、かなりいろいろとできるようだけれど、僕なら何でもこなせる。

3. ←OK、僕にできることは何でもできるようだけれど、故障したら僕が必要だし、しょっちゅうそうなる。

4. ←OK、お決まりの仕事はミスなくやっているが、新しい仕事は教えてやらなきゃいけない。

5. ←OKわかった、僕の退屈な仕事は全部やってくれ。そもそも最初から、人間がやるべき仕事じゃなかったんだ。

6. ←すごいな、以前の仕事はロボットがやっているけれど、僕の新しい仕事はもっと面白いし給料もいい！

7. ←僕の今の仕事はロボットもコンピューターもできないなんて、すごくうれしい。

## ［以上を繰り返す］

これはマシンとの競争ではない。もし競争したらわれわれは負けてしまう。これはマシンと共同して行なう競争なのだ。あなたの将来の給料は、ロボットといかに協調して働けるかにかかっている。あなたの同僚の9割方は、見えないマシンとなるだろう。それら抜きでは、あなたはほとんど何もできなくなるだろう。そして、あなたが行なうこととマシンが行なうことの境界線がぼやけてくる。あなたはもはや、少なくとも最初のうちは、それを仕事だとは思えないかもしれない。なぜなら退屈で面倒な仕事は管理者がロボットに割り振ってしまうからだ。

われわれはロボットに肩代わりしてもらう必要がある。政治家たちがいま、ロボットから守ろうとしている仕事のほとんどは、朝起きてさあやろうとは誰も思えないものだ。ロボットが行なう仕事は、われわれがいままでやってきて、彼らの方がもっと上手にできる分野のものだ。彼らはわれわれがまるでできない仕事もやってくれる。必要だとは想像もしなかった仕事もやってくれる。そうすることで、われわれが新しい仕事を自分たちのために見つけるのを手伝ってくれる。その新しい仕事が、われわれ自身を拡張していくのだ。ロボットのおかげで、われわれはもっと人間らしい仕事に集中できる。

それは不可避だ。ロボットたちには仕事を肩代わりしてもらい、本当に大切な仕事を頭に描くのを手助けしてもらおう。

# 3. FLOWING
フローイング

インターネットは世界最大のコピーマシンだ。最も本質的なレベルで見れば、このマシンに乗るわれわれのありとあらゆる行動や性格、思想といったものをすべてコピーしていく。インターネットのある地点から別の地点までメッセージを送ろうとすると、その通信手順として、メッセージ全部をその過程で何度かコピーする必要がある。データのビットは、メモリー、キャッシュ、サーバー、ルーターを行ったり来たりするサイクルの間で何十回もコピーされる場合がある。テック企業はこうした終わりのないコピーを容易にする機器を売って大儲けしている。音楽でも映画でも本でも、何かコピーできるものがあり、それがネットに触れていれば、コピーされる。

デジタル経済はこうした自由に流れるコピーの川の上を動いている。実際のところデジタル通信ネットワークは、コピーが極力少ない摩擦で流れるように設計されてきた。インターネットはまるで超伝導装置のようで、超伝導素材の電線に電気が流れるように、ひとたびコピーが生まれるとそれは永遠に流れ続ける。これはネットで口コミが広がる仕組みそのものだ。コピーがまたコピーされ、複製物のさざ波が新しいコピーを生み出し、それが次々と伝わって大きな波が立っていく。コピーは一度でもネットに触れたら、二度と抜け出すことはない。

この超流通システムこそが、われわれの経済や富の基盤となっている。データ、アイデア、メディアを瞬時に複製できることが、21世紀の経済の主要セクターを下支えしている。ソフトウェア、音楽、映画、ゲームといったコピーが容易なプロダクトはアメリカにとって主要な輸出品であり、それらの産業は国際的な競争力を保持している。従ってわが国の富は、手当たりしだいひっきりなしにコピーする大掛かりな仕掛けの上に成り立っているのだ。

見境なく行なわれるこの大量のコピーを止める方法はない。できたとしても、それは富を駆動するエンジンを妨害するばかりか、インターネットそのものを止めてしまうことになる。コピーの自由な流れは、グローバルなコミュニケーション・システムに焼き付いた性質そのものなのだ。ネットのテクノロジーは制約のないコピーを必要とする。コピーの流れは不可避なのだ。

われわれの文明を支えていたかつての経済は、定番の物品が並ぶ倉庫といっぱいの積荷が備蓄された工場から成り立っていた。そういう物理的な品々はいまでも必要だが、もはや富や幸福のためには十分ではない。われわれの関心は、形のある品々から手に触れられないコピーのようなモノの流れに移っている。モノを構成する物質だけでなく、その非物質的な配置やデザイン、さらにはこちらの欲求に応じて適応し流れていくことに、われわれは価値を見い出すのだ。

かつては鉄製や皮革製だった固形のプロダクトが、いまやアップデートされ続けるサービスの流れとして販売されている。あなたが家に停めてある固体の車は、ウーバー、リフト［Lyft］、ジップ［Zip］、サイドカー［Sidecar］といったサービスのおかげで、個人向けオンデマンド運輸サービスへと姿を変えている——そうしたサービスは車より速く改良されている。食料品は、いままでのように行き当たりばったりで買うのではなく、家庭の食料を補充していく確固たる流れとなって、途切れることなくあなたの家庭に届く。[56] あなたは数カ月ごとに性能の上がった電話を手にできる——新しい基本ソフト（ＯＳ）の流れがあなたのスマートフォンを自動的にアップデートして、以前であればハードウェアが必要だったような新しい機能や利便性を付け加えてくれるのだ。それに、新しいハードを買ったときも、使い慣れたＯＳの機能が維持され、あなた個人の設定をその新しいデバイスに流してくれる。この永続的なアップグレード全体が連続していく。それは飽くことのない人間の欲望にとって夢のような話だ——より良いものが途切れることなく流れていく。

　こうして常に流れていく新しい体制の中心には、これまでになく小さなコンピューターの力が潜んでいる。われわれはいま、コンピューター化の第三段階、流れ《フロー》の時代に入っているのだ。

　コンピューター化の第一の時代は、工業化時代から借用したものだった。マーシャル・マクルーハンも言っているように、新しいメディアの初期の形は、それが代替した古いメディアを模倣する。[57]最初の商用コンピューターは、オフィスの姿を真似した。画面には「デスクトップ」や「フォルダー」や「ファイル」が並べられた。それらは階層的に整理されていたが、それはコンピューターが捨て去ってきた工業化時代のやり方だった。

　デジタル時代の第二段階はオフィスの真似事をやめ、ウェブの原理によって体系化された。基本的な単位はもうファイルではなく「ページ」となった。ページはフォルダーに整理されるのではなく、ネットワーク化されたウェブに並べられた。ウェブは蓄積された情報や実際に使われる知識などあらゆるものを含む何十億ものハイパーリンクされたページでできている。デスクトップのインターフェースは「ブラウザー」という、どんなページもいくらでも表示できる単一のウインドウに置き換えられた。このリンクの網の目はフラットだった。

　いまではコンピューター化の第三段階に移行中だ。ページやブラウザーはもはやそれほど重要ではなくなった。現在の主要な単位は、流れとストリーミングだ。われわれは常にツイッターの流れやフェイスブックのウォールに流れる投稿を注視している。写真や映画や音楽をストリーミングで楽しんでいる。テレビの画面の下にはニュースのバナーが流れている。ユーチューブ・チャンネルというストリーミングに登録している。ブログからはＲＳＳのフィードが流れてくる。

お知らせやアップデートの流れに身を委ねている。アプリは流れるような一連のアップグレードによって改良される。リンクがタグへと置き換わり、流れの中のある瞬間に対してタグ付けしたり、「いいね!」や「お気に入り」を付けたりしている。スナップチャット［Snapchat］、ウィーチャット［WeChat］、ワッツアップ［WhatsApp］といったサービスが流すものは、現在の情報だけが対象で、過去も未来もない。それらはすべて過去へ流されていく。あなたがそこで何を見るにせよ、それは過ぎ去っていく。

時間の流れもまた変化している。第一の時代には、仕事はまとめて行なうバッチ方式だった。請求書は毎月。税金は毎年同じ月に。電話の請求書は30日分まとめて。いろいろなものを積み上げておき、まとめて束にして処理していた。そして次の段階ではウェブが登場して、すぐにすべてのことがその日のうちに行なわれるのが当たり前になった。銀行からお金を引き出すと、それは月末ではなく、その日のうちに口座の差引額として計上される。メールを送ったらその返事は同日中に来るはずで、昔の郵便のように2週間後ということはない。生活のサイクルは、バッチ方式から日々の単位に変わった。これは大きな変化だ。期待される時間軸があまりに早く変わったので、多くの組織がついていけなくなった。書き込みが必要な書類が送られてくるのを待つという行為をもはや人々は我慢できなくなった――その日にすぐできないのなら、もう結構というわけだ。

いまや第三段階に入ると、1日単位からリアルタイムへと変わっていった。誰かにメッセージを送ったらすぐに返してほしいと思うようになった。もしお金を払ったら、口座の残高はその時点で精算されるべきだ。医療検査の結果は、なぜいますぐではなくて何日もかかるのか。学校でのテストは、なぜ結果をすぐに出してくれないのか。ニュースだったら、1時間前の出来事じゃなくていまこの瞬間に起きていることを知りたいと望むようになった。リアルタイムに起きていないことは、存在しないも同然なのだ。その当然の結果として——かつとても重要な点は——リアルタイムで処理するには、すべては流れていかなくてはならない。

例えば映画をオンデマンドで鑑賞するには、映画が流れていなくてはならない。ネットフリックスに加入している多くの家庭がそうであるように、わが家はリアルタイム一辺倒だ。ストリーミング視聴ができなければその映画は選ばない。ネットフリックスのDVDのカタログには約10倍のタイトルが収容されていて画質も良いが、われわれは2日も待って高画質のDVDを見るより、少々画質は悪くてもリアルタイムで見る。同時性が品質より優先されるのだ。

同様に本もリアルタイム化されている。デジタル時代以前には、私はすぐに読むつもりがない本でも買っていた。書店でそそられる本を漁っては買うのが好きだったのだ。インターネットによって本のお勧め記事にますますオンラインで遭遇するようになると、積読本の山はますます高くなっていった。キンドルが出現すると、当初はデジタル本だけを買うことにしたが、それまでの習慣そのままに、良い評価が付いた本に出合ったらその場で電子版を買っていた。何と言ってもとても簡単だ！　クリックするだけで買えるのだから。やがて私は、おそらく皆さんも経験したであろう啓示を受けた。あとで読もうと本を買ったとしても、その本が置かれているのは買っていない他の本と同じ場所（つまりクラウド中）であって、その違いはお金を払った棚か払っていない棚かというだけなのだ。それなら支払いが済んでいない棚に入れておいても構わないじゃないか。こうしていままでは、これから30秒以内に読み始めるつもりの本以外は購入しないようになった。こうしたジャストインタイム式の購入法も、リアルタイムのストリーミングの自然な結果なのだ。

工業化時代に企業は、効率と生産性を上げることで自分たちの時間を最大限活用していた。今日ではそれでは不十分だ。今や組織は顧客や市民の時間を節約しないといけない。つまりリアルタイムでやり取りできるように最大限努力しなくてはならないのだ。リアルタイムとは人間の時間だ。ATMを使えば銀行の窓口で手続きするよりずっと早くお金を下ろせるし、ずっと効率も良い。しかしわれわれが本当に望んでいるのは、指先の操作一つですぐにお金を使えるスクエア［Square］、ペイパル［PayPal］、アリペイ［Alipay］、アップルペイ［Apple Pay］といったストリーミング型サービスが提供するリアルタイムマネーだ。こうしたリアルタイムのサービスのためには、技術的なインフラも流動化していなくてはならない。名詞は動詞にならなくてはならない。硬くて固定的な物体はサービスに転化する。データはじっとそこに留まることはできない。すべてのものが、現在というストリーミングの中を流れていかなくてはならない。

情報の莫大な数の流れが混ざり合い、お互いの領域に流れ込んだその融合体を、われわれはクラウドと呼んでいる。ソフトウェアはアップグレードのストリーミングとしてクラウドからあなたのもとへ流れてくる。クラウドとは、あなたの書いたテキストが、友人のスクリーンに表示される前に行き着く場所だ。あなたのアカウントにずらっと並んだ映画が再生されるのを待っている場所だ。楽曲が貯めこまれた貯水池でもある。シリ［Siri］のような知性があなたと話すときに座っている席でもある。クラウドとはコンピューターの新しく生み出された喩《たと》えだ。つまりデジタル時代の第三段階の基盤となるのは、流れとタグとクラウドなのだ。

リアルタイムでやり取りできるクラウド上のコピーへと転換していくことで最初に淘汰される産業が、音楽だ。多分それは、音楽そのものが非常に流動的だからで——音符の連なりが美しく響くのはそれが流れ続ける間だけだ——最初に流動化の影響を受けることになった。音楽産業は変化を嫌がったが、それは本、映画、ゲーム、ニュースといった他のメディアもたどることになる、際限なく繰り返される変化のパターンだった。固定化から流動化への同様の変化はその後、ショッピング、交通、教育なども転覆し始めた。流れへと向かうこの不可避な変化は、いまや社会のほとんどすべての局面を変化させている。音楽が流動性の世界へとアップグレードしていく物語は、われわれが向かう方向を示している。

音楽はここ1世紀以上にわたり、テクノロジーによって変質してきた。初期の蓄音器は最大4分半しか録音することができず、ミュージシャンは苦労して演奏時間を縮めて合わせたので、いまでもポップミュージックの長さの平均は4分半だ。50年前のビニール盤などの出現によって、大量の安価で正確なコピーが人々の心を踊らせ、音楽は消費するものへとなっていった。

現在の音楽産業が直面している最大の混乱は、10年前にナップスター［Napster］やビットトレント［Bit Torrent］といったパイオニアが口火を切った変化、つまりアナログコピーからデジタルコピーへの転換だ。工業化時代は正確で安価なアナログコピーが流通していた。情報化時代になると、正確で無料のデジタルコピーが流通しだした。

無料と聞けば誰もが放っておかない。これによって、以前では信じられないほどの規模で複製が行なわれるようになった。ミュージックビデオのトップ10タイトルは、（無料で）100億回も再生されている。[58] もちろんこれは、音楽が無料でコピーされたという話に留まらない。文章や絵、映像、ゲーム、ウェブサイトすべて、企業向けソフト、３Ｄプリンター用ファイルなどもすべてだ。この新しいオンラインの世界では、コピー可能なものはすべて無料でコピーされる。

　経済の普遍的な法則では、何かが無料でどこにでもあるようになると、その経済等式における位置が逆転する。かつて夜間の電気照明が新しく希少だった時代、貧乏人はロウソクを融通し合って使っていた。その後に電気が簡単に使えてタダ同然になると、人々の好みは逆転して、夕食のテーブルにロウソクを灯すのが豪華だと思われるようになった。工業化時代には、手製の一品物よりも、正確なコピーの方に価値があった。発明家が作った不恰好な冷蔵庫のオリジナルな試作品をほしがる人などいなかった。誰もが完璧に動くクローンの方をほしがったのだ。クローンが一般に行き渡ると、サービスや修理の体制も整って、さらに誰もが望むものになった。

　現在、価値の軸は再び反転している。無料コピーの奔流が、既存の秩序を脅かしているのだ。膨大な無料のデジタル複製物で溢れかえるこの過飽和状態のデジタル宇宙では、コピーはあまりにありふれていて、あまりに安い――実際はタダ同然――ので、本当に価値があるのはコピーできないものだけとなった。コピーにはもはや価値がないとテクノロジーは教えてくれる。簡単に言えばこうだ――コピーが超潤沢にあるとき、それは無価値になる。その代わり、コピーできないモノは、希少化して価値を持つ。

　コピーが無料になると、コピーできないモノを売らなくてはならない。では、コピーできないモノとは何なのか？

　例えば信用がそうだ。信用は大量に再生産はできない。信用を卸しで買うこともできない。信用をダウンロードしてデータベースに蓄えたり、倉庫に備蓄したりということもできない。なにより単純に、誰か他人の信用を複製することなどできない。信用は時間をかけて得るものなのだ。それを偽ることはできない。もしくは模造することもできない（少なくとも長期間にわたっては）。われわれは信用できる相手と付き合おうとするので、その恩恵を得るためなら追加の金額を払う。それを「ブランディング」と呼ぶ。ブランド力のある会社は、そうでない会社と同じような製品やサービスにより高い値段を付けることができるが、それは彼らが約束するものが信用されているからだ。信用が手に触れられないものである限り、コピーで飽和したこの世界では価値を増すのだ。

他にもコピーできない信用のような資質はたくさんあり、それらが現在のクラウド型経済では価値を持ってくる。それらを観察する一番良い方法はまず、人々は無料でも手に入るものになぜお金を払うのか、という簡単な疑問から始めてみることだ。そして彼らが無料のものにお金を払うときに、本当は何を買っているのかと問いかけてみることだ。

実際的な意味合いにおいて、それらコピーできない価値は、無料より良いということだ。無料は良いことだが、それにお金を払うということは、さらに良いということだ。私はそうした性質を「生成的なもの」と呼ぶことにする。生成的な価値は、取引をした時点で生成される資質や特性を指す。生成されたものはコピーもクローン化もできず、倉庫にしまっておくこともできない。生成的なものは偽ったり複製したりはできない。それはリアルタイムで交換されるときにだけ起きる。生成的な資質は無料のコピーに価値を与え、値段を付けて売れるものにする。

以下には、「無料より良い」八つの生成的なものを列挙する。

## 即時性

あなたがほしいと思うどんなものもいずれは無料コピーを手に入れられるが、それが製作者によって発表された時点や、さらには製作された時点で自分の手元に届いていたら、それは生成的な価値になる。多くの人は映画作品の公開初日の夜にかなりの金額を払って映画館に観に行くが、その作品はいずれ無料になったり、レンタルやダウンロードでほぼタダになったりするものだ。つまり本質的には、彼らは映画にお金を払っているのではなく（無料でも観られる）、即時性に対して払っているのだ。ハードカバーの本は即時性を提供するからより値段が高いのであり、硬いカバーの装幀はただの見せかけだ。同じ商品でもそれを最初に手に入れるという場合には、得てして追加料金が課される。即時性には売れる資質としていろいろなレベルがあり、その一つにベータ版を手に入れることも含まれる。アプリやソフトウェアのベータ版は以前なら不完全なものとして価値が低かったが、そこに即時性があることが理解されるにつれて、価値を持つようになってきた。即時性は相対的（分単位から月単位まで）なものだが、どんなプロダクトやサービスにも当てはまる。

## パーソナライズ

コンサートを録音した一般的な盤は無料になるだろうが、あなたの部屋の音響環境にぴったりに調整されて、まるで家のリビングルームで演奏されているような音が出るなら、かなりお金を払ってもいいと思えるだろう。そこでの出費はコンサートのコピーに対してではなく、生成的な個人化《パーソナライズ》に対してだ。本の無料コピーがあったとしても、出版社があなたのこれまでの読書歴に合わせて編集してくれればパーソナライズできる。無料の映画も家族全員で見られるように（セックス描写や子ども向けでない部分をカットするなどして）調整されればお金を払う。その両方の例において、あなたはコピーを無料で入手し、パーソナライズにお金を払うことになる。今日ではアスピリンは基本的に無料のようなものだが、アスピリンをベースにあなたのＤＮＡに適合するように調整された薬は、価値がある高価なものになるだろう。こうしたパーソナライズのためにはクリエーターと消費者、アーティストとファン、プロデューサーとユーザーの間でやり取りを続けなくてはならない。相互に時間をかけて行なわなくてはならないために、それは非常に生成的なものとなる。マーケターはこれを「粘着性」と呼んでいるが、それは相互にこの生成的な価値にはまり、さらに投資することで、その関係性を止めてやり直そうとはしなくなるからだ。この手の深い関係は、カット＆ペーストすることはできない。

解釈

「ソフトは無料ですが、マニュアルは1万ドルです」という古いジョークがある。しかしもはや冗談ではない。レッドハット［Red Hat］やアパッチ［Apache］といった高収益を叩き出す企業は、フリーソフトの使い方を指導したりサポートしたりしてビジネスをしている。ただのビットに過ぎないコードのコピーは無料だ。その無料のコードにサポートやガイドが付くことで、価値のあるモノになる。多くの医学的・遺伝的な情報が、これから10年の間に同じ道をたどることになるだろう。いまはまだ、あなたの全ＤＮＡ情報を入手するのは非常に高価（1万ドル）だが、すぐにそうではなくなる。価格の下落は急速で、すぐにそれが100ドルになり、その翌年には保険会社が無料でやってくれるようになるだろう。一旦配列が明らかになれば、それがどんな意味を持ち、何ができて、どう使えばいいのかという解釈——いわば遺伝子のマニュアル——が高価なものになる。こうした生成的なものは、旅行や医療管理などの他の複雑なサービスにも応用できる。

## 信頼性

流行のアプリを裏ネットで無料で手に入れることはできるかもしれないが、仮にマニュアルは要らなくても、そのアプリにバグがないことや、マルウェアやスパムでないことは保証してほしくなるかもしれない。その場合、信頼のおけるコピーには喜んでお金を払うだろう。同じ無料《フリー》ソフトでも、目に見えない安心がほしくなる。あなたはコピー自体ではなく、その信頼性にお金を払うのだ。グレイトフルデッドの演奏の録音は雑多なものがいくらでもあるが、バンド自体から信頼できるものを買えば、自分がほしいものが確実に手に入るし、それは正真正銘このバンドが演奏したものだ。アーティストはこの種の問題に長いこと悩まされてきた。写真やリトグラフなどの複製画像には、アーティストが保証する印としてスタンプが押されたりサインが付いたりして、それでコピーの値段が上がる。デジタル方式のウォーターマークや他のサインを入れるテクノロジーは、コピー防止の方法としては機能しないが（コピーは超伝導の流れだから）、品質が気になる人にとっては、信頼性を生成するものとして役に立つ。

## アクセス可能性

所有することは得てして面倒なことだ。いつも整理し、最新のものにし、デジタル素材だったらバックアップを取っておかなくてはならない。いまやモバイルが普及し、いつもそれを持ち歩かないといけない。私も含め多くの人々が、自分の持ち物の面倒を誰かに見てもらって、あとは会員登録してクラウドから気ままに使いたい。これからも本を持ち歩いたり、以前に買った大好きな音楽はそのまま所有するだろうが、いつでも好きなときにほしいものを出せるなら、アクメ・デジタル倉庫といったサービスに私はお金を払う。大抵のこうしたものはどこかで無料で手に入るかもしれないが、あまり便利ではない。有料のサービスに加入していれば、無料の素材にすぐアクセスできて、自分の使っているさまざまな端末で使え、しかもユーザーインターフェースがすばらしい。これは一部、アイチューンズ［iTunes］がクラウド上で実現している。どこかで無料でダウンロードできる楽曲でも、使い勝手よくそれにアクセスするためならあなたはお金を払う。そのときの対価はその素材自体ではなく、いちいち保管する手間をかけず簡単にアクセスできることなのだ。

## 実体化

デジタルコピーの核心は、実体がないことだ。私はデジタル版のＰＤＦの本を読むのは好きだが、ときには革装本の明るくざらついた紙に印刷された言葉も味わい深く、とても気分が良いものだ。ゲーマーたちはオンラインで友人との戦闘ゲームを楽しんでいるが、しばしば一緒に同じ部屋で遊びたくなる。人々はネットでライブストリーミングもされるイベントに、何千ドルも払って実際に参加する。触れられない世界よりも実体化された世界のほうが良い例はいくらでもある。家庭には置けないような最新式のものすごいディスプレーを求めて、人々は自ら移動して劇場やホールに向かう。劇場にはいち早くレーザー投射やホログラフのディスプレー、つまり『スター・トレック』のホロデックそのものが出現しそうだ。それに本当に身体を使う音楽のライブパフォーマンスほど実体を伴うものはない。この例では、音楽は無料で、身体的パフォーマンスが高価なのだ。実際に現在は、多くのバンドが楽曲販売ではなく、コンサートで稼いでいる。この公式は、ミュージシャンだけでなく作家の世界でも急速に普及し始めた。本は無料だが、身体性を伴う講演は高くなるのだ。ライブコンサートのツアー、生のＴＥＤトーク、ラジオのライブショー、ポップアップのフードツアーなどはすべて、ダウンロードすれば無料な何かに一時的な身体性を付加することで力や価値が加わることの証なのだ。

### 支援者

熱心な視聴者やファンは心の中ではクリエーターにお金を払いたいと思っている。ファンはアーティストやミュージシャン、作家、役者などに、感謝の印をもって報いたいと思っている。そうすることで、自分が高く評価する人々とつながることができるからだ。しかし彼らがお金を出すには、かなり厳しい四つの条件がある。1．支払いが非常に簡単であること、2．額が妥当なこと、3．払ったメリットが明快なこと、4．自分の払ったお金が確実に直接クリエーターのためになっていることだ。バンドやアーティストがファンに無料のコピーの対価として好きな金額を払ってもらう投げ銭制の実験が、そこかしこで始まっている。その方式は基本的に機能している。これこそ、支援者の力を典型的に表すものだ。感謝を示すファンとアーティストの間に流れる捉えどころのない結び付きは、確実に価値がある。投げ銭制を最初に始めたバンドの一つが、レディオヘッドだ。この例では、2007年のアルバム『イン・レインボウズ』をダウンロードするごとに平均2・26ドルが払われ、[59]それ以前に出したアルバムの総売上を上回る収入があり、CDの売上は数百万枚に上った。その他にも、単に手に触れられるモノではなく喜びを得たいためにオーディエンスがお金を払う事例はいくつもある。

## 発見可能性

これまでの生成的なものはどれも、創作物に関するものだった。一方で発見可能性とは、多くの創作物が集まることで生じる価値だ。どんなに高価な作品でも、見てもらえなければ無価値だ。見つからない傑作には価値がない。大量の本、大量の楽曲、大量の映画、大量のアプリ、大量のあらゆるものが――それらの多くは無料だ――われわれの注意《アテンション》を奪い合う時代に、発見してもらうことは価値を持つ。それに、毎日のように爆発的な数のものが作られる中で、見つけてもらうことはどんどん難しくなっていく。ファンは数えきれないほどのプロダクトの中から、価値あるものを発見するために多くの方法を駆使する。批評家や評論、ブランド（出版社、レーベル、スタジオなど）を使う他、いまやファンや友人のお勧め《レコメンド》から探すことがますます増えている。そうしたガイドにどんどんお金を払うようになっているのだ。お勧めの番組を教えてもらおうとTVガイド誌を買う読者が100万人もいたのはそれほど昔のことではない。ここで強調しておきたいのは、そうした番組が無料なことだ。TVガイド誌は、ガイドしている3大ネットワークのテレビ局を合わせた以上の収入を得ていたと言われる。アマゾンの最大の資産はプライム配送サービスではなく、この20年にわたって集めた何百万もの読者レビューだ。アマゾンの読者は、たとえ無料で読めるサービスが他にあったとしても、「キンドル読み放題」のような何でも読めるサービスにお金を払う。なぜならアマゾンにあるレビューのおかげで、自分の読みたい本が見つかるからだ。それはネットフリックスにも当てはまる。映画ファンはネットフリックスにお金を払っていれば、そのレコメンド機能のおかげで、他では発見できなかったすばらしい作品が見つかるわけだ。それらはどこかに無料であるのかもしれないが、基本的には見失われ埋もれたままだ。こうした事例では、あなたは作品のコピーではなく、発見可能性にお金を払っている。

以上の八つの性質はクリエーターにも新しい手法を求めてくる。流通を制したからといって、もはや成功は約束されないのだ。流通はほとんど自動化され、すべてが流れとなる。天にましま す偉大なるコピーマシンが、すべてやってくれるのだ。コピー防止の手法も、コピーというものが止められない以上もはや有効ではない。コピーを禁じようと法的な脅しや技術的な策を練っても効果はない。一時的に囲い込んで欠乏状態を作っても役に立たない。それよりも、こうした八つの新しく生成するものが教えてくれるのは、マウスのクリック一つでは簡単にコピーできないような性質を育てようということだ。この新しい世界で成功するには、新しい流動性をマスターすることが求められるのだ。

例えば音楽などが一旦デジタル化されると、それは改変されたりリンクされたりといった流動性を持つようになる。音楽が最初にデジタル化された頃、音楽業界の経営陣は、視聴者がオンラインに引きつけられるのは、無料で音楽を手に入れたいという欲望のせいだと考えた。しかし実際のところ、無料であることはその魅力の一部でしかなかった。それどころか、おそらく最も些細なものでしかなかった。何百万もの人が、最初は無料だから音楽をダウンロードしたかもしれないが、すぐにもっと良いことに気づくことになった。無料の音楽は重荷を取り除かれたのだ。新しいメディアに楽々と移植され、新しい役割を得て、リスナーの生活に新しい価値をもたらした。その後も人々が大挙してオンラインの音楽をダウンロードするのは、デジタル化された音が〈流れていく《フローイング》〉力を絶えず拡張しているからだ。

　流動化する前の音楽は融通がきかなかった。30年前の音楽ファンの選択肢は限られていた。いくつかあるラジオ局のＤＪが選んだ曲のセットを聴くか、アルバムを買ってレコードに収録された順番に曲を聴くしかなかった。それか楽器を買って、どこかの店で好きな曲の楽譜を探し出さなくてはならなかった。そのぐらいしかなかった。

　流動性によって新しい力が生まれた。もうラジオＤＪによる専制ではない。流動化した音楽なら、アルバム内やアルバム間で曲の順番も変えることができる。ある曲を縮めたり、引き伸ばして倍の長さにしたりして聴くこともできる。他人の曲の一部をサンプリングして、自分の曲に使うこともできる。曲の歌詞だけを替えることもできる。曲の音質を調整して、自動車の中でかけたときに低音がよく響くようにもできる。たとえば——実際に誰かがやったことだが——同じ曲の２０００通りの演奏を重ね合わせてコーラスを作ることだってできる。[60] デジタル化によって超伝導化した音楽は、ビニール盤や薄いテープという制約から解放された。４分というパッケージの束縛を逃れ、フィルターをかけ、ひねりを利かし、アーカイブし、アレンジをし直し、リミックスし、いろいろ手を加えることができるようになった。金銭的に無料《フリー》になったばかりでなく、これまでの制約から自由《フリー》になったのだ。いまではこうした楽曲を使って、1000通りもの新しい魔法がかけられるようになった。

重要なのはコピーの数自体ではなく、一つのコピーが他のメディアによってリンクされ、操作され、注釈を付され、タグ付けされ、ハイライトにされ、ブックマークされ、翻訳され、活性化されたその数だ。作品がコピーされることよりも、どれだけ多くその作品を思い起こし、注釈を付し、パーソナライズし、編集し、認証し、表示し、マークを付け、転送し、関わっていくかに価値が移っている。重要なのは、その作品がどれだけうまく〈流れていく〉かなのだ。

いまでは少なくとも30以上の音楽ストリーミング・サービスが、かつてのナップスターよりはるかに洗練された形で、リスナーに音楽のいろいろな素材を制約のない形で提供している。中でも私がスポティファイ［Spotify］を好きなのは、流動化したサービスの可能性を詰め込んだものになっているからだ。スポティファイは3000万曲を擁するクラウドサービスだ。[61] この大海を泳ぎ回れば、どんな特別な曲も、奇妙な曲も、深遠な曲も探すことができる。曲の演奏中にボタンを押すだけで歌詞が表示される。それは私の好きな曲のささやかなリストから、私向けのバーチャルなラジオ局を作り上げてくれるだろう。その局の演奏リストに手を加えて、もう聴きたくない曲は飛ばしたり評価を下げたりすることもできる。これだけ音楽とインタラクティブにやり取りできるなんて、一世代前の音楽ファンには驚きだろう。私が本当に聴きたいのは友人のクリスが聴いている曲で、それは彼が私よりずっと本気で曲探しをしているからだ。彼の選曲リストを共有したければ、実際に登録することができる——実際に彼のリストにある曲を聴いたり、いま彼が聴いている曲をリアルタイムで再生したりできるのだ。もし彼のリストの中にとても気に入った曲——例えば初めて聴くボブ・ディランの家の地下に眠っていたテープ音源——があれば、それを自分のプレイリストにコピーして、自分の友達にもシェアできる。

こうしたストリーミング・サービスは当然ながら無料だ。もしスポティファイがアーティストへの支払いのために流している広告の映像や音声を見聞きしたくなければ、毎月プレミアム料金を払えばいい。この有料サービスでは、デジタルのファイルを自分のコンピューターにダウンロードして、そのトラックをいろいろリミックスすることさえできる。この〈流れていく〉時代には、自分のプレイリストや個人用ラジオ局には、スマートフォンを始めとしたどんなデバイスからもアクセスできるし、それを居間やキッチンのスピーカーへ流すこともできる。サウンドクラウド［SoundCloud］のようなまるでオーディオ版ユーチューブのようなサービスもいろいろあり、2億5000万人ものファンが大挙して自分の音楽をアップロードしている。[62]

このすばらしく流動性の高い選択肢と、数十年前の決まりきったわずかな選択肢しかなかった当時とを比べてみるといい。逮捕するといって音楽業界が脅かしても、ファンがフリーの方へと逃げ出すのも当然だ。

こうした流れはどこへ向かうのだろう？　米国では現在、音楽収益の27％はストリーミングから来ており、[63]それはCDの売り上げシェアと同じだ。スポティファイによれば、同社は加入者からの収入の70％をアーティストのレーベルに払っているという。[64]こうした初期の成功にもかかわらず、ストリーミングに反対しているテイラー・スウィフトのような大物アーティストの抵抗があることから、スポティファイの音楽カタログは完成版というわけではない。ただし世界最大手のレーベルのトップが認めているように、ストリーミングが取って代わることは不可避なのだ。[65]〈流れていく〉ことで、音楽は再び、名詞から動詞へと変化する。

流動性は創造の現場に新たな楽しみをもたらす。音楽のさまざまな形が可能になったことで、アマチュアがどんどん自分の曲を作ってはアップロードしている。それは、新しいフォーマットを発明するためだ。新しいツールが無料で手に入るようになり、オンラインで配布され、音楽ファンがトラックを自分でリミックスし、音のサンプリングをし、歌詞を研究し、電子楽器でビートを重ねていく。プロでない人々が音楽を作り始め、プロではない作家が本を作りだしている——要素に分解したもの（作家にとっての言葉や音楽家にとってのコード）を自分のやり方で再び組み合わせているのだ。

デジタルのビットの超伝導性は、音楽の持つ手付かずの可能性を開く潤滑油になる。音楽はデジタルの周波数で広範な新しい領域へと流れていく。デジタル以前に音楽が占めていたのはいくつかのニッチだった。ビニール盤のレコードでやって来て、ラジオで再生され、コンサートで演奏され、毎年２００本ほど製作される映画に使われていた。デジタル以降の音楽は、それ以外のわれわれの生活に染み出してきて、起きている間のすべての時間を占領しようとしている。クラウドに収められ、われわれが運動しているとき、ローマで休暇を楽しんでいるとき、運転免許更新の列で待っているときに、イヤホンを介して雨のように降り注いでくる。音楽を必要とするニッチが爆発的に増えた。ルネッサンスのごとく毎年何千も製作されるドキュメンタリー映像の一つひとつにサウンドトラックが必要だ。長編映画には何千というポピュラー音楽を含むオリジナルの楽曲が山ほど必要だ。ユーチューブに投稿するクリエーターも、映像にサウンドトラックを加えれば盛り上がることを理解していて、ほとんどの人はできあいの曲をお金も払わずに使い回しているが、一部の人々はオリジナル楽曲の価値に気づいている。それに大規模なビデオゲームにも何百時間もの音楽が必要だ。[66] 何万もあるＣＭには耳に残るＣＭソングが必要だ。いま最も話題のメディアといえば、耳で聴くドキュメンタリーであるポッドキャストだ。毎日少なくとも27のポッドキャストが新規に立ち上っている。[67] まともなポッドキャストにはテーマソングがあり、長い番組にはお決まりの音楽が付けられる。われわれの生活すべてにサウンドトラックが付いてくる。それぞれの場面が市場を成長させ、ビットの流れと同じ速さで拡大させていくのだ。

ソーシャルメディアはかつてテキストが支配していた。次世代のソーシャルは映像とサウンドを扱うものになる。ウィーチャット、ワッツアップ、バイン［Vine］、ミーアキャット［Meerkat］、ペリスコープ［Periscope］や他の多くのアプリを使えば、つながっている友達やそのまた友達と、動画や音声をリアルタイムで共有できる。簡単に作曲したり、曲をいじったり、アルゴリズムで音楽を自動生成したりしてリアルタイムで共有できるツールもじきにできるだろう。ユーザーが作るカスタム音楽が標準のものになり、毎年作られる音楽の大半を占めるだろう。音楽が流れになるにつれ、それは拡張していく。

他のアート分野でも民主化が確実に進んでいく様子を見ていると、ミュージシャンでなくても音楽が作れる時代がすぐにやって来るだろう。１００年前には、写真を撮影できるテクノロジーを持っているのは、わずかな熱心な実験者だけだった。それは信じられないほど大変で神経を使う作業だった。見るに堪える写真を撮るには、まず非常に高い技術力と大変な忍耐が要求された。

だから専門の写真家でも、年に数十枚の写真しか撮っていなかった。現在では誰もがスマートフォンを使って、1世紀前の平均的な専門家の写真に比べてあらゆる点で100倍は優れた写真を簡単に撮ることができる。われわれは誰もが写真家になった。同様に活版印刷術も昔は秘術を操る職業だった。ページの空間にきれいに読めるように活字を並べるには、いまのようなWYSIWYG方式〔ディスプレー上と印刷結果が同一となる表示方式〕ではなかったので、何年もの修業が必要だった。字間調整の技法を知っているのは1000人程度しかいなかった。現在では一般の学校でこうした技法を教えているし、初心者でも昔の平均的な活字職人よりはるかにましな仕事ができる。地図作製でも同じことが言える。平均的なウェブデザイナーなら、過去の最高の地図製作者より良いものを作れる。だから音楽も同じことになるだろう。新しいツールによってビットとコピーの流れが加速すれば、われわれは全員がミュージシャンになれる。

音楽と同じ道を他のメディアも、そして他の業界も進んでいく。

映画も同様のパターンをたどって来た。昔の映画は、製作に最も費用がかかるプロダクトで、珍しいものだった。B級映画でさえ高給取りの職人組合が必要だった。映写には高価な機材が必要で、それは扱いが難しく、従って映画を鑑賞すること自体が一苦労だった。だがビデオカメラとファイル共有のネットワークが登場すると、どんな映画も好きなときに鑑賞できるようになった。一生に一度しか見なかったような作品を、いまでは何百回と見て研究できる。映画を学ぶ学生は1億人に上り、彼らがユーチューブにアップロードする作品の数は何十億にも達する。ここでも視聴者のピラミッド構造は崩壊し、いまでは誰もが映画製作者だ。

固定化から流動化への大いなる遷移を最も痛烈に体現するのが、本の世界だろう。本は権威ある固定された大作として始まった。手間をかけ敬意を払われて作られた本は、世代を超えて残る装置だった。紙で作られた分厚い本は安定性そのものだった。本棚に鎮座し、何千年もの間、動くことも変わることもなかった。愛書家で評論家でもあるニック・カーは、本が固定化を体現する四つの方法を挙げている。[68] 私がそれを翻案すると、以下のようになる。

**ページの固定性**――ページはいつも同じ。いつ開いても同じまま。それをあてにできる。書いてあることが間違いなくいつも同じなので、参照したり引用したりできる。

**版の固定性**――その本のどの1冊を取っても、どこでいつ買おうと同じなので（同じ版なら）、書かれた内容を他人と共有できる。同じテキストを見ていると分かっているため、本についての議論が成り立つ。

**物としての固定性**――きちんと保管しておけば紙の本は長い間存続し（デジタルフォーマットよりも長く何世紀にもわたって）、年数が経っても内容に変化は生じない。

**完結性としての固定性**――紙の本は最終形であり閉じたものとして存在する。それは完成品であり、完結している。印刷された文章の魅力の一つは、紙に印刷されたことで、それがまるで誓いの言葉になることだ。著者とはそうした前提の上に成り立っている。

この四つの安定性はとても魅力的な資質だ。それによって本は記念碑のように、誰もが一目置くものになる。それでも愛書家は、紙の本が電子本に比べてどんどん高くなっていくことを分かっているし、いずれは新しい本が印刷されることもほとんどなくなってしまうだろうことを理解している。現在では、本は圧倒的に電子本としてまず刊行される。古い本も文章がスキャンされ、インターネットによってあらゆる場所に飛び散り、超伝導性の網の目を自由に流れている。先に挙げた四つの固定性は、少なくとも現在の電子本には当てはまらない。そのことを紙の本の愛好家は嘆くが、一方で電子本にはこうした固定性に対抗する四つの流動性がある。

**ページの流動性**——ページとは柔軟な単位になる。フロー型のコンテンツは、メガネ型の小さなスクリーンから壁まで、どんなスペースにもフィットする。自分の好きな読書端末や読書スタイルに適合する。ページが読み手に合わせてくれる。

**版の流動性**——本の内容はパーソナライズできる。学生用の版は新語の説明がつくし、シリーズ本なら、すでに読んだ刊の内容説明の部分は飛ばせる。カスタマイズした私の本ができる。

**容れ物の流動性**——本はクラウド上にごく安価に収納しておけるので、無限の棚を持つ図書館に無料で置いておけて、世界中のどこにいても、いつでも誰でもすぐに読むことができる。

**成長という流動性**——本の内容は修正されるし、少しずつ改善される。この永遠に完成しない電子本（少なくとも理想形になるまで）は、じっと動かない石というより動き回る生き物のようで、この活き活きとした流動性がわれわれを作り手や読者として活気づかせるのだ。

われわれは現在、この固定化と流動化を、時代の主流となるテクノロジーに規定された正反対の特質と捉えている。紙は固定性を、電子は流動性を好むということだ。だが第三の道を考えてみてもいいかもしれない——電子を紙や他の素材に埋め込んだものだ。１００ページの本で、各ページが薄いペラペラのデジタルスクリーンとなって背で綴じられたものを想像してみよう——これは電子書籍でもある。固定したどんなものも少し流動性を獲得し、逆にどんなに流動的なものも固定されたものの中に組み込まれる。

音楽や本、映画などに起こったことは、いまではゲームや新聞や教育にも起こっている。同じパターンは運輸や農業、ヘルスケアにも当てはまる。乗り物や土地や薬といった固定的なものも流動化していく。トラクターは車輪のついた高速コンピューターに、農地はセンサーのネットワークが載った回路基板に、薬は医師と患者の間を行き交う分子サイズの情報カプセルに置き換わっていく。

〈流れていく〉過程には四つの段階がある。

1. **固定的／希少**——最初は、希少なプロダクトを専門的な方法で作り出す分野から始まる。それぞれが職人技で、完結して自立していて、高品質な複製品として販売されることで、それを創造した人が報われる。

2. **無料／どこにでもある**——最初の破壊的変化は、手当たりしだいのプロダクトのコピーから始まり、あまりに複製されたプロダクトはコモディティー化する。安価で完璧なコピーは自由に流通し、需要があるところにどこでも拡散していく。こうした行き過ぎた普及は既存の経済を揺るがす。

3. **流動的／共有される**——次の破壊的変化はプロダクトの分割《アンバンドル》化によって起こる。バラバラになった各要素が流動化し、それぞれが新しい用途を見つけ、リミックスされて新たにバンドルされる。いまやプロダクトはサービスの流れとなり、共有されたクラウドから提供される。それは富とイノベーションのプラットフォームになる。

4. **オープン／なっていく**——第三の破壊的変化はその前の二つから起きる。強力なサービスと利用可能な部品が安価に手に入ることで、専門性を持たないアマチュアがそれらを使って新しいプロダクトどころか斬新な製品カテゴリーを創り出す。クリエイションの役割は逆転し、オーディエンスが今度はアーティストになる。制作物やセレクトや品質が急激に上昇する。

〈流れていく〉四つの段階はすべてのメディアに当てはまる。すべての分野で、ある種の流動性を持つだろう。だからといって固定的なものがなくなるわけではない。われわれの文明で固定的な優れた物（道路や高層ビルなど）のほとんどは、なくなることはない。われわれはアナログな製品（椅子や皿や靴など）を作り続けるだろうが、それらにはチップが埋め込まれてデジタルの性質も獲得する（ごく僅かな、手作業で作られた高価なプロダクト以外）。こうした液化した流れが次々と花開いていくのは、引き算と言うより足し算の現象だ。古いメディアの形は続くだろう——新しいものがそこに乗っかっていく。大事な違いは、固定的なものがもはや唯一の選択肢ではないことだ。良いプロダクトは固定化していたり不変であったりする必要はない。言い換えれば、正しい種類の不安定性はいまや良いことだ。ストックからフローへ、固定から流動へという変化は、安定性をなおざりにするものではない。それは広く展開された最前線に立つことであり、そこでは変化することで選択肢が増えていく。休むことのない変化や姿を変えていくプロセスから、新しいものを作り出す方法を開拓しているのだ。

近未来のある1日はこんなものになる。まずクラウドにアクセスし、すべての音楽や映画、本、VRソフトやゲームが収容されたライブラリーに入っていく。音楽を選ぶ。そこでは楽曲に加えて、その曲のコードといった小さなパーツも取り出せる。曲の要素はすべて1チャンネルごとに割り振られているので、ベース、ドラム、音声などを個別に取り出せる。例えば音声だけ取り除けば、それはカラオケ用に最適だ。ツールを使って、曲の音程やメロディーを変えることなく、長さを引き伸ばしたり縮めたりできる。プロ用のツールを使えば、曲の中で使われている楽器を替えることもできる。私のお気に入りのあるミュージシャンは、自分の曲の別バージョンもリリースし（追加料金でそれを選べる）、それぞれのバージョンが仕上がっていくプロセスの記録まで提供している。

映画も同様だ。サウンドトラックだけでなく、映画ごとの無数の構成要素もそれぞれ開放される。それぞれのシーンに関する音響効果やＳＦＸ（使用前と後）、別角度からのカメラ映像、重ねた音声などがすべて、操作できる形で提供される。編集でカットしたシーンをすべて再編集可能な形で提供するスタジオも出てくるだろう。こうしてアンバンドルされた豊富な資産を使って、アマチュア編集者がオリジナル作品よりも優れたものを発表しようとするだろう。私もメディアを教える授業でいくつか試みたことがある。もちろん再編集されることを嫌がる監督もいるだろうが、こうしたことへの需要はかなり高く、スタジオにとってはいい儲けになるだろう。成人向けの作品を再編集して家庭向けの潔癖なものを作ったり、裏ネットではポルノ映画を素材に違法な作品も作られたりするだろう。すでにリリースされている何十万本ものドキュメンタリー映像も、視聴者や熱心なファン、それにその監督が加える素材によって常にアップデートされ、物語が続いていくだろう。

私のモバイル端末で作られシェアされる映像にはもともとチャンネルが付いていて、友人が簡単に手を加えることができる。背景に合わせて全然違うところからもってきた友人の映像を挿入して本当らしく見せることもできる。ポストされた映像には、映像で答えることになる。ある映像や曲や文章を受け取ったら、それが友人からだろうがプロの作品だろうが、ただ消費するのではなく、リアクションを起こすことが当たり前の返信のやり方になる。何かを加えたり、引いたり、返答したり、変更したり、捻じ曲げたり、融合したり、翻訳したりして、次のレベルへと高めていく。それは、流れ続けるためだ。〈流れていく〉ことを最大化するためだ。私のメディアの摂取の仕方は部分ごとの流れとなるだろう。そのままの形で消費するものもあるが、多くは何らかの形で手を加えていくものとなる。

われわれはこの流れを開始したばかりだ。デジタルメディアのいくつかでは流動化の四つの段階がすでに始まっているが、ほとんどにおいてわれわれはまだ最初の段階にいる。まだ液化していない日常の仕事やインフラは山ほどあるが、いずれは液化し、流動化していく。非物質化と脱中心化へと向かう着実で巨大な傾向が意味するのは、さらなる流れは不可避だということだ。われわれが作り上げた環境において最も固定化された一連の装置がエーテルのような力へと変化していくというのは、いまはまだあり得ないように思えるが、やがてはソフトがハードを凌駕していく。知識が物質を支配するのだ。手に触れられない生成物が、フリーな世界の上に立ち上がる。それこそが、流れていく世界だ。

# 4. SCREENING
スクリーニング

古代の文化は話し言葉を中心に回っていた。話し言葉を記憶して暗唱することは、口伝社会において過去や、あいまいなものや、装飾的なもの、主観的なものへの崇敬を表した。われわれは話し言葉の民だったのだ。そして約500年前に、口伝文化はテクノロジーによって追いやられた。グーテンベルクが1450年に金属の活字を発明して、書き文字が文化の中心的な地位に就いたのだ。安価で完全なコピーを作れることから、印刷された文書は変化の動力源にも安定性の基盤にもなった。印刷からジャーナリズムが生まれ、科学、図書館や法律が生まれた。印刷物は社会にさまざまなものをもたらした――正確さへの崇敬（白い紙に黒いインクで）、線形的な論理への評価（文章の糸で）、客観性への情熱（印刷された事実）、権威への忠誠（作者性により）。社会における真実とは、本と同じように固定され完結したものになった。

大量生産された本は人々の思考法も変えた。印刷技術によって使われる言葉の数が爆発的に増え、古英語の5万から、いまでは100万となった。[69] 言葉の選択肢が増えたことで、意思疎通できることの幅が広がった。メディアの選択肢が増えることで、書くべきことの幅も広がった。学問的な書物だけしか扱えない時代から、安価に印刷できる本というメディアを浪費して、心を打つ恋愛物語を書く人が出てきたり（恋愛小説が出てきたのは1740年だ[70]）、王族でなくても回顧録を著したりする者が現れた。時代の支配的な考えに反対する小冊子を出す人も現れ、そうした異端な発想も安く印刷できることで影響力を持つようになって、王や教皇を退位させるような事態にまでなった。時間が経つにつれ、著者の持つ力によって著者への敬意が生まれ、権威を持つようになり、専門性に根差した文化が育まれた。「本によって《バイ・ザ・ブック》」（規則に従って）完璧を期すことができた。法律は公式の刊行物になり、契約は文書化され、何物も言葉としてページに刻まれなければ有効ではなくなった。絵画や音楽、建築やダンスもすべて重要ではあったが、西欧の文化の核心は本のページを繰る中に存在した。１９１０年には米国の２５００人以上が住む町の４分の3には、公共図書館があった。[71]アメリカの根幹には、合衆国憲法、独立宣言、そして間接的には聖書という文書の源流があった。国の成功は高い読み書き能力にあり、たくましく自由な出版文化、（本に拠る）法律や規則への忠誠、大陸中に行き渡った共通の言語にかかっていた。アメリカの繁栄や自由は、読み書き文化によって花開いた。われわれは本の民になったのだ。

しかしいまでは、50億を超えるデジタル画面《スクリーン》がわれわれの生活を彩っている。[72]デジタル・ディスプレーの生産者は、毎年38億の新たなスクリーンを製造している。[73]それはほとんど、全世界の人々に毎年スクリーンを新たに一つ提供するのに等しい。これからはどんな平らな表面にも、閲覧用のスクリーンが付くようになる。言葉は木のパルプからコンピューターのピクセル、スマートフォン、ラップトップ、ゲーム機、テレビ、掲示板、タブレットへと乗り換わってきた。もはや文字は黒いインクで紙に固定されたものではなく、瞬きする間にガラスの表面に虹のような色で流れるものになる。ポケットにも鞄にも車の計器盤にも、リビングの壁にも、建物の壁面にも、スクリーンが広がっていく。われわれが仕事をするときには、それが何の仕事であれ、正面にはスクリーンがある。われわれはいまや、スクリーンの民なのだ。

そこで本の民とスクリーンの民の間で、文化的な衝突が起きることになった。現在の本の民は、新聞や雑誌、法の教義、規制当局、金融のルールを作る、善良でよく働く人々だ。彼らは本に従って生き、著者による権威に従って働く。この文化の基盤は究極的には、文章の中に宿っている。彼らは皆、いわば同じページの上に載っているのだ。

本の持っている莫大な文化的力そのものは、マシンによる再生産から生まれる。印刷機は迅速かつ安価で忠実に本の複製を作ってくれる。町の商人だってユークリッド幾何学原論や聖書を持つことができるようになり、印刷本が上流階級だけでなく市民の心も照らしてくれるようになった。同じようにマシンによる再生産がアートや音楽にも変化をもたらし、同様の興奮をもたらした。エッチングや木版の印刷物として視覚芸術の天才の作品が大衆にも広まった。安価に印刷された表や図が科学を加速した。ついには、安価に複製された写真やレコード音楽が、複製物としての本が担っていた使命をさらに拡張した。本と同じように手早く、安価なアートや音楽を大量生産できるようになったのだ。

前世紀には、この複製文化によって人類の達成はかつてないほどに盛大に花開き、創造的な作品の大いなる黄金期をもたらした。安価な物理的コピーのおかげで、何百万もの人々が自らの芸術をオーディエンスに直接売って暮らせるようになり、パトロンに頼るしかないというおかしな力関係から脱することができた。このモデルから恩恵を受けたのは作家やアーティストだけではなく、オーディエンスもそうだった。初めて何十億もの一般の人々が、常時すばらしい作品と接することができるようになった。ベートーベンの時代には、彼の交響曲を二度以上聴けた人はほとんどいなかった。安価な音楽レコードが出現したことで、ムンバイの理髪店でだって、１日中鑑賞できるようになったのだ。

しかしいまや、ほとんどの人々がスクリーンの民になった。彼らは本が持つ不朽の論理やコピーへの敬意を気に留めることなく、ピクセルがダイナミックに流れることを好む。彼らが惹きつけられるのは映画、テレビ、コンピューター、VRのゴーグル、タブレットのスクリーンであり、近い将来には日中でもよく見える高精細度のスクリーンがすべての表面に付くだろう。スクリーン文化は絶え間なく流れ、次々とコメントが繰り出され、敏速にカットされ、生煮えのアイデアに満ちた世界だ。それはツイート、見出し、インスタグラム、くだけた文章、うつろいゆく第一印象の流れだ。どんな考えも単体で成立することはなく、他のあらゆるものとの間に膨大なリンクが相互に張られる。真実は著者や権威によってもたらされるのではなく、オーディエンス自身が断片を組み合わせてリアルタイムに生成するものになる。スクリーンの民は自分のコンテンツを作り、自分の真実を構築する。流れていくアクセスに比べたら、固定化したコピーは意味をなさない。スクリーン文化は映画の予告編のように高速で、ウィキペディアのページのように流動的でオープンなものだ。

スクリーン上では言葉が動き、画像と融合し、色を変え、ときにはその意味さえ変えることがある。言葉が一切なくて、出てくる画像や図表や記号がいろいろな意味に解釈できる場合もある。こうした流動性に対しては、文書の論理の上に成り立つどんな文明も大いに懸念を抱くことになる。この新しい世界では、高速に動き回るコード――コンピューターのコードが進化したもの――が、固定的な法律より重要になる。スクリーンに表示されるコードはユーザーがいくらでも手を加えることができるが、本に刻まれた法律ではそうはいかない。それにコードは、法律以上にとはいかないにせよ、法律と同じように行動を規定することもできる。オンラインやスクリーン上での人の行動を変えたかったら、単にその場を支配するアルゴリズムを変えるだけで、集団行動を監視したり、人々を好ましい方向に誘導したりすることができるのだ。

本の民は法律による解決を好むが、スクリーンの民はすべての問題の解決にテクノロジーを使いたがる。実際のところ、現在は移行期に当たり、こうした両者の対立は個人間でも個人の中でも起きる。教育を受けた現代人なら、二つのモードのせめぎ合いを経験しているはずだ。この緊張関係こそ新しい標準だ。すべての始まりは、50年前に家庭のリビングを侵略した最初のスクリーンに遡る――大きくて熱いテレビのブラウン管だ。この光る祭壇がわれわれの読書の時間を急激に削ってしまったので、読み書きの習慣はもう終わりだとその後数十年にわたって思われてきた。20世紀後半の教育者やインテリ、政治家や親たちは、テレビ世代の子どもはものを書けなくなると心配した。スクリーンは社会的病害の宝庫だと非難された。だがもちろん、人々はテレビを見続けた。そしてその頃には、誰もものを書かなくなり、書けなくなり、読解力は何十年にもわたって下降線をたどるかに見えた。[74]しかし誰もが驚いたことに、カッコ良くて、相互につながり、極薄のスクリーンをモニターに採用した新しいテレビやタブレットが21世紀の初頭に登場すると、書くことは伝染病のように流行し、その傾向はいまだに膨れ上がっている。人々が文字を読む時間は80年代と比べてほぼ3倍になっている。[75]２０１５年までにウェブには60兆ページの情報がアップされ、[76]毎日数十億ページずつ増えている。そうしたページは誰かによって書かれたものだ。いまも市井の人々がブログに毎日８０００万ページも書いている。[77]ペンの代わりに親指を使って、世界中の若者たちがスマートフォンで毎日5億ものちょっとした書き込みをしている。[78]このままスクリーンの数が増えれば、さらに読み書きの量は多くなるだろう。過去20年間のアメリカの識字率に変化はないが、読み書きの量は増えている。すべてのスクリーン上に現れるすべての文字を考慮するなら、あなたがどこに住もうとも、祖母の代より毎週はるかに多くを読んでいる。
ページ上の文字を読むばかりでなく、いまやわれわれは、ぶつ切りに浮かび上がるミュージックビデオの歌詞や、下から上へと流れていく映画のエンドロールの文字も読んでいる。VRのアバターのやり取りの吹き出しや、ビデオゲームの登場物に付けられたラベルをクリックし、オンラインの図形に出てくる言葉を解読する。われわれのこの新しい活動は、読書《リーディング》というよりは「画面で読む《スクリーニング》」と呼ぶ方が正しいだろう。スクリーニングは言葉を読むばかりか、言葉を眺めたりイメージを読んだりすることが含まれる。この新しい活動には新しい特徴がある。スクリーンは常にオンなのだ――本のように読み終わるという行為はない。この新しいプラットフォームは非常に視覚的で、動く画像と言葉を徐々に融合していく。スクリーン上で言葉は勢い良く動きまわり、画像の上を漂い、注釈や説明となって、他の言葉やイメージへとリンクされていく。この新しいメディアのことを、観る本、あるいは読むテレビと表現してもいいかもしれない。

こうした言葉の復活にもかかわらず、文化的な規範としての本――つまり往年の読み書きのスキル――は死に絶えてしまうと本の民はかなり恐れている。もしそうなったら、読書によって養われた単線的な論理思考を守り続けるのは誰だろう？　法律書への敬意が薄れ、われわれの行動を制御するものがコードに代わったら、誰が規則に従うだろうか？　あらゆるものが無料で、光を放つスクリーンから利用できるようになったら、誰が作者にお金を払うだろうか？　紙の本を読むのは金持ちだけになってしまうのではないかと、本の民は恐れる。ページに書かれた知恵に注意を向ける人はほとんどいなくなってしまうだろう。そうしたものにお金を払う人も、さらに少なくなるだろう。文化において本の持つ確固たる存在に代わるものは出てくるだろうか？　われわれは現在の文明の底流にある、膨大な書き言葉の基盤をそのまま放棄してしまうのだろうか？　かつて「読む」ことは――この新しい方法と違って――現代社会が大切にする読み書き能力、理性的思考、科学、公平性、法の規則といったほとんどのものを育んできた。それらすべては、スクリーンで読むことでどうなってしまうだろう？　本はどうなるのか？

本の運命について詳細に調査をすべきなのは、多くのメディアの中でスクリーニングが最初に変容させるものだからだ。スクリーンで読むことは最初に本を変え、本による図書館を変容させ、次には映画や映像を変え、ゲームや教育に破壊的変化をもたらし、最終的にはすべてのものに影響することになる。

本の民は本がなんであるかを知っていると思っている。それはページの束で、摑めるように背表紙が付いているものだ。かつては、表紙と裏表紙に挟まれているものは、ほとんどのものが本と見なされていた。電話番号の一覧だって、書き出しも中間も結論もなかったとしても電話帳という本だ。真っ白なページが束ねられたものはスケッチブックと呼ばれ、それは明らかに何も書かれていないが、表と裏に表紙が付いているので本《ブック》と呼ばれた。写真が束ねられたものも、何の言葉も書かれていなくてもコーヒーテーブルブックと呼ばれた。

現在では紙を束ねた本は消滅しつつある。その後に残るのは、本の概念的な構造だ――大量の記号が一つのテーマのもとに集まり時間をかけながらある経験を完成させていく。

本をくるんでいた伝統的な殻が消えていくとなれば、その中身もただの化石に過ぎないのかと疑ってみるべきだろう。手に触れられない容れ物としての本は、いま手にできる他の多くの文書の形より優れた点があるのだろうか？

本とは実際のところ、読書中に心が赴くバーチャルな場なのだと主張する文学者もいる。[79]それは「読書空間」とでも呼べそうな、想像力の概念的なあり様だ。こうした学者によれば、読書空間に入り込んでいると、頭はスクリーンで読んでいるときとは違う働きをするという。神経学の研究によれば、読むことを学ぶことで、脳の回路が変化する。[80]読書をしている状態では、ビットをかき集めようとせわしなく行き来するのとは違い、人は別の空間に運ばれ、集中して、没入するのだ。

ウェブでは何時間読んでいても、こうした読書空間に行き着くことは決してない。文章の断片や一連のまとまり、ちょっと何かが見えるだけだ。こうした多種多様な部分がゆるく結合している点こそが、ウェブの醍醐味なのだ。しかし、それを何かに閉じ込めておかないと、ゆるく結合していた部分がほどけてしまい、読者の注意が拡散し、中心となる語りや議論からふらふらと外へ行ってしまう。

そのためには個別の読書端末が役立ちそうだ。いまやタブレット、パッド、キンドルやスマートフォンがある。そのうちスマートフォンが最も意外なものだった。評論家はずっと、こんな数インチのチカチカするスクリーンで本を読みたい人など誰もいないと言っていたが、それは間違いだった。大間違いだったのだ。私も含めて多くの人が喜んでスマートフォンで読んでいる。実際、本を読むためのスクリーンをどれだけ小さくできるかはまだ分かっていない。高速連続視覚表示と呼ばれる読書の実験が行なわれており、そこでは1語しか表示されないスクリーンを使う。[81]その大きさは切手程度だ。目を動かすことはなく、一つの単語に固定され、その単語から次の単語へと文章をなぞってどんどん移り変わっていく。そこで目は、単語同士が並ぶ長い連なりではなく、単語が後ろに次々と連なったものを追いかけていく。１語のサイズしかないスクリーンならどこにでも押し込め、読書可能な領域はますます拡張される。

Ｅインクを使ったキンドルや電子本端末は、すでに３６００万台が販売されている。[82]一冊の電子本とは、１ページごとに表示される板状のものだ。その板をクリックすれば、ページが消えて次のページが表示される形でめくることができる。キンドルで後に使われることになった反射型のＥインクは、紙に印刷したようにくっきりと読みやすい字を表示できる。しかし印刷された言葉と違い、Ｅインクではページから単語をカット＆ペーストでき、ハイパーリンクをたどったり、イラストとインタラクティブにやり取りしたりできる。

しかし、電子本が板状である必要はない。Ｅインクの紙はこれまでの紙のように、安価で、曲げられ、薄くてしなやかで使いやすいものにできる。それを１００枚ほど束ねて、背表紙を付けて、素敵な表紙を付けることだってできる。そうなれば電子本はまるで古くからあるページが詰まった本のようになり、おまけにそのコンテンツを変えることができるものになる。あるときは詩が表示され、それが次の瞬間にはレシピに変わるのだ。それにその薄いページを実際にめくることもできる（文章を行き来する方法はなかなか進歩しないものだ）。本を読み終わったら、表紙を閉じればいい。すると中のページは別の本の内容に替わっている。それはもうベストセラーのミステリーではなく、クラゲの育て方のガイドブックになっているのだ。こうしたすべての設計が完璧に作られ、持っていて満足できるものになる。良くデザインされた電子本は、鞣《なめ》されたなめらかなモロッコ革で装丁され、手に馴染んで持った感覚にも優れ、非常に薄くてつやつやしたページでできていて、買う価値のあるものになるだろう。きっといろいろなコンテンツに合わせて、いくつか違うサイズの電子本を持つようになるだろう。

　私は個人的には大きなページの本が好きだ。折り紙のようになっていて、それを開いていくと現在の新聞紙ぐらいのサイズとページ数の電子本端末になったらいいと思う。読み終わったら、それを畳んでポケットに入る大きさに戻す手間は別に構わない。同じ平面の上で、いくつもの長い記事を横断的に見て、見出しの間を飛び回るという読み方が好きなのだ。ポケットサイズのデバイスからレーザー照射で近くの平面に大きく投射できるタイプの本の実験を多くの研究所が行なっている。[83] テーブルや壁が本のページになり、手の動きを感知してページがめくられる。こうした大きなサイズのページなら、昔ながらに並列された複数の記事を散策するスリルを楽しめる。デジタル生まれの本で真っ先に挙げられる効果は、いつでもどんなスクリーンにも流れ込むことだ。本は呼び出せば現れるものになる。読む前から買って積み上げておく必要はなくなった。本は作られたものというより、目に飛び込んでくる流れになるのだ。

　こうした流動性は、消費する側ばかりか本の作り手にも当てはまる。本をモノとしてではなく、それができるすべてのプロセスだと考えてみよう。名詞ではなく動詞として考えるのだ。本は紙や文章のことではなく、「本になっていく」ものだ。それは、〈なっていく〉のだ。考え、書き、調べ、編集し、書き直し、シェアし、ソーシャル化し、コグニファイし、アンバンドルし、マーケティングをし、さらにシェアして、スクリーンで読むことの一連の流れとなる——その流れのプロセスのどこかで本が生成されるのだ。本、特に電子本は、本になっていくプロセスからできた副産物になる。スクリーンに表示された本は、それが本になっていくプロセスで生み出された言葉やアイデアの関係性のウェブになる。それは読者、著者、登場人物、アイデア、事実、概念、物語などを結び付ける。こうした関係性は、スクリーニングという新しい方法によって増幅され、強化され、拡張され、加速され、高められ、再定義される。

しかし本とスクリーンの間の緊張感はまだ続いたままだ。スクリーンに表示される電子本の現在の管理者であるアマゾンやグーグルは、ニューヨークの出版各社からの命令とベストセラー作家たちの承認により、電子本の高い流動性を阻害し、読者が文章を簡単に切り張りできないようにしたり、本のかなりの部分をコピーできなくしたり、文章に手を加えるような行為を禁止したりしている。現在の電子本は、スクリーンで読まれる原テキストの流用可能性を欠いている——つまりウィキペディアとは程遠い。しかし近い将来には電子本のテキストもようやく解放され、本に備わった本当の特性が花開く時代が来るだろう。本という形式が、本当は紙の電話帳や、ハードウェアのカタログ本や、ペーパーバックのハウツー本に合っていたわけでは決してないことに、われわれはじきに気づくだろう。アップデートしたり検索したりという、紙や物語が得意ではなかった作業に関しては、スクリーンに表示されるデジタルの方がよっぽど向いている。こうした種類の本が求めていたのは、注を付け、マークして、下線を引き、ブックマークに登録し、まとめ、相互に参照し、ハイパーリンクを張り、シェアし、話題にすることだったのだ。デジタルになれば、それ以上のこともできるようになる。

本の特性として新たに見い出された自由について、そのごく初期の姿を垣間見られるのがキンドルやキンドルファイアだ。読んでいて気になった箇所は（少々面倒だが）ハイライトにできる。ハイライトにした部分を抽出することで（これにも手間がかかるが）、自分が最も大切で記憶すべきだと思った部分を読み返すことができる。さらに重要なのは、自分が許可すればその部分を他の読者と共有できたり、逆に特定の友人や学者や評論家がハイライトにした部分を読むこともできたりすることだ。読者全員から最もハイライトを付けられた箇所を抽出することさえできて、ここまでくれば、読書はまったく新しいものになっていく。ある本を別の著者が精読中に書き込んだメモも（許可があれば）読めるようになり、より多くの読者が以前には稀《き》覯《こう》本の収集家しかあずかれなかったような恩恵に浴することができる。

読書はソーシャルになる。スクリーンに表示されることで、読んでいる本のタイトルばかりか、その本に対する反応や注釈までシェアできるようになる。今日はまだ、文章にハイライトをするだけだ。明日にはその文章にリンクを張れるようになるだろう。いま読んでいる本のある言い回しから以前に読んだ本の対照的な言い回しへとリンクを張り、ある文章にあった言葉を曖昧語辞典にリンクし、本のあるシーンを映画の中の似たシーンとリンクすることもできる（こうした機能のためには、関連する言い回しを探すツールも必要になる）。気になる人物のフィードを登録することで、その人の読んでいる本のリストばかりか、書き込み、ハイライト、注釈、疑問やちょっとした感想までを読めるようになるだろう。

現在グッドリーズ［Goodreads］などの本共有サイトで行なわれている読書クラブの質の高い論議も、本そのものの変容に続いて、ハイパーリンクによってより深く本に組み込まれていくだろう。そこではある人がある文章を引用してコメントすると、その文章とコメントに双方向でリンクが張られる。ちょっとしたコメントでも、それが積もり積もれば、実際の文章にしっかり紐付いた重要なコメントのウィキ型セットができる。

実際に、本の間で密なハイパーリンクが張られれば、どの本もネットワーク化したイベントになる。本の未来についての従来の考え方では、本はいまも公共図書館に並べられているように、一つひとつが完結し、お互いに独立したままだとされる。そうした状態では、どの本も隣に何が並んでいるかをほとんど関知しない。著者が本を書き上げると、それは完成品として固定したものになる。何か動きがあるのは、読者がその本を取り上げて、自らの想像力を使ってそこに息吹を吹き込むときだけだ。こうした常識から見ると、将来のデジタル図書館の長所は持ち運びに便利になること——本文全体をビット化して持ち運べ、いつでもスクリーンで読めるようになるということだけだ。しかしそれでは、本をスキャンすることで生まれる一番の革命的変化を見逃している——ユニバーサルな図書館においては、どんな本も孤立することなくつながるのだ。

インクで印刷された文字を電子的なドットに変換してスクリーンで読めるようにするということは、こうした新しい図書館を作るための最初の一歩でしかない。本当にすごいのは次の段階で、本の中のそれぞれの言葉が相互にリンクされ、クラスター化され、引用され、抽出され、索引を付けられ、分析され、注を加えられ、かつてなかったほど深く文化に織り込まれていくことだ。電子本や電子テキストの作る新しい世界では、すべてのビットがお互いに情報を伝え、すべてのページが他のすべてのページを読んでいる。

いまのところ、相互接続性という意味でわれわれがしているのは、あるテキストの出典を書誌情報や脚注のページでリンクするぐらいだ。さらに進めば、一冊の中である文章と別の文章をリンクできるだろうが、まだ技術的に実現していない。しかし、一文ずつのレベルで文章により深いリンクが可能になり、それが相互のものになれば、ネットワーク型の本が生まれるだろう。

ウィキペディアを使ってみると、どんな感じかが分かるだろう。ウィキペディアはもちろん百科事典だが、それを仮に一冊の巨大な本であると考えてみよう。その３４００万ページで、リンクが張られ青い下線の付された文字は、この百科事典の他の概念とハイパーリンクで結ばれている。[84]こうした絡まり合った関係性こそが、ウィキペディアに――そしてウェブそのものに――とてつもない力を与えているのだ。ウィキペディアは最初のネットワーク化した本だ。長い時間が経てば、ウィキペディアのページは、すべての文章に青い相互参照が付いてリンクだらけになるだろう。同様にすべての本もデジタル化していけば、それぞれの文章が他の本の文章とネットワークで相互参照され、リンクを示す青い下線でいっぱいになるだろう。一冊の本のどのページからも、他のページや他の本へと飛べるようになる。そうなれば本はもはや一冊ごとに綴じられたものでなく、すべての本が織り込まれた巨大なメタレベルの本になり、ユニバーサルな図書館となるだろう。シナプスのように相互につながった図書館が集合知を生み出し、個別の本からは見えない世界を見せてくれるだろう。

ユニバーサルな図書館という夢は古くからあり、それは過去から現在のすべての知識を一カ所に集めたものだった。すべての本、すべての文書、すべての概念図、それらがあらゆる言語で書かれ、すべてがつながっている。誰もがこうした図書館を夢見るのは、過去に一瞬だけそれが存在したからだ。紀元前３００年頃に建てられたアレクサンドリアの図書館は、当時の世界に出回っている巻物をすべて収集していた。[85]ある時点でその図書館には50万点の巻物があったとされ、それは当時存在した書き物の30％から70％に当たると考えられている。しかしこの巨大な図書館が崩壊する以前から、すべての知識量を一つの建物に収容できる時代はすでに終わっていた。それ以来、定常的に増え続ける情報は、われわれの収容能力を圧倒し続けてきた。過去2000年にわたってユニバーサル図書館は、透明人間になれる服や反重力靴、ペーパーレス・オフィスのような長年の人々の夢と同様、未来永劫に実現しそうもない神話的な夢としてあった。しかしそんな偉大な知識の図書館が、本当に手の届くところにあるのだろうか？

ブルースター・ケールはインターネット全体をアーカイブする活動を支援しているが[86]、ユニバーサル図書館は実現できると言う。「これこそわれわれがギリシャ文明を超えるチャンスです」と彼は繰り返す。「それは将来のものではなく、いまあるテクノロジーで可能です。人間のありとあらゆる仕事を、世界中の人々に提供できるのです。それこそ、人間を月に送り込んだような偉業として後世に残る話でしょう」。エリートだけにしか開放されていなかった古代の図書館と違い、この図書館は本当に民主的なもので、この星に生きているすべての人にすべての言語で書かれたすべての本を提供するものだ。

こうした完全な図書館では、理想的にはどんな新聞や雑誌、ジャーナルに書かれたものでもすべて読めなくてはならない。またこうしたユニバーサルな図書館には、古今東西のあらゆるアーティストが生み出した絵画、写真、映画、音楽なども収蔵されていなくてはならない。さらには、すべてのテレビやラジオの放送番組やCMも入れるべきだ。もちろんこの偉大な図書館には、もうオンラインでは見られない何十億もの昔のウェブページや何千万もの消されたブログポストも——われわれの時代のはかない創作物として——コピーを保管しなければならない。つまりは、人間のすべての作品、歴史的に記録が始まって以来のすべてのものが、すべての言語で、すべての人に向けて常に開かれていなくてはならないのだ。

これはとても巨大な図書館だ。シュメール人が粘土板に記録を残してからというもの、人類は少なくとも3億1000万冊の本、[87] 14億の記事やエッセイ、[88] 1億8000万の曲、[89] 3兆5000億のイメージ、[90] 33万本の映画作品、[91] 10億時間の動画やテレビ番組や短編映画、[92] 60兆の公開されたウェブページ[93]を出版《パブリッシュ》してきた。現在これらすべてが、世界中の図書館やアーカイブに入っている。そのすべてがデジタル化されると、すべて（現在の技術で）圧縮したとしても、50ペタバイトのハードディスクが必要になる。[94] 10年前にはこれだけを収容するのに、小さな町の図書館ほどの大きさの建物が必要だった。しかし現在は、こうしたユニバーサル図書館はあなたの家の寝室に収まってしまう。明日のテクノロジーでは、それがスマートフォンのサイズにまでなるだろう。そうなったら、すべての図書館をまとめた図書館が、直接あなたの脳に細い白い線でつながっていないとしても、財布の中に入っていることになるだろう。現在生きている人の中には、そんなことが現実になる前に自分はとっくに死んでいたいと考える方もいるが、主に若い人は何をグズグズしているのかと思っている。

書かれたものすべてを地球的規模で閲覧可能とするテクノロジーはその一方で、われわれがいま本と呼ぶものやそれを収容する図書館の性質も変容させる。ユニバーサル図書館とその本たちは、紙で読むのではなくスクリーンで読むので、われわれが従来から知っている図書館や本とは違うものになる。大量のリンクでつながるウィキペディアの成功に支えられ、多くのオタクたちは、何十億人もの読者が一人ひとり古い本にハイパーリンクを張っていってくれると信じている。ある特定の話題や知られていない著者、好きな本などを熱心に追っている人は、放っておいても重要な部分にリンクを張っていくだろう。そういう単純な作業を惜しみなくしてくれる人が何百万人もいれば、ファンたちによるファンたちのためのユニバーサル図書館が完成していくだろう。

ある単語や文や本を他に明示的にリンクすることに加え、読者はタグ付けすることもできる。スマートなＡＩを使った検索テクノロジーは、使い古された従来の分類システムを超えて、ユーザーの付けたタグだけできちんと検索できるようになった。実際のところＡＩは、不休で何百万もの文章とイメージに自動的にタグを付け続けるので、ユニバーサル図書館全体で生み出される知恵は、誰もが探すことができる。

リンクとタグは、過去50年で最も重要な発明かもしれない。あなたがリンクを張ったりタグ付けしたりするたびに、あなたは人知れずそのウェブの評価を上げ、よりスマートにしている。こうした関心の断片が集められて検索エンジンやＡＩで解析され、リンクの両端の関係性や、タグで示唆されたつながりを強化するために用いられる。この手の知能はウェブが生まれたときから備わっていたものだが、本の世界とは無縁のものだった。いまやリンクとタグが、ユニバーサル図書館をスクリーンで読むことを可能にし、さらに強化しているのだ。

この効果が最もはっきり分かるのが科学の世界だ。科学とは世界中の知識を一つのウェブにするための運動であり、そこでは広大な事実関係が互いに結ばれ、脚注を付けられ、互いに査読される。独立した事実は、その世界で意味があったとしても、科学的にはほとんど意味がない（疑似科学やとんでも科学も同様で、大きな科学のネットワークにつながっていない小さな世界での知識に過ぎない。自分たちのネットワークの中でだけ意味があるものなのだ）。だから科学のウェブにもたらされるどんな新しい観測結果やデータも、その他すべてのデータの価値を高めることになる。

このリンクという手段によって新たに拡張された図書館にひとたび本が統合されると、もはやその中のテキストは他の本のテキストと区別がなくなる。例えば、まじめなノンフィクションの本には普通、参考文献や脚注が付けられている。きちんとリンク付けされている本であれば、そこをクリックすれば、紹介された実際の本が見つかる。その本の参考文献に挙げられた本にもまた飛ぶことができるので、ウェブを飛び回る要領で図書館の中を探索し、脚注から脚注へ、さらに次の脚注へとたどって核心へと到達できる。

次には単語だ。例えばウェブでサンゴ礁について書かれた記事があれば、その中には魚類に関する用語の定義へのリンクが張られているように、デジタル化された本ではどんな言葉でもすべて、他の本に出てくる言葉とハイパーリンクされている。すべての本は、フィクションを含めて、人名やいろいろなアイデアのコミュニティーのウェブとなる（もちろん、小説を読んでいる最中にそうしたリンクを見たくなければ、出さないようにもできる。それでも小説というものは、書かれたもの全体から見ればほんの一部に過ぎない）。

これから30年ほどの間に、学者もファンも、コンピューターのアルゴリズムを使うことで、世界中の本を一つのネットワーク化した文献に編み上げていくことになる。読者は図書館において、あるアイデアのソーシャルグラフや、ある概念の時間的経過や、ある考察の影響の関連性マップなどを生み出すことができる。われわれはどんな仕事やアイデアも孤立して存在しているのではないことを理解し、古今東西の互いに関係するものがより合わさったエコシステムこそが正しく美しいのだと知る。

あるテキストの中核部分がたった一人の著者によって成り立っているとしても（多くのフィクションがそうだ）、それに付随する参照や論議、批評、参考文献や本を取り巻くハイパーリンクは協働作業の賜物のはずだ。こうしたネットワークを持たない本は、裸も同然だ。

それと同時に、本はいったんデジタル化されると、ページ単位に解きほぐされ、さらには文章の断片にまで縮小される。そうした断片がリミックスされて違う形で順序づけられた一冊の本になったり、バーチャルな本棚になったりする。ユニバーサルでネットワーク化された図書館は、いまの音楽ファンが曲をミックスして順番を変えたアルバムやプレイリストを作っているように、段落単位から本全体までさまざまな文章を集めたバーチャル本棚を作るようユーザーを促し、それらが特別な情報を集めた図書館の棚を形成する。そうやって音楽のプレイリストのように本の本棚プレイリストができると、公のコモンズで発表され、交換されるようになる。断片ごとに読まれたり、ページ単位でリミックスされたりすることを前提とした本を書く作家も出てくるだろう。未来の参考書（料理本、ハウツーのマニュアル、旅行ガイドなど）は、買って読んだ後に、個々のページやその一部を操作できることが売りになる。例えば自分だけの「料理本の本棚」を作り上げたり、ケージャン料理のレシピのスクラップブックをウェブ、雑誌の切り抜き、ケージャン料理本などのさまざまな参照先から集めて作ることもできる。こうしたことは、すでに起こり始めている。ピンタレストのオンライン掲示板では、ユーザーが引用、イメージ、気の利いた言葉、写真などを集めてスクラップブックを作れるようになっている。グーグルブックスでは、スウェーデンのサウナとか時計に関する本のベストとか、ある特定の話題に関する本をまとめて小さな図書館を開設できる。ひとたびこうした断片、記事、本のページがどこにでもあるようになり、入れ替えできるようになり、移動できるようになると、優れたコレクションをキュレーションするユーザーは評判になり、それで商売できるようになるだろう。

紙にインクで印刷した古いスタイルの本は、現在は何より最も耐久性があり信頼できる長期保存テクノロジーなので、図書館は(多くの個人も)敢えて廃棄したいとは思っていない。印刷本は読むために媒介器具が何も要らないので、テクノロジーの陳腐化に影響を受けないからだ。紙はまた、ハードディスクやCDなどと比べても非常に安定している。マッシュアップやリミックスなどの手が入っていない、著者のオリジナルなビジョンが固定化され変化していない版は、得てして最も価値のある版として残るだろう。そうした意味で、綴じられた本の安定性と固定性は望ましい。それはオリジナルに対して常に忠実な存在だ。ただし孤立している。

それでは世界のすべての本が一つの流動的な構築物になり、言葉やアイデアを相互につなぐようになると、一体何が起きるのだろう？　四つのことが考えられる。

まず、人気の作品の隙間に埋もれていままでならほとんど読者がいなかった本に少しは読者がつくようになる。例えば南インドの僧侶のベジタリアンの食事法といった、好きでなくては書けない類の本も、より簡単に見つかるようになる。世界の本のほとんどが流通のロングテールのずっと先——少部数かまるで売れていない状況——にある中で、デジタルの相互リンクのおかげで、どんな風変わりなタイトルの本でも読者を得ることができるようになる。

二番目に、ユニバーサル図書館では、文明が発展する中で書かれてきたオリジナル文書がスキャンされて相互にリンクされているため、われわれの歴史に対する理解を深めることができる。その中にはゴシップ紙や使われなかった電話帳、埃を被った地方自治体の書類や、地下室にしまい込まれた帳簿などが含まれている。過去がますます現在とリンクし、現在の理解を深め、過去への評価を高めてくれる。

そして三番目には、すべての本がネットワーク化されたユニバーサル図書館は、権威の新しい意味を育む。もしある話題に関して、過去から現在のすべての言語で書かれたあらゆる文書を本当に集めることができれば、われわれの文明が、あるいは種としての人間が、何を知っていて何を知らないのか、より明確に理解できるようになる。われわれの集合的無知が作り出す空白地に光が当たり、われわれの知識の輝ける頂点は網羅性によって描かれる。現在の学問の世界では、これほどの権威が生まれることは非常に稀だが、それは将来よくある話になる。

最後の四番目は、すべての作品が収まったユニバーサル図書館は、単なる検索可能な図書館以上のものになるということだ。それは文化的な生活のプラットフォームになり、本の知識を再び舞台の中心へと呼び戻す。現在ではグーグルマップとモンスター・ドットコム［monster.com］のデータをマッシュアップして、どこに仕事があるかを給与別に示す地図が作れる。それと同じ要領で、容易に想像できるのは、この偉大なネットワーク化図書館によって、例えばロンドンのトラファルガー広場に立ちながら、グーグルグラスのようなウェアラブル端末を使えば、その場所についてこれまでに書かれたものを何でも読むことができるだろう。それと同様に、地球上にあるあらゆるものや出来事や場所についても、あらゆる言語で書かれたすべての時代のどんな本からでも知ることができるようになる。こうした知識の深い構造から、参加型の文化が新たに生まれる。ユニバーサルな本と全身を使ってインタラクティブにやり取りするのだ。

すべてが収まるこのユニバーサル図書館の外にある本は、ウェブの外にあるウェブページのようなもので、息絶えていく。実際に、もし本というものがわれわれの文化の中で喪われつつある権威を維持しようとするなら、そのテキストをユニバーサル図書館に接続するしかない。新しい作品のほとんどは生まれつきデジタルなので、長い物語にさらに言葉を足していくようにユニバーサル図書館に流れ込んでいく。パブリックドメイン〔知的創作物の知的財産権が発生していないか消滅した状態〕[95]に属するアナログ本の大陸や2500万もの権利関係のはっきりしない著作物（印刷もされておらずパブリックドメインにもなっていない）も、やがてスキャンされて結合されるだろう。本とスクリーンの慣習のぶつかり合いでは、スクリーン側が優位になっていくだろう。

ネットワーク化された本の奇妙なところは、それが決して完成せず、記念碑というより言葉の流れになっていくことだ。ウィキペディアはそれを引用してみれば気づくが、編集の流れだ。本は空間ばかりか時間的にもネットワーク化されていく。

しかし、そういうものを本と呼ぶ必要はあるのだろうか？ ネットワーク化された本にはその定義からして中心はなく、すべてはエッジにある。ユニバーサル図書館の単位は、本1冊ではなくて、文や段落や章といった単位の文章ではないだろうか？ そうかもしれない。しかし本のような長い形にも力がある。自己完結する話や統一した語り口、閉じた論議にわれわれは大いに惹きつけられる。そこには周辺のネットワークを引き込むような、自然との共振がある。われわれは本をビットやある部分といった構成要素にアンバンドルしてはそれらを編んでウェブにしていくが、本の持つより高次の力とは、われわれの注意を引くことだ——それこそが、この経済においていまでも希少なものなのだ。本とは注意を引く単位なのだ。事実は興味深く、アイデアも重要だが、唯一人々を楽しませ、忘れられることがないものは物語や素晴らしい論議、それによくできたお話だ。詩人のミュリエル・ルカイザーが言うように、[96]「宇宙は原子ではなく物語からできている」

そうした物語はスクリーンを通して再現されるようになるだろう。どこを見てもスクリーンだらけの世の中だ。あるときは、ガソリンスタンドで給油中に映画のクリップを見ていた。数日前の夜には飛行機の座席で映画を見た。今朝はスマートフォンで見ていた。いつでもどこでも鑑賞できるのだ。ATMの機械やスーパーのレジに並ぶ列といった思わぬ場所でスクリーンから映像が飛び出すことがある。どこにでも見かけるこうしたスクリーンでは3分程度の非常に短い映像を流しているが、安価なデジタルツールのおかげで新世代の映画製作者が現れ、どんどんこうしたスクリーンに進出している。われわれは遍在するスクリーンの時代に向かっているのだ。

スクリーンが要求するのはわれわれの視線ばかりではない。本を読んでいるときに最も体を使うのは、ページをめくったり折り曲げて印を付けたりすることだ。一方でスクリーンは全身とやり取りする。タッチスクリーンは、絶え間なく接触する指に反応する。Wiiのようなゲーム機に入ったセンサーは、手や腕の動きをトラッキングしている。ゲーム機のコントローラーなら、画面をあっという間に動かせる。ヘッドセットやゴーグル型のVR機器に内蔵された最新のスクリーンは、体全体の動きを再現する。それらはインタラクティブなやり取りを引き起こす。最新型のスクリーン(例えばサムスンのギャラクシーなど)は、あなたがどこを見ているかを分かっている。[97]どこにどれだけの時間、注意を向けているのかを知っているのだ。いまではスマートなソフトがスクリーンを読むわれわれの感情を読み、[98]その感情に合わせて次に出す画面を変えることができる。読むことはほとんど運動に近くなる。5世紀ほど前には黙読することが変なことだと思われていたが（字を読める人がほとんどいなかったので、大抵の文章は全員のために読み上げられた）、将来はスクリーンを眺めながらそのコンテンツに反応して身体の一部を動かしていないと、変だと思われるようになるだろう。

本は熟慮する心を養成するのに良いものだった。スクリーンはより実用的な思考法向きだ。スクリーンで読んでいて新しいアイデアや聞きなれない事実に出合うと、どうにかしようという気にさせられる——単に熟慮するのでなく、その用語を調べたり、画面に現れる友人の意見を訊いたり、違う観点を見つけたり、ブックマークを付けたり、インタラクティブにやり取りしたり、ツイートしたりする。読書する場合には、じっくりと脚注にまで目を通すことで、物事を解析する力が養われた。スクリーンを読む場合は、すぐにパターンを作り、あるアイデアを他のものと結び付け、毎日のように現れる何千もの新しい考えに対処するやり方を身につける。スクリーンで読む場合にはリアルタイムの思考が育成されるのだ。映画を鑑賞しながらそのレビューを読んだり、議論の途中ではっきりしない事実を調べたり、ガジェットを買う前にマニュアルを読むことで、買って家に帰ってから後悔しないようにしたりする。スクリーンは現在を扱うための道具なのだ。

スクリーンは何かをあなたに説得するより、行動を引き起こす。スクリーンの世界では、間違った情報やそれを訂正する情報が電子の速度で行き交うので、プロパガンダはあまり効果がない。ウィキペディアがこれほど上手く機能しているのは、クリックするだけで間違いを除去でき、そもそも間違ったことを書くよりも、それを訂正するほうが簡単だからだ。本の世界では真実は明かされるものだが、スクリーン上では誰もが断片を組み上げて自分たちの神話を作る。ネットワークにつながれたスクリーンでは、すべてのものが他のすべてとリンクしている。新しく創られたものの評価は、かつてのように評論家が決めるのではなく、それが世の中の他のものとどれだけリンクしているかで決まる。人も創作物も事実も、リンクされるまで存在していない。

スクリーンは物事の内部の性質を明らかにする。商品の上にスマートフォンのカメラを向けると、価格や生産場所、成分、それに他の購入者のコメントまで見ることができる。例えばグーグル翻訳のような適切なアプリを使えば、外国でレストランのメニューや看板に書かれた文字を翻訳して、スマートフォンのスクリーン上に同じフォントで表示してくれる。また別のアプリを使えば、ぬいぐるみのおもちゃがスクリーンの中でさまざまな動きをしたり、インタラクティブにやり取りできたりする。それはまるで、スクリーンがその対象物の手に触れることのできない本質を表示してくれているようだ。

持ち運べるスクリーンがもっと強力になり、より軽く、より大きくなると、内部にある世界をもっと表示できるようになる。通りを歩いているときにタブレットをかざしたり、あるいは魔法のメガネやコンタクトレンズ型ビューアを使ったりすれば、目の前の通りの風景に重ねて、どこに清潔なトイレがあるか、どの店に好きな商品があるか、どこで友人が集まっているかなどの説明情報を表示してくれる。コンピューターのチップはどんどん小さくなり、スクリーンはどんどん薄く安くなっていくので、この30年の間には、半透明のメガネが現実の上に情報のレイヤーを付加できるようになる。[99] こうしたメガネをかけて物を手に取ると、その物（や場所）の基本的な説明が、テキストのレイヤーとして重なって見える。こうなると、スクリーンはただの文章だけでなく、すべてのものを読むためのものになる。

そうしたメガネは、グーグルグラスがそうであったように、まだちょっとカッコ悪い。しかしいずれ改良が加えられておしゃれになり、装着するのも快適になるだろう。昨年だけでも、コンピューター以外のさまざまな物に５００京個ものトランジスターが埋め込まれた。すぐにでも、靴からスープの缶詰までほとんどの製品に、ちょっとした知能を持った小さな銀色のチップが埋め込まれ、スクリーンがこうした遍在する認知の世界とインタラクティブにやり取りするための道具になるだろう。われわれはスクリーンを注視するようになる。

しかしもっと重要なことは、スクリーンもわれわれを注視することだ。覗き込むと姿が映る井戸のように、スクリーンはわれわれが自分自身を探すために見つめる鏡のような存在になる。顔ではなく、自己像を探すのだ。すでに何百万もの人々がポケットサイズのスクリーンを使って、いまいる場所、食べたもの、体重、気分、睡眠状態、見たものなどを入力している。何人かのパイオニアたちは、自分の生活の詳細、会話、画像、行動などを記録するライフログを取り始めている。スクリーンではこうした行動のデータベースを記録するばかりか表示もできる。常時自分をトラッキングする結果、それは生活に関する完璧な記憶となり、どんな本でも提供できないほどの、想像もつかなかった客観的で量的な自己像となる。スクリーンはわれわれのアイデンティティーの一部になるのだ。

われわれはＩＭＡＸからアップルウォッチまで、ありとあらゆるサイズのスクリーンを使っている。近い将来には、スクリーンからまったく離れて暮らすことは決してしなくなるだろう。あなたが何かの答えや、友人や、ニュースや、意味や、自分が誰で何者になり得るかを探そうとするとき、スクリーンは最初に向かう所になるだろう。

近い将来の私のある1日はこうなるだろう。

朝はベッドに入ったままスクリーンを読み始める。手首のスクリーンで時間や目覚ましをチェックし、同時にスクロールしながら緊急ニュースや天気予報を見る。ベッドの脇にある小さなパネルスクリーンで、友人からのメッセージを見る。親指でメッセージをスクロールする。トイレへと向かう。壁のスクリーンには友人が撮った素敵な写真が表示されている。昨日の写真より明るく楽しそうな一枚だ。服を着て、クローゼットのスクリーンでチェックする。そこには、今日のシャツには赤い靴下が合うと表示されている。

台所ではニュースの本文を読む。テーブルの天板に埋め込まれたディスプレーが私のお好みだ。テーブルの上で腕を振って、文章が流れる方向を指示する。スクリーンの付いた食料棚でシリアルを探す。各扉に付いたスクリーンには、中に何が入っているかが表示されている。冷蔵庫の上で漂っているスクリーンには、新鮮なミルクが入っているという表示。そこで中からそれを取り出す。ミルクパックの横に付いたスクリーンは、ゲームをしようと勧めてくるが、それはパスする。ボウルのスクリーンを見て、それが食器洗い機できちんと洗われたものか確かめる。シリアルを食べながらその箱についたスクリーンで、それがまだ新鮮か、また友達が言っていた遺伝子マーカーが含まれているか確かめる。テーブルに向かって頷くと、ニュースが先に進む。さらに熱心に眺めると、スクリーンがそれに気づいてより詳細な情報を表示する。深く注目すればするほど、文章がもっとリンクを表示し、より詳しい図が表示される。地元の市長に関する非常に長い調査報告があるのを読み始めるが、息子を学校に送っていく時間だ。

車に急ぐ。車内には台所での話の続きが表示されている。車がスクリーンの情報を読み、運転中の私のために大きな声で読み上げてくれる。途中に通る高速道路の両側の建物もスクリーンそのものだ。それらは私の車を認識して、いつも私だけに向けた広告を表示する。レーザーによる投影画面なので、私にだけ焦点が合うようになっていて、他の車は同じスクリーンで違うイメージを見ることになる。普段はそれらを無視するが、いま車で読んでいる話に関連したイラストや図が表示されるときは話が別だ。今朝はどの道が一番空いているかの情報をスクリーンで調べる。自動運転システムは他のドライバーのルートも学習しており、通常は一番良いルートを選んでくれるが、完全無欠というわけでもないので、自分でも道の流れをチェックしているのだ。

息子の学校では廊下の片側に掲示用のディスプレーがある。手を挙げて名前を言うと、スクリーンが顔や目、指紋や声から私を認識してくれる。そうすると個人用のインターフェースに切り替わる。プライバシーが気にならなかったら、廊下のスクリーンで自分のメッセージを読むこともできる。それに手首に着けた小さなスクリーンを使ってもいい。詳細を読みたいメッセージを一瞥すると、スクリーンに拡大してくれる。必要なものは手を振って前へ進め、他のものはさっとアーカイブに入れておく。急を要する案件があった。空中で指をつまむような動作をすると、スクリーンがバーチャル会議に切り替わる。インドの仕事仲間から話があるようだ。彼女はバンガロールからスクリーンを通して語りかけ、その姿はとてもリアルだ。

やっとオフィスに到着する。椅子に座ると部屋は私がいることを感知し、部屋中のスクリーンやテーブルのスクリーンは私用に切り替わり、前回使ったときの状態が表示される。スクリーンのカメラが今日の予定をこなしている私の姿を詳細にトラッキングする。手と目については特によく見ている。キーボードを使う以外に、手のサインで命令を送るやり方も格段に上達した。それは16年間も私の仕事をトラッキングしているので、次に行なうことをかなり予測している。画面上の記号の連なりは私にしか意味を成さないものだが、同じように同僚の画面も本人にしか分からない。一緒に働いていても、それぞれがスクリーン上ではまったく違う環境だ。部屋中を動き回っては、違ったツールを注視したり摑んだりしている。私は少々昔かたぎで、小さいスクリーンを持って使いたがる。お気に入りは大学の頃に使っていた革のケースに入っているスクリーンだ（ケースは古いがスクリーンは新しいものになっている）。そのスクリーンの大きさは、卒業後にモールで寝泊まりしている移民のドキュメンタリーを作ったときのものと同じだ。それは手に馴染んでおり、私の手振りにもよく反応してくれる。

仕事が終わると、拡張メガネをかけて、外に出てジョギングする。走るコースが目の前にはっきり示される。その風景に重ねて運動に関する情報として、心拍数や代謝の数値がリアルタイムでレンズに表示され、今日通る場所に紐付けてバーチャルに投稿された最近のコメントなどもスクリーンで読むことができる。同じ道を1時間前にジョギングしていた友人が残した寄り道に関する情報を読んだり、地元の歴史クラブ（私もメンバーだ）が作った、おなじみの場所の歴史についての解説も読んだりできる。鳥の名前を特定するアプリを使って、公園を通ったときに見かけた鳥の名前を表示してもらうのもいい。

夕食の席ではテーブルで個人的にスクリーンを使うことは禁止だが、部屋のスクリーンにアンビエントなムードの色を表示させる。食事が終わったらスクリーンでリラックスだ。VRのヘッドセットを着けて宇宙人都市を散策する——私がフォローしている、すごい世界を作る職人の手によるものだ。3D映画や、リアリティーショーを見たりするのもいい。息子はどこの学生もするように、宿題をこなすためにスクリーンでいろいろな解説書を参照する。彼はスクリーンで遊ぶアドベンチャーゲームが好きだが、学期中は遊ぶ時間は1時間以内に制限している。また、リアリティーショーの内容全部を早回しで1時間ほどで確認しているが、同時に他の三つのスクリーンでメッセージや写真をチェックしている。一方で私は少々ペースを落とす。ときにはパッドで読書をしながら、壁のスクリーンにはアーカイブしてあったのんびりとした心地良い風景を映しておく。妻はベッドに入って、寝る前に天井のスクリーンで好きな話を読むのが何より好きだ。私は寝るときは、腕に着けたスクリーンで朝6時にアラームをセットする。これで8時間はスクリーンからおさらばだ。

# 5. ACCESSING
アクセシング

テッククランチ誌の記者が最近、「世界最大のタクシー会社ウーバーは車を1台も持っていない。フェイスブックは世界で最も人気のあるメディアの所有者だが、コンテンツは一つも作っていない。アリババは最も市場価格の高い小売業だが、倉庫は持っていない。エアビーアンドビー［Airbnb］は世界最大の宿泊施設提供会社だが、不動産は何も持っていない。なかなか興味深いことが起きている」と書いていた[100]。

実際にはデジタルメディアにも同じような現象が起きている。ネットフリックスは世界最大の映像提供会社だが、映画を所有することなく観客にそれを見せている。スポティファイは最大の音楽ストリーミング会社だが、音楽は何も所有していないのに、どんな曲でも聴かせてくれる。アマゾンのキンドル・アンリミテッドは80万冊の本が読み放題だが[101]、本は所有していないし、プレイステーション・ナウはゲームを購入しなくても遊べる。利用するものを所有する、ということが年々少なくなっていく。

所有することは昔ほど重要ではなくなっている。その一方でアクセスすることは、かつてないほど重要になってきている。

例えばあなたが世界最大のレンタル店の中に住んでいたとしよう。その場合、何も所有する必要はないだろう。手の届く範囲で、何でも必要な物が借りられるのだから。すぐに借りられるのであれば、所有することのほとんどの長所が得られ、短所はほとんどない。清掃したり、修理したり、収納したり、整理したり、保険をかけたり、アップグレードしたり、維持したりする手間はかからない。もしそのレンタル店が、メアリー・ポピンズのカーペット地のバッグのような、際限なくものの入るコンテナにあらゆるものが詰め込まれている魔法の食器棚だったとしたらどうだろう？　ただその扉をノックしてほしいものを頼めば、あら不思議、すぐにそれが出てくるのだ。

高度に進んだテクノロジーのおかげで、こうした魔法のようなレンタル店が実現する。それこそ、インターネットとウェブとスマートフォンの結び付いた世界だ。このバーチャルな棚は無限だ。この最大のレンタル店では、ごく一般的な市民がまるで自分が所有しているかのように、即座に商品やサービスを利用できる。これを利用する方が、自分が持っているものを地下室から探し出すよりも早い場合もある。しかも、商品の品質は自分で所有している場合と同じだ。アクセスする方が所有するよりも多くの意味で優れているので、それが経済を最前線で牽引している。アクセスへと向かい、所有から離れていくこうした長期的な動きを加速させる、五つのテクノロジーのトレンドがある。

### 非物質化

過去30年のトレンドは、より良いものをより少ない材料で作ることだった。古典的な事例としては缶ビールがある。その基本的な形やサイズや機能は過去80年間変わっていない。１９５０年にはビールの缶は錫《すず》メッキした鉄製で73グラムの重さだった[102]。１９７２年にはアルミ製のもっと軽くて薄く見栄えの良い缶ができて、重さは21グラムまで減った。さらに手の込んだ畳み込みやカーブの工夫によって原材料を減らし、現在では重さは13グラムまで落ちて、初期の重さの５分の１となっている[103]。それに新しい缶は口を開ける道具が要らない。材料が20％に減ることでより多くのメリットが生まれた。それが非物質化と呼ばれる動きだ。

現在の最新のプロダクトは概してこうした非物質化が進んでいる。１９７０年代と比べて、自動車は平均で25％軽くなっている。[104] 電化製品も、同じ機能に対してより軽くなっている。もちろん、通信テクノロジーは明らかに非物質化している。パソコンの巨大なモニターは薄いスクリーン状になり（しかしテレビの横幅は広がった！）、テーブルに置かれた武骨な電話はポケットに入る大きさになった。必ずしも軽くしなくても新しい機能を付加できるが、一般的にはより原子《アトム》を減らすのがトレンドだ。個々の製品がより軽くなっても、経済が成長するにつれより多くのものを使うようになって、トータルではより多くのものに囲まれているので、そのことに気づかないかもしれない。しかしＧＤＰの金額当たりの物質の量は少なくなっており、つまりはより少ない物質でより多くの価値を生み出しているのだ。単位ＧＤＰ当たりに必要な物質の量は過去１５０年下がり続け、過去20年間に特にその傾向は加速している。１８４０年にはアメリカのＧＤＰの単位当たりに必要な物質は４キロだった。それが１９３０年には１キロになった。[105] 最近の投入キロ当たりのＧＤＰの価値は、１９７７年の１・６４ドルから２０００年には３・５８ドルになり、[106] 過去23年間で非物質化は倍加したことになる。

デジタルテクノロジーは、製品からサービスへの移行を促すことで非物質化を加速する。サービスはそもそも流動的なので、物質に縛られる必要がないのだ。しかし非物質化はただのデジタル商品を指しているのではない。たとえばソーダ缶のような固い物理的な製品が、より少ない材料を使うほど便利になるのは、その重いアトムが重さのないビットで置き換えられているからだ。手に触れられるものが、手に触れられないものへ置き換わっていく――より良いデザイン、革新的なプロセス、スマートなチップ、オンライン接続といった手に触れられないものが、以前はアルミが行なっていたこと以上のことを代行していく。知能といったソフトがアルミ缶のような固《ハード》い物の中に組み込まれ、固《ハード》い物がソフトのように動くようになる。ビットが吹き込まれた物質的な商品が、まるで手に触れられないサービスのように振る舞いだす。名詞は動詞へと変容する。シリコンバレーではこれを、「ソフトウェアがすべてを食べつくす」[107]という言い方をする。

自動車の鉄鋼の量は減っていき、その役割を軽量のシリコンに譲っている。現在の自動車はまるで車輪の付いたコンピューターだ。スマートなシリコンがエンジン効率やブレーキの性能、安全性を向上させているが、このことが電気自動車ではさらに当てはまる。動き回るコンピューターはもうすぐネットに接続され、インターネット自動車になる。それは無線でつながって自動運転のナビゲーションや、保守と安全確保を行ない、最新のモデルでは高画質の3Dエンターテインメントになる。また接続された車は新しいオフィスにもなる。もしその私的空間であなたが運転していないならば、そこで働いたり遊んだりするはずだ。私は2025年までには、高級な自動運転車のネット接続速度は、家庭のそれを上回ると予想する。

車がデジタル化されると、交換されたりシェアされたりするようになり、デジタルメディアと同じようにソーシャルにやり取りされるようになる。家庭やオフィスにある物体に知能を与えてスマートにすればするほど、どんどんそれは社会資産化していく。それらの持つ性質（多分それらが何でできていて、どこにあり、何を見ているかなど）をシェアすることで、自分自身がそれらをシェアしている気になっていくのだ。

アマゾンの創業者ジェフ・ベゾスが2007年に初めてキンドルの端末を紹介したとき、それはプロダクトではないと主張した。そうではなく、読むものへのアクセスを売るサービスだと言うのだ。その話はその7年後にアマゾンが、約1００万冊の電子本を読み放題にするサービスを開始したときに、よりはっきりしたものになった。読書好きの人はもう個々の本を買う必要はなく、キンドルを1台購入することで、現在刊行されているほとんどの本へのアクセスを買うことになるのだ（キンドルのエントリーモデルの値段は徐々に下がっており、いずれはほとんど無料になるだろう）。プロダクトは所有を促すものだが、サービスは所有する気をくじく——というのも所有という特権に伴う排他性、コントロール、責任といった足かせがサービスにはないからだ。

「所有権の購入」から「アクセス権の定額利用《サブスクリプション》」への転換は、これまでのやり方をひっくり返す。所有することは手軽で気紛れだ。もし何かもっと良いものが出てきたら買い換えればいい。一方でサブスクリプションでは、アップデートや問題解決やバージョン管理といった終わりのない流れに沿って、作り手と消費者の間で常にインタラクションし続けなければならなくなる。それは1回限りの出来事ではなく、継続的な関係になる。あるサービスにアクセスすることは、その顧客にとって物を買ったとき以上に深く関わりを持つことになる。乗り換えをするのが難しく（携帯電話のキャリアやケーブルサービスを考えてみよう）、往々にしてそのサービスからそのまま離れられなくなる。長く加入すればするほど、そのサービスがあなたのことをよく知るようになり、そうなるとまた最初からやり直すのがさらに億劫になり、ますます離れ難くなるのだ。それはまるで結婚するようなものだ。もちろん作り手はこうした忠誠心を大切にするが、顧客も継続することによる利点をますます享受することになる（そうでなくてはならない）——品質の安定、常に改善されるサービス、気配りの行き届いたパーソナライズによって、良いサービスだと思えるのだ。

アクセス方式のおかげで消費者《コンシューマー》が製作者《プロデューサー》により近づき、あるいは消費者がますます製作者のように行動するようになって、1980年に未来学者のアルビン・トフラーが命名した「プロシューマー」[108]になっていく。ソフトウェアを所有する代わりにアクセスすれば、そのソフトが改良されたときにそれを共有できる。それはまた、あなたが雇われたことも意味する。あなたは新たなプロシューマーになり、バグを見つけて報告するよう促され（会社のQ＆A部門の人件費を抑え）、フォーラムで他のユーザーからの助言をもらい（会社のヘルプデスクの人件費を抑え）、自分用にアドオンや改良版を開発する（高コストの開発部門を代替する）ことになる。アクセスによってそのサービスのありとあらゆる部分とのインタラクションが増えていくのだ。

スタンドアロンの製品が「サービス化《サービサイズ》」された最初の例がソフトウェアだ。現在ではソフトをプロダクトとしてではなくサービスとして売る「ＳａａＳ《ソフトウェア・アズ・サービス》」という方式が、ほとんどのソフトで常識になっている。ＳａＳの例を挙げれば、アドビ社はもう同社の大黒柱であるフォトショップやデザイン用のツールを、例えば「バージョン7.0」などと銘打った個別のプロダクトとしては売らなくなった。その代わりに、あなたはフォトショップやインデザイン、プレミアなどのサービスを——そして自動的なアップデートを——単体あるいは一括で購入する。[109]月額のサブスクリプションを支払う限り、サービスにサインアップすればあなたのコンピューターはいつでも最新のソフトを使えるのだ。この新しい方式なら、顧客は安心しながら永遠に何かを所有している気になる。

テレビ、電話、ソフトのサービサイズは始まりに過ぎない。ここ数年間にホテルのサービサイズ（エアビーアンドビー）、ツールのサービサイズ（テックショップ［TechShop］）、衣服のサービサイズ（スティッチ・フィックス［Stitch Fix］やボンブフェル［Bombfell］）、オモチャのサービサイズ（ナード・ブロック［Nerd Block］やスパークボックス・トイズ［Sparkbox Toys］）が起こった。もうすぐ、食品をサービサイズ（ＦａＳ《フード・アズ・サービス》）しようと試行錯誤するスタートアップが何百と出てくる。そのどれもが、食品を購入するのではなく、食品へのサブスクリプションを提供するものだ。例えばある構想では、個別の食料品を買うのではなく、あなたが必要とする、あるいはほしいと思う食品から得られる恩恵にアクセスする――つまり、あるレベルと量のたんぱく質、栄養価、調理法、風味といったものだ。

他にも新しいサービスの可能性として、家具のサービサイズ、健康のサービサイズ、住まいのサービサイズ、休暇のサービサイズ、学校のサービサイズといったものが挙げられる。

もちろんそれらすべてに支払いは発生するが、こうしたサービスでは、顧客と提供者の間でより深い関係が必然的に促される点が違う。

## リアルタイムのオンデマンド

アクセスすることは、新しいものをほぼリアルタイムで届けることにもつながる。リアルタイムで動いていなければ、もはや見向きもされない。タクシーは便利だが、いつもリアルタイムというわけにはいかない。なかなか捕まらないし、呼んでも待たされる。最後に支払いをするのも面倒だ。それに、もっと安くならないものか。

ウーバーはオンデマンド型のタクシーサービスだが、この時間の等式に手を加えることで輸送ビジネスに破壊的変化を起こした。車を呼ぶときに、あなたはウーバーに自分の居場所を伝える必要はない。あなたのスマートフォンが伝えてくれているからだ。降りるときに支払う必要もない。それもスマートフォンがやってくれる。ウーバーは運転手の持つスマートフォンを使って現在位置を非常に正確に把握しており、あなたの最も近くにいる運転手を探し出してくれる。いつ来るかまで、分単位で正確に把握できる。お金を稼ぎたい人は誰でも運転手になれるので、特にラッシュアワーには、タクシーよりウーバーの運転手の数の方が多い。そして（通常の状態で）もっと劇的に安くするためには誰かとライドシェアすればよく、ウーバーがほぼ同じ目的地へ行く乗客を2～3人一緒にまとめてくれて、乗客が料金を割り勘にできる。このウーバープールの相乗り料金なら、通常のタクシーの4分の1だ。ウーバー（もしくは競合のリフトなどのサービス）に任せれば、頭を使う必要はない。

　ウーバーがよく知られている一方で、同様のオンデマンドアクセス方式のサービスは、何十もの他の業界でも次々と破壊的変化を引き起こしている。過去数年で何千もの起業家が、「Xのウーバー」になるべく資金を集めようとベンチャーキャピタルを漁り始めた。ここでXとは顧客が待っているどんな業界でも当てはまる。例としては、花のウーバーが三つ（フローリストナウ［FloristNow］、プロフラワーズ［ProFlowers］、ブルームザット［BloomThat］）、クリーニングのウーバーが三つ、[110] 芝刈りのウーバーが二つ（モウドゥー［Mowdo］、ロウンリー［Lawnly］）、技術サポートのウーバー（ギーカトゥー［Geekatoo］）、往診のウーバー、[111] 合法マリファナ配達のウーバーが三つ（イーズ［Eaze］、カナリー［Canary］、ミドー［Meadow］）、その他にも100ほどある。顧客は芝刈りやクリーニングや花の剪定などを自分でしなくても、自分の都合で頼めばリアルタイムで、誰かが格安でやってくれるというものだ。ウーバーのようなサービスがこれを提供できるのは、従業員でいっぱいの建物を所有するのではなく、ソフトウェアを所有しているからだ。すべての仕事はアウトソーシングされており、フリーランス（もしくはプロシューマー）がいつでも待機していてやってくれる。Xのウーバー社の仕事は、こうした分散型の仕事を調整してリアルタイムで実行できるようにすることだ。この分野にはアマゾンも進出しており（アマゾン・ホーム・サービス［Amazon Home Services］）、家の掃除から機器の設置、ヤギに芝生の雑草を食べさせることまで幅広くホームサービスを行なうために、いろいろなプロを取り揃えている。

こうしたサービスの最前線にこれだけの投資が行なわれている理由の一つは、プロダクトを作るよりもサービスサイズした方が、もっといろいろな方法が生まれるからだ。運輸をサービスとして捉え直す方法には、それこそ無限のバリエーションがある。ウーバーはその一例に過ぎない。違うバリエーションのものがすでに何十もあり、多様性はさらに増えていくはずだ。起業家が行なっている一般的な手法は、運輸（もしくはX）の便益をアンバンドルして別々の構成要素に分けて、新しいやり方で組み合わせ直すことだ。

運輸を例にとってみよう。あなたがA地点からB地点に行くときどうするだろう？　いままでは、以下の八つの方法が選べる。

1．自動車を購入して運転して行く（今日の一般的な状態）。
2．会社にお金を払って運転してもらう（タクシー）。

3. レンタカーを借りて自分で運転する（ハーツなどのレンタル会社）。
4. 誰かにお金を払って連れていってもらう（ウーバー）。
5. 誰かから車を借りて自分で運転する（リレーライズ［RelayRides］）。
6. 会社にお金を払って相乗りして固定した道順を行く（バス）。
7. 誰かにお金を払って相乗りして自分の目的地まで行く（リフト・ライン［Lyft Line］）。
8. 誰かにお金を払って相乗りして決まった目的地まで行く（ブラブラカー［BlaBlaCar］）。

こうしたやり方には、さまざまなバリエーションがある。シャドル［Shuddle］では学校帰りの子どもなど、誰か他の人をピックアップしてくれるので、子ども用ウーバーとも呼ばれている。サイドカーはウーバーに似ているが、逆オークション方式を取っている点だけが違う。あなたは払いたい金額を提示し、運転手が競って勝った人が迎えに来る。その他にもシェルパシェア［SherpaShare］のように乗客ではなく運転手を対象にした会社が何十もできており、運転手がこうした複数のサービスを使い分けたり、ルートを最適化できるようにしている。

こうしたスタートアップ企業は、非効率なものをいままでにないやり方で利用しようとする。彼らはある時間に空いている資源（空き部屋、駐車したままの車、使われていないオフィスなど）を集めて、いますぐに使いたいと待ちわびている人々と組み合わせる。あるいはフリーランスの分散型ネットワークを作り上げて、ほぼリアルタイムでサービスを提供する。いまでは同様の実験的なビジネスモデルを、他の分野にも適用している。宅配では、フリーランスのネットワークを使って家庭に小包を届けるもの（フェデックスのウーバー版）。デザインでは、クラウドに登録したデザイナーに作品を出してもらい優勝者に支払うもの〈クラウドスプリング［crowdSPRING］〉。ヘルスケアでは、インスリンポンプを共有するための組み合わせサービス。不動産業では、車庫を倉庫として貸すものや、オフィスの使っていないスペースをスタートアップ向けに貸すもの（ウィーワーク［WeWork］）などがある。

これらの会社のほとんどは、アイデアは優れていても、生きながらえることはないだろう。分散型ビジネスは、参入コストが低く始めるのがとても簡単だ。もしこうした革新的なビジネスモデルが成功するのなら、大きな会社がそれを取り入れてしまうはずだ。ハーツのようなレンタカー大手は、フリーランスの車を使わない手はないし、タクシー会社がウーバーのやり方を取り入れない手もない。ただ、それぞれの長所を上手くリミックスしていく手法は今後ますます広がっていくだろう。

すぐに何かをしたいというわれわれの欲求は留まることがない。リアルタイムに何かするには調整すべき要素が大量にあり、数年前までは考えることさえできなかったようなコラボレーションが必要となる。いまではほとんど誰もがポケットにスーパーコンピューターを入れていて、まるで新しい経済原理が働いている。スマートにつながれば、アマチュアの一群が、平均的なプロ一人の能力と互角になる。スマートにつながれば、既存のプロダクトの利点をそこからアンバンドルして、思いもよらない楽しいやり方でリミックスできる。スマートにつながれば、プロダクトは溶けてサービスと融合し、常時アクセス可能になる。スマートにつながれば、〈アクセスしていく〉ことがデフォルトになる。

アクセスすることはレンタルすることと大して変わらない。賃貸借関係において、借り主は所有することの利点の多くを享受し、かつ高額の購入資金や維持費は要らなかった。もちろん借り主には不利な点もあった。改変する権利や長期にわたるアクセス、価値の上昇など、伝統的な意味での所有の利点をすべて手にはできない。レンタルは財産というものが発明されてからほどなくして始まり、いまではほとんどのものが対象となった。女性のハンドバッグはどうだろう？ブランド物の高級品は500ドル以上する。バッグはその日の服装や季節のファッションに合わせなくてはならず、おしゃれなバッグを選ぼうと思ったらすぐに費用が跳ね上がるので、レンタルビジネスはかなりの規模に成長した。[112] レンタルは週50ドルほどからあり、バッグの人気に料金は左右される。予想通り、アプリや仲介機能によってレンタルはよりスムーズで簡単になっている。レンタルが盛んになるのは、多くの用途において、買うより優れているからだ。バッグの例では服に合わせて替えることができ、返してしまえばしまっておく必要もない。こうした短期の利用なら、所有権を共有するのは合理的だ。これからやってくる世界では、短期の利用が標準になっていく。より多くのモノが発明され製造されていくと、それを使える1日の時間は変わらないままなので、一つのプロダクト当たりにかける時間はどんどん短くなる。つまり現代生活の長期的なトレンドとしては、ほとんどのプロダクトやサービスが短期利用になるのだ。そうしたプロダクトやサービスは、レンタルやシェアの対象になっていく。

　伝統的なレンタルビジネスの不利な点は、物理的な製品がライバルとしての性質を持っていることだ。ライバルという意味は、全体がゼロサムゲームで、競合するうちの一つが勝つということだ。もし私があなたの船を借りていると、他の人は借りられない。私が自分のバッグをあなたに貸したら、他の人には貸せない。物理的なモノのレンタルビジネスを成長させるには、貸し手は新しい船やバッグを買い続けないといけない。しかし当然ながら、形を持たない商品やサービスではそういうことは起きない。それらは非ライバル関係にあり、映画なら同じものを同じ時間に何人にでも貸すことができる。形のないもののシェアはいくらでも拡張できる。個々の借り手の満足度を下げずに大規模に共有できることで、大きな変化が起きるのだ。利用コストは劇的に下がる（同じものを一人ではなく100万人がシェアするから）。突如として、消費者が所有することは重要ではなくなる。同じものをリアルタイムでレンタルできたりリースできたりライセンスが得られたりシェアできたりするなら、所有する必要がどこにあるだろう？

良くも悪くもわれわれの生活は加速していき、唯一満足できる速さは「その場ですぐ」となる。電子の速度が未来の速度だ。そのスピードから意識的に抜ける選択肢はいつもあるだろうが、コミュニケーション・テクノロジーにはすべてをオンデマンドで動かそうとする力が働いている。そしてオンデマンドには、所有よりもアクセスへと向かう力が働いているのだ。

## 分散化

われわれはここ100年続く大いなる分散化の中間地点に来ている。大規模な分散化が進む組織やプロセスを結び付けているのは、安価で遍在するコミュニケーションだ。すべてのものが広大なネットワークに散らばった状態で、そこにつながり続ける能力がなければ企業は崩壊してしまう。それは真実だが、少し時代遅れだ。瞬時に長距離のコミュニケーションを可能にするテクノロジーが、こうした分散化の時代を可能にしたという言い方はできるだろう。つまり、砂漠や海底を通って地球全体に線を張り巡らしたことで、分散化がただ可能になったというより、不可避なものになったのだ。

中央集権的な組織からよりフラットなネットワーク型の世界に移行した結果、すべてのものが――手に触れられるものもそうでないものも――素早く流れて全体の統一を維持しなければならなくなった。流れるものは所有することが難しく、持っていても指から流れ落ちてしまう。分散化した組織を統治する流動的な関係性に対しては、アクセスするというスタンスこそが相応しい。

現代文明のほとんどのものがフラット化していく中で、唯一の例外はお金だ。お金を発行することは中央政府に残された最後の仕事の一つで、多くの政党もそれは正当なこととして認めている。そのため中央銀行はずっと偽造品や詐欺と戦うことを余儀なくされている。誰かが、お金の発行量を規制し、番号を追跡し、信用を保証しなければならない。揺るぐことのない通貨とは正確で、調整され、安全で、法に支配されていなくてはならず、そうした責任をすべて負う機関が必要になる。そこですべての通貨の裏では中央銀行が目を光らせている。

しかし、お金を分散化できたらどうなるだろう。中央集権化しなくても、安全で正確で信用できる通貨を作れるとしたら？　というのも、もしお金が分散化できるなら、何でも分散化できるようになるからだ。だが、それが可能だとして、なぜそうするのだろう？

お金を分散化できるようになると、それを可能にするテクノロジーは、中央集権化した他のいろいろな組織を分散化する手段となる。現在の社会で最も中央集権化した制度が分散化できたという事例は、他のもっと多くの違う産業にとっても大いに参考になるだろう。

始まりはこうだ。何かを現金で払った場合、この分散化された決済は中央銀行からは特定できない。しかし経済がグローバルになるにつれ、物理的な現金をあちこちに移動させるのは実用的ではない。ペイパルや他のP2P《ピア・トゥー・ピア》方式〔中央を通さず利用者同士で通信する〕の電子システムは、グローバル経済の広大な地理的距離を埋めることはできるが、P2P型の支払いは毎回中央のデータベースを通って、同じお金が二度使われていないか、詐欺ではないかとチェックする必要がある。モバイルやネット会社では、貧しい地域でも支払いができる便利なMペサ［M-Pesa］のような電話のアプリを作り出した[113]。しかしつい最近まで、最先端の電子マネーのシステムでも、信用を保証するために中央銀行が必要だった。6年前にあるいかがわしい人物が、オンラインでドラッグを売るのに現金取引で足がつかないように、政府が関与していない通貨を探していた。かたや、ある人権擁護派の立派な人物が、腐敗した抑圧的な政府の手を逃れて、あるいはそうした統制がまったくないところでも動くマネーシステムがないかと探していた。彼らが一緒にそこで作り出したのが、ビットコイン［Bitcoin］だった。

ビットコインは完全に分散化され、中央銀行が正確さを保証したり法的措置や規制をかけたりする必要がない通貨だ。2009年に始まって以来すでに30億ドルが流通し[114]、10万の商店が支払いを認めている[115]。ビットコインは特にその匿名性と、ブラックマーケットを活性化していることで名を馳せているかもしれない。ビットコインの最も重要なイノベーションは「ブロックチェーン」であり、それはこのサービスを動かす数学的なテクノロジーだ。ブロックチェーンはお金だけでなく、他の多くのシステムを脱中央集権化するものすごい発明なのだ。

もし私があなたにクレジットカードかペイパルを使って1ドルを送金したとすると、中央銀行はその取引を検査する必要があり、最低限、私がその1ドルを持っていたかは確認する。これが1ビットコインだったら、中央銀行は関係ない。それはブロックチェーンと呼ばれる公的な取引台帳に上げられるが、それは世界中の他のビットコイン所有者が分散した形で持っている。この共有データベースは、現存するすべてのビットコインとその所有者の取引履歴をつなげた長いチェーンだ。すべての取引を誰でも点検できる。その完全性は大変なもので、まるで１ドルを持っている世界中の人々が、すべてのドル札が世界でどう動いたかの記録を持っているようなものなのだ。このオープンな分散型のデータベースでは、すべてのビットコインの新しい取引の記録を毎時６回更新し[116]、新たな取引が正当なものとして台帳に記載される前に、複数の他の所有者によって数学的に確認が行なわれなければならない。このように、ブロックチェーンはＰ２Ｐで相互にチェックすることで信用を創造する。一般の人々の何万台ものコンピューター上で動くこのシステム自体が、コインを保証しているのだ。ビットコイン支持者のお気に入りの言い回しを使うなら、ビットコインは政府ではなく数学を信じているのだ。

　ブロックチェーンのテクノロジーを、お金を超えて汎用の信用メカニズムとして使えないかと夢を抱くスタートアップやベンチャー投資家は多い。お互いに知らない人同士が取引する際に、高いレベルの信用が必要になる不動産の第三者預託やローン契約などの保証は、以前はプロのブローカーが行なっていた。しかし例えば家の売買のような複雑な取引を保証してもらうのにこれまでのように取引代行会社に高いお金を払う代わりに、オンラインのＰ２Ｐ方式のブロックチェーン・システムを使えばもっと安く、もしくは無料で済むかもしれない。ブロックチェーン推進派の中には、分散化・自動化したブロックチェーンのテクノロジーを使えば複雑な照合作業を順に続けていく取引（例えば輸出入業務）を可能にするツールが作れると提案する人もいて、そうなると、ブローカーに頼っている多くの業界で大きな破壊的変化が起きる。ビットコイン自体が成功するかどうかは別にして、ブロックチェーンのイノベーションによって不特定多数の間で非常に高い信頼性を確保できるようになれば、さらに制度や産業の分散化が進むだろう。

ブロックチェーンの重要な側面は、それが公的な共有地《コモンズ》の性格を持つことだ。誰もそれを所有しているわけではなく、言うなれば、皆が所有している。創造する行為がデジタル化すれば、それはより共有され、共有されれば所有者はいなくなっていく。誰もが所有するということは、誰も所有していないことに等しい。それこそ、公共財産やコモンズの意味するところだ。私は自分が所有していない道路を使う。世界の99%の道路や高速道路はすぐにでも使える（例外も存在する）が、それは公共のコモンズだからだ。居住地域の税金を払うことで、誰もが道路の利用を許可される。世界中にある道路は、どのように使おうが、ほとんど自分が所有しているかのように使える。それを管理する責任もないので、所有しているよりずっといい。多くの公共インフラが、同じように「所有するよりずっといい」利点を与えてくれる。

分散化したウェブやインターネットは、いまでは公共のコモンズの中心にある。ウェブのサービスはまるで自分が所有しているように使えるが、それを管理する手間はほとんど要らない。指一本でいつでもすぐに呼び出せる。質問に天才のように答えたり、魔法使いのようにいろいろな所に行ったり、プロのようにエンターテインメントを演じたりと、所有する負担もなく、ただアクセスするだけですばらしい仕事の恩恵に浴することができる（それにかかるのはネットへのアクセス費用のみだ）。世の中が分散化すればするほど、アクセスはより重要になっていく。

## プラットフォームの相乗効果

これまで長い間、人間の仕事を体系化する方法として、組織と市場という二つのものがあった。組織は会社のような形を取り、はっきりと内と外の境界が決まっていて、許認可によって動き、外部では不可能なほど効率良くコラボレーションを実現する。市場はもう少し境界が曖昧で、参入に許認可は必要なく、資源の再配分を最大化するために「見えざる神の手」を使うものだ。最近になって、仕事を体系化する第三の方法が現れた――プラットフォームだ。

プラットフォームとは一つの組織によって作られた基盤であり、その基盤上で他の組織にプロダクトやサービスを作らせる。それは市場でも組織でもない、何か新しいものだ。プラットフォームはデパートのようなもので、自分で生産していないものを売る場所だ。その最初の成功例の一つが、マイクロソフトが作ったOSだ。やろうと思えば誰でもが、マイクロソフトが所有するOSの上で走るソフトを作ったり売ったりできた。実際に、多くの人がそうした。例えば最初の表計算ソフトであるロータス1-2-3は大成功を収め、それ自身が小さなプラットフォーム化し、そこで動くプラグインやサードパーティーの製品が生み出された。高いレベルで相互依存するプロダクトやサービスは、そのプラットフォーム上でエコシステムを形成した。「エコシステム」とはなかなか良い言葉で、森の中の生物のように、ある種（プロダクト）が栄えるかどうかは他の種の成功にかかっているのだ。プラットフォームの持つ、この生態学的な深い相互依存こそが、所有を排して代わりにアクセスを推し進めているのだ。

その後に出てきた第二世代のプラットフォームはより市場らしい要素を備え、ちょっと市場と組織が融合したようなものだった。その最初の例の一つがアイフォン用のアイチューンズだ。アップルという組織がこのプラットフォームを所有し、これがまたアイフォン用アプリの市場にもなった。アプリの供給業者はアイチューンズ内でバーチャルな小売店を作り、アプリを販売し始めた。アップルは市場を規制し、内容がひどかったり、ぼったくりだったり、動かなかったりするアプリを取り締まった。規則や手順も定めた。金銭の取引にも目を配った。この市場自体がアップルの新しいプロダクトだと言ってもいいだろう。アイチューンズはアイフォンの機能を引き出すために構築されたアプリのエコシステムとして大人気になった。アップルはアイフォンとインタラクションするための独創的な方法を模索し、カメラやＧＰＳや加速度計といった新しいセンサー類を次々と追加したことで、何千ものイノベーションの新しい種が、アイフォンのエコシステムを豊かにしていった。

　第三世代のプラットフォームはさらに市場の機能を拡張したものだ。昔ながらの農家の直売所で売り手と買い手がいるような双方向の市場と違い、プラットフォームのエコシステムは多方向の市場となっていった。その好例としてフェイスブックを挙げることができる。この会社は、市場で個々の売り手（大学生など）が自分のプロフィールを売り出し、それを市場を通して友達とマッチングしていくための規則や手順を定めた。学生たちの注目《アテンション》そのものが広告主に売られた。ゲーム会社が学生に売り込んだ。サードパーティーのアプリが広告主に売られた。そして他のサードパーティーにも売られた。そのようにして多方向のマッチングが行なわれた。相互に依存する多種のエコシステムはますます大きくなり、フェイスブックが組織としてその規則をうまく運用して成長を管理できる限り、さらに大きくなり続けるだろう。

　現在一番儲かっていて一番破壊力があるのは、アップル、マイクロソフト、グーグル、フェイスブックといった、ほとんどが多方向のプラットフォームを持つ会社だ。それらの巨人はすべてがサードパーティーと組んで、自らのプラットフォームの価値を高めている。また、APIをどんどん公開して、他の人に使ってもらおうとしている。相互依存するプロダクトやサービスから派生する強固なエコシステムを実現して成功している新規参入企業としては、ウーバー、アリババ、エアビーアンドビー、ペイパル、スクエア、ウィーチャット、アンドロイド［Android］などがある。

エコシステムは競争と協調が混じり合った、共進化という生物の依存関係を指す原理によって支配されている。まるで実際の生態系のように、それを支える売り手たちはある部分では協力するが別の局面では競合する関係だ。例えばアマゾンは出版社から刊行される新本ばかりか、古書店のエコシステムを通してそれより安い古本も扱っている。古書店同士も競合関係にあるし、古書店と出版社も同様だ。プラットフォームの仕事は、参加者が協力しようが競争しようが、必ず儲かる（そして価値を高める！）仕組み作りだ。アマゾンはそれをきちんとやっている。

プラットフォームはそのほとんどすべてのレベルにおいて、シェアすることがデフォルトとなる──たとえ競合が基本にあったとしてもだ。あなたの成功は他者の成功にかかっている。プラットフォームの中で所有の概念に固執するのは、「個人の財産」という考えを前提とするため問題を引き起こす。エコシステムでは「個人」も「財産」もあまり意味をなさないからだ。より多くのものが共有されるにつれ、財産としての意味はなくなっていく。プラットフォームの中で、プライバシーが失われ（個人の生活がいつもシェアされる）、海賊行為《パイラシー》（知的財産権の無視）がさらに増えることが同時に起こるのは偶然ではない。

しかしながら、所有からアクセスへの移行には犠牲も伴う。所有権によって保持できるのは、自分の財産としてその利用を変更したりコントロールできる権利だ。変更する権利は、現在の人気のデジタル・プラットフォームの多くで唯一欠けているものだ。標準的な規約ではそれは禁止されている。買ったものと比べると、アクセスできるものでは法的制限が厳しい（実際のところ、昔からの小売店で買った商品でも、ビニールの包みを破ったら返品できないなど変更がかなり制限されている）。しかし、変更したりコントロールしたりする権利は、リナックスのOSやハードウェア基盤のアルドゥイーノ［Arduino］といったオープンソースのプラットフォームやツールには存在していて、それが大きな魅力にもなっている。改良したり、パーソナライズしたり、シェアされたものを所有できるようにしたりする権利は、次のプラットフォームで考えなければいけない重要な点になるだろう。

脱物質化や脱中心化や大規模なコミュニケーションはすべて、さらなるプラットフォームを生み出していくことになる。プラットフォームはサービスの工場であり、サービスは所有よりアクセスを好むのだ。

**クラウド**

クラウドにアクセスすれば、そこには映画、音楽、本、ゲームなど何でもある。クラウドとは何百万ものコンピューターがコロニーとなって継ぎ目なく編まれた、一つの巨大なコンピューターだ。現在あなたが使っているウェブやスマートフォンの機能のほとんどは、クラウド・コンピューティングによるものだ。目には見えなくても、クラウドがわれわれのデジタル生活を動かしている。

クラウドが旧来型のスーパーコンピューターよりも強力なのは、その中核が動的に分散化されているからだ。つまりメモリーや動作が多くのチップに分散していて、非常に冗長性のある構成になっている。例えば長編の映画をストリーミングで鑑賞しているときに、隕石が降って来てクラウドを構成するコンピューターの10分の1が破壊されたとする。それでも、映画のファイルは特定のマシンにあるのではなく、どのマシンが故障してもクラウドが構成を変更して対処できるよう、多くのプロセッサーに冗長なパターンで分散して存在しているので、あなたは映画の中断に気づくことはない。まさに生物の自己治癒のように。

ウェブはハイパーリンクの張られた文書だが、クラウドはハイパーリンクされたデータだ。究極的には、クラウド上にいろいろなものを置くことは、データを深いレベルで共有することになる。織り上げられたビットは、単体で存在するよりさらにスマートで強力なものになる。クラウドのアーキテクチャーは一つだけではなく、その性質はいまだ急速に進化し続けている。しかし一つ言えることは、その規模が巨大だということだ。それはあまりに大きくて、その一部でさえ、アメリカンフットボール場のサイズの倉庫にたくさんのコンピューターが収容された規模で、それが何千マイルも離れたいくつもの街に分散して存在する。クラウドはまた柔軟性があり、ネットワークにつながるコンピューターの数を瞬時に増減させて、クラウドを大きくしたり小さくしたりできる。そしてもともと冗長性があって分散しているという性質から、現存する最も信頼性の高いマシンだと言える。それらは有名なファイブ・ナイン（99・999%）というレベルの、ほとんど完璧なサービス性能を誇っているのだ。

クラウドを使う最も大きな利点は、それが大きく成長すればするほど、それを使う端末側がより小さく薄くなっていくことだ。クラウドがすべての仕事をこなしてくれるので、われわれが使う端末はただそれを見る窓となる。スマートフォンのスクリーンでライブの映像を見ているとき、それはクラウドを覗き込んでいる。タブレットで本のページをめくるとき、それはクラウドをサーフィンしていることになる。スマートウォッチのチカチカするメッセージは、クラウドから届いている。ラップトップはクラウドを見るための本のようなもので、その上で行なわれることは、実際はクラウドのどこか別の場所で実行されているのだ。

　自分のものがどこにあるか、そもそもそれは自分のものなのかという曖昧さを体現する格好の例が、グーグルの文書だ。私は通常はビジネス用文書はグーグルドライブを使って書いている。私の文書は私のラップトップやスマートフォンのスクリーンに表示されるが、それはグーグルのクラウド上にあり、基本的にはそれぞれ遠く離れたマシンに分散したものだ。私がグーグルドライブを使う主な理由は、それがコラボレーションに適しているからだ。十人以上の人々と協働しているとき、彼らは自分のタブレットにそれを表示して、編集、追加、消去、変更などの作業を、それがあたかも自分の文書のように行なうことができる。どのコピーへの変更も、同時にリアルタイムで、他のコピーが世界のどこにあろうと反映される。こうした分散型のクラウドという存在は、一種の魔法のようなものだ。それぞれの文書はただのコピー――不活性な複製――ではない。そうではなく、一人ひとりが自分の端末に表示される分散化したコピーを、まるでオリジナルのように扱うのだ！　何十ものコピーは、私のラップトップ上にあるものと同じ程度に正統なものだ。つまり正統性が分散しているのだ。こうした集合的なインタラクションと分散化によって、文書は私のものというよりわれわれのものとなる。

それはクラウド上にあるので、将来的にはその文書に対して、グーグルが簡単にクラウドベースのAIを適用できるようになる。自動的に綴りや文法の間違いを正すばかりか、「ナレッジ・ベース・トラスト」と呼ばれる新しい校閲システムで文書の事実関係をチェックする。[117] 必要な用語へはハイパーリンクを付け、スマートな補足を（私の同意で）加えて文を格段に良くしてくれるので、自分の文章だという感覚はますますなくなっていく。仕事や遊びは個人の所有物という孤立した領域からますます離れ、AIやその他のクラウドの利点を全面的に活かせるような、共有されたクラウドの世界へと移って行く。

　私はもう、個々のURLや難しい言葉のスペルさえ覚えることはなく、答えの詰まったクラウドにグーグルで検索をかけることにしている。自分の過去のメール（クラウドに蓄積されている）を検索して自分が何を言ったかを（たまに）調べたり、自分の記憶をクラウドに頼るとき、私の中の自分はどこまでで、どこからがクラウドになっているのだろう？　私の人生のすべての画像、私の興味のすべての断片、私の書いたすべての文章、友人とのおしゃべりのすべて、自分で選んだもののすべて、勧めたもののすべて、考えたことのすべて、望んだことのすべて、それらすべてがもしどこかにはあって特定の場所にないとしたら、自分というものの捉え方が変わるだろう。以前より大きくなり、また薄くもなる。より速くなるが、浅くもなる。クラウドのように思考して境界をどんどんなくし、変化や多くの矛盾に対してオープンになる。つまり私自身が多数性《マルチチュード》なのだ！　すべてが混ぜ合わさり、さらにマシンの知性やAIで強化されていく。私は「私以上」になるばかりか、「われわれ以上」になっていく。

　しかし、それがなくなるとしたらどうなるだろう。拡散した自分そのものがなくなるとしたら？　私の友人夫婦が、十代の娘に約束を破ったお仕置きをしなければならなくなった。彼らは彼女の携帯電話を没収した。すると彼女は気分が悪くなって吐いたので、友人夫婦はびっくりした。彼女はまるで、自分の体が切断されたように感じたのだ。ある意味、彼女は実際にそうだったのだ。もしクラウドを運営する会社が、われわれの行動を規制したり検閲したりしたら、苦痛を感じるだろう。クラウドによって得られた快適さや新しいアイデンティティーから引き離されることは、恐ろしく耐えがたいことだ。マクルーハンが指摘したようにツールはわれわれ自身を拡張したもので、[118]車が拡張された足であり、カメラが拡張された目であるなら、クラウドはわれわれの魂を拡張したものだ。もしくは、あなたの拡張された自己だと言ってもいいだろう。つまり、その拡張された自己は所有するものではなく、アクセスするものなのだ。

クラウドはいまのところ、ほとんどが商業的なものだ。オラクル・クラウド、IBMのスマートクラウド、アマゾンのエラスティック・コンピュート・クラウドなどがある。グーグルやフェイスブックは社内で大規模なクラウドを運営している。われわれはいつもクラウドへと帰っていくが、それは自分自身より信頼できるからだ。もちろん他の種類のマシンと比べてもより信頼性が高い。私の安定しているマックでさえ、月に一度はフリーズしたり、再起動したりしないとならない。しかしグーグルのクラウド型プラットフォームは、２０１４年には14分しか止まらなかった。[119]それが扱っている巨大な情報流通の量からすれば、ほとんど無視できるほどの時間だ。クラウドとはまさに「バックアップ」なのだ。それはわれわれの人生のバックアップでもある。

すべてのビジネスと多くの社会活動がコンピューターで動いている。クラウドはコンピューターの驚くべき信頼性と速度、拡張性を提供してくれるし、管理する手間も省いてくれる。コンピユーザーを持っている誰もが、それが場所を取り、常に専門的な注意を払う必要があり、すぐに時代遅れになってしまうことに負担を感じている。そうなると、自分のコンピューターを所有したくはなくなる。誰もがますますそう感じ始めている。電力会社から電気を買う代わりに発電所を所有する人がいないのと同じだ。クラウドがあれば、組織はコンピューターを持つ苦労をすることなくその利点を享受できる。拡張できるクラウド型のコンピューターの価格がどんどん下がっているので、テクノロジーを使って起業する若い企業の苦労は何百分の1にもなった。自社で複雑なコンピューターのインフラを構築する代わりに、クラウドのインフラに加入するだけでいい。業界用語では、これを「サービスとしてのインフラ」と言う。コンピューターはプロダクトではなくサービスになり、所有するものではなくアクセスするものになった。過去10年間にシリコンバレーで若い会社が爆発的に増えたのは、クラウドで運用される最良のインフラに安価にアクセスできるようになったことが大きな理由だ。そうした会社が急激に成長すると、ますます自社で保有しないものにアクセスするようになる。成功に比例してスケールアップすることは簡単になる。クラウドの運営会社もこうした成長や依存関係を歓迎している——人々がクラウドを使ってサービスを共有してくれればくれるほど、自社のサービスがよりスマートで強力になるからだ。

どんな巨大企業でも、一社で運営するクラウドの成長規模には実際には限度があるので、今後のクラウド時代の次の段階では、クラウド同士を融合したインタークラウドができるだろう。ちょうどインターネットがネットワークのネットワークであるように、インタークラウドはクラウドのクラウドだ。アマゾンやグーグルやフェイスブックのクラウドや他の企業クラウドは、ゆっくりと、しかし確実に絡み合って巨大なクラウドとなり、一般ユーザーや企業にとっては一つのザ・クラウドというような存在になるだろう。こうした融合を妨げる力も働く。インタークラウドは商業的クラウドが持っているデータ（クラウドはリンクされたデータのネットワークだ）を共有する必要があるが、現在はデータが金のように所蔵されがちだ。データを所蔵しておくことは競争上有利になると見なされ、またデータの自由な共有が法律上も禁止されているため、会社がデータを創造的かつ効率的に、責任を持って共有できるようになるには長い時間（何十年も？）がかかるだろう。

　分散化したアクセスへと容赦なく進んでいくその最後のステップとして、インタークラウドに向かっていくのと同時に、われわれは完全に脱中央集権化したＰ２Ｐのアクセスにも向かっていく。アマゾンやフェイスブック、グーグルなどの巨大クラウドは分散化しているが、集中管理からは脱していない。マシンを運営しているのは巨大な会社で、気の置けない仲間の気の利いたコンピューター・ネットワークで運営されているわけではない。しかしクラウドを分散的に運営する方法はいくつもある。脱中央集権化されたクラウドが機能した一例は、２０１４年の香港で起きた。中国政府が執拗に市民のコミュニケーションを監視しようとするので、香港の学生たちは携帯電話の中継局や、ウェイボ（中国のツイッター）やウィーチャット（中国のフェイスブック）などの会社のサーバーを介さずに、またメールも使わないで通信する方法を考えた。まずは、電話にファイアチャット［FireChat］という小さなアプリを入れた[120]。これを入れた電話同士は、中継局を介さずにＷｉ‐Ｆｉの無線で直接交信できる。もっと画期的だったのは、どちらの電話からでも、ファイアチャットを入れている第三者に転送できることだった。こうやって仲間を増やしていくことで、中継局がない完全な電話ネットワークができた。自分宛でないメッセージを受けた電話は、次々とそれを目的の相手までリレーしてつないでいく。P2Pが張り巡らされたこのネットワーク（メッシュと呼ばれる）は、効率は良くないがきちんと機能する。この面倒な転送はまさにインターネットがあるレベルで行なっていることであり、ネットはそのおかげで強固なものになっている。ファイアチャットによるメッシュで、学生たちは所有者のいない（従ってそれを鎮圧するのも難しい）無線クラウドを創造した。各自の個人端末で作ったメッシュのおかげで、彼らは中国政府を何カ月も締め出してコミュニケーションできるシステムを使うことができた。これと同じアーキテクチャーは、どんな種類のクラウドでもスケールアップして実現できる。

革命のためでなくても、こうした分散的なコミュニケーション・システムを持つ利点はある。大規模な停電が起きた際などには、P2Pのメッシュによる電話システムは唯一稼働できるシステムになるだろう。個々の電話を太陽電池で動かせば、コミュニケーション・システムは配電網なしで機能する。電話の届く範囲は限られるだろうが、建物の上にやはり太陽電池で稼働する小型の電話を中継器《リピーター》として取り付ければいい。リピーターは電話本体より長い距離に向けて通話やメッセージを中継していく、ちょうどナノサイズの中継タワーになるが、それはどこかの会社の所有物ではない。屋上に備え付けられたリピーターと何百万もの電話が、持ち主のいないネットワークを作り出すのだ。こうしたメッシュタイプのサービスを提供するスタートアップは、すでに複数ある。

持ち主のいないネットワークは、いまのコミュニケーション・インフラに適用されている規制や法体系の多くを混乱させる。クラウドには地理的概念がない。だとすると、どこの法が適用されるのだろう？　あなたの住んでいる場所か、サーバーのある住所の法律か、あるいは国際法が適用されるべきだろうか？　クラウドですべての仕事が完結するなら、あなたの税金を徴収するのは誰だろう？　データを所有するのはあなただろうか、クラウドだろうか？　あなたのメールや通話がすべてクラウド経由だったら、その内容に対して責任を持つのは誰だろう？　クラウドが身近にあるようになると、まだ生煮えの考えを述べたり、変な妄想を抱いたりした場合に、それをあなたの本心だとして扱うべきなのだろうか？　あなたは自分の考えを所有しているのだろうか、それともただ、それらにアクセスしているだけだろうか？　こうした疑問は、クラウドやメッシュばかりか、すべての分散化されたシステムに及ぶのだ。

これからの30年、非物質化、分散化、リアルタイム化、プラットフォームの有効化、クラウド化の傾向は衰えることがないだろう。テクノロジーの進歩によってコミュニケーションと計算力のコストが下がり続ける限り、こうした傾向は不可避だ。それはコミュニケーションのネットワークがグローバルに遍在化した結果であり、ネットワークが深化するにつれ、物質は知能によって置き換わっていく。こうした壮大な変化は世界のどこであろうと関係なく起きるのだ（アメリカや中国ばかりかティンブクトゥでも）。その底流にある数学や物理法則は同じままだ。われわれが非物質化、分散化、リアルタイム化、プラットフォーム化、クラウド化などをいっぺんに進めていくと、アクセスは所有に取って代わり続けるだろう。日常生活におけるほとんどのことで、アクセスが所有を凌駕していくのだ。

しかしまだ、人が何も所有しない世界はＳＦの中での話だ。ほとんどの人は何かにアクセスしながらも別のものを所有しているし、その程度は人によってまちまちだ。ただ、これからのテクノロジーが明らかに向かう方向を考えるには、個人が何も持たずにアクセスだけで生きるという極端なシナリオを探ってみるのも意味があるだろう。実際には以下のようになるのだろう。

私は共同住宅に住んでいる。多くの友人がそうであるように、こうした住宅では常時いろいろなサービスが充実しているのがその理由だ。自分の部屋に備え付けられたボックスは日に4回アップデートされる。ということは、使い終わって補充してほしい品（例えば服）を入れておけば、数時間後にそれを取り換えてくれる。その住宅には「ノード」があって、毎時、ドローンやロボット配達車やロボットバイクが地域の処理センターから小包を運んでくれる。自分の端末に必要なものを告げると、それは（自宅もしくは仕事場の）ボックスに2時間以内に届いている。ロビーにあるノードは高性能の３Ｄプリンターを備えていて、金属、複合材料、生物組織などで、どんなものもプリントしてくれる。いろいろな日用品や道具の倉庫もある。ある日、七面鳥揚げ器《ターキー・フライヤー》が必要になり注文すると、1時間以内にノードのライブラリーから配達された。使用後にそれを洗う必要はなく、ボックスに戻しておけばいい。遊びに来た友人が自分で散髪をしたくなったとする。そうするとボックスに30分以内に髪切りハサミが入っている。私はキャンプ用品のサブスクリプション・サービスも利用している。キャンプ用品は毎年どんどん進化し、使うのは数週間とか週末だけなので、最新のきれいなものがボックスに入っているのがいい。カメラやコンピューターも同様だ。それらはどんどん陳腐化してしまうので、サブスクリプション・サービスで最新の最高品質を手にしたい。多くの友人同様に、ほとんどの服もサブスクリプション・サービスで手に入れている。とても便利だ。自分が着たい服を1年中毎日だって取り換えられるし、その日の終わりにボックスに投げ込んでおけばいい。それは洗濯されてまた届けられ、飽きさせないためにちょっとずつ変化が加えられる。そこでは他店にない、高価なヴィンテージTシャツのコレクションも扱っている。いくつか特別なスマートシャツも使っているが、タグ付けされたチップのおかげで、次の日には洗濯されアイロンもかかって戻ってくる。

いくつか食料のサブスクリプション・サービスも利用している。近くの農園から新鮮な野菜を直接届けてくれるし、そのまま食べられる料理も温かいまま届けてくれる。ノードは私の予定や通勤の状態、好みなども把握しているので、正確なタイミングで配達が届く。料理をしたければ、必要な食材は何でも配達してくれる。私の共同住宅では、必要な食料や洗って取り換えてもらった食器は、必要な日の前日までに冷蔵庫や食器棚に収まる仕組みになっている。もし手元にたんまり資金があれば高級アパートを借りることができるが、今の私の部屋は、私がそこを使っていない間は他人に貸し出されるので、とても安く借りられている。戻ってきたときにはさらにきれいになっているので、貸すことはまるで問題ではない。

音楽もゲームも本も美術品もリアルに見えるゲーム世界も実際に所有したことはない。ユニバーサル・スタッフというサブスクリプション・サービスを利用しているだけだ。壁のアート作品が頻繁に替えられるのも慣れっこだ。私は特別なオンラインサービスを使って、部屋の壁に自分のピンタレストの画像コレクションを表示させている。両親は現物の歴史的な美術品をレンタルする美術館のサブスクリプション・サービスを利用しているが、私はそこまではしていない。最近は3Dの彫刻を試していて、それは毎月形を変えていくので飽きることがない。子どもの頃に使っていたオモチャでさえこのユニバーサル・スタッフで借りたものだ。母親には、「お前はそういうオモチャは数カ月で飽きてしまうんだから、買う必要なんてないわ」と言われたものだ。そこで2カ月おきにボックスに戻して、新しいオモチャに替えていた。

ユニバーサル・スタッフは非常にスマートで、混雑時に車を呼んでも30秒以上待たされることはない。車は私の予定を知っており、私の打った文章や予定表、電話などから類推してやって来るのだ。私は倹約するために、仕事に行く際は二人や三人で相乗りすることもある。非常に帯域の広い回線があるので、一人ずつ個別のスクリーンを利用できる。運動のためには、いくつかのジムや自転車のサブスクリプション・サービスを利用している。自転車乗り場には、最新のよく整備されたピカピカの自転車が用意されている。長距離の旅には新型の個人用ホバー・ドローンを使いたい。まだ登場したばかりで使いたいときに予約を取るのが難しいが、商用ジェット機の旅よりはるかに便利だ。他の街にある同じようなサービスを提供する共同住宅に行く場合は、ほとんど荷物を持っていく必要はない。今の部屋で自分が毎日使っているのと同じサービスが現地のノードから提供されるからだ。

父親は私が何も物を持っていないので、束縛するものがなく無責任な生活にならないかと心配する。実際には逆で、原始時代に還ったような気分になるといつも答えている。昔の狩猟採集民族が、何も持たずに複雑な自然の中を進み、必要なときには道具を作り出し、また旅を続けるときにはそれを置いていくようなものだ。いろいろな物を貯め込むのは農民だ。デジタル・ネイティブはわれ先にと前へ進み、未知のものを探索していく。所有するよりアクセスすることで私はいつも柔軟で新鮮な気持ちでいられ、次に何が起ころうとも向かっていけるのだ。

# 6. SHARING

シェアリング

ビル・ゲイツはかつて、フリーソフトウェアを擁護する人々のことを、資本家が口にできる限りの罵詈雑言でののしった。彼の主張によれば、ソフトウェアが無料でなくてはならないという人々は、「現代の新しい共産主義者のようなもの」[121]で、アメリカンドリームを支える「市場を独占したい」という気持ちを挫こうと躍起になる邪悪な力だという。ゲイツの主張はいくつかの点で間違っている――例えば、無料のオープンソース・ソフトウェアに熱心な人々は、共産主義のアカ野郎ではなくて政治的には自由主義者《リバタリアン》だ。だが彼の主張にも正しい点はある。誰もが誰もに常時つながろうとするグローバルな熱狂は、テクノロジー版社会主義を改めて静かに生み出しているのだ。

デジタルカルチャーにはコミューン的な性質が広く深く浸透している。ウィキペディアは生まれつつある集産主義の最も顕著な事例だろう。実際、それはウィキペディアに限らず、ウィキ的なもの全部に言えることだ。ウィキは協働して作られる一連の文書で、テキストは誰もが簡単に作り、書き加え、編集し、変更できる。個々のウィキのエンジンは、いろいろなプラットフォームやOS上で多種多様な形式を取って存在している。１９９４年に初めての協働型ウェブページを開発したウォード・カニンガムによれば[122]、現在では１５０のウィキのエンジンがあり[123]、それぞれが無数のサイトに応用されていると言う。シェアに適した著作権ライセンスであるクリエイティブ・コモンズが広く採用されることで、画像や文書、音楽などを、他の人が追加の許諾なしで合法的に改良できるようになった。言い換えれば、コンテンツをシェアしたりサンプリングしたりすることが、新しいデフォルトになったのだ。

２０１５年のクリエイティブ・コモンズによる許諾は10億を超えている[124]。コピーできるものなら何でも見つかるトーア〔ToR〕のような汎用のファイル共用サイトが立ち上がり、コラボレーションはますます盛んになった──すでに創造されたものを基に創作するのはずっと簡単だからだ。ディグ〔Digg〕、スタンブルアポン〔StumbleUpon〕、レディット〔Reddit〕、ピンタレストやタンブラー〔Tumblr〕といった皆で協働してコメントを付けていくサイトでは、何億もの一般の人々が、プロや友人を通して見つけた写真、画像、ニュース記事、アイデアなどに、集団でランク付けし、評価し、シェアし、転送し、注釈を付け、キュレーションすることでストリームやコレクションに仕立てていく。こうしたサイトは協働型フィルターの役割を果たし、その時点での最高なものが何かをいつでも教えてくれる。毎日、また別のスタートアップが共同作業をうまく取り込む新しいやり方を見つけている。こうした進展の先に、ネットワーク化した世界特有のデジタル版社会主義のようなものができつつあるのだ。

祖父の世代の、政治的な意味での社会主義を指しているのではない。実際のところ、この新しい社会主義と過去のものが違う点は挙げればきりがない。これは階級間闘争を意味するものではない。反アメリカ主義的なものではまったくなく、デジタル社会主義はアメリカの最新のイノベーションとなり得るものだ。昔ながらの政治的社会主義は国家の手段だったが、デジタル社会主義に国家は出てこない。新しいこの社会主義は政府のものではまるでなく、文化と経済の領域で機能している──いまのところは。

共有ソフトであるリナックスやアパッチの開発者にゲイツが汚名を着せようとした古い意味での共産主義が誕生した時代は、中央集権的なコミュニケーション、頭でっかちな工業的プロセス、強制的に引かれた国境が支配的だった。前世紀初頭のこうした制約から生まれる形で、自由市場の混乱や間違いを集団的所有で代替しようとする、科学的に考え抜かれた5カ年計画が強力な専門家集団であるソ連の政治局によって作られた。政府が運営するこうしたシステムは、控えめに見ても失敗だった。工業化時代のトップダウン式の社会主義は、民主的な自由市場が持つ急速な適応力、絶え間ないイノベーション、自己生成的なエネルギーといったものに太刀打ちできなかったのだ。社会主義的な統制経済や中央集権的な共産主義政府は時代遅れになった。一方で新しいデジタル社会主義は古い赤旗の社会主義とは違い、国境のないインターネットの上でコミュニケーションのネットワークが広がり、しっかりと統合されたグローバル経済を通して形にならないサービスを生み出している。それは個人の自律性を高め、中央集権化を妨げるように設計されている。つまり極端な分散化だ。

われわれは集産農場に集っているのではなく、集産する世界に集っている。国営工場ではなく、デスクトップの工場をバーチャルな協同作業の空間にしている。つるはしとシャベルの代わりに、スクリプトとAPIを共有している。そこには顔の見えない政治局の支配ではなく、何かを成し遂げたかどうかだけが大切な、顔の見えない実力主義がある。国家による生産ではなく、一対一で生産する。政府による無料の支給品や補助金ではなく、無料の商品やサービスといった恩恵がある。

「社会主義」という言葉に多くの読者が眉をひそめることは分かっている。それは「コミューン」とか「共同体主義」とか「集産的」といった関連する言葉も含め、文化的な重荷を背負い過ぎている。私が「社会主義」という言葉を使うのは、厳密に言って、社会的相互作用が駆動する一連のテクノロジーを示す最適な言葉だからだ。われわれがソーシャルメディアを「社会的《ソーシャル》」と呼ぶのも同じ理由からで、そこにはある種の社会的な行動がある。ここで広義の社会的行動とは、ウェブサイトやネットに接続されたアプリが生み出す、顧客や参加者、利用者もしくはかつて視聴者と呼ばれていた人々の非常に大きなネットワークからの入力を利用したものなのだ。もちろん、こういう扇動的な用語でさまざまなタイプの組織をひとまとめにするのは論理的危うさがある。ただこの種の共有を表現するのに手垢の付いていない言葉が見つからないので、敢えてソーシャルとか社会行動、ソーシャルメディア、社会主義といった最も直接的な言葉を引っ張り出すことになる。生産手段を持った大衆が共通の目標に向かって働き、プロダクトを共有し、自分の労働を賃金の対価なく提供し、成果物をタダで享受していることを、新しい社会主義と呼ぶのに不自然な点はない。

彼らが共通して使っている動詞が「シェアする」という言葉だ。実際のところ、こうした新しい社会主義の経済的な側面を、ある未来主義者たちは「共有経済《シェアリング・エコノミー》」と呼んでいるが、それはこの世界における基本通貨が「シェア」だからだ。

1990年代の終わりに、扇動家のアクティビストで年季の入ったヒッピー、ジョン・ペリー・バーロウが、こうした変化を皮肉を込めて「ドット共産主義」と呼ぶようになった。[125] 彼はその言葉を「自由なエージェントだけで構成される労働力[126]」、つまり金銭を伴わない非集中型の贈与《ギフト》経済もしくは物々交換経済で、財産を所有することがなく、テクノロジーのアーキテクチャーが政治的な構造を決めるもの、と定義している。彼がバーチャルなお金について言ったことは正しく、ツイッターやフェイスブックで流通しているコンテンツは、無給の投稿者たち——つまり、あなたのことだ——によって作られる。そしてバーロウが所有の欠如について語ったことも、前章で述べたように正しい。ネットフリックスやスポティファイなどの共有経済的なサービスによって、視聴者は何も所有しなくなっていっている。しかし現在起きていることに関して、「社会主義」という言葉が当てはまらない点がある——主義というイデオロギーではないということだ。それは何ら厳密な信条を要求しない。というよりそれは、コラボレーションやシェア、集団や調和、構造のない組織《アドホクラシー》やその他の新しい社会的連携を可能にする、幅広い態度や技法やツールの連続体なのだ。それはデザインの未開拓地であり、とりわけイノベーションが次々と起こる空間なのだ。

２００８年に書かれた『みんな集まれ！　ネットワークが世界を動かす』で、メディア理論家のクレイ・シャーキーは、こうした社会的な仕組みを上手く説明する、協調作業の程度による階層構造を提唱している。[127] 人々の集団が最小限の協調のもとでシェアを始め、協力関係へと進んでいき、協働作業が行なわれ、ついにはそれが集産主義にまで行き着く。この社会主義の各段階を上がるにつれて、さらに協調を強化していくことが必要になる。オンラインの現状を調査してみると、こうした現象を示す証拠が豊富に見つかる。

## 1. シェア

オンラインの大衆は驚くほどシェアに積極的だ。フェイスブック、フリッカー、インスタグラムや他のサイトには毎日18億枚という天文学的な数の個人写真が投稿されている。[128] こうしたデジタル写真の圧倒的多数が、何らかの形でシェアされていると言っても構わないだろう。さらにステータスのアップデート、位置情報、思いつきの意見もオンラインに投稿されている。それに加えてユーチューブでは毎日何十億本もの動画が[129]、ファン・フィクションのサイトでも100万本単位のストーリーが閲覧されている。[130] レビューをシェアするイェルプ、位置情報をシェアするフォースクエア［Foursquare］、スクラップブックをシェアするピンタレストと、シェアサービスは無数に増えている。シェアされたコンテンツが遍在しているのだ。

　シェアはデジタル社会主義では最も穏やかな形式だが、シェアすることはより高いレベルでの共同作業の基盤となるものだ。それはネットワークそのものの基本要素でもある。

## 2. 協力

　ひとつの大規模な目標に向かって一人ひとりが動くと、その結果は集団レベルで現れてくる。人々はフリッカーやタンブラーで何十億枚もの写真をシェアするだけでなく、分野や名前やキーワードでタグ付けしてくれる。コミュニティーの中には写真をまとめたり掲示板に貼ってくれたりする人もいる。クリエイティブ・コモンズがこれほど人気なのは、ある意味で「あなたの写真は私の写真」だからだ。投稿された写真は誰もが自由に使え、それはコミュニティーの中で手押し車を貸し借りするのと同じことだ。エッフェル塔の写真が必要になれば、自分が撮影するより良い写真をコミュニティーが提供してくれるので、わざわざ撮りに行く必要はない。つまり、プレゼンやレポート、スクラップブックやウェブサイトを、独りで作る以上のものにできるのだ。

　何千もの情報収集《アグリゲーター》サイトが、次の三つの利点からどれも同様のソーシャルな力を使っている。まずは、ソーシャル向けテクノロジーのおかげで、サイトのユーザーは自分たちで使う目的で一つひとつにタグを付けたり、ブックマークしたり、順位付けをしたりアーカイブしたりできる。コミュニティーのメンバーは、コミュニティー内のコレクションを簡単に管理したりキュレーションしたりできる。例えば、ピンタレストではたくさんのタグやカテゴリー分け（ピンを付ける）のおかげで、ユーザーはすぐに特定のテーマのスクラップブックを作れてものすごく簡単に検索したり内容を付け加えたりできる。二つ目に、他のユーザーも個々人が付けたタグやピン、ブックマークの恩恵を得る。似たような素材を見つけるのが簡単になるのだ。ピンタレストのタグ、フェイスブックの「いいね！」、ツイッターのハッシュタグが増えれば増えるほど、他の人にとっても便利になる。そして三つ目に、集合的な行動により、それが一つの全体となったときにだけ生まれる新たな価値を創り出せる。例えば、観光客が撮影したエッフェル塔のスナップ写真の束は、それぞれ別々の角度から別々の時間に撮影したものだが、そこにたくさんタグが付けられると、それらを集めることで（マイクロソフトのフォトシンスのようなソフトを使って）、個々の写真からは考えられないほど複雑で価値のある、驚くべき全体像が３Ｄで浮かび上がる。こうした話が興味深いのは、「能力に応じて働き、必要に応じて受け取る」という社会主義者の約束[131]を超えて、より貢献できて、必要以上のものがもたらされることになるからだ。

　コミュニティーによるシェアは、驚くべき力を解き放つ。レディットやツイッターでは一番重要なもの（新しい情報、ウェブのリンク、コメントなど）をユーザーが投票したりリツイートしたりすることで、新聞やテレビと同等かそれ以上の世間の議論を巻き起こしている。ある意味で、投稿者たちが熱心なのは、こうした手段を使うことでより広い文化的影響力を生み出せるからだ。コミュニティーの集合的な影響力は、それに参加する人々の数の規模をはるかに超えたものになる。それこそが社会的な組織の組織たるゆえんで、全体が個々の総和を凌駕するのだ。伝統的な社会主義では、こうした力学を国家というレベルに集約していた。現在のデジタルによるシェアは、政府から切り離され、国家を超えた規模で機能している。

### 3. コラボレーション

組織的な協働《コラボレーション》は、その場限りの共同作業よりもっと大きな成果を生み出す。ウェブサービスやスマートフォンのほとんどを支えるリナックスOSに代表される、何百ものオープンソースのソフトウェア開発を見てみよう。こうした試みでは、何千何万というメンバーの作業をまとめあげるために細かく調整されたコラボレーション・ツールによって、高品質のプロダクトを作り出している。ひとつ前の段階であるその場限りの共同作業に比べると、大規模で複雑なプロジェクトのコラボレーションでは、グループ内のメンバーが最終プロダクトのほんの一部にしか関与していないため、彼らが得られる成果は間接的なものになりがちだ。しかし熱心な参加者は、全体のプログラムが稼働するのが何年先になるとしても、サブルーチンなどのプログラムを何カ月も必死になって書く。実際のところ、そこから得られる報酬は自由市場の基準から言えば割が合わない――たいして支払いも受けずに市場価値の高い仕事をこなしているのだ。こうしたコラボレーションの努力というものは、資本主義の枠内では理解を超えている。

経済的におかしな点があるばかりか、われわれはコラボレーションで作られたものを無料で使うことを当たり前に思っている。現在の世界のウェブページの半分は[132]、コミュニティーによって作られたアパッチという無料のオープンソース・ソフト[133]によって動く3500万台以上のサーバーに載っている。[134]　3Dウェアハウスと呼ばれる無料の情報サイトには、熟練の愛好者たちが作って惜しげなく交換しているあらゆる形（ブーツから橋まで）の3Dモデルが何百万と集まっている。[135]　学校やホビイストといったコミュニティーによってデザインされた電子工作基板アルドゥイーノ[136]は100万種を超え、マイコン基板のラズベリー・パイ［Raspberry Pi］を使ったコンピューターは600万以上組み立てられている。[137]　それらはどんどん無料でコピーして、そこからまた新しいプロダクトを作ることが推奨されるデザインになっている。こうしたプロダクトやサービスを使った仲間の製作者たちは、お金の代わりに信用や地位や評判を得て、楽しみや満足や経験という形で報われるのだ。

もちろんコラボレーションということ自体には本質的に何も新しいものはない。しかし、オンラインのコラボレーションを可能にする新しいツールが共同体方式の生産を支えることで、資本主義的な投資家を締め出し、所有権を作り手たち――得てして同時に消費者でもある――のもとに確保する。

## 4. 集産主義

私を含む西欧の人々は、個人の力を拡張することは国家の力を必然的に減じ、その逆もまた真であると教え込まれている。しかし実際はほとんどの政治形態で、社会主義化する分野もあれば、個人に委ねるものもある。自由市場経済の国のほとんどで、教育や警察は社会主義的だが、一方で極度に社会主義化した社会でも、現在ではある程度の個人の所有を認めている。世界的にはさまざまな程度の違いがあるのだ。

テクノロジー版社会主義を、自由市場的な個人主義か、あるいは中央集権的な権威主義かとゼロサムのどちらかで考えるよりも、テクノロジーによる共有は新しい政治のＯＳであり、個人と集団の両方を同時に向上させるのだと考えることもできるはずだ。どこにも明文化されていないが誰もが直感的に理解しているシェアリング・テクノロジーのゴールとは、個人の自律性と集団が生み出す力を同時に最大化することだ。つまり、デジタルによる共有は、昔ながらの常識とはかなりかけ離れた、第三の方法だと見なすことができるだろう。

この第三の方法という考えについて、『ネットワークの富』の著者でネットワークの政治的意味について誰よりも考察しているヨハイ・ベンクラーも同様の考えを述べている。「ソーシャル・プロダクションとピア・プロダクション〔不特定多数が情報や知識をウェブ上で共有しながら作り出すこと〕が、国家と市場の両者の基盤となっている閉鎖的で占有的なシステムの代替物になってきているようだ」と彼は書いており[138]、そうした活動によって「創造性や生産性や自由度を増す」と述べている。新しいＯＳに当たるものは、私有財産を認めない古典的な共産主義の中央集権的な計画でもなければ、純粋な自由市場の自己中心的なカオスでもない。そうではなく、分散化した人々の協調によって、純粋な共産主義や資本主義ではできない新たなクリエイションと問題解決のためのデザイン領域ができつつあるということだ。

市場と非市場型メカニズムを組み合わせたハイブリッド型のシステムは目新しいものではない。数十年前から研究者は、脱中央集権化され社会主義化された生産手段である北イタリアやバスク地方の工業協同組合を調査している。そこでは従業員がオーナーにもなって、国の規制を受けずに管理をしたり利益配分を制限したりしている。しかしこうしたアイデアの核心部分は、低コストで瞬時にどこからでも行なえるオンラインのコラボレーションが可能になって初めて、多様な新しい領域に——企業のソフトをプログラムしたり参考文献を書いたりする形で——移植することができるようになった。もっと重要なのは、シェアを可能にするテクノロジーは、以前にはなかったような大規模なコラボレーションや集産主義を可能にしたということだ。

局地的な実験を超えていかにこの第三の方法をスケールアップしていくかがこれからの目標だ。分散化したコラボレーションはどこまで拡大できるものだろうか。ブラック・ダック・オープン・ハブがオープンソース産業を調査して作った一覧では、約65万の人々[139]が50万以上のプロジェクト[140]で働いている。この総数は、GMの従業員の3倍の規模だ[141]。とてつもなく多くの人が、フルタイムではないものの、無料で働いている計算になる。GMの全従業員が無給で自動車を生産し続けているところを想像してみてほしい！

これまでのところ、オンラインで行なわれた最大規模のコラボレーションはオープンソースのプロジェクトで、中でもアパッチなどの開発では数百人の貢献者《コントリビューター》を管理した[142]——ちょっとした村の規模だ。ある研究によると、フェドラ・リナックス9［Fedora Linux 9］の開発には6万人《じん》年《ねん》がかかったと言われ[143]、それからすると、自己組織化されシェアの力学が働けばちょっとした町の規模のプロジェクトを回せることが証明されたことになる。

もちろん、オンラインでの集産活動に参加する人を全員調査してみれば、その数はもっと多くなるだろう。レディットは協働型フィルタリング・サイトだが、毎月1700万人のユニークビジターがいて、1万の活発なコミュニティーがある[144]。ユーチューブは毎月10億人のユーザーがいるとしているが[145]、彼らこそが、テレビと競合する映像を製作している労働力だ。ウィキペディアでは約2500万人がユーザー登録して寄稿しているが、[146] そのうちの13万人は非常に活発なユーザーだと言われる。インスタグラムには3億人以上のアクティブユーザーが投稿しており、[147] フェイスブックでは毎月7億人以上のグループ参加者がいる。[148]

共同作業でソフトを書く会社や、共同体の決定が必要になるような仕事をしている人の数は、一国の人口から比べたらまだはるかに少ない。しかしソーシャルメディアの人口は膨大で、しかも増加し続けている。フェイスブックでは14億を超える市民が、[149] 情報の共同体の中で自由に自分の生活をシェアしている。それを一つの国だと考えると、フェイスブックは地球上で最大の国だ。しかもこの最大の国の経済は、無給の労働で支えられている。10億の人々が、無償のコンテンツ作りに毎日多くの時間を費やしている。彼らは身の回りの出来事をレポートし、話をかいつまみ、意見を加え、図版を作り、ジョークをひねり出し、カッコいい写真を投稿し、映像まで作り出す。その対価は、14億人という確かな個人のつながりから生じるコミュニケーションや関係性の価値によって支払われている。その共同体に帰属することが報酬なのだ。

賃金労働を代替するものを作り上げようとする輩には政治的な思惑があるのでは、と考える人もいるだろう。しかしシェアリングツールを作ろうとコードを書く人、ハッカー、プログラマーたちは、自分たちが革命家だとは思っていない。彼らが無償で働いている動機は（オープンソースの開発者2784人への調査によれば）[150]「学んで新しい技能を身につける」ためだ。ある学者は（これと異口同音に）、「無料で働く主な理由は、自分という鈍ったソフトウェアを改善するため」だと言っている。[151] 基本的には政治を前面に出すのは実情にそぐわない。インターネットは、経済原理に動かされているというより、ギフトを共有することによって動いているのだ。

しかしながら、シェアや協調、コラボレーション、集産主義といったものが台頭することで生じる政治的な動きに、一般市民はまだ慣れていない。こうしたコラボレーションから恩恵を得れば得るほど、われわれは政府の社会主義化した組織に晒されるようになる。威圧的で魂を押し潰してしまうような北朝鮮的システムは滅びており（北朝鮮以外の場所では）、未来の世界はウィキペディアと例えばスウェーデンのような穏健な社会主義のいいとこ取りをしたハイブリッドになる。この流れに対しては懐疑派による深刻な揺り戻しがあるかもしれないが、シェアが増えていくことは不可避だ。それをどう呼ぶべきかについては率直な論議もあるが、シェアリング・テクノロジーはまだ始まったばかりだ。私の想像上のシェア測定目盛りはまだ10段階の2だ。かつて専門家がわれわれ現代人にはシェア不可能だと考えたもの——お金や健康、性生活、心の奥底の不安など——の長いリストについても、適切なテクノロジーによって正当な恩恵が得られ、正しい条件が整えば、われわれはすべて共有することになるだろう。

このムーブメントによって、非資本主義的でオープンソースのピア・プロダクション社会にどれだけ近づいただろうか？ その答えは毎度お約束の通りだ——思ったより近い。例えばクレイグズリストを見てみよう。ただのクラシファイド広告〔個人などによる募集広告や告知の一覧〕サービスだろうか？ はるかにそれを超えている。地域の人々に行き渡るまでは手軽なコミュニティーの掲示板として成長したが、拡張して画像付き広告を始めた。顧客が自分の広告を載せる作業を全部自分でできるようにし、さらに大切なことに、リアルタイムでのアップデートを可能にして常に最新の情報を掲載し、その上何よりも、それらを無料にしてしまった。全国向けのクラシファイド広告が無料になったのだ！　赤字に悩む新聞社がこれに太刀打ちできるだろうか？　国の支援や制約を受けることなく市民同士を直接、グローバルに、毎日結び付けるこのほぼ無料の市場が社会的善行《ソーシャルグッド》を効率よく実現し（最大時でも30人の従業員しかいなかった）[152]、どんな政府や既存の企業にも一撃を加えることになる。確かに、P2Pのクラシファイド広告は新聞のビジネスモデルを蝕むが、同時に、利潤を追求する企業や税金で補助を受けている公的機関にとって、シェアモデルが確実に選択肢になることの証しにもなっている。

かつて医療介護の専門家は口を揃えて、写真のシェアは良くても個人のカルテをシェアする人なんていないと自信を持って断言した。しかしペイシェンツライクミー［PatientsLikeMe］では、患者たちが自身の治療結果をシェアすることでお互いの治療の質を向上させており、共同行動が医師にもプライバシーの懸念にも優ることを証明している。シェアの習慣――あなたの考えていること（ツイッター）、読んだ本（スタンブルアポン）、資産運用（モトリー・フール・キャップス［Motley Fool Caps］）、自分のすべて（フェイスブック）――がますます一般的になり、われわれの文化の基盤になってきている。こうしてシェアしながら、大陸をまたがるグループの会ったこともない人々と、社会階層など関係なく一緒に百科事典やニュース配信、動画アーカイブ、ソフトウェアなどを協働して作り上げている現状は、どうやら政治的な社会主義こそが次のステップなのだと教えてくれる。

同じようなことが、前世紀の自由市場でも起きていた。市場の方が得意なことは何かと誰もが日々考えていた。合理的な計画や政府の関与が必要と思われるさまざまな問題をリストにし、そこに市場の論理を応用したのだ。例えば政府は、希少な電波といった通信事業の管理をずっと行なってきた。ところが通信周波数ごとにオークションにかけたところ、市場は徹底的に帯域幅利用の最適化を行ない、革新的な新しいビジネスを始めるようになった。政府が独占してきた郵便事業は、DHLやフェデックスやUPSなどの民間企業にもやらせた。多くの事例において、調整された市場解決モデルははっきりとより良い結果を出している。ここ数十年ほどの繁栄の大部分は、社会的問題に市場の力を解き放つことで得られたのだ。

今やわれわれは、コラボレーションを可能にするソーシャル・テクノロジーによって同じ芸当を試みている——増え続ける要望リストや、ときに自由市場では解決できない問題に対してデジタル社会主義を応用し、上手くいくか試しているのだ。これまでに得られた成果はすばらしいものだ。最貧層への医療提供や無料大学の教科書開発、珍しい病気の薬の開発資金調達などに協働型テクノロジーを応用して成功を収めている。シェア、共同、コラボレーション、オープン化、自由価格、透明化などの力は、ほとんどすべての場面で、われわれ資本主義社会の人間が考えるよりずっと実用的なものだった。試してみるたびに、シェアの力が想像以上だと分かるのだ。

シェアの力が発揮されるのは、何も非営利セクターばかりではない。この10年で商業的に最も成功した三つのクリエイティブな会社——グーグル、フェイスブック、ツイッターは、正しく評価されていなかったシェアを使って誰も考えつかなかった方法で価値を生み出している。

初期のグーグルは、素人のウェブ製作者が張ったリンクを利用することで、検索エンジンのトップに君臨した。一般ユーザーがウェブにハイパーリンクを張るたびに、グーグルはそれをリンク先のページへの信任投票だと捉え、ウェブ全体を通したリンクに対する重み付けとして利用した。あるページへのリンク元ページが張っている他のリンク先が別の信頼できるサイトからもリンクを張られている場合に、そのあるページはより信頼され、グーグルの検索結果で高いランクとなる。この奇妙に循環する信任は、グーグルが作り出すのではなく、何百万ものウェブページで公にシェアされたリンクから得られたものだ。顧客がクリックする検索結果をシェアすることで生まれる価値を、グーグルは初めて引き出した。一般ユーザーがクリックするごとに、それがページの有用性を表す投票になる。つまりグーグルをただ使うだけで、ファン自身の手によってグーグルはより優れたものになり、経済的により価値のあるものになるのだ。

フェイスブックもまた、ほとんど誰も価値があると思っていなかったもの——友達のつながり——を共有するよう人々を促し、新しくつながった友人たちの輪の中でメモやゴシップをシェアしやすいようにした。これは個人にとってはたいした利点もない話だが、それをきちんと集めてまとめるのは非常に複雑な作業だ。誰も評価してこなかったこうした共有がこれだけ強力になるとは誰も予想していなかった。フェイスブックの最も大切な資産となったのは、このシェアの仕組みを動かすためにわれわれが必要とする、オンライン上での一貫したアイデンティティーだ。セカンドライフのような未来的なサービスが、VRを使って想像上の自己をシェアできるようにした一方で、フェイスブックは本物の自己を簡単にシェアできるようにすることで、ビジネスを成功させたのだ。

ツイッターも同じように、単に140文字の「アップデート」をシェアするという、ほとんど価値を認められていなかった力を開拓した。人々が気の利いた言葉をシェアし、ゆるい知り合い関係を作れるようにすることで、驚くほど大きくビジネスを開花させたのだ。それまでは、この程度のシェアに意味があるとは考えられず、価値とは無縁だと思われていた。だが、個人にとってはちょっとした楽しみでも、それがきちんと集合体としてまとめられ、整理されて再び個人にばらまかれ、同時にその解析情報を企業に売ることで、黄金の共有物に変わることをツイッターは証明したのだ。

階層構造からネットワークに、中央集権化した決定機関からシェアのデフォルトである分散化したウェブへ、という流れは過去30年にわたる文化の中心テーマだったが、まだ終わりではない。ボトムアップの力はわれわれをもっと遠くまで連れて行くだろう。しかしながら、ボトムアップだけでは不十分なのだ。

われわれの望むものを最大限に引き出すには、ある種のトップダウンの知性も必要になる。ソーシャル・テクノロジーと共有アプリが全盛となったいまこそ、繰り返す意義があるだろう――ボトムアップだけでは本当に望むものを手にするには不十分だ。少々のトップダウンの力も必要だ。もともとボトムアップで育った組織で数年以上続くものはどれも、ボトムアップとある種のトップダウンのハイブリッド型へと移行している。

私がこうした結論に行き着いたのは個人的な経験からだ。私はワイアード誌を共同で創業して編集長をしていた。編集者の仕事はトップダウン方式で、ライターの書いたものを選択し、刈り込み、加筆してもらい、形を整えていく。ワイアードを立ち上げたのは１９９３年で、まだウェブが知られる前だったので、ウェブの誕生に合わせてジャーナリズムの形を変えていくというまたとない経験ができた。実際にワイアードが立ち上げたサイトは、最初の商用記事サイトの一つだった。ウェブでニュースを書いて広めていくという新しい可能性について実験していく中で、答えの出ない重要な疑問があった――編集者はどれだけ内容に手を加えるべきか？　新しいオンラインツールがあれば、読者は記事を投稿するばかりか編集することも簡単なことは誰もが分かっていた。その頃によく言われたのは、従来の古いモデルをひっくり返して、読者／顧客にやらせてみたら何が起こるか、ということだった。彼らはトフラーの言うプロシューマー、つまり消費者かつ生産者になる。イノベーションの専門家ラリー・キーリーが言うように[153]「誰もがみんなと同じほどには頭が良くない」のか、もしくはクレイ・シャーキーが言うように、[154]「ほらここにみんながいる！」のか。読者みんなにオンライン雑誌を自分たちで作ってもらうべきだろうか？編集者は一歩下がって、群集の知恵が作り出すものを追認していくべきだろうか？

　ワイアードが始まる10年ほど前からオンラインの世界で生きてきたライターで編集者のハワード・ラインゴールドは、いまや編集者のことは忘れていいと主張する多くの論者の一人だった。群集に任せればいいのだ。ラインゴールドは、コンテンツは素人や視聴者の共同作業によって完成できるという、当時は完全に過激に映る考え方の最前線に立っていた。彼はその後に『スマートモブズ』という本を書いた。われわれはワイアードのコンテンツをオンラインで扱う、ホットワイアードというサイトを監督するために彼を雇った。ホットワイアードが始めた過激な発想は、読者の集団を利用して、他の読者向けの記事を書いてもらうことだった。しかし実際にはもっと過激なものだった。バスの後方席からは、もう書き手には編集者など要らない、という叫び声が響いてきた。誰も出版するのに許可など要らない。誰でもインターネットにつながっていれば、自分の作品を投稿して観客を集められる、つまりそれはゲートキーパーとしての出版社の終焉を意味していた。まさに革命だったのだ！　そこでワイアードは「サイバースペース独立宣言[155]」を出して、古いメディアの終焉を宣告した。新しいメディアは確かに急速に増殖していた。その中でもリンク・アグリゲーターのスラッシュドット［Slashdot］やディグ、のちにはレディットなどは、ユーザーに投票させて記事の掲載順を決めたり、ユーザーのコラボレーションによってフィルターを機能させたりすることで、「他の人が好んでいる」という基準で相互推奨システムを作った。

強い意見を持ち、熱意に溢れ、編集者に邪魔されることなく書きたいと思っている人々を解き放つことで、ワイアードはもっと先までより早く到達できるとラインゴールドは信じていた。現在ではそういう寄稿者は「ブロガー」と呼ばれている。もしくは「ツイッタラー」と言ってもいい。その意味において、ラインゴールドが言っていることは正しかった。フェイスブックやツイッターや他のソーシャルメディアを活気づけているコンテンツはどれも、編集者なしにユーザーが作り上げたものだ。10億ものアマチュアが、毎秒のように大量の文章の山を解き放っている。実際のところ、現在のオンラインの平均的なユーザーは毎年、過去のどんなプロの書き手より多くの言葉を書いている。編集もされず、管理もされないこの激流は、完全にボトムアップな動きだ。おまけにプロシューマーによるこうした大量のコンテンツに集まるアテンションは大変なもので、2015年に広告主が支払った金額は240億ドルに上る。[156]

私はこうした騒ぎの反対側にいた。当時の私の反論は、未編集の素人コンテンツは、ほとんどがそれほど面白くないし信頼性に欠けるというものだった。100万人が毎週100万本も書いている（ブログで書いたり投稿したりしている）とすると、このテキストの洪水に対して何らかの知的ガイドを付けることは大いに意味があるはずだった。ユーザーの作るコンテンツが増えてくれば、トップダウンのセレクションに対する要望もその価値も高まってくるだろう。時間が経につれ、ユーザー生成コンテンツを扱う会社もその品質を確保しアテンションを維持するために、大海原のような素材に対して編集や選定やキュレーションを少しずつ始めなくてはならなくなるはずだ。純粋に無政府状態な底辺の部分だけでは足りなくなるのだ。

これは他のタイプの編集者にとっても同じだ。編集者は媒介者で、最近では「キュレーター」とも呼ばれているが、クリエーターと聴衆を結ぶプロだ。こうした中間にいる人々は、出版社や音楽レーベル、ギャラリー、映画スタジオなどで働いている。彼らの役割は劇的に変化しなくてはならないかもしれないが、媒介者に対する需要はなくなることがない。大衆から湧き上がる創造性をクラウドとして形作るには、ある種の媒介が必要なのだ。

しかし1994年という時点で、誰にそんなことが分かっただろうか？　われわれは大いなる実験のつもりで、ユーザー生成コンテンツを掲載するサイトとして、オンライン雑誌ホットワイアードを立ち上げたのだ。しかしそれは上手くいかなかった。われわれはすぐに全体を編集の観点から監視し、編集の手を加えた記事を掲載するようにした。ユーザーが記事を書くこともできたが、公開する前に編集されることになった。それからというもの、10年おきにいくつかのニュース会社がこれと同じ実験を繰り返している。ガーディアンはニュースブログに読者のレポートを加えることを試みたが、[157] 2年後に中止された。韓国のオーマイニュースは中でも成功例で、読者の書いたニュースを載せる組織として何年か運用されていたが、2010年には編集者の手に戻された。[158] 老舗ビジネス誌ファストカンパニーは、2000人のブロガーの読者と契約して編集を介さないレポートを書かせていたが、[159] 1年後には実験を中止し、編集者が読者からアイデアをもらって原稿を依頼する方式になっている。ユーザー生成型と編集者強化型のハイブリッドはかなり一般的になっている。フェイスブックはすでに知的アルゴリズムを使ってフィルターをかけ、ボトムアップ方式で上がってきたニュースをあなたのフィードに表示している。こうした仲介レイヤーは今後も増え続けていくし、他のボトムアップ型サービスも同様だろう。

ユーザー生成型コンテンツの模範例として引かれるウィキペディアをよく観察してみても、それは率直に言って純粋なボトムアップというには程遠い。誰にでも開かれたウィキペディアのプロセスには、実際は控室のエリート層が含まれている。より多くの記事を編集すればするほど、そうした人の記事は長く残り修正されない可能性が高くなる。それは、時間を重ねるにつれ、ベテランの編集者は長く残る編集のやり方を学んでいくからであり、こうしたプロセス自体が、何年もの間に膨大な時間をかけて貢献する少数の編集者を選好するということだ。[160] ベテランの手によるそうした永続的な関与はある種のマネジメントであり、編集的判断という薄いレイヤーを提供し、このオープンなアドホクラシーを継続していく。実際のところ、こうした比較的少人数の自薦編集者がいるおかげで、ウィキペディアは20年を超えて機能し成長しているのだ。

ウィキペディアのようにコミュニティーが共同で百科事典を執筆する場合、ある記事に対して合意が得られなくてもその責任は誰かにあるわけではない。こうした不都合は、時間が経てば解決できるとは限らない不完全な点だ。合意に失敗したからといって、この試み全体が危機に陥るわけではない。一方で共同体の目的は、重要なプロセスについては自立した個人が責任を持ち、案件の優先順位を決めるような難しい決定は、参加者全員によって決めるというシステムを構築することだ。歴史を通して数多くの集産主義者の小規模グループが、実行機能をトップに置かない分散型の運用形体を試してきた。その結果は残念なもので、数年以上存続したコミューンはほんのわずかしかなかった。

実際のところ、ウィキペディアやリナックス、オープンオフィス［OpenOffice］といったサービスの統治の核心部分をよく観察してみると、外からの印象と違い、集産主義の理想郷からはやや遠い。ウィキペディアには100万人単位の人々が書き込む一方で、少数の編集者（約1500人）がほとんどの編集に責任を持っている。それはソフト開発の共同作業でも同様だ。膨大な貢献を管理しているのは、それよりもはるかに小さな調停者の集団なのだ。モジラ［Mozilla］というオープンソースの開発集団を設立から率いてきたミッチ・ケーパーは「実際に機能する無政府状態はどれも、その中に古くからの仲間のネットワークがある」と言う[161]。

これは必ずしも悪いことではない。小規模の階層性によってダメになる共同体もあれば、恩恵を受けるタイプの共同体もある。インターネットやフェイスブックや民主主義のようなプラットフォームは、プロダクトを作りサービスを届ける広場のような存在を目指している。こうしたインフラとしての広場は、できるだけ階層性を排し、参入障壁を最小化し、権利と責任を平等に分配することでその効果を発揮する。もし強力な参加者たちがこのシステムを牛耳ってしまうと、全体の基本構造が影響を被る。その一方で、プラットフォームよりもプロダクトの生産を目的とする組織では、時間軸ごとに構成された強力な指導者や階層が必要になる。低いレベルの仕事は時間単位の要求をこなし、その上のレベルでは1日単位で仕事を仕上げるといった具合だ。それ以上のレベルになれば週や月単位で動き、さらに上（多くはCEO周りの人々）になると、5年先を見据える必要がある。多くの会社が夢見るのは、こうしたプロダクト作りを卒業してプラットフォームを創造することだ。しかし実際に成功しても（フェイスブックのように）、往々にして自分の役割を変える準備ができていない——会社というより政府のように振る舞い、機会をフラットで公平にして、階層性を最小限にしなければならないのだ。

　階層性を維持しつつ集産主義を最大化する組織を作ることは、かつてはほとんど不可能だった。膨大な取引の管理コストは手に負えなかったのだ。しかしデジタルネットワークは必要となるＰ２Ｐコミュニケーションを安価にしてくれた。ネットのおかげで、プロダクトに注力した組織も階層性を完全に廃することなく維持したまま、共同作業が機能するようになった。例えば、オープンソースのデータベースであるＭｙＳＱＬを運営している組織は、まったく階層性がないわけではないが、巨大なオラクルのようなデータベース企業と比べたらはるかに集産型になっている。同じように、ウィキペディアは正確には平等主義の拠り所というより、[162]ブリタニカ百科事典よりははるかに集産的だと言うべきだろう。新しい共同体はハイブリッドな組織で、伝統的な企業と比べると非階層的な領域についてより多くを学んでいる。

　トップダウン方式は必要だが、それほど必要なわけでもないことを、われわれは時間がかかりながらも学んできた。こうした集合精神《ハイブマインド》の生来の寡黙さは、スマートなデザインが摂取すべき基礎栄養素のようなものだ。編集の手腕や経験は、食物におけるビタミンのようなものだ。大量には要らないし、巨体であっても少しで十分だ。あまりに摂るとそれは毒になるか、そのまま排泄されてしまう。適切な量の階層性さえあれば、非常に大きな集団でさえ十分に健康を保てるのだ。

　今日の最前線を活性化しているのは、制御不能性を大量に摂取しつつトップダウン制御を少量加える無限の組み合わせにある。これまでの時代、テクノロジーは基本的にはすべて制御の対象で、すべてトップダウンだった。それがいまや、制御と雑多なものが一緒になっている。半分制御できないような要素を入れたシステムを構築することなどこれまではできなかった。技術的に不可能だった分散化と共有化の可能性を拡げようと、現在われわれは躍起になっている。インターネットが出現する前には、１００万人がリアルタイムで連携したり、何十万人もの働き手が一つのプロジェクトを1週間コラボレーションしたりするなんて単純にあり得なかった。それが可能になったいま、われわれはさっそく制御と群集の組み合わせを数限りなく試しては、あらゆる可能性を探っているのだ。

しかし、ボトムアップ方式の大規模な試みは、われわれを目的地の途中までしか連れて行ってくれない。われわれは人生の多くの局面で専門知識を必要とする。まるで専門家の手助けなしに、求める知識レベルを手にすることは難しいだろう。

だからウィキペディアがそのプロセスをさらに進化させていることを知っても驚くことはない。毎年、新しい構造がレイヤーとして付加されていくのだ。論議が沸騰する記事については、一番上にいる編集者が凍結し、指定された編集者を除く不特定の人々が手を加えられないようにしている。何を書いていいかについてのルールや形式が増え、より多くの承認が必要になっている。しかしそうやって品質は向上する。私は今後50年間で、ウィキペディアのかなりの記事は編集者がコントロールし、査読され、事実確認がなされ、認証が与えられるようになると考えている。それは読者にとっていいことだ。その各々の段階で、小規模のトップダウン方式のスマートさが、大規模なボトムアップのいい加減さを相殺するのだ。

でもハイブマインドがそれほど愚かだとしたら、なぜ相手にするのだろう？

それは、愚かではあるが、さまざまな仕事をこなすのに十分なほどにはスマートだからだ。

それには二通りある。まずボトムアップのハイブマインドは、いつでもわれわれを想像以上に遠くまで連れて行ってくれる。ウィキペディアは理想的とまではいかないが、皆が思っていたよりもはるかに優れたものになったし、われわれを驚かし続けている。ネットフリックスでは、何百万もの視聴者のデータを利用してパーソナライズされたリコメンド機能があるが、それは多くの専門家が考えたよりずっと上手くいっている。レビューの範囲の広さ、深さ、信頼性、そのどれを取っても平均的な映画批評家より役立つものになっている。イーベイのバーチャルな他人同士での不用品交換《スワップミート》サービスは、上手くいくとは思われなかったが、完璧とは言えないまでも、多くの小売業者が考えていたよりずっと成功している。ウーバーのＰ２Ｐ方式のオンデマンド・タクシーサービスは、その出資者さえ驚くほど上手くいった。十分な時間さえ与えられれば、分散化したつながりが生み出す愚かなものも、考えているよりよっぽどスマートになるのだ。

　二つ目に、完全に分散化した力で最後まで行けるとは限らないが、大抵の場合、それは始めるのに一番良い方法だ。速くて安上がりだし、コントロールも必要ない。群集の力を使ったサービスの新規参入障壁は低く、さらに低くなりつつある。ハイブマインドの規模拡大は眼を見張るほどに円滑だ。だから２０１５年には９０００ものスタートアップが、分散化したＰ２Ｐネットワークが持つシェアの力を事業に取り入れた。[163] それらが、時間が経ってどう変わるかは問題ではない。多分いまから１００年後には、ウィキペディアのような共有プロセスに多くのマネジメントのレイヤーが加わって、昔ながらの中央集権型ビジネスに似たものになっているかもしれない。そうであったとしても、ボトムアップは始めるには最良の方法なのだ。

われわれは現在、黄金時代に暮らしている。今後10年で創造される仕事の量は、過去50年分を上回るだろう。より多くのアーティスト、作家、ミュージシャンがいままでにないほど活躍し、より多くの本、曲、映画、ドキュメンタリー、写真、アート作品、オペラやアルバムなどが毎年出されるだろう。本はいままでになく安価になり、どこでも手に入るようになる。同じことが、デジタルでコピーできる音楽、映画、ゲームなどのすべての創造的なコンテンツに当てはまるだろう。手に入るクリエイティブな作品の量や種類は、爆発的に増えるだろう。過去の文明が生み出した作品は、どんな言語で書かれていても、これからは稀覯本の書庫の中に埋もれたりアーカイブにしまい込まれたりすることなく、あなたがどこに住んでいようと1回クリックするだけで手に入るようになる。リコメンドや検索のテクノロジーのおかげで、ほとんど知られていない作品を見つけ出すのが非常に簡単になった。例えば６０００年前のバビロニアの唄が聴きたくなっても、すぐに竪琴の伴奏付きで手に入る。[164]

それと同時に、デジタル創作ツールがあまりに普及したため、本を書いたり、曲を作ったり、ゲームや動画を作ったりするのさえ、リソースや特別なスキルがほとんど要らなくなった。その証拠としては、最近ある広告代理店がイカしたテレビのコマーシャルをスマートフォンで撮影していた。[165]伝説的な画家デビッド・ホックニーがアイパッドで描いた一連の作品は人気を博した。[166]有名なミュージシャンも、どこにでも売っている１００ドルのキーボードを使って自分のヒット曲を録音している。そこらにある安物のラップトップを使って自費出版の電子本を書き１００万部も売り上げた無名の作家が10数人はいる。グローバルな高速通信のおかげで、かつてなかったほど大きなマスのオーディエンスが出現したのだ。インターネットでは最大級のヒットはさらに大きくなり続ける。韓国のポップダンスの映像「江南スタイル」は、24億回も視聴されその数はいまも伸びている。[167] こうした規模のオーディエンスは、この惑星にかつてはなかったものだ。

　自作のベストセラーが注目される一方で、本当に注意を向けるべきは別の方向だ。デジタル時代とは、ちゃんと評価されなかったり忘れ去られたりしていた非ベストセラーの時代だ。シェアテクノロジーのおかげで、最も形になりにくかった興味も見えるようになり、クリック一つでたどり着けるようになった。各家庭に急流のようになだれ込むインターネットが、最近ではスマートフォンとなってポケットの中にも入ることで、マスのオーディエンスが力を持つ時代は終わった。いつの時代でも、ほとんどの創作においてニッチな世界が存在した。左利きのタトゥーアーティストたちは、お互いを見つけ合うことで左利きならではの苦労話やテクニックを共有した。囁き声をセクシーだと思う人は（実際にたくさんいることが分かった）、同好の士が作成しシェアした映像を楽しむことができる。

　それぞれのニッチは非常に小さなものだが、それが何千万と存在する。そのそれぞれに関心を寄せるファンは数百人程度かもしれないが、潜在的なファンはそれを見つけ出すのにただ検索するだけでいい。つまり、個別のニッチの話題を見つけることは、ベストセラーを見つけるのと同じぐらい簡単になったのだ。いまやこうしたごく小規模なコミュニティーが不釣り合いなほどの情熱を傾ける姿を見ても驚くことはないし、そういうものがないほうが驚きだ。アマゾンやネットフリックス、スポティファイやグーグルの中に広がる原野に繰り出してみれば、最も自分の関心のなかったような分野ですばらしい作品やフォーラムが間違いなく見つかるはずだ。こうしたニッチはどれも、ベストセラーのわずか一歩隣りに存在している。

いまやオーディエンスこそが王様だ。ではクリエーターはどうだろう？　このシェアリングエコノミーの中で、誰が彼らに支払うのか？　仲介者がいなくなったら、創造活動をどうやって資金面で支えるのか？　その答えはびっくりするものだ——別の新しいシェアテクノロジーを使うのだ。クリエーターにとって、クラウドファンディングほど役に立つものはない。そこではオーディエンスが作品に出資する。ファンが集まって好きなクリエーターを資金面で支えるのだ。シェアテクノロジーのおかげで、アーティストや作家に喜んで前払いしたいと思う一人ひとりのファンの力を何百人という同好のファンと一緒に（あまり手間もかからず）まとめ上げ、高額の資金を確保できるのだ。

最も有名なクラウドファンディングはキックスターター［Kickstarter］だが、サービスが始まってから7年の間に、900万人のファンが8万8000のプロジェクトに出資した。[168]キックスターターは世界中にある約450ものクラウドファンディングのプラットフォームの一つで、インディゴーゴー［Indiegogo］のような他のサービスも多くのプロジェクトを生み出している。それらを全部合わせると、他の方法では資金調達のできなかったようなプロジェクトに、毎年340億ドルもの資金が集まっていることになる。[169]

2013年、私はキックスターターでファンに出資を募る約2万人の一人だった。[170]何人かの友人と、フルカラーのグラフィック小説——昔は大人向けコミックと言われていたもの——を作ったのだ。われわれは『シルバー・コード』という小説の第2巻を作って印刷するのに、作家やアーティストへの支払いで4万ドル必要だと見積もった。そこでキックスターターのサイトに行って、われわれが何に出資を求めているのか説明する短い映像を作った。

キックスターターは優れた第三者預託《エスクロー》サービスを運用していて、目標金額の全額（われわれの例では4万ドル）が集まらない限り、その資金がクリエーターの手に渡ることはない[171]。もし30日経って1ドルでも足りなければ、出資者に即座に出資分が返金され、資金調達側（われわれ）は何も得ることができない。そもそも資金が集まらないようなプロジェクトは失敗する運命にあるので、この仕組はファンを守ることになる。それに、古典的なネットワーク経済が働きファンを主任販売担当にするという効果もある。ひとたび出資したファンは目標達成のために友人にも声をかけて参加を呼び掛けてくれるのだ。

　ときには、想像以上に受けが良く目標より100万ドルも多く集めたキックスターターのプロジェクトもある。中でも最高額は、将来のファンが2000万ドルを出資したデジタル時計だ[172]。ほぼ40%のプロジェクトが、目標額を達成している[173]。

　450ほどのファン出資型プラットフォームが、異なる創作分野や異なる出資目的に特化するなどそれぞれ工夫した仕組みを作っている。ミュージシャン用（プレッジミュージック［PledgeMusic］、セラバンド［SellaBand］）、非営利団体用（ファンドリー［Fundly］、ファンドレイザー［FundRazr］）、緊急医療用（ゴーファンドミー［GoFundMe］、ラリー［Rally］）、科学用（ペトリディッシュ［Petridish］、エクスペリメント［Experiment］）などに最適化したクラウドファンディングが生まれている。いくつかのサイト（パトレオン［Patreon］、スバブル［Subbable］）は、雑誌や映像チャンネルのような継続的なプロジェクトに持続的な支援ができるように設計されている。また、すでに出された作品に対してファンが出資するプラットフォームもある（フラッター［Flattr］、アングルー［Unglue］）。

しかし、クラウドファンディングが将来果たすであろうはるかに有望な役割は、ファンを基盤にした株式だ。支援者は作品ではなく、会社に投資する。つまり、ファンがその会社の株券《シェア》を購入できるようにするというアイデアだ。これは株式市場で株を買うのとまるで同じことだ。あなたはクラウドソーシングされた所有者の一部になる。あなたの株の持ち分は会社全体からすればほんのわずか一部だが、公開株式によって調達した資金が会社を成長させるために使われる。理想的には自身の顧客から資金調達できるのが一番だが、実際には大規模年金基金やヘッジファンドが大口の買い手となる。公開会社に対するがんじがらめの規制と政府による再三の監視によって一般的な株式保有者は保護され、銀行口座を持つ人なら誰でも株式が買えるようになっている。しかしリスクがあるスタートアップや単身のクリエーター、世俗離れしたアーティスト、ガレージで起業する２人組などは、公開会社に適用されるような書類手続きや幾重もの財務処理をこなすのは難しい。毎年、資金調達に成功した稀有な会社が新規株式公開（ＩＰＯ）を試みるが、それは高給取りの弁護士や会計士を雇ってお金をかけた適性評価《デュー・デリジェンス》でビジネスを磨き上げたあとでのことだ。一般の誰でもが公開会社のオーナーとして（ある程度の規制のもと）株式を持てるオープンなＰ２Ｐの仕組みができれば、ビジネスに革命を起こすだろう。クラウドファンディングの技法がなかったら存在しなかったようなプロダクトが、何万も出現していることを見るにつけ、株式を共有する新しい方法によって、それがなかったら生まれなかったような、何万もの革新的なビジネスが解き放たれるだろう。そうなれば、シェアリングエコノミーはオーナーシップの共有までを含むことになる。

その利点は明らかだ。もしアイデアがあるなら、そこにあなた同様の可能性を感じる誰からでも出資を募ればいい。銀行や金持ちから許可を取る必要はない。しっかり働いて成功すれば、支援者はあなたと一緒に成功を手にできる。アーティストがファンの出資で会社を作り、長期にわたって作品を販売することもできるだろう。あるいはガレージで2人がものすごいマシンを作ったら、それをてこにそのまま会社を作って続ければ、毎回キックスターターに頼まなくてもさらなる別のすごいマシンを作っていくことができるかもしれない。もちろん、その短所もある。ある種の審査や取り締まりや法の強制力がないと、P2Pの投資はペテンや詐欺の温床になりやすい。ニセのアーティストがすごいリターンを約束してあなたのお金を持っていき、失敗したと言い訳することもあるだろう。おばあちゃんが貯めた生活費を騙し取られることだってあり得る。しかし、例えばイーベイが革新的なテクノロジーを使うことで匿名の他人同士の売り買いで起こるおなじみの詐欺の問題を解決したように、株式のクラウドシェアリングについても、保険や第三者預託口座、あるいはテクノロジーによる新しい種類の信用の創造といったイノベーションによって、その危険性を最小限に抑えることは可能だろう。アメリカで立ち上がった株式クラウドファンディングのはしりであるシードインベスト［SeedInvest］とファンダーズクラブ［FundersClub］は、[174]いまは金持ちの「身元の保証されている投資家」にしか頼っていないが、2016年には一般人が株式のクラウドファンディングに投資できるよう、国内法が変わることが期待されている。[175]

まだ終わりではない。貧乏な農民が地球の裏側にいる赤の他人から100ドルのローンを借りて、しかもそれを返済するなんて誰が信じるだろうか？　それこそキバ［Kiva］がP2P方式の貸付で行なっていることだ。数十年前に国際的な金融機関は、富んだ国の政府に大金を融資するより貧者に少額の貸付をした方が返済率が高いことに気づいた。つまりボリビアの政府に融資するより同国の小作農に貸し付けた方が安全だということだ。こうした数百ドルレベルの極小融資《マイクロファイナンス》を多くの人に何万回も続けることで、開発途上国が底辺から一気に立ち上がることができる。まず貧乏な女性が街角の屋台を始めるための95ドルを貸し付ければ、彼女の収入が安定することで子どもたちに行き渡り、次に地域経済へと還元され、すぐにもっと複雑なスタートアップが生まれる基盤が生まれる。これこそかつてない最も効果的な開発戦略だ。キバはこうしたシェアの仕組みの次の段階として、マイクロファイナンスをP2Pで可能にし、誰でもどこにいようとマイクロファイナンスのローンが組めるようにした。つまりあなたがスターバックスにいても、ボリビアで織物のビジネスを始めようとしているある女性が羊毛を買うための120ドルを貸すことができるのだ。あなたはそのビジネスの進展を借金返済まで追うことができて、手元にお金が戻った時点でまた他の人に貸し付けることができる。キバが2005年に開始してから、200万人以上の人が7億2500万ドル以上の少額ローンを、こうした共有型プラットフォームを介して行なった。[176]返済率は約99％だ。それなら、また貸そうと安心して思えるだろう。

開発途上国でキバが上手くいくのなら、P2Pの貸付を先進国で使わない手はないのでは？そこでプロスパー［Prosper］とレンディング・クラブ［Lending Club］がそうした試みを始めた。この二つのウェブ企業は、一般の中流階級の市民同士が、妥当な利率で貸し借りができるようマッチングをしている。2015年の段階で、このP2P貸付の最大手2社は20万のローンを成立させ、その金額は100億ドルを超える。[177]

イノベーション自体もクラウドソーシングできる。フォーチュン500企業のGEは、同社のエンジニアが周りのイノベーションの速さについていけないことを危惧して、クワーキー［Quirky］というプラットフォームとパートナーシップを結んだ。新しくすばらしい製品になりそうなアイデアを、誰もがオンラインで投稿することができるサービスだ。毎週、同社のスタッフがその週の最良のアイデアを投票で選び、それを実際に製品化すべく取り掛かる。もしそのアイデアが製品になれば、その収益がアイデアを出した人に還元される。ＧＥはこのクラウドソーシング方式で４００の新製品を生み出した。[178] 例えばエッグ・マインダーという製品は冷蔵庫に入れるタマゴ入れだが、タマゴがなくなると買い足すようにメールを送ってくれる。

他にもクラウドソーシングを使った人気事例が生まれているが、それはコラボレーションというよりコンペティションだ。ビジネス分野では、最良のソリューションを求めたコンテストが盛んだ。エントリーした集団《クラウド》の中からベストの解決法を提示した人に企業は賞金を出す。例えばネットフリックスは同社が使っている映画のレコメンド用アルゴリズムより10％優れたものを作ったプログラマーに、１００万ドルの賞金を出すと発表した。[179] その性能を向上させるとても優れたソリューションが4万件寄せられたが、[180] 基準をクリアした1チームだけが賞を取った。残りの人々はタダ働きだったわけだ。99デザインズ［99designs］、トップコーダー［TopCoder］、スレッドレス［Threadless］といったサイトではあなたのためにコンテストを行なう。例えばロゴがほしいとする。あなたは一番良いデザインに支払う金額を設定する。その額が高ければ高いほど、より多くのデザイナーが応募してくる。デザインスケッチが１００個送られてくれれば、その中から一番良いものを一つ選んで、そのデザイナーにギャラを払えばいい。しかもオープンなプラットフォームでは、誰の作品でも見ることができるので、各デザイナーは他人の創造性を横目で見てそれを超えてこようとする。発注元の立場から言えば、同じギャラで一人のデザイナーに頼むより、よっぽど良いものが手に入るわけだ。

群集が車を作ることはできるだろうか？　もちろん。フェニックスにあるローカル・モーターズ［Local Motors］は、少量生産のカスタマイズされた高性能（速い）車の設計と製造にオープンソース方式を採用する。15万人の車マニアのコミュニティーが、ラリー車に必要な何千もの部品のプランを送ってきた。[181] 他の車の既成品を持ってきて新しくしたものもあれば、アメリカ各地の小さな工場で作られたカスタムデザインのものもあり、どこでも3Dプリンターがあれば出力できるようにデザインされたパーツもあった。[182] ローカル・モーターズ社の最新プロダクトはすべて3Dプリンターで出力できる電気自動車で、これもそのコミュニティーで設計製造されたものだ。

もちろん、将来の顧客が資金を出したり製造したりするにはあまりに複雑だったり、なじまなかったり、時間がかかり過ぎたり、リスクが高過ぎたりするものもたくさんある。例えば、火星行きの旅客ロケットや、アラスカとロシアを結ぶ橋や、ツイッターを使った小説などは、近い将来の実現が見えずクラウドファンディングには不向きだろう。

しかしソーシャルメディアでの教訓の繰り返しになるが、群集によるシェアを上手く利用すれば想像以上のことができるし、それはほとんどいつでも、始めるには最良の方法なのだ。

群集の手でどんなすばらしいことができるのか、われわれはやっと探求し始めたばかりなのだ。クラウドソーシングでアイデアの資金を調達し、組織化し、製造するやり方は200万通りはあるに違いない。想像もしなかったことを想像もしなかった方法でシェアする方法はさらに100

万通りはあるはずだ。

これからの30年を考えると、最大の富の源泉——そして最も面白い文化的イノベーション——はこの方向の延長線上にある。2050年に最も大きく、最速で成長し、一番稼いでいる会社は、いまはまだ目に見えず評価もされていない新しいシェアの形を見つけた会社だろう。シェア可能なもの——思想や感情、金銭、健康、時間——は何でも、正しい条件が揃い、ちゃんとした恩恵があればシェアされる。シェア可能なものは何でも、もっと上手く、もっと速く、もっと簡単に、もっと長く、いまより何万通りもの違うやり方でシェアできるようになっていくだろう。われわれの歴史のいまこの時点で、それまでシェアされなかったものをシェアしたり、新しいシェアのやり方を考えることは、間違いなくその価値を増すことになるのだ。

近い将来の私の1日はこんな感じになるだろう。私は世界中に散らばるエンジニアと協同組合を作って働くエンジニアだ。われわれのグループは共同所有で、経営は投資家でも株主でもなく、1200人のエンジニアで行なっている。私の最近の仕事は電気自動車の回生ブレーキ用のはずみ車の効率を上げるための設計だった。もし最終的に自動車に採用されれば、私は収入を得る。実際は、この設計がコピーされて他の車種に採用されたり、違う目的で応用されたりしたとしても、その支払いは私のところに自動的に流れてくる。車が売れれば売れるほど、少額決済《マイクロペイメント》はどんどん増えていく。自分の仕事が口コミで広まるのは大歓迎だし、より多くシェアされるほどいい。いまや写真についても同じことが言える。写真をネットに投稿すると、私の認証情報が暗号化されて写真に埋め込まれるのでウェブ上でのトラッキングが可能となり、誰かがその写真を使って投稿すると、マイクロペイメントでほんの微々たるものだが私に支払いが発生する。その写真が何度コピーされたとしても、著作権は常に私にある。前世紀と比べると、例えば教則ビデオを作るのもずっと簡単で、他の優れたクリエーターが作ったさまざまな素材（イメージ、シーン、レイアウトまでも）を利用して組み合わせればよく、その作品の対価はマイクロペイメントで自動的に彼らの手元に支払われることになっている。われわれが作っている電気自動車はクラウドソーシングを利用するが、数十年前と違って、設計に関わったエンジニアは、それがどんなに小さな箇所であったとしても、それに応じた支払いがきちんとなされるのだ。

私は1万もの異なる協同組合から自分が貢献できるものを選ぶことができる（私の世代では会社で働きたいという人は多くない）。それぞれに成功報酬率や報酬の条件も違うが、最も重要なことは、それぞれで違う人々と共同作業ができることだ。私は自分の好きな協同組合により多く時間を割くようにしているが、それは払いが良いからではなく、最高の人々と――たとえ実際の生活では顔を合わせたことがなくても――仕事できることを心から楽しめるからだ。実際のところ、レベルの高い協同組合に自分の仕事を受け入れてもらうのはハードルが高い。これまでの貢献が――もちろんウェブですべてトラッキング可能だ――すべて最高品質でなくてはならない。何年にもわたっていくつものプロジェクトに活発に関わり、複数の自動支払いを受けているような人は、このシェアリングエコノミーの世界で誰もが求める人材なのだ。

共同作業をしていない間は、私はぶっ飛んだバーチャル世界で遊んでいる。この世界は全部ユーザーが作ったもので、コントロールしているのもユーザーだ。私はこの世界で山頂に村を建設していて、そこの石壁や苔むした屋根のタイルなどをすべて正確に再現する作業を6年ほど行なっている。私の作った雪の積もった一角は評判が良いが、もっと大切なことは、われわれが作っている巨大なバーチャル世界にそれがきちんとはまっていることだ。この世界のプラットフォームでは、いろいろなタイプ（暴力的／非暴力的、戦略型／シューティング型）のゲームが3万以上も休むことなく稼働している。その展開エリアは月の表面積ぐらいもある。いまでは2億5000万もの人がゲーム製作に関わり、各人がこの広大な世界の特定のブロックの面倒を見ていて、それらは各人が持つ接続されたチップ上で展開している。私の村は、わが家であるスマートハウスのモニター上で動いている。かつては会社が破産したことで仕事を失ったりもしたが、いまでは（他の何百万もの人と同様に）自分がコントロールできる領域とチップだけで働いている。われわれは皆、このシェアされたより大きな世界《グレーターワールド》に小さなCPUとストレージを提供していて、屋上の中継器によるメッシュ状のネットワークでリンクしている。私の家の屋根には太陽電池で動くミニ中継器があって、近くの家の屋上の中継器とコミュニケーションしているので、われわれグレーターワールドの建設者たちは、企業のネットワークから放り出されることを心配する必要がない。共同で運用されるこのネットワークは、誰も所有していないが、むしろ皆が所有していると言える。われわれの貢献は売り渡すことはできないし、日常を拡張して相互接続された空間を作ってゲームを楽しんでいるだけなので、それで商売をする必要もない。このグレーターワールドは史上最大の協同組合であり、われわれは地球規模のガバナンスというもののヒントをここで初めて摑んだ。このゲーム世界の政策や予算は電子投票で一つひとつ決められ、多くの説明や解説、ＡＩなども動員して円滑に進められる。いまでは2億5000万人以上の人々が、自国の予算についても同じように投票で決められないかと論議している。

こうした奇妙に再帰的なやり方で、人々はグレーターワールド内でチームや協同組合を作っては、実世界に応用しようとしている。バーチャル世界の方が、コラボレーション用ツールの進歩が速いことに気づいたのだ。火星の岩石を初めて地球に持ち帰るための探査機をコラボレーションによって設計し、クラウドファンディングで資金調達するためのハッカソンに私も貢献している。そこには地質学者からグラフィックアーティストまでが参加している。ハイテクの協同組合のほとんどがリソースや人材をこうして提供するのは、最新で最良のツールがこうした巨大なコラボレーション作業の過程で発明されることに、はるか昔に気づいたからだ。

もう何十年もわれわれは自分のアウトプット――写真、映像クリップ、考え抜かれたツイートの流れ――をシェアしてきた。つまり、その成功を共有してきたのだ。しかしこの10年ほどで、われわれの失敗を共有することで、もっと早く学べてより良い仕事ができることに気づくようになった。そこで、私が関与するすべてのコラボレーションで、われわれはすべてのメール、チャットのログ、すべての通信、すべての途中のバージョン、すべての試作品を保管して共有することにしている。全体の歴史がオープンになっているのだ。われわれは最終プロダクトだけではなくプロセスも共有している。生煮えのアイデア、行き詰まった話、失敗、やり直しなどはすべて、実際に私や他の人々にとって仕事をより上手く行なうために役に立つ。すべてのプロセスを晒してしまえば、自分が間違うことが少なくなるし、実際に上手くいけば正しいやり方が分かりやすくなる。科学の分野でも、こうした方式を取り入れている。ある実験が上手くいかなかったら、科学者はその結果をシェアするよう求められる。私がそれを学んだのは、コラボレーションにおいて、早いうちからシェアしていれば、それだけ学習も成果も速くなることに気づいたからだ。

ここのところ私は常時つながっている。私がシェアし、またシェアされるもののほとんどは、ひっきりなしの微細なアップデートやバージョンアップ、ちょっとした工夫といった些細なものだが、そうした着実な前進こそが私に活力を与える。そうしたシェアを長時間オフにすることはあり得ない。そこでは沈黙でさえシェアされるのだ。

# 7. FILTERING
フィルタリング

人間の表現行為に対する読者や観客やリスナーや参加者になるという点で、いまほど良い時代はなかった。わくわくするほど大量の新しい作品が毎年創造されている。12カ月ごとに、800万の楽曲、[183] 200万冊の本、[184] 1万6000本の映画、[185] 300億のブログ投稿、[186] 1820億のツイート、[187] 40万のプロダクト[188]が新たに生み出されている。いまや本当に簡単に、手首をちょっとひねる程度の動作で誰もが「万物のライブラリー」を手元に呼び出すことができる。興味があれば、ギリシャ時代に貴族が読んでいたよりもっと多くの書物を、古代ギリシャ語で読むこともできる。それは古代中国の巻物でも同じで、かつて皇帝が読んでいた以上のものが家にいながらにして手に入る。またルネッサンス期の版画やモーツァルトの協奏曲の生演奏など、当時はなかなか鑑賞できなかったものにもいまでは簡単にアクセスが可能だ。現在のメディアはどの点から見ても、これまでで最も輝かしく充実している。

ごく最近の調査によれば、この星で録音された曲の数は1億8000万にもなるという。[189] 通常のMP3で圧縮した場合、人類の録音した音楽のデータ総量は20テラバイトのハードディスクに収容できてしまう。現在、20テラバイトのハードディスクは2000ドルで買える。5年も経てば、その値段は60ドルになって、ポケットに入るサイズになるだろう。すぐにでも、あなたは全人類の音楽すべてをズボンのポケットに押し込める。一方で、ライブラリーがそこまで小さくなるなら、わざわざ持ち歩かずにクラウドに入れて、オンデマンドでストリーミング配信したらどうだろう。

音楽で起こったことは、デジタル化できるものならすべてに起こる。われわれが生きているうちに、すべての本、すべてのゲーム、すべての映画、すべての印刷された文書は、同一のスクリーンや同一のクラウドを通して365日いつでも利用できるようになるだろう。そして毎日のようにこのライブラリーは膨張している。われわれが対峙する可能性の数は、人口の増加とともに増大し、続いてテクノロジーが創造活動を容易にしたことでさらに拡大してきた。現在の世界の人口は私が生まれたとき（1952年）と比べて3倍になっている。これから10年のうちにまた10億人が増えるだろう。私より後に生まれた50億から60億人は、現代の発展によって余剰や余暇を手にして解放されたことで、新しいアイデアや芸術やプロダクトを創造してきた。いまなら簡単な映像を作るのは、10年前と比べて10倍簡単になっている。100年前と比べたら、小さな機械部品で何かを作ることは100倍は簡単だ。1000年前と比べて、本を書いて出版することは、1000倍簡単になっている。

その結果、無限の選択肢が生まれている。どんな分野でも、数えきれないほどの選択肢が山積みになっている。馬車用の鞭を作るといった仕事が廃れる一方で、選択できる職業は拡大の一途をたどっている。休みに旅行に行ける場所、食事に行く場所、食べ物の種類ですら毎年のように積み上がっていく。投資機会も爆発的に増えている。進むべき方向、勉強できる分野、自分を楽しませる方法がものすごい勢いで拡大していく。そうした選択肢を一つひとつ試していたら、一生あっても時間が足りない。過去24時間に発明されたものや作られたものを全部チェックするだけで、1年はかかってしまう。

広大な万物のライブラリーは、狭く限られたわれわれの消費習慣をはるかに凌駕していく。こうした広野を旅するには道案内が必要だ。人生は短く、読むべき本は多過ぎる。どれを選べば良いかを誰か、あるいは何かが耳元で囁いてくれないと決められない。優先順位付けが必要なのだ。

われわれの唯一の選択肢は、選択をアシストしてもらうことだ。途方もなく増える選択肢を選別するために、われわれはあらゆる種類のフィルターを使う。そうしたフィルターの多くは昔ながらのもので、いまだにきちんと機能している。

**ゲートキーパー**：権威、親、牧師、教師などが悪いものをブロックして「良いもの」だけを通す。

**仲介者**：出版社や音楽レーベル、映画スタジオにはボツになったものが山のように積まれている。彼らは受け入れるより拒否する場合が多いが、広く流通できるものをフィルタリングする機能を果たしている。新聞に載っているどの見出しもフィルターであり、そこに載る情報を選別し、他の情報を無視しているのだ。

**キュレーター**：小売店にすべての製品が並ぶことはないし、美術館も全収蔵品を公開してはいないし、公立図書館はすべての本を購入しているわけではない。キュレーターが入れるべきものを決めフィルターとして働いているのだ。

**ブランド**：似たような商品が棚に並んでいる場合、購入者は購入のリスクを下げる簡単な方法として自分が知っているブランドを選ぶ。溢れ返るものの中からブランドがフィルターの役割を果たすのだ。

**政府**：タブーは禁止される。ヘイトスピーチや首長の批判、宗教弾圧などは排除される。ナショナリズム的なものは推奨される。

**文化的環境**：子どもたちには、彼らを取り巻く学校や家庭、社会の期待に従って、違ったメッセージやコンテンツ、選択肢が与えられる。

**友人**：選択する際に仲間から受ける影響は大きい。われわれは高い確率で友人が選んだものを選ぶ。

**われわれ**：われわれは自分自身の好みや判断に基づいて選ぶ。伝統的にはこのフィルターが最も希少なものだ。

これからの超潤沢社会においても、以上の方法はどれもなくなることはないだろう。しかし、これから何十年かの間に増えていく選択肢に対して、われわれはもっと多くのフィルタリングの方法を発明することになるだろう。

もしも世界中のすべての偉大な映画、本、曲を手元にフリーで置いておけて、よくできたフィルターシステムが、ゴミのような失敗作や、あなたを少しでも退屈させるものは雑草のように取り除いてくれたらどうだろう。評論家が絶賛する作品でも、あなた個人が好きでなければ忘れる。自分が本当に夢中になれるものだけに注力するのだ。あなたの選ぶものは、親友も薦めてくれるような最高の中の最高といえるもの、それに少々のサプライズとしてランダムに選ばれたものになるだろう。つまりその時点で、自分の好みにぴったりなものだけを手にするのだ。それでも、あなたの人生の時間は足りないだろう。

例えば、自分の読む本は傑作だけというフィルターを設定することができる。専門家が熟読して選んだ西欧文明を代表する60冊――『グレート・ブックス・オブ・ザ・ウェスタン・ワールド』として知られる全集――の本に絞るのだ。それだけで2900万語あり[190]、全部読み通すのに一般の読者が2000時間かかる内容だ。[191]西欧文明だけでそれだけある。われわれの多くは、もっとフィルターをかけないといけないだろう。

問題はこれほど多くの候補作があるため、たとえフィルターをかけて100万分の1にしても、依然として多過ぎることだ。自分にぴったりの五つ星の映画は、一生のうちに見切れないほどたくさんある。あなたにぴったりの理想的なツールも、すべてマスターする時間がないほどある。注目のカッコいいウェブサイトは、あなたが見て回る時間が足りないほどある。事実、まさにあなたに向けた、あなただけの好みに合わせた偉大なバンドや本、ガジェットが、あなたの時間を全部使っても吸収できないほどあるのだ。

それにもかかわらず、われわれはこうした潤沢さを、満足できる程度まで縮小しようとし続けるだろう。まずは理想的な方法から始めよう。それは私個人のやり方でもある。自分の注目を次にどこに振り向けるかを、私はどうやって決めたいだろうか？

まずは、自分が好きだと分かっているものがもっと手元に届いてほしい。こうした個人向けのフィルターは存在している。それはレコメンド・エンジンと呼ばれ、アマゾン、ネットフリックス、ツイッター、リンクトイン、スポティファイ、ビーツ［Beats］、パンドラ［Pandora］などのアグリゲーションサイトで広く使われている。ツイッターのレコメンド・システムは、自分が誰をフォローしているかに従って、誰をフォローしたら良いかを勧めてくれる。パンドラも同じようなシステムで、私がすでに好きな音楽を基に、新しい音楽を勧めてくれる。リンクトインでのつながりの半分以上は、フォローする人々のお勧めによる。アマゾンのレコメンド・エンジンはおなじみの「この商品を買った人はこんな商品も買っています」というバナーでよく知られている。ネットフリックスはこれと同じように映画を勧めてくれる。賢いアルゴリズムがユーザー全員の巨大な行動履歴から、私の次の行動をかなり正確に予測しているのだ。その予測には私の過去の履歴も一部使われるので、アマゾンのバナーも本来は「あなたの購買履歴とあなたに似た他人の履歴によると、あなたはこれが好きに違いありません」と言うべきなのだ。こうした提案は私が過去に買ったものや、買おうと考えたもの（買わなかったとしても、そのページで迷ってどれぐらい滞在したか）などに合わせて高度に調整される。10億もの過去の購買記録から類似性を計算するので、予測は驚くほど正確なものになる。

　こうしたレコメンド・フィルターは、私にとって主要な発見装置の一つになっている。平均的に言って、専門家や友人のお勧めよりもずっと信頼性が高いことが分かったからだ。実際のところ、多くの人がこのレコメンド・フィルターを便利だと考えていて、「多くの人がこれを選んでいます」といった提案による売り上げは、アマゾンでは売り上げの3分の1を占め、[192] 2014年にはその効果は300億ドルに上った。[193] ネットフリックスもレコメンド・システムの価値を十分認識しており、システム担当者を300人付けて[194] 1億5000万ドルの予算を使っている。こうしたフィルターが一旦機能するようになれば、当然ながら人間は関与しなくなる。こうした認知化《コグニファイ》は私（や他人）の行動の細部に基づくものなので、不眠不休で働くコンピューターを使うしかないだろう。

　しかしながら、元から好きだったものだけが評価されることの危険性もある。独りよがりなスパイラルに絡め取られてしまい、ほんの少し違っているけれど好きになれるかもしれないものが見えなくなってしまうのだ。それはフィルターバブルと呼ばれる。専門用語では「過剰適合」だ。

あなたは頂上にたどり着く前に低い地点から抜け出せなくなり、あたかもそこが頂上かのように振る舞い、すぐ隣にある環境を無視するのだ。こうしたことが起きる証拠は政治の世界にはよく見られる——ある政治的党派性を持った読者で、「多くの人がこれを選んでいます」という単純なフィルターだけに頼って本を選ぶ人は、他の党派の本を読むことがほとんどない。こうした過剰適合は心を閉ざしてしまいがちだ。この種のフィルターが引き起こす自己強化の例は、科学やアートや文化一般でも見られる。「これに似たもっと良いもの」というフィルターが効果的になればなるほど、それを他の種類のフィルターと組み合わせることが重要になってくる。例えばヤフーの研究者たちが、自分の選択が占める全体における位置を自動的に図示してくれる方法を開発し[195]、バブルを可視化したおかげで、誰もが選択を少しずらして自分の陥っていたフィルターバブルから抜け出すことが簡単になった。

理想的なフィルターの二つ目は、友人たちが好きなことで私が知らないことを知らせてくれるものだ。多くの点で、ツイッターとフェイスブックがこのフィルターの役割を果たしている。友人をフォローすることで、彼らがカッコいいと思ってシェアした最新のものを労なく手に入れることができる。スマートフォンを使えばテキストや写真でお勧めを声高に叫ぶことがあまりに簡単なので、何か新しく好きなものを見つけたのにシェアしない人がいる方が驚きなぐらいだ。ただし、友人があなたと趣味が似過ぎていても、フィルターバブルになってしまう。近しい友人はエコーチェンバー現象を起こし、同じ選択を増幅するだけだ。いくつかの研究によれば[196]、友人の友人といった次のサークルに行くだけで、自分が思っていたのとは違う選択の幅を拡げることができることもある。

三番目に考えられる理想的なフィルターは、好きではないけれど好きになりたいものを示唆してくれる流れだ。それは私で言うなら、チーズや野菜の中で一番嫌いなものをときどき食べてみて、味の好みが変わっていないかを確かめるようなものだ。私は確かにオペラが好きではないが、数年前に再び観に行った。メトロポリタン・オペラハウスで上演された「カルメン」をリアルタイムに映画館で中継し、巨大なスクリーンにきちんとした字幕も付いているもので、行って良かったと思っている。ある人の嫌いなものを探るフィルターを作るのは難しい点もあるだろうが、「それらを嫌いな人々は、こういうものが好きになれる」ことが分かる大規模な協働データベースを築くことはできる。同じ調子で私もたまに、少々嫌いだけれど好きになるべきものを求める。たとえば栄養補給のためのサプリ、法律の詳細、ヒップホップといったものだ。偉大な教師は気の進まない相手の腰が引けないように嫌な課題でも巧みにやらせるコツを心得ているが、偉大なフィルターも同じだ。では、そんなフィルターを使う人はいるのだろうか？

現在のところ、そうしたフィルターを登録している人は誰もいない。というのもフィルターとは基本的にプラットフォーム側がインストールするものだからだ。フェイスブック内の友人の数は平均で200人ほどだが、[197] その投稿だけでも山ほどあり、フェイスブックとしては、それらを削除し編集し切り取ってフィルタリングした方があなたのニュースフィードの流れが良くなると考えている。つまり、あなたは友人すべての投稿を見ているわけではないのだ。[198] では、どういうものがどういう基準でフィルタリングされたのだろうか？　それはフェイスブックだけが知っていて、企業秘密なのだ。何のために最適化しているかについても教えてはくれない。同社は参加者の満足度を上げるためだと言っているが、私が思うにこのフィルタリングは、ユーザーがフェイスブックで過ごす時間を最適化するためだ――あなたの満足度よりもよっぽど計測しやすい。だがそれは、あなたがフェイスブックに望む最適化ではないだろう。

　アマゾンの使うフィルターは売り上げの最大化に最適化したもので、あなたが見ているページの内容もフィルタリングされている。お勧めアイテムだけではなく、同じページに現れる他のセール、スペシャルオファー、メッセージや提案といったものもその対象だ。アマゾンもフェイスブックのように毎日何千もの実験を行なっており、ＡＢテストの結果でフィルターを変えたり、１００万人単位の顧客の実際の反応を使ってコンテンツをパーソナライズしている。細部の微調整にかかわらず、それがかなりの規模（一度に何十万箇所）にわたるので、驚くほど有効なのだ。私は顧客としてアマゾンを使い続けているが、それは同じように私そのものを最大化しようとしてくれるからだ――つまり、私が好きであろうものに簡単にアクセスできる。そんなフィルターが常に存在するわけではないが、もしあればみんな使うだろう。

　グーグルは世界で最先端のフィルターを行使するサービスとして、あなたが見る検索結果について、あらゆる種類の高度な判断[199]を行なっている。ウェブのフィルタリング以外にも、毎日３５０億通のメールもチェックして、効果的に迷惑メールを除き、ラベルや優先順位を付けている。グーグルは何千もの互いに絡み合った動的な濾し器でできた世界最大の協調フィルターだ。あなたの同意があれば検索結果をあなた向けにパーソナライズし、質問した時点であなたがどの場所にいるかを基にカスタマイズしてくれる。また、現在では効果が実証された協調フィルタリングの原理を使っている――ある答えに価値を感じた人はこちらの答えも良いと[200]思う（彼らがそうラベル付けをしていなくても）という手法だ。グーグルは60兆ページの内容を毎分２００万回フィルタリング[201]しているが、レコメンドがどう行なわれているのかをわれわれが気にすることはあまりない。私の検索要求への答えは、最も人気があるものなのか、最も信頼性が高いものなのか、最もユニークなものなのか、それとも私が一番喜びそうなものなのか、それは分からない。その四つそれぞれの中でランキングされたものから選んでみたいと自分なら思うのだが、グーグルは私がただ最初のいくつかの結果を見てその中から選ぶことを心得ている。「われわれが毎日受ける30億回の検索要求[202]に答えてきた深い経験から言って、これらがベストのいくつかです」と言っているのだ。そこで私はクリックする。グーグルは私がまた戻ってくる確率を最適化しているのだ。

それらのフィルタリング・システムは成熟するにつれ、メディアを超えてウーバーやエアビーアンドビーのような他の分散型システムのサービスにも適用されるようになる。あなたがどういうスタイルや格付けやサービスのホテルが好きかという情報は、他のシステムに簡単に移植され、ベニスでぴったりの良い部屋が見つかるといった形で満足度を高めてくれる。とことんコグニファイされ信じられないほど利口になったフィルターは、どんな分野にもさらなる選択肢を増やしてくれるし、その分野は増え続ける。パーソナライズが求められるどんな分野にも、フィルタリングが導入されていく。

20年前には多くの専門家が、大規模なパーソナライズがすぐにでも起きると考えた。1992年にジョー・パインが書いた『マス・カスタマイゼーション革命』という本にその展望が示されている。確かに正しいテクノロジーがあれば、以前は金持ちの特権だったオーダーメイドが、中流階級にも波及すると思えた。例えば、スキャナーとロボットを使った柔軟な生産システムがあれば、郷土の名士が誂《しつら》えていたようなオーダーメイドのシャツを中流階級向けに提供できる。1990年代にはいくつかのスタートアップがジーンズ、シャツ、赤ちゃんの人形などに「マス・カスタマイゼーション」を適用してみたが、上手く立ち上がらなかった。その主な障害になったのは、簡単な部分（色やサイズの選択）以外に独自の特徴を打ち出すのには手間がかかり、高級品ぐらいの価格を付けないと見合わなかったことだ。ビジョンが当時のテクノロジーのはるか先を行ってしまったのだ。しかしいまやテクノロジーが追いついてきている。新世代のロボットは臨機応変《アジャイル》な製造ができるし、進歩した3Dプリンターを使えばたった一つからでもすぐに生産できる。いまやありふれたトラッキングやインタラクション、フィルタリングを組み合わせれば、われわれは安価に多次元的な自己プロフィールを組み上げられるし、そうすれば自分の望むあらゆる種類のカスタマイズに対応できる。

この力が導く先にある世界を見てみよう。近未来の私の1日は、いつもこんな感じで始まる――台所にトースターより小さな錠剤製造マシンがある。それには10ほどの小さな瓶が装備されていて、事前に処方された薬やサプリが粉状になって入っている。毎日このマシンがそれらを正しい割合で調合し、パーソナライズされた錠剤を一つ（あるいは二つ）作ってくれるのでそれを飲む。日中には私の体の各器官がウェアラブル・センサーでトラッキングされることで薬の効果が1時間ごとに計測され、クラウドに送られて分析される。翌日の薬の量は過去24時間のデータから調整されて、パーソナライズされた新しい錠剤が作られる。これが毎日続く。こうした機器が何百万とあって、一般向けにパーソナライズされた薬を作っているのだ。

私の個人アバターがオンラインにいて、どの小売店にもアクセスする。それは私の体のすべての箇所の完全な計測データを持っている。お店に出向くとしてもその前にバーチャル試着室で試着するのは、実際の店舗には基本的な色やデザインのものしか在庫がないからだ。私がその服を着たらどう見えるかをバーチャルな鏡が驚くほどリアルに映し出す――実際のところ、服を着た私の姿をいろいろな方向からチェックできるので、実際の試着室で見るより分かりやすい（新しい服を着た感じが快適かどうかも分かるといいのだけれど）。私の服は私のアバターの仕様（ときどき変更されている）に合うようカスタマイズされる。その服のサービスは、私が以前に着ていたものや、買おうかと長時間眺めていたものや、親しい友人が着ていたものを基にアレンジされた新しいスタイルを生み出してくれる。それはフィルタリングによるスタイルだ。私は何年にもわたって自分の行動に深く根ざしたプロフィールを作り訓練してきたので、他のどんなものにも応用可能だ。

私のプロフィールは、まるでアバターのようにユニバーサル・ユー［Universal You］で管理されている。それは私が休暇では安ホテルに泊まりたいことを知っている――ただし風呂付きで、ネット接続が十分で、バス停の近くでない限り町の一番古い地域がお気に入りなことも。それはAIを使ってマッチングを行ない、予定を管理して最安値で予約してくれる。それは単なる貯めこまれたプロフィール情報ではなく、私がいままで行った場所、そこで何を写真に撮ってツイートしたか、それに最近読んだ本や見た映画――それらがしばしば旅情を掻き立てるので――にも注目して、適応し続ける動的フィルターだ。それにまた親友やその友人の旅行にも大いに注意を向け、そうした大量のデータからお勧めのレストランやホテルなどを抽出する。私はいつもこうしたお勧めを喜んで受け入れている。

友人たちはこのユニバーサル・ユーに自分の買い物、外での食事、クラブでの遊び、映画のストリーミング、スクリーンで見たニュース、日々の運動、週末の小旅行などの記録をトラッキングさせているので、彼らがほとんど何もしないでも、ユニバーサル・ユーがとても詳細なレコメンドを私に提示してくれる。朝起きると、私の最新のストリーミングの中から私が朝に最も知りたいニュースをフィルタリングして届けてくれる。私がふだん転送するもの、ブックマークするもの、返事をするものなどに基づいてフィルターをかけたものだ。食品棚には友人が今週試していた栄養満点だと謳うシリアルが届いているが、それはユニバーサル・ユーが昨日私のために頼んでおいてくれたものだ。食べてみるとなかなか良い。私の自動車サービスは、今朝の道路の混み具合から、いつもより出発時間を遅らせて、それより早い時間に何人かの同僚が通勤したデータを基に、通勤場所までいつもとは違うルートを設定してくれる。われわれのスタートアップのオフィスは、その日にどのコワーキングスペースが空いているかで変わるので、今日はどこに行くのかはまだ確定していない。どこに行こうとその場所のスクリーンが自分のパーソナル端末のスクリーンになる。今日の日中の仕事は、ＡＩをいくつか上手く使って治療や健康管理のスタイルを各々の顧客とマッチングするものだ。私の仕事はＡＩに特殊事例（信仰に従って癒されたい患者など）を理解させる手伝いをし、ＡＩによる診断やレコメンドの効果を高めようというものだ。

帰宅した後は、アルバートが用意してくれたいくつかの面白い３Ｄ映像やゲームで遊ぶことを楽しみにしている。アルバートとは私のためにフィルタリングしてくれるユニバーサル・ユーのアバターに私が付けた名前だ。アルバートは、私がとてもよく訓練してきたので、いつでも最高のものを持ってきてくれる。高校時代から毎日少なくとも10分はかけて、彼の選択したものを修正していろいろ訓練し、フィルターをきちんと調整してきたので、今では新しいAIのアルゴリズムや友人の友人の友人の評価なども取り入れ、私のところには最もすばらしいものが届けられるようになった。アルバートを日々フォローしている人もたくさんいる。実際、VR世界のフィルターに関しては、トップクラスと評価されている。そのレコメンドはかなり人気が高いので、ユニバーサル・ユーからいくぶん報酬も出ており、それで少なくとも私のサブスクリプション・サービスの利用料は払えている。

われわれはまだ、何をどうやってフィルタリングすべきかについては初期段階にいる。こうした強力な計算テクノロジーは、インターネットがすべてのものにつながったときに役立つし、将来はそうなるだろう。最もありふれたプロダクトやサービスですら、望めばパーソナライズされる（望まない場合も多いだろうが）。次の30年の間に、クラウドの中のすべてのものはフィルタリングされて、パーソナライズの度合いが高まるだろう。

だが、どんなフィルターも良いものを切り捨ててしまう。検閲はフィルタリングの一種であり、フィルターもまた検閲なのだ。政府は全国的なフィルターを設置して、望ましくない政治的意見を除去し、言論を制限するだろう。フェイスブックやグーグルの例のように、政府は何をフィルタリングしているかは明かさない。それに、ソーシャルメディアと違って、市民は別の政府に乗り換えるわけにはいかない。しかし、最も無害なフィルターでさえ、見るべきもののほんの一部しか見えなくなるようにデザインされている。これはポスト希少社会の呪いで、われわれはそこにあるすべてのものの、ほんの僅かな部分にしか接続できないのだ。３Ｄプリンターやスマートフォンアプリやクラウドサービスといったメイカーフレンドリーなテクノロジーが、無数の選択肢を毎日さらにちょっとずつ拡げてくれている。そのため、この潤沢さに人間の規模感でアクセスするためには、毎日さらに幅を拡げたフィルターが必要になっていく。もはやフィルタリングから身を引くことはできない。フィルターの欠点は、フィルターを除去することでは元に戻せない。フィルターの欠点は、それを相殺する他のフィルターを適用して直していくしかないのだ。

　人間の目から見れば、フィルターはコンテンツに注目している。しかし逆にコンテンツ側から見ると、フィルターは人間の注意《アテンション》に注目している。コンテンツの幅が広がれば広がるほど、注意を向ける先はますます限られてくる。遡ること１９７１年に、ノーベル賞受賞者である社会学者のハーバート・サイモンが「情報に富んだ世界では、情報の潤沢さは何か他のものの欠乏を意味する――その希少性が何であれ、それは情報が消費することによって生じる。そして情報が消費するものとは明白で、それは情報の受け手のアテンションだ。つまり情報の潤沢さは、アテンションの貧困を生み出すことになる」と言っている。[203] このサイモンの洞察はしばしば短くこうまとめられる。「潤沢な世界において、唯一の希少性は人間のアテンションにある」

　われわれの払う注意は、われわれが訓練されなくても個人的に生み出すリソースだ。それは不足しがちで、誰もがそれをほしがる。あなたが眠ることを放棄したとしても、注意を払える時間は１日24時間で、いくらお金を積んだりテクノロジーを駆使したりしてもそれ以上にはならない。つまり注意を払える最大量は決まっている。もともと限界がある一方で、他のものはすべて潤沢になっていくのだ。だからアテンションは最後の希少性であり、注意が向けられるところにお金が流れていく。

しかしながら、われわれのアテンションが希少なわりに相対的に安価なのは、それを毎日誰かにあげなくてはならないからだ。それを貯め込んだり買い溜めをしたりすることはできない。それを毎秒毎秒、リアルタイムで使っていかなくてはならないのだ。

アメリカではテレビがまだ人々の関心を最も集めるメディアで、[204]次がラジオで、その後にインターネットが続く。その三つのメディアでわれわれのアテンションの大半が占められ、本、新聞、音楽、ホームビデオ、ゲームなどは、全体のほんの少しに過ぎない。

しかしどのアテンションも平等というわけではない。広告業界ではアテンションの量はＣＰＭ、つまり表示１０００回（Ｍはラテン語数字の１０００）当たりの料金という指標に反映される。それは１０００回の閲覧や、１０００人の読者や視聴者という意味だ。さまざまなメディアのプラットフォームで、ＣＰＭの平均値には幅がある。[205]安価な屋外広告は平均3.5ドルで、テレビでは７ドル、雑誌では14ドル、新聞では３２・５ドルといったところだ。

他にもアテンションがどれほど価値があるかを計算する方法がある。主なメディア産業ごとに毎年の収入を合算し、各メディアにどれだけの時間が使われたかを求め、毎時払われたアテンションに対して何ドルの収入があったかを1時間当たりの金額で計算するのだ。その結果は驚くべきものだ。

まず、それは驚くほど低い数字だった。これらの業界で毎時のアテンションに対して払われた金額からは、メディアビジネスに人々の注意は大して寄与していないということだった。テレビには毎年、５０００万時間が費やされているが[206]（アメリカのみ）、それはコンテンツ所有者に対して平均で、毎時20セントしか収入を生み出していない。もしテレビを見ることを職業にしていたら、それは第三世界での時給にしかならないということだ。テレビを見るのは日雇い労働と大差ない。新聞はわれわれのアテンションのさらに小さな部分しか占めていないが、それに費やす時間当たりの収入は高い——毎時93セントだ。驚いたことに、インターネットはもっと高く、毎年さらにその質を上げていて、1時間のアテンション当たり平均で3.6ドルを生み出している。[207]

われわれ視聴者がテレビ会社のために毎時稼いでいるわずか20セントとか、もう少し高級な新聞が稼ぐ1ドルといったアテンションの価値は、私が「日用品化《コモディティー》したアテンション」と呼んでいるものを反映した価値だ。コモディティー化したエンターテインメントに対してわれわれが払う注意は、簡単に複製でき、送信可能でほとんどどこにでもあるものだし、いつでもあるものなのであまり価値はない。コモディティー化したコンテンツ——本や映画、音楽、ニュースなど容易にコピーできるもの——を買うのにいくらかかるか調べてみると、率は高いものの、われわれのアテンションが希少だという事実を反映したものではない。例えば本を例にとると、平均的な単行本は読み切るのに4.3時間かかり、[208]買うのに23ドルかかる。[209]つまり平均的な消費者がその時間かかって読んだコストは、毎時5・34ドルとなる。音楽CDは普通は飽きられるまで何十回も聴かれるものなので、小売価格を視聴時間の合計で割らなくてはならない。劇場で上映される映画は2時間だとすると、鑑賞されるのは1回だから、時間当たりは入場券の半額だ。こうした金額は、われわれがオーディエンスとして、自分のアテンションにどれだけの価値を持たせているかを反映したものと考えていいだろう。

1995年に、私は音楽、本、新聞、映画などのさまざまなメディアに対して、毎時の平均コストを計算してみた。メディアによってのばらつきはあったが、その額はほぼ同じで、毎時2ドルあたりに落ち着いた。1995年には、われわれはメディアを利用するのに平均して毎時2ドル払っていたのだ。

それから15年経った2010年、そしてさらに2015年に、同じ手法でこうしたメディアについて再度計算してみた。インフレ率を考慮して2015年現在の価値で1995年、2010年、2015年の時間当たりの平均消費コストを出してみると、順に3・08、2・69、3・37ドルになった。過去20年にわたってわれわれのアテンションに対する価値付けは、驚くほど安定しているのだ。つまりそれは、メディア体験に対してわれわれはこれぐらいかかるはずという直観があって、そこからあまり外れていないということだ。さらに言えば、われわれのアテンションから金儲けをしている会社（例えばいくつもの有名テクノロジー企業）でさえ、平均では時間当たりたった3ドルしか稼いでいないということだ――高品質のコンテンツを提供していたとしても。

これからの20年は、もっと質の高いアテンションを大規模に増やしていくためのフィルタリング・テクノロジーを利用することが、ゴールでありチャンスにもなるだろう。現在のインターネットでは、何兆時間もの品質の低いコモディティー化したアテンションによって経済のほとんどが支えられている。一つひとつの時間当たりの価値は高くなくても、それが大量に集まれば山をも動かすのだ。コモディティー化したアテンションは、風や海の潮のようなもので、拡散したその力を捕まえるには大きな道具がなくてはならない。

グーグルやフェイスブックのすごさや、他のインターネットのプラットフォームの大成功の秘訣は、コモディティー化したアテンションをフィルタリングする巨大なインフラにある。こうしたプラットフォームは、拡大する広告の世界を拡大する消費者の世界とマッチングさせるために、コンピューターの力を最大限に使っている。そこで使われるAIは、最適な広告を、最適な時間に、最適な場所で、最適な頻度で提供し、最適な方法で反応するように動いている。これはよくパーソナライズ広告と呼ばれるが、実際は個人向けのターゲット広告よりもずっと複雑なことをやっている。つまりそれはフィルタリングのエコシステムそのもので、ただの広告を超えたものなのだ。

グーグルの用意したオンラインの書式に書き込めば、誰でも広告を出すことができる（ほとんどはクラシファイド広告のようなテキストの広告だ）。ということは、潜在的な広告主が何十億人もいることになる。あなたはちょっとしたビジネスをする感じで、菜食主義のバックパッカー向けの料理本や、自ら発明した新型の野球グローブを宣伝する。その逆に、何らかのウェブページを運用している人が、ページを広告主に貸して広告を表示することで収入を得ることも考えられる。そのページは個人のブログかもしれないし、企業のホームページの場合もある。私は過去8年間ほど、グーグルのアドセンスで、私個人のブログページに広告を出してきた。それによって毎月受け取っている100ドルほどの金額は、グーグルのような大会社にとってみれば取るに足らない額だろうが、こうした小さな取引もすべて自動で行なわれるのでグーグルにとっては何の手間でもない。アドセンスのネットワークでは、どんなに小さな広告が来てもすべて受け入れているので、潜在的に広告を出せる場は何十億と膨張していく。この何十億の可能性——何十億もの人々が広告を出そうとし、何十億という場所でそれを掲載したがる状況——を数学的にマッチングさせる場合、潜在的には天文学的な数の解決策が必要とされる。それに加えて最適な解決法は1日の時刻や地理的な場所によっても違うので、グーグルは（マイクロソフトやヤフーなどの他の検索エンジン企業も）、それをさばくための巨大なクラウドコンピューターを必要とすることになる。

広告主と読者をマッチングさせるために、グーグルのコンピューターはウェブを24時間歩き回って、60兆ページのコンテンツを集めては、[210]その情報を巨大なデータベースに格納している。そうすることでグーグルは、あなたがいつ検索をかけてもすぐに答えることができる。ウェブ上にあるすべての言葉や文章や事実がすでに索引付けされているからだ。そこでウェブでブログを書いている人が、自分のページにアドセンスでちょっとした広告を出そうかと思った場合、グーグルはそのページにはどのような素材があるかを呼び出し、スーパー脳を使って、その素材に関連して広告を出したい誰かをその場で見つけ出す。その組み合わせが上手く働けば、ページ上に現れる広告がページの内容と呼応していることになる。そのウェブサイトが小さな町のソフトボールチームのものだとすると、革新的なミットの広告は相応しいだろう。そのページを読んでいる人は、シュノーケリング道具の広告よりクリックする確率が高いはずだ。そこでグーグルは、そのページの内容に沿って、[211]ソフトボールのサイトにはミットの広告を出す。

しかしそれは複雑なプロセスの始まりに過ぎない。というのもグーグルは三つの方向からマッチングを行なっているからだ。広告がページの内容に合っているだけでなく、そのページを訪れる読者の関心[212]にも合っていることが理想的だ。もしあなたが一般的なニュースのサイト、例えば

CNNを見ているとして、そのサイトがあなたがソフトボールチームで活躍していることを知っていれば、そのページには家具の広告よりスポーツ用品の広告が多く出てくるだろう。ではなぜあなたのことを知っているのか？　多くの人には知られていないが、あなたがあるウェブサイトを訪れるときに、自分でも知らずにあなたがどのサイトから来たかという見えないサインをいっぱい首に巻き付けているからだ。こうしたサイン（クッキーと呼ばれる）を読むのはあなたが行き着いたウェブサイトだけでなく、ウェブ全体に食指を伸ばすグーグルのような大型プラットフォームの多くがこれを読んでいる。ほとんどの商用ウェブサイトはグーグルのプロダクトを使っているので、グーグルはあなたがウェブをどう訪れているのかの道筋を1ページずつ追っていくことができる。それにもちろん、グーグルを使って検索すれば、そこからあなたを追うこともできる。グーグルはあなたの名前も住所もメールも（まだ）知らないが、あなたのウェブ上の行動は確実に知っている。そこであなたがニュースサイトを訪れたのがソフトボールチームのサイトを見た後だったのか、それともグーグルで「ソフトボール用のミット」と検索した後だったかで、いくつかの仮説を立てていく。その仮説に加えて、あなたがいまたどり着いたウェブページの内容にはどういう広告を出せば良いかを計算していくのだ。それはまるで魔法のようだが、あなたが今日見ているサイトの広告は、そのページに来るまではそこになかったものだ。グーグルとニュースサイトはリアルタイムに広告を選ぶので、あなたと私の見ている広告は違うものになる。すべてのフィルターのエコシステムが機能しているなら、あなたがいま見ている広告はあなたの最近のウェブ閲覧履歴を反映しており、あなたの関心により近いものになっているはずだ。

　でも待ってほしい、それだけじゃないのだ！　グーグル自体もこうした多面的市場《マルチサイド・マーケット》の第四の勢力となっている。広告主、ウェブページ製作者、読者を満足させるだけではなく、グーグルは自身の精度も最適化させようとしているのだ。あるオーディエンスのアテンションは他の人のアテンションより広告主にとって価値がある。健康関係のサイトを読んでいる人は、長期間にわたって薬や治療のために多額の出資をする可能性があるので価値があるが、歩こうクラブの読者はときどき靴を買うぐらいだ。そこでそれぞれの広告配置を決める裏側では、複雑な組み合わせのオークションが行なわれる。文脈を決めるキーワード（「喘息」という言葉の方が「散歩」より高い）に対して広告主がどれだけ払うつもりかをマッチングし、しかも読者がその広告をどれだけクリックしてくれるかをそれに掛け合わせるのだ。広告がクリックされれば、ウェブページの持ち主に（グーグルにも）広告主から数セントが払われるので、アルゴリズムは広告の選定や課金率やエンゲージ率を最適化しようとする。ソフトボール用のグローブの広告が1回5セントだとして、それが12回クリックされれば、それは1回しかクリックされない喘息用吸入具の65セントの広告以上の価値がある。しかし次の日に、ソフトボールチームのブログに、今年の春にはいつもより花粉が飛んでいるという書き込みがあったとすると、そのページでの吸入具の広告は85セントに値上がりする。グーグルはその時間帯に最適な配置を見つけるために、何億もの要素を一時にリアルタイムで上手く調整しなければならないだろう。こうした極端に流動的な4方向のマッチングのすべてが上手く機能すれば、グーグルの収入も最適化されるのだ。２０１４年のグーグルの全収入１４０億ドルの内、21％はこのアドセンスの広告から来ている。[213]

　異なる種類のアテンションが相互に絡み合うこの複雑で動物園のような状況は、２０００年以前には想像さえできなかった。各ベクトルをトラッキングし、分類してフィルターをかけるために要求される認知機能や計算能力が、現実的なレベルを超えていたのだ。しかし、トラッキングやコグニファイングやフィルタリングのシステムはそれぞれ成長し続け、アテンションをやり取りするさまざまな選択肢が実現可能となっている。それは生物が多細胞化したカンブリア紀の進化に匹敵する話だ。この（地質学的意味で）非常に短い期間に、生命はそれまでなかったありとあらゆる新しい可能性を具現化した。あまりに多くの新しい、ときには奇妙な生命の形が急速に生み出されたため、この生命のイノベーションが起きた歴史的な時代はカンブリア大爆発と呼ばれている。われわれはいままさに、アテンション・テクノロジーのカンブリア爆発に差し掛かろうとしており、新種の一風変わったアテンションやフィルターが試されようとしているのだ。

例えば、広告も他のビジネス分野と同様に、分散化のトレンドに乗っているとしたらどうだろう？　顧客が広告を作ったり、配置したり、お金を払うとしたら？

こうした変わった方式は、こう考えたらどうだろう。広告収入に支えられた企業——現在のインターネット企業の大半がそうだ——はどこも、自社に広告を出してもらえるよう広告主を納得させなくてはならない。パブリッシャーや会議、ブログやプラットフォームがよく主張するのは、自分たちが他ではリーチできない特定のオーディエンスを持っていること、あるいは彼らと良い関係を築いているという点だ。ただ資金を持っているのは広告主で、おまけに誰に広告を出すかについては選り好みが激しい。逆にパブリッシャー側は好ましい広告主に対して説得は試みるけれど、選ばれるとは限らない。それは広告主と代理人が決めることなのだ。広告がたくさん掲載された雑誌やCMをいっぱい流しているテレビ番組は、広告の媒体として選ばれたことを幸運に思っているはずだ。

しかし、もし誰もが、オーディエンスの立場から自分が表示したい特定の広告を誰の許可も必要とせず選べるならどうだろう。あなたがカッコいいランニングシューズのCMを見たとして、自分の発信しているストリームの中でもそのCMを表示したいと思い、テレビ局のようにその対価をもらえるとしたら？　それぞれのプラットフォームが最もグッとくる広告を単純に集めて掲載し、そこに集まったトラフィックの量や質に応じて個別の広告ごとに対価をもらえるとしたら？　広告は動画や静止画や音声などのファイルだが、それにはコードが埋め込まれており、どこでどれだけ表示されているかをトラッキングできるようになっていて、どれだけコピーされてもその時点での掲載主にきちんと支払われる仕組みになっている。広告にとって一番望ましいのは、口コミで広がり、可能な限りいろいろなプラットフォームにコピーされて掲載され、何度も見られることだ。あなたのサイトに表示された広告があなたに何らかの収入をもたらすなら、あなたも印象的な広告があれば掲載しようと目を光らせるようになるだろう。ピンタレストがこの広告の仕組みを取り入れたとしよう。集めてきた広告が読者によって再生されたり読まれたりすれば、それを集めた人に収入が発生する。もしうまくいけば、オーディエンスは優れたコンテンツだけでなく良い広告に惹かれてやって来るようになる——まるでスーパーボウルのテレビ中継の何百万という視聴者の多くがCM目当てなのと同じ現象だ。

その結果、コンテンツと同様に広告もキュレーションするプラットフォームができるだろう。編集者は新しいニュース記事を探すのと同じぐらい時間をかけて、まだ知られていなくてあまり見られていないが注目を惹きそうな広告を探す。ただ、広く人気のある広告は、ニッチな広告ほど儲からないかもしれない。不愉快な広告の方がユーモアのあるものより稼ぎがいいかもしれない。そこで、見栄えがいいけれど儲からない広告と、野暮ったいが儲かる広告の間での見極めが必要になってくる。それに、面白くて儲かる広告はたくさん表示されるだろうが、そうなると当然ながら徐々にその輝きを失い、単価も下がっていくだろう。広告をアート作品のようにきれいに並べただけの内容の雑誌や本、ウェブサイトも登場するだろう——しかもちゃんと儲かるかもしれない。いまでも映画の宣伝映像や有名な広告だけを掲載しているウェブサイトがあるが、それらは素材元から掲載について何のお金も受け取っていない。だがそうなるのも時間の問題だ。

このやり方は、既存の広告業界の力関係を完全に逆転することになる。ウーバーなどの分散化したシステムでは、以前には少数のプロが担っていた非常に洗練された仕事をアマチュアのP2Pネットワークに拡散させていった。2016年時点では、そんなことが機能すると思っている広告のプロは誰もいないし、分別がある人なら狂っていると思うかもしれないが、過去30年間でわれわれが経験してきたのは、スマートに接続されたアマチュアたちが、不可能と思えることを成し遂げてきたということだ。

2016年にはいくつかの異端のスタートアップが現在のアテンション・システムの破壊的進化を試みているが、そうした前例のないモデルが定着するようになるにはまだいくつもの試みが必要だろう。この理想と現実の間を埋めるテクノロジーがまだ必要で、それは訪問者をトラッキングし、詐欺を取り除き、複製された広告が得たアテンションを数量化し、このデータを確実に交換することで正しく支払いがなされるようにしなくてはならない。こうした仕事は、グーグルやフェイスブックのような、巨大なマルチサイド・プラットフォームのコンピューターが行なうことになるだろう。お金がある所には詐欺が集中するし新手のスパムが仕掛けられるので、非常に多くの規制が必要となるだろう。しかし、一旦システムができて走りだせば、広告主がリリースする広告が口コミでウェブ中を駆け巡るだろう。あなたはその一つを捕まえて、自分のサイトに埋め込めばいい。それを読者がクリックしてくれれば、支払いが生じるのだ。

この新しい仕組みにおいては、広告主は独自の立場を取るようになる。広告のクリエーターは、広告がどこに出るかをもはやコントロールできなくなる。そうした不確実性を補うためには、広告の構成を変えていかなくてはならない。あるものは、すぐに複製できて閲覧者がすぐに行動（購買）できるようにデザインされるだろう。一つの場所に記念碑のように定着し、どこにも転載せず、ゆっくりとブランディングに寄与していく広告もあるだろう。広告とは理論上、社説のように扱われるものなので、新しい仕組みにおいてもそうした素材としてみなされるだろう。すべての広告が荒野に放たれるわけではないだろう。オープンにはリリースされず伝統的手法で直接配置される広告も、多くはないがあるだろう（そのことで希少性を保つだろう）。このシステムの成功は、既存の広告のやり方にプラスする形で、つまり上にレイヤーを作るようにしなくては成し遂げられないだろう。

分散化の潮流はあらゆる領域に及ぶ。もし素人が広告を掲載できるのなら、顧客やファンが自分たちで広告を作れないわけはない。テクノロジーによってP2Pの広告製作ネットワークを作れるようになるかもしれない。

制限付きながらユーザーの作った広告を実験している会社もある。ドリトスは2006年のスーパーボウルで顧客に作ってもらった動画CMを放映した。顧客から応募のあった2000の動画に対して200万人が投票して優勝した動画だ。同社はそれから毎年、平均で5000ほどのユーザー製作動画の応募を受けている。[214] ドリトスは優勝者に100万ドルを出しているが、[215] それはプロが作るよりはるかに安い金額だ。2006年にはGMがシボレーのタホというSUVのユーザー製作広告を募ったところ、2万1000件の応募があった(そのうち4000件はSUVに文句を言うものだった)。[216] こうした事例はまだ制約が残っていて、本社が承認して通したものだけが放映されるので、本当の意味でP2Pではない。

完全に分散化したP2P方式でユーザー生成型のクラウドソーシングによる広告ネットワークとは、ユーザーに広告を作らせて、ユーザーであるパブリッシャーに、自分のサイトでどの広告を載せるかを決めさせるものだ。こうしたユーザー生成型広告は、実際にクリックされたものは保持され(または)シェアされる。クリックされないものはボツになる。ユーザーは広告を作ったり掲載するだけでなく、広告代理店にもなるのだ。アマチュア写真家が素材写真を撮影して売ったり、イーベイのオークションで生計を立てる人がいるように、住宅ローンの広告をさまざまなバリエーションで作って儲ける人も必ず出てくるだろう。

ではは実際に、あなたは誰に広告を作ってもらいたいだろうか? ギャラの高いスタジオ付きのプロが一番良かれと思ったキャンペーンを使うのか、あるいは何千人ものクリエイティブな子どもたちがあなたのプロダクトを延々といじくり回してテストしたものだろうか? いつものことだが、これが群衆《クラウド》にとっての悩みどころだ。評価の高いベストセラー製品の広告——当然同じようなアイデアのものが何千とある——を作るか、あるいはロングテールに踏み込んで、誰にも知られていない、自分が広告を独占できるプロダクトを選ぶか。あるプロダクトのファンはその広告も作りたがるものだ。彼らは当然ながら自分たちが誰よりもそのプロダクトについて良く知っているど信じており、現在の広告が（もしあるとして）イケていないと思えば、喜んでもっと良いものを自信を持って作ってくれる。

大企業が広告を手放すのは、果たして現実的だろうか。なかなか難しいだろう。大手企業が真っ先に飛びつくということはまずない。ほとんど広告予算もなく失うものがないがむしゃらなスタートアップが何年も苦労して開拓していくしかない。アドセンスの例と同じで、大企業だからといってレバレッジが効くわけではない。どちらかというと、この新しい広告の流れは中小企業を解放する——いままでそういう広告を考えたこともなければ時間もなかったような何十億というビジネスが、カッコいい広告キャンペーンを展開することになるだろう。こうした広告はP2Pシステムを使って熱心な（もしくは金儲けしたい）ユーザーたちによって作られ、口コミによってブログの荒野に解き放たれ、テストとデザインのやり直しを続けながら、効果が出るまで進化していくのだ。

われわれの注意の向かう他の方向をたどっていくと、まだ未開拓なアテンションの分野がいろいろあることが分かる。初期からインターネットに関わり投資家でもあるエスター・ダイソンは、メールに向けられる注意が非対称であることにずっと不満を持っていた。[217] 彼女はネットのガバナンスの形成に尽力し、多くの革新的なスタートアップに投資してきたが、おかげで彼女のメールボックスには知らない人からのメールが押し寄せて一杯になっていた。彼女は、「メールは私の予定表に他の人がどんどん書き込んでくるシステムだ」と言う。現在のところ、誰かのメールボックスの待ち行列にさらにメールを送ることにお金はかからない。20年前に彼女は、受け手がメールを読んだらその送り手に課金できるシステムを提案していた。つまり、エスターにメールを読んでもらうには、お金を払わないといけないのだ。エスターのような人は、学生などには少額の課金をし（例えば25セント程度）、PR会社が送ってくるリリースにはもっと（例えば2ドル）課金するだろう。友人や家族についてはもちろん無料だろうが、起業家が送ってくる面倒なメールには5ドルは払ってもらうはずだ。そして一度読まれたメールには二度と課金はされない。もちろん、エスターのような引っぱりだこの投資家なら、基本料金はもっと高く3ドルにはなるだろう。普通の人ならそこまで取らないものの、どんな課金でもそれがフィルターの機能を持つようになる。さらに大切なのは、メールに相当の額を払うということは、受け手に対して、それが重要だということを伝えることになることだ。

　読んだメールに課金するのに、受信側はエスターほど有名である必要はない。ちょっとした影響を与える人《インフルエンサー》なら構わない。クラウドの非常に強力な使い方は、もつれたネットワークからフォローする人とされる人を解きほぐすことだ。巨大規模のコグニファイによって、誰が誰に影響を与えているかの順列をトラッキングすることができる。少数の人にしか影響を与えていなくてもその影響を与えた相手自身に影響力がある場合と、全体的に沢山の人に影響を与えていても影響を受けた人自身は影響力を持たない場合とでは、ランク付けは違ってくる。そのステータスは非常に局所的で限定されたものなのだ。ファッションを真似してくれる多くの忠実な友人がいる十代の女の子の方が、テクノロジー企業のCEOより影響力ランクがよっぽど高い場合もある。こうした関係性の解析は、複雑な計算能力が爆発的に増えるにつれて、第三、第四のレベル（友人の友人の友人）まで行く。こうした複雑性から、影響力やアテンションの度合いについてさまざまな種類のスコアを生成することが可能になる。高いスコアが付いていれば、メールを読むのに高い料金を要求するだろうし、また送り手のスコアに基づいて課金額を調整するようにもなるだろうが、そうなると総額を計算するのはより複雑でコストがかかるようになる。

人々のアテンションに対して直接お金を払う方法は、広告にも応用することができる。われわれは広告に対して無料で注意を払う。われわれがそのコマーシャルを見ることに対して、広告主に課金するのはどうだろう？　エスターの方式に倣《なら》うなら、その広告内容によって、誰もが違う金額を広告主に課金する。それに広告を出す側にとっても、人によって見てほしい度合いが違う。見てくれる人によってはとても価値が高いのだ。小売店は顧客が一生の間に払ってくれる総額に注目する[218]――ある顧客がある小売店に対して一生の間に1万ドル使うとすると、それは２００ドルの割引ボーナスをいますぐ出す価値があることになる。それに、顧客が一生の間にどれだけ影響力を他の顧客に及ぼすかも考えられるだろう。その影響力はフォロワーからフォロワーへとずっと波及していく。その総和は計算できるだろうし、そこから一生分の影響力を概算できる。自分たちのプロダクトに注意を払い、かつ生涯影響力が高い人に対しては、広告主は広告掲載者ではなくその顧客に直接お金を払う方が価値があると考えるかもしれない。その場合、会社は現金でも価値のある商品でもサービスで払ってもいいだろう。それは基本的には、アカデミー賞授賞式の会場で商品の詰まった袋を配るのと同じことだ。２０１５年にはオスカー候補者たちに配られる袋に、リップグロスやロリポップといったありきたりの商品から旅行用の枕、高級ホテル付き旅行券まで雑多な商品が16万８０００ドル分も詰められた[219]。それを提供する側は、オスカーの候補者なら高い影響力を持っていると冷静に計算したのだ。もらった側にとってはそれらの商品は不要かもしれないが、自分のもらったものについてファンとの間でおしゃべりするに違いないからだ。

　オスカーの例は明らかに常軌を逸している。しかしもっと小さな規模で、地域でよく知られている人々なら、かなりの数の忠実なファンを集め、生涯にわたってかなりの影響力スコアを得るだろう。最近までは、何億人もの人の中にいる無数の極小セレブリティーを特定することは不可能だった。ところが現在では、フィルタリングのテクノロジーや共有型メディアの進化で、こうした達人をいくらでも特定しリーチすることができるようになった。小売業者はオスカーの例とは違って、影響力の限られた人々の巨大なネットワークを狙うことができる。通常は広告を打っている企業が、広告をまるっきり止めてみるのだ。その代わり数百万ドルの広告予算を、わずかな影響力しかもたない何万という人々が傾ける注意に対して直接支払うのだ。

　われわれはまだ、アテンションや影響力を交換したり管理したりする可能性をすべて探りつくしたわけではない。やっと未知の大陸が見え始めたばかりだ。あなたのアテンションや影響力に応じて支払ってもらうような、非常に興味深いやり方のほとんどはまだ生まれていない。アテンションの未来の形は、トラッキングやフィルタリング、シェア、リミックスの対象となる影響力の流れをどう振り付けしていくかにかかっているだろう。こうしたアテンションのダンスを指揮するために要求されるデータ量は、複雑さの新たな極みに達するだろう。

　われわれの生活は5年前と比べてみても、目に見えて複雑になっている。われわれは仕事をしたり、学んだり、子育てしたり、楽しんだりする際でも、以前よりずっと大量の情報源に注意を払わなくてはならなくなった。注意を払わなければいけない要素や可能性の数は毎年増え続け、ほとんど指数関数的に増えている。だから、われわれがいつでも注意散漫で、次々とフィルタリングしなくてはならないように見えるのは、混乱のサインではなく、現行のこうした環境へ適応するために必要なことなのだ。グーグルは何も、われわれを愚かにしているのではない。むしろわれわれはウェブの世界をもっと臨機応変に泳ぎ回り、次の新しいことに備えなくてはならない。われわれの脳は無数の対象を扱えるようには進化していない。つまりこの世界はわれわれの本来の能力を超えているので、そのインターフェースとなってくれる自分たちのマシンに頼らなくてはならない。自分たちの作ってしまった爆発的な数の選択肢を扱うためには、リアルタイムでフィルターをフィルタリングするようなシステムが必要なのだ。

フィルタリングの必要性が高まり続けるこの超潤沢社会の爆発的加速の主な要因が、際限ないモノの低廉化だ。一般的には時間が経つにつれて、テクノロジーは押しなべて無料の方向に向かう傾向がある。それによってモノは潤沢になる。テクノロジーが無料になりたがるとは、にわかには信じられない。だがそれは、われわれが作るほとんどのものにおいて正しい。あるテクノロジーがかなり長い期間にわたって存続すると、そのコストはゼロに近づき始める（だが決してゼロにはならない）。それなりの時間が経った後では、どんなテクノロジーの機能もまるで無料のように扱われるようになる。こうした無料化の動きは基本的な食料品や他の素材にも及び（通常それらはコモディティーと呼ばれる）、さらに電化製品といった複雑なものや、サービスといった形のないものも同様の動きを見せる。こうしたすべてのモノの（単位当たりの）コストは、特に産業革命以来ずっと下がり続けている。２００２年のＩＭＦの白書によれば、「コモディティーの価格は過去１４０年にわたって毎年１％下がる傾向にある」とされる[220]。つまり、１世紀半の間にモノの値段はほぼ無料になってしまうということだ。

これはコンピューターのチップや、ハイテク装置に限ったことではない。われわれが作るものは何でも、どの産業であれ、同じような経済的傾向を示し、毎日のように安くなっていく。銅の価格下落という一例を見てみよう。[221] 長期にわたって価格のグラフを描くと（１８００年以降）、価格はどんどん下がっている。それはゼロに向かう傾向があるが（もちろん上下しながらだが）、その限界である完全な無料にまでは届かない。究極の限界まで着実にすり寄っていき、その差を無限に縮めていくのだ。限界に沿ってしかしそれを割り込むことがないという現象は、漸近線近似という。ここでの価格はゼロではないが、実効的にはゼロだ。言ってしまえば「安すぎて計れない」――あまりにゼロに近くてもはや捕捉不可能なのだ。

安価なものに溢れた時代には大きな問いが残される――本当に価値があるのは何か？ ちょっと矛盾するようだが、コモディティーに対するわれわれのアテンションには大して価値がない。われわれのおサルのような原始的な心が乗っ取られているだけだ。潤沢な社会において残された希少性とは、コモディティーに由来するものでも、それにフォーカスしたものでもないアテンションだ。すべてがゼロに向かっていく中で、唯一コストが増加しているのは人間の経験だ――これはコピーできない。それ以外のものはすべて、コモディティー化しフィルターをかけられるようになる。

経験の価値は上がり続けている。高級なエンターテインメントは毎年6.5％伸びている。[222] レストランやバーの利用は、２０１５年だけでも９％伸びた。[223] 一般的なコンサートのチケット価格は、１９８１年から２０１２年までの間に４００％伸びた。[224] これはアメリカにおける医療介護についても同じだ。それは1982年から2014年の間に400%伸びた。[225] アメリカにおけるベビーシッターの価格は時間当たり15ドルだが、これは最低賃金の2倍だ。[226] アメリカの大都市では両親が夜間に外出するとき、子どもの世話を頼むのに100ドルを払うのは当たり前だ。身体の経験そのものに個人的な注目を集中して振り向けるパーソナルコーチは、一番成長が著しい仕事だ。ホスピスでは、薬や治療の価格は下がっているが、在宅訪問といった経験が絡むものは高くなっている。[227] 結婚式のコストは上限がない。それらはコモディティーではなく経験なのだ。われわれはそうしたものに、希少で純粋な注意を向けている。こうした経験をデザインするクリエーターにとって、われわれのアテンションには大いに価値がある。経験を創造したり消費したりするのに人間が優れているのも偶然ではない。そこにはロボットが出る幕はない。ロボットがわれわれのいまの仕事を奪ったらいったい何が残るか知りたいなら、経験に注目するといい。われわれはそれにお金を払うだろうし（それは無料にはならないから）、それでお金を稼ぐようになるだろう。われわれはテクノロジーを使ってコモディティーを作り、自分自身がコモディティーにならないように、経験を生み出すだろう。

経験やパーソナルライズを強化するあらゆるテクノロジーが面白いのは、われわれが何者であるかという問いを否応なく突きつけてくるからだ。われわれはじきに、「万物のライブラリー」の真っただ中で暮らすことになり、そこでは人類が成したすべての仕事が流れていく存在となってわれわれを取り巻き、すぐ手が届くところに無料で存在する。大規模なフィルター群が寄り添い、静かにわれわれをガイドして、われわれの望みに応える準備をしている。「あなたは何がほしいですか？」とフィルターが尋ねる。「あなたは何でも選べますが、どれにしますか？」。フィルターは長年われわれを観察してきたので、われわれが何を頼むかを察知している。だからほとんど尋ねられると同時に自動的にそれを満たしてくれる。問題は、何を望んでいるのかわれわれが分かっていないことだ。われわれは自分自身をよく分かっていない。ある程度なら、自分が何をほしいのかをフィルターに尋ねることもできる。それは主人と奴隷の関係というより、われわれを映す鏡だ。自分自身の行動を反映した助言やお勧めに耳を傾けることで、自分が誰であるかについて見聞きするのだ。インタークラウドを動かす何百万ものサーバーの中で走る何億行ものコードがフィルターにフィルターを重ねることで、われわれ自身を蒸留してその特異な部分を抽出し、個性を最適化してくれる。テクノロジーがわれわれを画一化してコモディティー化するという恐れは間違っている。パーソナライズが進めば進むほど、フィルターはその個性を認識しやすくなり、より働きやすくなる。現代の経済はその中心の部分で、個別化と差異化の力が働いている――それはフィルターとテクノロジーによってさらに増強されるだろう。大規模なフィルタリングを使うことで自分が誰であるかが形作られていき、自分自身という人間をパーソナライズしていくのだ。

　われわれが新しいものを作り続ける限り、さらなるフィルタリングは不可避だ。新しいものでもっとも重要になるのは、フィルタリングやパーソナライズの新しい方法であり、それがわれわれをより自分らしくするのだ。

# 8. REMIXING
リミクシング

ポール・ローマーは経済成長理論が専門のニューヨーク大学の経済学者だが、本当の持続的な価値が上がり、それで経済成長は新しい資源から生まれるのではなく、すでに存在する資源を再編成することでその価値が上がり、それで達成されるのだと言う。[228]成長はリミックスから生まれるのだ。ブライアン・アーサーはサンタフェ研究所でテクノロジーの成長力学を専門にする経済学者だが、すべての新しいテクノロジーは、既存のテクノロジーの組み合わせから生まれると言っている。[229]現代のテクノロジーは再編成されリミックスされた、かつての原始的なテクノロジーが組み合わさったものなのだ。何百もの簡単なテクノロジーを何十万もの、もっと複雑なテクノロジーと組み合わせれば、新しいテクノロジーの可能性は無数に生まれてくる——それらはすべてリミックスなのだ。経済成長やテクノロジーの成長に関して言えることは、デジタルの成長にも当てはまる。われわれはいま、生産的なリミックスの時代にいる。イノベーターたちはこれまでのシンプルなメディア分野と最近のより複雑になった分野を組み合わせて、無数の新しいメディアのジャンルを生み出している。新しいジャンルが増えれば増えるほど、それらをリミックスしてより新しいものが生まれる可能性が高まる。可能な組み合わせの数は幾何級数的に増え、文化と経済を拡大していく。

われわれは新しいメディアの黄金期に暮らしている。過去数十年の間に古い分野のメディアがリミックスされて、何百もの新しいジャンルが生まれてきた。確かに、新聞記事や30分番組のシチュエーションコメディー、4分のポップソングはまだ残っているし、とても人気だ。しかしデジタルテクノロジーが、そういう形式をアンバンドルして要素に分解してくれたので、新しいやり方でもう一度組み合わせられるようになった。最近生まれた新しい形式としては、ウェブでの箇条書き形式の記事（リスティクル）やツイッターの140文字などがある。こうして新たに組み合わさった形式の中には、新しいジャンルのメディアとして確固たる地位を築いたものもある。これから数十年の間に、そうした新しい分野のメディアがまたリミックスの対象になり、アンバンドルされ再結合されて、何百もの新たなジャンルになっていくだろう。すでに主流になったものは、少なくとも100万人のクリエーターを擁し、オーディエンスの数も億の単位になっている。

例えば、どんなベストセラー本でもその裏では、ファンが好みの登場人物を借用してちょっとだけ違う世界を描いた続編を勝手に書いている。想像を極限まで膨らませたこうした物語はファン・フィクションとかファンフィックと呼ばれている。それらは非公式なものだし――原作者の協力や承認がない限り――複数の作品や作家の要素を混ぜ合わせているものもある。その主要な読者ターゲットは、同じベストセラー本の熱心なファンたちだ。ファンフィックのあるアーカイブには、これまでにファンが作った150万の作品が集められている。[230]

スマートフォンなどでさっと撮られた極端に短い動画（6秒かそれ以下）を簡単にシェアして広めるバイン［Vine］というアプリがある。6秒あればジョークや事故などの様子を撮って、口コミで広められる。こうした短い映像は、効果を最大化するために高度な編集がなされる場合が多い。6秒のバインの映像を集めて見るという形式は一般的になっている。2013年には毎日ツイッターに1200万ものバインの映像が投稿され、[231] 2015年には視聴者が毎日15億人にもなった。[232] バインの中では100万人ものフォロワーがいるスター的存在がいる。一方でこれ以外に、もっと短い種類の動画もある。GIFアニメは一見すると、静止画がループされてちょっとした動きを何度も何度も繰り返す。その周期は1~2秒なので、それらは1秒動画と見做すことができるだろう。どんな動きでも繰り返すことができる。変な表情を繰り返したり、映画の有名なシーンをループさせたり、模様やパターンの繰り返しの場合もある。終わることなく繰り返されることでよく観察することになり、するとそこにもっと大きな意味が見えてくるのだ。もちろん、サイト全体に宣伝用GIF画像をべたべた貼っているものもある。

こうした事例は、今後数十年の間に現れる新しいジャンルが引き起こす、突発的なものすごい熱狂の最初の予兆に過ぎない。どれでもいいのでこうしたジャンルから一つ選んで、それを繁殖させよう。それらを掛け合わせて新しい子孫を生み出すのだ。そうすれば、これから現れるであろう新しいジャンルの初期の姿が見えるだろう。指でドラッグするだけで、映画のシーンの中から目的のイメージを引っ張り出して、自分の写真にリミックスできるだろう。スマートフォンで景色の写真を撮ると、その風景の歴史が文字となって表示されるので、画像の注釈として使えるだろう。文章、音、動きがどんどん混ざり合っていく。こうした新しいツールができることで、われわれはイメージをオンデマンドで創作できるようになる。水滴でキラキラ輝く青緑色のバラがほっそりとした金色の花瓶に生けられている、というリアルなイメージを作るのには数秒あればいいし、言葉で表現するより時間もかからない。しかもそれはただの始まりに過ぎないのだ。

デジタルのビットはいくらでも取り換え可能なので、ある形態を簡単に変更し、突然変異させ、ハイブリッド化できる。ビットは軽やかに流れ、あるプログラムが他のプログラムを模倣するのも自在だ。他の形態を真似するのは、デジタルメディアにもともと備わった機能なのだ。その多様性は留まることを知らない。メディアの選択肢は増える一方だ。ジャンルやサブジャンルの多様性は爆発的に増えてゆく。もちろん人気を博すものもあれば消えるものもあるが、完全に消え去ってしまうものはほとんどない。これから1世紀経ってもオペラを愛する人はいるだろう。しかしその頃には、ビデオゲームのファンは10億人単位でいるし、VR世界の数も億単位になっているだろう。

加速するビットの流動性は今後30年でメディアを乗っ取り、さらなる大規模なリミクシングを進めるのだ。

同時に安価でどこにでもある創造のためのツール（１００万画素レベルのスマートフォンのカメラ、ユーチューブ・キャプチャー［YouTube Capture］、アイムービー［iMovie］）は、動画を作る手間を一気に減らし、すべてのメディアにつきものだった非対称な構造をひっくり返した。非対称というのは、本は書くより読む方が簡単で、音楽は聴く方が作曲するより簡単で、演劇も観に行く方が演出するより簡単だという意味だ。特に長編の映画は長い間、こうした非対称性に悩まされてきた。フィルムを扱うには化学的に現像する必要もあり、非常に多くの人の協力がなければできない作業で、それをつなぎ合わせて映画を作ることを考えれば、作るより観に行く方が圧倒的に簡単だ。ハリウッドの大作は１００万人時間を動員して[233]、観るのにはたった2時間しかかからない。観客は受動的で心地良いシートから立ち上がることは決してないと自信満々に主張してきた専門家が驚いたことに、最近は何千万もの人々が時間を惜しまず自分の好きなように映画製作をしている。常に手が届くところに観客がいて、潜在的には何十億にもなり得ることが追い風になり、また製作方法も複数の形態を自由に選べることが奏功している。新しい一般消費者向けガジェットやコミュニティーでのトレーニング、ネットワーク上の助言、ものすごく出来の良いソフトウェアのおかげで、動画を作ることは何かを書くのと同じぐらい簡単になった。

それはもちろん、ハリウッドの作り方とは違う。大作映画は手作業によってカスタマイズされた巨大な生物のようなものだ。シベリアンタイガーのようにわれわれの注目を惹きつけるけれど、同時にとても希少な存在なのだ。毎年、北米では600本／約1200時間分の長編映画が公開されている。[234] 現在では毎年、何億時間分もの動画が作られているので、1200時間というのは割合からいえばほんの僅かだ。丸め誤差の範囲に過ぎない。

われわれはこのトラが動物界の象徴のように思っているが、実際は統計的に見ればバッタこそが動物界の王様だ。手工芸品のようなハリウッド映画は希少なトラだ。それがいなくなることはないが、もし映画の未来について知りたければ、ジャングルの中で蠢いているユーチューブやインディーズ映画、テレビシリーズ、ドキュメンタリー、コマーシャル、インフォマーシャル、虫のように小さな短編やマッシュアップなどに目を向けるべきで、小さな頂点を極めているトラは対象ではない。ユーチューブの動画は、毎月120億回以上も見られている。[235] 最も見られている作品は10億回以上も再生され、これはハリウッドのヒット作を超えている。[236] 毎日ネットでは、1億本以上もの短編動画がごく少数の視聴者に鑑賞されシェアされている。[237] こうした動画が全体で獲得しているアテンションの総量だけを単純に評価するなら、われわれの文化の中心にあるのはこうした作品だ。その技術レベルは実に多様だ。中にはハリウッド並みの規模で作られているものもあるが、ほとんどはキッチンで若者がスマートフォンで撮ったようなものだ。もしハリウッドがピラミッドの頂点に君臨しているとするなら、その底辺の沼地のような場所から未来の動画の世界が始まるだろう。

ハリウッド以外のこうした映画製作のほとんどはリミックスによって作られている。というのもその方がずっと製作が簡単だからだ。サウンドトラックをオンラインで見つけたり自分の部屋で録音し、シーンをカットして入れ替え、テキストを打ち込み、新しい物語にしたり、斬新な視点を加えたりしている。コマーシャルのリミックスも溢れ返っている。たいていは、ジャンルごとに決まった形式ができていく。

例えば映画の予告編をリミックスしたものだ。予告編自体、もともと最近できたアート形式だ。短くコンパクトに物語を語ってくれる予告編は、簡単に再編集して別の物語を作れる——たとえば空想上の映画の予告編といったものを。どこかのアマチュアが、喜劇映画をホラーにするかもしれないし、その逆の例も出てくるかもしれない。予告編の音をリミックスしていくのは短編映画をマッシュアップするのによく使われる手法だ。カルト映画のヒット作から編集した映像にポピュラー音楽を組み合わせてミュージックビデオを作るファンもいる。あるいは自分の好きな映画のシーンやスターの映像を切り出して、その内容からは想像もできないような曲と組み合わせたりしている。こうしたミュージックビデオが空想世界を作り出しているのだ。ポップバンドの熱烈なファンたちは、好きな曲のミュージックビデオの上に、歌詞を大きな字で重ねたビデオも作っている。こうした映像はかなり人気が高く、公式のミュージックビデオにこの形式を採用しているバンドも出てきた。曲に同期して映像の上に言葉が流れていけば、これこそ文章とイメージが一つに収束する本当のリミックスであり、映像を読み、音を見ることになる。

動画をリミックスすることは、ある種の集団競技にもなり得る。世界中の何十万人もの熱心なアニメファンが（もちろんオンライン上で出会って）日本のアニメをリミックスしている。彼らはそれらをほんの数コマ程度の長さに切り刻み、映像編集ソフトで再編集して新たに音や曲を付けたり、英語でセリフを付けたりしている。それは恐らく、元となったアニメを描くよりもかなり大変な手間になるが、30年前に短い映像を作るよりもはるかに簡単な作業だ。新たに編集されたアニメは、まるで違う話になる。それがサブカルの世界で本当に認められるのは、「編集の鉄人」として勝ったときだ。[238] ちょうどテレビ番組「料理の鉄人」でやっていたように、編集の鉄人は観客の目の前でリアルタイムで動画をリミックスし、他の編集者と競い合いながら、自分の方がより優れた視覚的リテラシーを持っていることを見せつける。一番になる編集者は、あなたが文字を打つのと同じ速さでリミックスできる。

マッシュアップの手法は実際のところ、文章のリテラシーから来ている。それはページの上で言葉をカット&ペーストする話だ。専門家の言葉を一字一句まで引用する。素敵な言い回しを言い換える。他で見つけた詳細な説明を文に重ねる。ある作品の構成をそのまま拝借する。いろいろな枠組みをまるで慣用句のように使う。こうした文章の技法を動画に対して適用すれば、新しい視覚言語となるのだ。

セルロイドのフィルムではなくメモリーディスクに書かれたイメージは流動性を持っていて、写真というより言葉のように扱うことができる。ジョージ・ルーカスのようなハリウッドの異端児は、早い時期からデジタルテクノロジーを取り入れ（ルーカスがピクサーを創設した）、より流れるような映画作りの手法を切り拓いていった。彼の作品『スター・ウォーズ』は、それまでの映画撮影術というより、本や絵画に近い手法を取り入れている。[239]

伝統的な撮影では、映画はシーンごとに計画を立て、撮影され（通常は複数回）、山ほどの撮影シーンから1本の映画に組み上げられる。ときには監督が、手持ちのフィルムだけでは最終的に話が完結しないと考えると、また戻って「ピックアップ」と呼ばれる追加の撮影をする。しかしデジタルテクノロジーでは画面が流動的に扱えるようになったので、映画のシーンというものはいくらでも変えられるものとなり、まるで常に書き直していく作家の文章のようなものになった。シーンは撮られる（写真のように）のではなく、絵画や文章のように少しずつ組み上げられていくものになった。大まかな動きの素描の上にそれに合わせた映像や音声のレイヤーが重ねられていき、それらは常に流動的でいつでも変更可能だ。ジョージ・ルーカスが最後に作った『スター・ウォーズ』はこうした重ね書きの手法で作られた。ペースやタイミングを正確なものにするために、ルーカスは最初に粗いモックアップを使って撮影し、それに詳細な部分付けをしたり解像度を上げたりして仕上げていった。ライトセーバーや他の映像効果は、デジタルの映像でレイヤーごとに重ねられていった。できあがった映像では、まったく手の入っていないコマは一つもない。基本的に彼の映画はピクセル単位で書かれているのだ。実際に現在のハリウッドで予算をかけて作られたアクション映画は、非常にたくさんのレイヤーで細かな部分を補っているので、それは動く写真というより動く絵画に近いものになっている。

　イメージ作成の巨大な集合精神《ハイブマインド》で言えば、これと同じようなことはすでに写真の世界では起きている。インスタグラム、スナップチャット、ワッツアップ、フェイスブック、フリッカーなどのウェブのアプリには、毎分何千もの写真家が写真をアップしている。これまでアップされた1.5兆枚もの写真には、[240] 想像できるものは何でも写っており、探しているイメージが見つからなくて困った試しがない。フリッカーにはゴールデンゲートブリッジだけで50万枚以上の写真がアップされている。あらゆるアングル、光の具合、視点から撮られたイメージが投稿されているのだ。もしあなたが、自分の動画や映画にこの橋のイメージを使いたかったら、新たに撮影する必要などない。もうそれは済んでいる。あとは簡単にそれを探し出せばいいのだ。

　同じような進歩が3Dモデルでも起きている。スケッチアップ［SketchUp］というソフトによって作られた3Dモデルのアーカイブには、世界中のほとんどの主要な建物について、細部まで作り込まれて恐ろしく手の込んだ3次元のバーチャルモデルがある。ニューヨークの通りの景色がほしければ、映画にも使えそうなモデルが見つかるし、ゴールデンゲートブリッジのイメージがほしければ、すべてのリベットが正確に打ち込まれた詳細なモデルがある。強力な検索と特定ツールのおかげで、世界中のどんな橋の高解像度イメージでも、公共のビジュアル事典に入れて再利用のために流通できる。こうした出来合いのフレーズを利用して、すでにあるクリップやバーチャルセットをマッシュアップした映画が組み上げられる。メディア理論家のレフ・マノビッチは、これを「データベース・シネマ」と呼んでいる。[241] 部品となるイメージのデータベースは、動画の新しい文法を形成しているのだ。

　作家という職業も結局は同じようなものだ。辞書というすでに確立された言葉の有限のデータベースに入り込んで、見つかった言葉を再構築し、誰も知らなかったような記事や小説や詩に組み替えていく。その妙味は、言葉の新しい組み合わせにある。新しい言葉を発明しなくてはならない場合はほとんどない。どんな偉大な作家でも、以前に使われて一般に共有された表現をリミックスすることで魔法をかけるのだ。いまはこうして言葉でやっていることを、われわれはじきにイメージでも行なうようになる。

こうした新しい映画撮影の文法を操る監督は、最も写実的なシーンでさえコマごとに手を加え、再加工し、書き加える。映画作りはこうやって写真の束縛から解放される。高価なフィルムを使って現実を摑まえようと何度も撮影し、とにかく出来てきた素材から自分の空想を形にしようとする骨の折れるやり方はもうおしまいだ。ここでは現実も空想も、作家が一語ずつ書いていくようにピクセルごとに組み立てられていく。写真とはこの世界をあるがままに賛美するものだが、この新しいスクリーンモードでは、文章を書いたり絵を描いたりするように、あり得るかもしれない世界を探索することになる。

しかし、グーテンベルクの活版印刷術が本を簡単に作れるようにしたからといって文章が完全に解き放たれたわけではないように、映画が簡単にできるようになっただけでは十分でない。真のリテラシーを得るには、テキストがより使いやすくなるよう一般の読み手や書き手が手を加えるための、イノベーションとテクニックの積み重ねが必要だった。例えば引用符によって、誰かが他の書き手の文章から引用している箇所を簡単に示せるようになった。映画ではまだ同じような概念はないが、そういうものも必要だ。長いテキストでは、その中のどこを読むのかを見つけるために目次が必要になる。そのためにはページに番号が振られていなければならない。これは誰かが13世紀に発明したものだ。[242]動画でこれに対応するものは何だろう？　より長いテキストではアルファベット順の索引が必要になるが、これは古代ギリシャで発明され、その後の本の整理にも応用された。近い将来にＡＩが映画の全編に対して索引を振ってくれる日が来るだろう。脚注は12世紀に発明されたが、[243]本文の直線的な論の流れからちょっと外れた情報を付けるものだ。こうしたものも動画にあると便利だ。そして出典一覧（13世紀に発明されている）[244]は、学者や懐疑的な読者が本文に影響を与えまたは引用された文献に系統的にあたることができるものだ。出典元が明示された動画を想像してみてほしい。最近ではご存じのように、文章の一部を他の文章とつなぐハイパーリンクや、選ばれた言葉や言い回しによってカテゴリー分けし、あとで分類できるようなタグの機能もある。

それらすべての発明が（そしてさらにもっと多くが）、アイデアを切り貼りし、それらに自分の考えを注釈として付け、似たアイデアにリンクを張り、集められた多くの文書を検索し、主題をサッと閲覧し、文章の流れを変え、内容を磨き、アイデアをリミックスし、専門家の意見を引用し、好きなアーティストのデータを見本にする、といったことを文字を読める人なら誰でもできるようにしてくれるのだ。こうしたツールは、ただ読書のためというより、リテラシーの基盤となっている。

文章のリテラシーとはつまり文章を構文解析して操作するものだとすると、新しいメディアのリテラシーとは、動画を同じように簡単に構文解析して操作できることを意味する。いまのところは、画像を扱うこうした読者用ツールは一般に普及はしていない。例えば私が、最近起きた銀行の事件を、過去に起きた似たような事件と映像として比較するためにクラシック映画『素晴らしき哉、人生！』を引用しようと思っても、そのシーンを正確に指し示す簡単な方法はない（いくつかあるシーケンスのどれで、その中のどの部分を指しているのか）。できることは、いま書いたように映画のタイトルを出すことだけだ。そのシーンが出てくる分符号を使うことはできるかもしれない（ユーチューブは最近こういう機能を付けた）。しかしまだ、いま書いているこの文章から、オンライン映画の対応する一節にリンクを張ることはできない。映画におけるハイパーリンクに相当するものはまだないのだ。本当にスクリーンに堪能になれば、個別のコマやコマの中に出ているものを引用できるようになるだろう。きっと私はオリエンタルな装いに関心を持つ歴史家となって、映画『カサブランカ』の中で誰かが被っているトルコ帽について参照したくなるかもしれない。そして文章上でトルコ帽の参考文献にリンクを張るのと同じぐらい簡単に、動画の中の帽子に(それを被っている頭ではなく)リンクを張れ、しかもその帽子のイメージはリンクされたままコマを横断して動いていくだろう。さらには、トルコ帽に関するさまざまな映像を、その映画のトルコ帽のシーンに注釈として付けることもできる。

完璧な視覚的なリテラシーにおいては、映画に出てくるどんな対象やコマやシーンにも、他のものやコマや映像クリップを注として付けられるようになるはずだ。映画のビジュアル索引を使って検索したり、ビジュアル目次を活用したり、全体の映像のビジュアルあらすじを抽出したりできるようにならなくてはならない。しかしどうすればそんなことができるだろう。本をパラパラめくるように簡単に映画を閲覧するにはどうすればいいのだろう。

文章リテラシーの一般消費者向けツールが確立するには印刷術が発明されてから数百年かかったが、視覚的なリテラシーの初期のツールは研究所やデジタル文化の隙間ですでに生まれつつある。例えば長編映画をどう閲覧するかという問題を例に見てみよう。一つの方法は2時間の映画を超高速で早送りし数分間で見ることだ。もう一つは予告編のように、中身をつまんで短い要約を作ることだ。どちらの方法でも、内容を時間単位から分単位に圧縮できる。しかし、映画の内容を圧縮したイメージにして、本の目次を見るようにすぐ内容が把握できるような方法はないだろうか。

学術的な研究では動画の要約を作るいくつかの興味深い試みが行なわれているが、どれも映画全体には適用できない。動画タイトルを大量に抱えているサイト（例えばポルノサイト）では、ユーザーが映像全体の内容を数秒でスキャンして見る方法を提供している。動画のタイトル画像をクリックすると、画面は主要なコマを次々とスライドショーのように見せてくれる。まるで映画のパラパラマンガといった具合だ。間引かれたスライドのコマは、視覚的に数時間の映画を数秒で要約することになる。専門的なソフトを使えば、大事なコマを特定でき、要約の効果を最大化できる。

視覚リテラシーにとっての聖杯は、発見可能性だ――グーグルがウェブを検索するように、すべての映画ライブラリーを検索でき、その中の深くまで入り込んで特定のものを見つけ出す。あなたはキーワードを打ち込むか、単純に「自転車と犬」と言うだけで、すべての映画の中に出てくる自転車と犬のシーンが返ってくる。ほんの数秒で、あなたは映画『オズの魔法使い』の中でミス・グルチがトトと自転車に乗っているシーンが特定できる。さらには、それと似たシーンを他のすべての映画の中から選び出してほしいとグーグルに訊ければとあなたは思うかもしれない。そうした機能はもうすぐ実現する。

グーグルのクラウドＡＩは視覚的知能を急速に成長させている。[245] 私のような一般人がアップした何十億枚ものスナップ写真から、そこに写っているものをすべて認識して覚えている能力は、単純に驚愕するしかない。それにバイクに乗った少年が砂利道を走っている写真を与えてやると、ＡＩが「砂利道でバイクに乗っている少年」とラベルを付けてくれる。「コンロに乗ったピザ２枚」というキャプションが付けられた写真は、その通りのものが写っている。グーグルとフェイスブックそれぞれのAIは、写真を見てそこに写っている人の名前を特定できる。

いまや、画像に対してできることはすべて動画に対してもできる。というのも動画は単に静止画をずっと並べたものだからだ。動画を理解にするにはより高い処理能力がいる。その理由の一つは時間という要素が加わるからだ（カメラが動くとその対象も動いたり消えたりする）。しかしAIを使ってこの数年で、日常的に動画を検索できるようになるだろう。グーテンベルクが切り拓いた可能性を動画の世界でも開拓することができるのだ。「イメージや動画のピクセルは、インターネット界の暗黒物質《ダークマター》のようなものだと思うが、われわれはいまやそれに光を当て始めている」と、スタンフォード大学AI研究所のフェイフェイ・リーも言っている。

動画が簡単に製作できて、簡単に蓄積し、簡単に注釈を付け、組み合わせてより複雑な物語にすることがより簡単になるにつれ、視聴者もそれにさらに手を加えることが容易になる。それによってイメージは言葉と同じように流動的なものになる。流動化したイメージはすぐに新しいスクリーンに流れ込み、新しいメディアに移行しつつ、古いメディアにさらに浸透していく。まるで文字情報のように、圧縮されてリンクされたり、展開されて検索エンジンやデータベースに合う形になったりする。柔軟になったイメージは、文章の世界と同様、作る側にも消費する側にも同じような満足をもたらす。

こうした発見可能性に加えて、現在メディアの中で起きている革命的な動きといえば「巻き戻し可能性」だろう。口述の時代には、誰かが喋り始めたら、それを注意して聞くしかなかった。言葉は発せられた途端に消えてしまうからだ。録音技術が生まれる前は、バックアップの方法はなく、聞き逃したことを遡って確認することはできなかった。

数千年前にコミュニケーションが口述から筆記へと変わる大きな歴史的な転換が起き、聴衆（読者）は、スピーチを最初まで遡って再度読むことができるようになった。

本の持つ革命的な価値の一つは、読者が求めれば何度でもその内容を繰り返し伝えることができることだ。実際のところ、何度も読まれる本を書いたという事実は、作家にとっては最大の讃辞となる。そして作家側も、こうした本の特性を生かすべくいろいろ手を尽くしてきた。再読して初めて分かるような筋書や皮肉を込めたり、読み込まないと分からないように詳細な記述を詰め込んできた。ウラジーミル・ナボコフはかつて「誰も本を読むことはできない。再読できるのみだ」と言った。[246] ナボコフの小説はよく、信用できない語り手（ペール・ファイヤーとアーダやアルドー）に語らせる形式で、読者が後でもっとしっかりした視点から読み直したくなるように書かれている。最高のミステリーやスリラーは、再読して初めて予示されていることが分かるような、見事に隠された事実が最後の最後になって暴露されるようになっている。『ハリー・ポッター』の全7巻の物語には、たくさんの隠されたヒントがあり、読者は何度も読むことで最高の楽しみを得ることができる。

前世紀にわれわれがスクリーンで見ていたメディアは本ととても似ていた。映画は本と同じで物語によって直線的に進んでいった。しかし本と違って、映画はもう一度鑑賞されることは稀だった。どんなヒット映画でも、劇場公開の後は、地方の映画館で1カ月ほど上映されると、後は何十年後かにテレビの深夜番組で再上映される以外、再び見ることは非常に稀だった。ビデオができるまで、再上映というものはなかったのだ。テレビも似たようなものだった。番組表に従って放送されるだけだ。その機会に見るか、見逃したままかだった。公開されたばかりの映画を二度見ることがないように、夏に再放送される連続ドラマ番組は稀だった。たとえ再放送される場合でも、その日時に注意していないと見逃してしまった。

映画やテレビのこの口述的な特徴から、あらゆるショーは一度しか上映されないことを前提に作られるようになった。それによって、長編映画では第一印象で可能な限り物語が伝わるように作らざるを得なくなった。その結果、本当なら二度目や三度目に分かるような話を作り込んでいく機会はますます減ることになった。

まず家庭用ビデオ、次にDVD、その後はTiVoが出てきて、いまではストリーミングで映像が流れ、巻き戻しできることが当たり前になっている。もしもう一度見たければ、たいていの場合できるのだ。映画やテレビの断片だけ見たければ、それはいつでもできる。こうした巻き戻しはCM、ニュース、ドキュメンタリー、短編映画などすべてで——オンラインであれば——可能だ。何よりも巻き戻し可能性によって、CMは新しいアート形式となった。何度でも見られるようになったことで、儚《はかな》いショーの幕間に放映される儚い一瞬の映像という牢獄から解放され、何度でも読み返されるショーのライブラリーに入ったのだ。そして他人にシェアされ、論議されたり、分析されたり研究されたりするようにもなった。

われわれはまた、スクリーンに流れるニュースに対しても、巻き戻し可能性が不可避なことを目撃している。昔のテレビのニュースはその瞬間に流れるだけで、録画されたり分析されたりすることなく、ただ消費されるものだった。しかしいまでは巻き戻せる。そしてニュースを巻き戻すと、その正確さや動機や見識についても比較ができるのだ。われわれはそれをシェアし、事実確認をし、ミックスする。群衆《クラウド》はそれまでに言われたことを巻き戻して確認できるので、政治家も評論家も、あるいは何かを主張する誰もが、態度を変えることになった。

映像が巻き戻し可能になったことで、『ロスト』、『ザ・ワイヤー』、『バトルスター・ギャラクティカ』といった120時間もある映像が可能になり、かつ楽しめるようになった。初見で理解するにはあまりに多くの細部が巧みに埋め込まれているため、いつでも巻き戻して見るのが当たり前になっているのだ。

音楽は録音され、巻き戻し可能になったことで変容した。ライブ音楽はその場限りであることが前提で、パフォーマンスごとに違うものだ。それを頭まで巻き戻して——つまりパフォーマンスそのものを——聴き直すことができるようになったことは、音楽を根本的に変えた。曲は平均的に短くなり、メロディーが豊かで繰り返しが多いものになった。

現在のゲームは巻き戻し機能が付き、再プレー、やり直し、追加の命や似たようなコンセプトが可能だ。巻き戻して同じプレーをほんのちょっと変えてみて、それを何度も何度も繰り返してはそのレベルをマスターしていく。最新のレースゲームでは、いつでもアクションを巻き戻して、文字通り以前のどんな地点へも遡れる。すべての大手のパッケージ型ソフトにやり直しボタンが付いていて、巻き戻しができる。最高のアプリとはやり直し回数に制限がなく、好きなだけ元に戻れるものだ。フォトショップやイラストレーターといった、一般消費者向けソフトの中でも最も複雑な部類のものは、「非破壊編集」を採用している。これは、どれだけ変更を重ねても、作業のどの時点にでもいつでも遡ってそこから再開できる機能だ。ウィキペディアが優れているのはやはり非破壊編集を採用しているところで、以前のすべての版がそのままずっと残っており、どの読者も過去のどの地点へも遡れる。このやり直し機能が創造性を刺激しているのだ。

没入環境やVRの世界も将来は不可避的に、以前の状態に戻れるようになるだろう。実際のところ、デジタルであれば何でも、リミックスされるのと同様、やり直しや巻き戻し可能性を持つだろう。

もっと先の話としては、われわれはやり直しボタンが付いていない経験に我慢できなくなっていくだろう——たとえば食事といったものに。実際には食事の味や匂いを再度表現することはできない。でもそれが可能になったら、料理の世界を変えてしまうだろう。

コピーという形でメディアを完全に複製することはよく行なわれている。しかし巻き戻しという形でメディアを完全に複製する点ではまだあまり進んでいない。われわれが日々の活動をライフログに残し、生活の流れを記録するようになると、生活の多くの部分がスクロール可能になっていく。たとえば自分の受信ボックスや送信ボックスに毎日何度も分け入っては、自分の人生のかつてのエピソードまでスクロールして遡る、といった具合だ。もしそうやって戻れることが分かっていたら、初めて何かを体験することの意味も変わる。スクロールして戻ることが簡単で確実になり、深い体験ができるようになれば、未来の生活観は変わるだろう。

近い将来には自分の会話をいくらでも録音できる、という選択肢が増えるだろう。デバイスさえ持っていれば（着ていれば）コストもかからないし、巻き戻すのはとても簡単なはずだ。自分の記憶を補完するものとして、何でも録音する人も出てくるだろう。こうして記録することについては、社会的エチケットを巡ってさまざまな議論が起こるだろう——個人的な会話はスクロール禁止になる、といったように。しかし、公共の場所で起きることはスマートフォンのカメラや自動車のフロントに付いているドライブレコーダー、街頭の照明に付いている監視カメラでどんどん記録され、再生可能になっていくだろう。警察官は勤務中にはウェアラブルデバイスですべての活動内容を記録することが、法律で義務付けられるようになるだろう。そのログを巻き戻すことで、警察への大衆の声も変わるだろう。非難の声も上がれば、疑念を晴らすものもあるだろう。政治家や有名人などの毎日の活動も、複数の視点からスクロールされる対象となるだろう。誰もの過去が思い出せるものになることで、新しい文化が生まれるのだ。

巻き戻し可能性と発見可能性は、まさに動画で起こっているグーテンベルク的な変革だ。それら二つや他の多くの要素がリミックスされ、VRや音楽、ラジオ、プレゼンといった新たにデジタル化されたメディアに適用されるだろう。

リミックスする――既存の素材を再構成したり再利用したりする――ことは、伝統的な財産や所有という概念に大混乱を引き起こす。もしあなたがあるメロディーを、家と同じように財産として所有しているなら、私がそれを許可もなく支払いもせずに使う方法は非常に限られたものになる。しかしすでに説明したように、デジタルのビットは手に触れることができず、他と競合することもない。つまり不動産というよりアイデアに近いのだ。遡ること1813年にトーマス・ジェファーソンは、アイデアとは本当は財産ではなく、あるいは財産だとしても不動産のようなものではないことを理解していた。彼は「私からアイデアを受け取る者は、私のアイデアを減じることなく、それを受け取る。私のロウソクから火を受け取る者が、私の光を消してしまわないのと同じように」と書いている。[247] もしジェファーソンがモンティチェロの自宅をあなたに渡したら、彼の家はなくなってしまう。しかし彼がアイデアをくれるなら、あなたはそのアイデアを手に入れるし彼はそのアイデアを保持できる。今日のわれわれの知的所有権に対する論議がはっきりしないものになるのは、この奇妙な点のせいだ。

われわれの法体系のほとんどはまだ農耕時代の原理原則で動いており、所有物には実体があることが前提となっている。つまりデジタル時代に追いついていないのだ。それは努力が足りないのではなく、所有することが以前ほど重要でなくなった時代に、所有がどう機能するかを明確にできていないせいだ。

メロディーを所有するとはどういうことだろう? あなたが私にあるメロディーを教えてくれたとしても、あなたはまだそれを持っている。しかしあなたのメロディーが、1000年前にあった似たメロディーと1音しか違わなかったとしたら、それはそもそもあなたのものと言えるのだろうか。それに楽譜は所有できるのだろうか。もしそれを複製して売ったとしたら、そちらがコピーだとする根拠は何だろう。バックアップやストリーミングで流れてきたものはどうだろう。それはただの難解な修辞上の疑問ではない。音楽はアメリカの主たる輸出品であり、何十億ドルもの産業規模を誇る。[248] 実体を持たないこの音楽がどう所有され、どのようにリミックスされるのかというジレンマは、今日の文化の最前線にある中心的問題なのだ。

曲の一部をサンプリングする——そしてリミックスする——権利については法的な論争が続いていて、特にその元の曲やリミックス後の曲がヒットして多額のお金を生み出した場合が争点になっている。他のニュース素材を再利用したりリミックスしたりすることの妥当性は、新しいジャーナリズムメディアにとって大きな制約条件ともなる。スキャンした本の一部を再利用できるかが法的に不確かだったことが主な理由となって、グーグルはすべての本をスキャンするという野心的な計画を断念した[249]（しかし裁判所は遅まきながら2015年にグーグルに有利な判断を示している）。知的所有権はまだ掴みどころのない世界なのだ。

現代の知的所有権関連の法律が、その裏で動いているテクノロジーの現実とうまく噛み合わないのにはいろいろな理由がある。アメリカの著作権法はクリエーターに対してさらなる創作活動を支援するために、著作者に一時的に独占的な権利を与えており、その有効期間はクリエーターの死から70年以上に延ばされてきたが[250]、それは本人の死後の影響力から考えても長いものだ。多くの場合、この非生産的な一時的独占は100年となり、さらに延ばされており、もはや一時的とは言えない状態になっている。インターネットの速度で動いている世界で、1世紀もの法的な締め出しはイノベーションや創造活動にとって重大な損失だ。それは、物質《アトム》を前提にした前時代の名残による重荷でしかない。

グローバル経済全体がアトムから手に触れられないビットへと移行している。所有からアクセスへと移っている。コピーの価値からネットワークの価値へと傾いている。常に留まることなく増加していくリミックスの世界へと不可避的に向かっている。法律はゆっくりとだが、それを追っていくだろう。

そうなると、リミックスの世界で新しい法律がすべきことは何なのだろうか？

いまある素材を分配することは尊重すべき必要な作業だ。ローマーやアーサーなどの経済学者が指摘するように、組み換えることこそがイノベーションの——そして富の——唯一の源泉なのだ。「それは借り手によって違うものに変えられたか？」という問いから始めてみるのはどうだろう。リミックスやマッシュアップ、サンプリング、分配、借用によって、ただのコピーではなくオリジナルから何かが変わったかということだ。アンディ・ウォーホルはキャンベルのスープ缶を変えただろうか？　もしその答えがイエスであるなら、つまり派生物はコピーとは別の何か──変換され、変異し、改良され、進化したもの──だと考えられる。それぞれの例で判断は分かれるかもしれないが、それが変わったかどうかを問うのは正しい質問だ。

「変わっていく」かどうかは強力なテストとなる。それは、〈なっていく〉ことを言い換えたものだからだ。「変わっていく」とはつまり、今日われわれによって創造されたものが、明日には何か違うものになる、もしくはなるべきだということだ。手付かずで変わらないままのものなど何もない。そのことが意味するのは、何らかの価値を持つ創造はやがて、不可避的に何か別のものへと──ある違うバージョンへと──変わっていくということだ。確かに、J・K・ローリングが１９９７年に出した『ハリー・ポッター』のバージョンはずっとそのままだが、これから数十年の間に熱心なアマチュアファンがペンを手に取り、さらに何千ものファンフィクション・バージョンが生まれることは不可避なのだ。発明や創造が強力なものであればあるほど、それらは他の人々の手で変わっていく可能性が高く、それがより重要になるのだ。

　これから30年の間に生まれる最も重要な文化的作品や最も強力なメディアは、最もリミックスされたものだろう。

# 9. INTERACTING
インタラクティング

仮想現実《バーチャル・リアリティー》（ＶＲ）は作り物の世界なのに、完全に本物のように感じる。サラウンドシステム付きの超大型ＩＭＡＸスクリーンで３Ｄ映画を鑑賞すると、ちょっと似た経験ができるだろう。あなたはそこでまったく違う世界に没入するが、それこそがＶＲの目指しているものだ。ただし、３Ｄ映画は完全なＶＲとは違い、劇場の中で想像力はどこか違う場所に旅立つが、自分の体は旅立たない。椅子に座っていると感じるのだ。実際には没入の魔法にかかるために、あなたは劇場の同じ場所に座り続けて、受動的に真ん前を見続けなければならない。

もっと進歩したＶＲの経験といえば、映画『マトリックス』でネオが直面する世界のようなものだ。ネオがコンピューターの作った世界の中で走り、跳び、何百ものクローンと戦っても、彼にはそれが完全に現実に思える。あるいは現実以上にリアルなハイパーリアルかもしれない。彼の視覚、聴覚、触覚などは合成された世界に完全に乗っ取られていて、それが人工的なものだと気づかないのだ。さらにもっと進歩したＶＲは、『スター・トレック』に登場するホロデックだ。そこではホログラム映像で作られた対象物や人があまりに現実的で、触っても硬く感じるほどだ。自由自在に入り込むことのできる疑似環境は、ＳＦが繰り返し描いてきた長年の夢なのだ。

現在のＶＲは３ＤのＩＭＡＸ映画の初歩的な感覚とホロデックの究極の疑似体験の間にある。２０１６年のＶＲ体験は、マリブの超豪邸の床がふかふかな部屋を次々と歩き回り、自分があたかもそこにいるように感じながら、実際には１０００マイル離れた不動産屋のオフィスでヘルメットを被って立っている、といったものだろう。この前そんな体験をしたばかりだ。もしくは一角獣が跳ね回っているその上をまるで飛んでいるようなファンタジーの世界にも、ひとたび特別なメガネを着ければ行くことができる。もしくはバーチャルなオフィスの席で、タッチスクリーンが空中を漂い、本当は遠くにいる同僚のアバターが隣で話しているというのもあるだろう。どのケースでも、まるで物理的にこの仮想世界にいるような強い感覚に囚われる。それは、周りを見回したり、どちらにも動けたり、物を動かしたりすることができるからで、実際にそこにいると納得してしまうのだ。

最近私は、多くの試作中のVR世界に没入する機会があった。その中でも一番良かったものでは、まさにそこにいるという揺るぎない感覚に陥った。物語を語るときに、現実味を高めるための一般的な方法は、疑うことをいったん止めてみることだ。だがVRの場合は疑うのを止めるのではなく、自分がどこか違う場所にいるとか、誰か違う人になっているというように、信じる度合いを上げることだ。あなたの利口な心は自分が実際は回転椅子に座っていると分かっていても、自分の身体に宿っている私は沼地を歩いていると確信するのだ。

過去10年間にVR開発の研究者たちは、この圧倒的なプレゼンスをデモするお約束のセッティングを作り上げた。デモを待っている人は、何も特徴のない実際の部屋の真ん中で立って待たされる。黒い大きなゴーグルがスツールの上に置かれている。それを着けるとすぐに、やはりそこに立っている同じ部屋のバーチャル版の中に没入する。やはり何の特徴もないパネルや椅子が置かれているだけだ。体験者の視点からはたいした変化はない。まず見回してみる。ゴーグルで見ると少々画面は粗い。やがてその部屋の床が少しずつ崩れ落ちていき、自分は浮遊する板の上に乗っていて、階下の床が30メートル下に見える。このものすごくリアルな穴の上に高く浮かぶ板の上を歩いてくれと体験者は言われる。こうしたシーンは年々ますますリアルになっていき、いまや体験者の反応は容易に予想できるものになった。まったく動けないか、動けたとしても脚が震えて手に汗かいているかだ。

私もこのシーンに足を踏み入れたとき、同じような反応をした。まるで釣り上げられた魚の気分だった。スタンフォード大学の研究室の薄暗い部屋[251]にいると私の意識は囁き続けているのに、体は原始的な心に乗っ取られていた。その心は、板が狭過ぎるしあまりに高く浮かんでいるからすぐに引き返さないといけないと主張していた。いますぐにだ！　高所恐怖症の症状が出始めた。膝が震え始めた。ほとんど吐きそうな気分だ。次の瞬間に、私は突拍子もないことを試みた。その板から飛び降りて、そのバーチャル世界にあるすぐ近くの棚に飛び降りようとしたのだ。しかしこの世界では降りるということはできず、体は床で飛んだだけだった。結局私は床に立ったままで、まさにこういうときのために待機していた屈強な２人の監視員に支えられていた。私の一連の反応は完全によくあることで、ほとんど誰もが落ちるのだ。

完全に信じられるＶＲはもうそこにある。しかしこれまで私はずっとＶＲについて間違った考え方をしていた。１９８９年に友人の友人が、カリフォルニア州レッドウッドシティーにある研究室で、自分が発明したという装置を見せてくれた。この研究室はオフィスビルの中にある二部屋ほどで、ほとんど机がなかった。いろいろ電線が縫い込まれた合成ゴムでできたボディスーツ、電子機器が絡み付いた大きな手袋、ガムテープの貼られた水泳用ゴーグルの列が壁に所狭しと並べられていた。私が会いに来た人物はジャロン・ラニアーといい、肩まである金髪のドレッドヘアーだった。私はいったいどうなるものかと思っていたが、ラニアーは、彼がバーチャル・リアリティーと呼ぶところの新しい体験ができると請け負ってくれた。

数分してラニアーは、十数本もの電線が指に付いた手袋を渡してきたが、その線は部屋を横切って見慣れたデスクトップのパソコンにつながっていた。私はそれを手にはめた。ラニアーは網目状のストラップで吊られた黒いゴーグルを私の頭に被せた。その装置から出た太く黒いケーブルが、私の背中を通って彼のコンピューターまで続いていた。ゴーグルの中で目の焦点が合うと私はその世界に入った。青い光の広がる場所にいた。手があるはずの位置に、マンガのような手袋のイメージが見えた。そのバーチャルな手袋は私の手と同じ動きをした。いまやそれは私の手袋だと感じられ、頭ではなく体で、自分がもはやオフィスにはいないと強烈に感じられた。それからラニアーが、この自ら作り出した世界に入り込んできた。ヘルメットと手袋を着け、その世界に少女のアバターに扮して登場した。この世界では、アバターを自分の望むどんな格好にもデザインできたからだ。われわれは初めてこの夢の世界に一緒に入り込んでいた。それは1989年のことだった。

ラニアーは「バーチャル・リアリティー」という言葉を広めた人物だが、こうした没入型のシミュレーションを1980年代後半に行なっていたのは彼だけではない。いくつかの大学やスタートアップ、それに米軍でも似たような試作品を作っており、こうした現象を再現するのにそれぞれが幾分違った方法を取っていた。私は彼の小宇宙に入り込むことで未来が見えたような気がして、できるだけ多くの友人や仲間の専門家に同じ経験をしてもらいたかった。当時私が編集していた雑誌(『ホール・アース・レビュー』)の協力を得て、1990年秋の時点で存在したVR装置をすべて一般向けにデモする初めての場を作った。土曜日の昼から日曜日の昼までの24時間、チケットを買った人なら誰でも並べば、20を超えるVRの試作品をどれでも試すことができた。夜の早い時間には、サイケデリックの教祖ティモシー・リアリーが登場して、VRをLSDに喩えた。このイカれた装置が生み出す圧倒的な印象からすればそれも完全に理解可能だ。シミュレーションはリアルだった。画像は粗く、ときどきもどかしい動きになったりしたが、意図された効果は確実に出ていた——われわれはどこか違う場所に行っていたのだ。次の日の朝には、新進気鋭のSF作家ウィリアム・ギブスンが、徹夜で初めてサイバースペースを試した後に、こうした合成された世界へ導く入口についてどう考えるか尋ねられた。彼はそこで、現在は有名になった言葉を初めてつぶやいたのだ——「未来はすでにここにある。まだ均等に分配されていないだけだ」

実際に、VRはまったく均等に行き渡らずに消えていった。次の段階は決して来なかった。VRは5年ぐらいで、少なくとも2000年までにはどこにでもあるものになると私も含めて誰もが考えていた。しかしジャロン・ラニアーの先進的な仕事から25年経った2015年になるまで、何も進展はなかった。VRに特有な問題は、現実に十分近いと言われながら、常にそれが十分ではないことだ。VR世界に10分以上長くいると、その粗さとぎごちなさで気分が悪くなる。それを克服する十分強力で高速で気分の良い装置は何万ドルもする。そういうわけで、VRは消費者には手の届かないものになり、同時にこうした装置を一気に普及させるのに必要なVRコンテンツを作って一気にスタートを切りたい多くのVR開発スタートアップにとっても手が出ないものとなった。

25年経って、最も縁遠いと思われていた所から救世主が現れた——電話だ！　スマートフォンがグローバルに劇的な成功を収め、その小さなスクリーンの品質がとんでもなく向上して値段はとんでもなく下がった。VRで使われるゴーグルのスクリーンは、大きさも解像度もスマートフォンとほぼ同じなので、最近のVR用のゴーグルは安価なスマートフォン用スクリーンのテクノロジーを使っている。それと同時に、スマートフォン用のモーションセンサーも性能が上がって値段が下がり、VRのスクリーンが頭や手や体の位置を検出するのに安価に援用できるようになった。実際にサムスンやグーグルが消費者向けに作った最初のVR装置は、ヘッドマウントディスプレーの空いた部分に普通のスマートフォンを入れて使うものだった。[252]「サムスン・ギアVR」を被るとスマートフォンのスクリーンを見ることになり、あなたの動きはそのスマートフォンが追跡するので、つまりは電話があなたを別の世界に誘うことになるのだ。

VRが未来の映画を席巻するだろうと誰もが想像できるし、特にホラー、ポルノ、スリラーといった、直感的で内臓で話を感じるような種類の映画で成功するだろう。また、テレビゲームでVRが特別の役割を果たすことも簡単に想像できる。何億人もの熱心なプレーヤーがスーツや手袋やヘルメットを着けて、遠く離れた世界に飛んで、一人で、もしくは友人たちと徒党を組んで、隠れ、撃ち、殺し、探検する。当然ながら、消費者向けVR開発にいま主に投資しているのはゲーム企業となる。しかしVRにはもっと大きな可能性がある。

現在のVRの急速な進歩を駆り立てているのは、プレゼンスと相互作用《インタラクション》だ。「プレゼンス」こそ、現在のVRのウリだ。映画技術の歴史的発展は、トーキーから始まり、カラーから3Dへと、より早くスムーズに見えるコマ送りによって、リアルさを増す方向へ進んで行った。それと同じ流れがいまVRでも加速している。解像度が上がり、コマ数がアップし、コントラストが増し、カラー表現の幅が拡がり、音響がさらに高品質になるという動きが毎週のごとく、映画以上に早く進んでいる。つまりVRはいまの映画より早くリアルになっていっているのだ。10年以内に、最先端のＶＲの画面を見ると、あなたの目は騙されて、本当の窓を通して現実の世界を見ていると思ってしまうだろう。それは明るく、ちらつきもなく、ピクセルなど見えない。あなたは絶対に、それが現実だと感じるだろう。例外なく。

第二世代のＶＲテクノロジーは、新しく革新的な「ライトフィールド」投影だ[253]（最初にこのタイプを商品化したのは、マイクロソフトのホロレンズ[254]［HoloLens］とグーグルが出資したマジック・リープ社［Magic Leap］だった）。この仕組みでは、ＶＲ画像は半透明のバイザーにまるでホログラフのように投影される。こうすれば、ゴーグルを使うことなく、投影されたリアリティーが日常の視野に重ねて表示されるのだ。たとえば、普通にキッチンに立ったままで、目の前に完璧な解像度のＲ２‐Ｄ２が見える。その周りを歩き回って、近付いて、動かして確かめることさえできるし、そうすることでさらに本物だと思えるようになる。こうやってイメージを重ねる方式は、拡張現実《オーグメンティッド・リアリティー》（ＡＲ）と呼ばれる。通常の世界の風景に人工的な部分が加えられ、両目のすぐ前にあるスクリーンよりも遠くに焦点を合わせるので、このテクノロジーが生み出す幻想は、プレゼンスの塊となる――そこにそれがあると断言してしまうほどに。

マイクロソフトはライトフィールド型ＡＲを使って、未来のオフィスを作ろうと構想している。パーティションで区切られたオフィスの席で壁のモニター画面を見ているのではなく、オープンなオフィスでホロレンズを着けて、周りに巨大なバーチャルスクリーンが配置されている方式だ。もしくはクリック一つで、いろいろな都市に住んでいる同僚たちと３Ｄの会議室に飛んで行くこともできるだろう。あるいは、クリックしてトレーニング室に飛ぶと、教師がすぐに役立つクラスを開いていて、われわれのアバターに「分かりましたか？　ではそうやってください」と言いながら適切な手順を指導してくれる。多くの場合、ARの教室の方が、実世界のものより優れている。

映画的リアリズムを実現する点で、VRの方が映画そのものより早く先に進んでいく理由は、ヘッドマウントディスプレー（HMD）の巧妙な仕掛けのせいだ。IMAXの巨大スクリーンを現実世界に入り込むための窓だと観客に納得させるために必要な解像度と明るさを得るには、ものすごいコンピューターの力と光度が必要だ。60インチの平面ディスプレーで同じ程度の映像を再現するのも、そこまで大変ではないが簡単ではない。しかし顔の前に付けられた小さなバイザーなら、同じ程度の品質を得るのはずっと簡単だ。なぜならHMDはあなたがどこを向いても、その視線の方向に合わせて常に目の前にあり、いつでも完全な映像をリアルに見せられるからだ。そこで、窓から見た風景のように精彩で完全な3D映像を作り、どちらを向いてもそれが見えるようにすれば、VRの中にバーチャルなIMAXを作れることになる。そのスクリーンのどこに目を向けても、それは物理的に顔の真ん前に付いているので、リアルさも一緒についてくる。あなたを取り囲む360度のバーチャル世界の映像が、あなたの目の前にあるものと同じ究極の解像度で展開されるのだ。それに、実際にあなたの目の前にあるのは小さなスクリーンの表面なので、ちょっとした改良でもっと安く簡単に品質を向上させることができる。この小さな領域が、巨大で破壊的なプレゼンスを掻き立てるのだ。

しかし「プレゼンス」がウリになるとしても、VRの揺るぎない効果はインタラクティブから生まれる。VR装置の煩わしさによってどれだけ快適さが損なわれているかははっきりしない。流線型のグーグルグラスは（私も試してみたが）、サングラスほどの大きさの非常に手軽なAR

ディスプレーだったが、それでも初期には多くの人々にとってかなりやっかいなものだった。そのプレゼンスは多くの人々を惹きつけるが、それを使い続けようと思わせるのは、VRにおけるインタラクティブの割合なのだ。あらゆるレベルでインタラクティブであることは、テクノロジーの他の領域にも広がっていくだろう。

約10年前のことだが、ネットではセカンドライフというものが流行していた。セカンドライフは実世界《ファーストライフ》を反映した疑似世界で、その中でメンバーは全身を模したアバターを作っていた。ほとんどの時間、彼らはアバターを改良して美男美女にして魅力的な服を着せたり、信じられないほど美しい他のメンバーのアバターと付き合ったりすることに時間を使っていた。そこでは人生の時間を、あり得ないほど美しい家や洗練されたバーやディスコを作ることに費やしていた。その環境とアバターは完全な3Dで作られていたが、技術上の制約で、デスクトップのパソコンでは平面的な2次元でしか見られなかった（セカンドライフは2016年に、プロジェクト・サンサという名前で再び3Dの世界として立ち上がった）。会話をするためには、アバターの所有者が文章を打ち込み、それが頭の上に吹き出しとして表示された。それはまるで、マンガ本の中を歩いているような感覚だった。この無骨なインターフェースのせいで、プレゼンスの深みはまったく感じられなかった。セカンドライフの主たる魅力は、疑似3D環境を創作するための、完全に開かれた環境だった。あなたのアバターは、バーニングマンの祭り〔アメリカ・ネバダ州の砂漠に年に一度、一時的な町を作って行なう〕が行なわれる空き地のような何もない空間に歩いて行って、そこに最高にカッコいいとんでもない建物や部屋を作ったり、野生の環境を構築し始めることができた。物理法則は関係なく、材料は無料で、何をするのも可能だった。しかし当時の難解な3Dツールを使いこなせるまでには、多くの時間がかかった。2009年にはスウェーデンのゲーム会社マインクラフト社が、似たような疑似3D世界を作れるサービスを始めたが、巨大なレゴを組み立てるような誰でも使えるお手軽なブロック方式を採用した。使い方を勉強する必要もなかった。そこで多くの人が、何か作ろうとマインクラフトに移っていった。

セカンドライフの成功は、想像力に富んだ仲間同士で交流できることで高まったが、社会の熱がモバイルに移行すると、スマートフォンではセカンドライフの洗練された3D世界を処理できず、多くのユーザーが他に移ってしまった。マインクラフトにはさらに多くの人が流れていった――高解像度ではないためスマートフォンでも使えたからだ。しかしセカンドライフに忠実なユーザーはいまだに何百万人もいて、想像上の3D世界の中を常時約5万のアバターが歩き回っている[255]。そのうちの半分はバーチャル・セックスをするためで[256]、それはリアルさを求めるというより付き合いに重点が置かれたものだ。セカンドライフの創設者フィル・ローズデールは数年前に新しいVRの会社を立ち上げ、オープンな擬似世界が生み出す社会的可能性を利用し、もっと納得できるVRを発明しようとしている。

最近になって私はローズデールの始めたハイ・フィデリティーというスタートアップを訪ねた。この名前〔「高忠実度」の意〕から推察できるように、何千人、いや何万人かもしれない多数のアバターが同時に集うバーチャル世界のリアリズムを向上させようとする会社だ。つまり、本当に活況を呈しているバーチャル都市を創造するのだ。ジャロン・ラニアーが作った先駆的VR環境では二人が一緒に入れたが、これを使ってみて（彼のオフィスを訪れた他の人々も）感じたのは、VRの中ではそこに出てくる他人が、他のどんなものよりも興味深いということだった。2015年になってまたＶＲを体験してみたが、合成された世界のデモで最良なものは、最もピクセルを詰め込んだものではなく、他の人々との関わりが最も持てることで深いプレゼンスを感じさせるものだった。こうした目標のために、ハイ・フィデリティー社ではちょっとした工夫をしている。安価なトラッキングセンサーを利用して目の動きを追うことで、両世界でのあなたの視線の方向をシンクロさせるのだ。つまり頭の回転する方向ばかりか、目の向いている方向も追う。ヘッドセット内に埋め込まれた超小型カメラがあなたの目の動きを追跡し、あなたの見ている方向を正確にアバターの見ている方向に反映する。ということは、誰かがあなたのアバターに向かって話しかけると、その目はあなたの目を見つめ、あなたも相手を同じように見つめている。あなたが動けば彼らの頭も動くことになり、そのとき彼らの目はあなたを見つめたままだ。視線を交わすことには、お互いを惹きつけるものすごい力がある。親密な感覚を喚起し、プレゼンスを強く感じさせるのだ。

　ＭＩＴメディアラボを率いたニコラス・ネグロポンテは、かつて１９９０年代にふざけて、男性用トイレの小便器は自分のコンピューターよりスマートで、誰かが使えばそこにいることを認識して去ると水を流すが、彼のコンピューターは一日中その前に座っていても誰が使っているのかを認識していないと言っていた。[257]その話はある意味、現在でも変わっていない。ラップトップやタブレットやスマートフォンも、だいたいは持ち主がどのように使っているかに無頓着だ。そうした話は、ＶＲ用ヘッドセットに付けられたような安価な視線計測《アイトラッキング》メカニズムの登場で変わり始めている。最新のサムスンのスマートフォン、ギャラクシーにはアイトラッキング技術が使われており、あなたがスクリーンのどこを見ているかを正確に分かっている。視線をトラッキングすれば、いろいろなことに役立つ。通常は指やマウスよりも先に目がスクリーンの該当箇所を見るので、それを追っていけば操作が早くなる。また何千人ものユーザーの視線が留まった時間をトラッキングすれば、ソフトの画面のどの部分が注目されたかを解析することもできる。サイト運用者なら、利用者がトップページのどこをきちんと見ていてどこはかすめただけなのかが分かるので、デザインを改良できる。アプリ製作者は、インターフェースのどの部分にユーザーの注意が行き過ぎているかが分かれば、その部分の使い勝手を修正できる。車のダッシュボードに付けておけば、運転者が眠くなったり注意が散漫になったりするのを探知できる。

スクリーンからわれわれを見返している小さなカメラを訓練すれば、新しいこともできるようになる。まずこうしたカメラは人の顔全般を認識するよう訓練され、デジタルカメラのフォーカスを合わせる技術に使われている。そして次に、特定の人の顔を――例えばあなたの顔も――認識するよう訓練され、IDパスワードとして使われている。ラップトップのカメラがまずあなたの顔を覗き込み、虹彩の中にまで入り込み、ホームページを開く前にそれがあなたであるかを確認する。最近になって、MITの研究者が機械に埋め込まれたカメラに、人間の感情を検知させるよう教え込んだ。われわれがスクリーンを凝視すると、スクリーンもわれわれがどこを見てどんな反応をするかを凝視する。MITメディアラボのロザリンド・ピカードとラナ・エル・カリウビーは、人間の微妙な感情に同調するソフトを開発し、彼女らが言うには、人がふさぎ込んでいるかどうかも検出できるという。それは20もの違った感情を見分けることができる。私もかつて、ピカードが「情動テクノロジー」と呼ぶもののベータ版を、彼女のラップトップで見せてもらったことがある。ラップトップの蓋の部分に小さなカメラが付いていて、私が難しい文章を読んでいる間、まごついているか熟読しているかを正確に判断してくれる。長い映像を見ている途中で注意が散漫になっていないかも判断できる。この知覚はリアルタイムで行なわれるので、スマートなソフトはそれに合わせて私が見ているものを変えてくれる。例えば、私が本を読んでいてある言葉に躓いていると、その語の定義を表示してくれる。同じ箇所を何度も読んでいたら、その部分の注釈などを追加してくれる。同じように、動画のあるシーンで私が飽きていると分かったら、先のシーンに飛んだり、その部分を早回ししたりしてくれる。

自分のデバイスに感覚——目、耳、動き——を加えることで、それらとインタラクションできるようになる。それらはわれわれがいることばかりか、誰がいてその人がどういう気分なのかも知っている。もちろん、定量化された感情を手にできるのは市場関係者には大歓迎だろうが、こうした知識はわれわれ自身にも直接役立つ。自分のデバイスがまるで仲間のように感受性を持って反応してくれるからだ。

1990年代に私は作曲家のブライアン・イーノと音楽におけるテクノロジーの急速な進歩、特にアナログからデジタルへの急激な変化について話し合った。イーノはいまで言う電子音楽を発明したことで有名だったので、彼がデジタル楽器の多くを否定したのには驚いた。彼が最もがっかりしていたのは、角ばった黒い箱に付けられた小さなノブやスライダーやボタンなどの、使う気になれないようなインターフェースだった。それらを使うのに動かす必要があるのは指だけだった。それと比べて伝統的なアナログの楽器は、官能的な弦楽器やテーブルほども大きな鍵盤楽器、肉感的な太鼓の打面など、音楽ともっと味のある身体的なインタラクションができる。イーノは私に「コンピューターを使ったときに困るのは、そこには十分アフリカがないことだ」と言った[258]。彼が言っているのは、コンピューターとボタンだけでインタラクションすることは、指先だけでダンスをしているようなもので、アフリカにいるときのように全身で踊るのとは違うということだ。

マイクやカメラや加速度センサーを埋め込めば、楽器に少々アフリカ的なものを注入できるだろう。楽器がわれわれの声を聴き、見て、感じることができるようになるのだ。手をさっと動かせばスクロールする。腕を振ってWiiを操作する。タブレットを振ったり傾けたりする。指先と同じように足や腕、胴、頭も使えるようにしてくれる。独裁者のようなキーボードを投げ出して、全身を使う方法はないだろうか？

一つの解答として、2002年の映画『マイノリティ・リポート』を見てみよう。監督のスティーブン・スピルバーグは、2050年のもっともらしい世界を描くためのシナリオを書こうと、テクノロジーに詳しい人物や未来学者を集めて、50年後の日々の生活についてブレストをした。私もそれに招集された一人で、未来の寝室がどんなで、どんな音楽がかかっていて、特に2050年にはコンピューターでどんな仕事をしているかを描くのが仕事だった。共通のコンセンサスとしてまとまっていたのは、われわれが全身と全感覚を使ってマシンとコミュニケーションするだろう、ということだった。そこにアフリカを加えて、座ってではなく立ったままで仕事をすることにしてもいいだろう。立ったままなら違う発想が湧くはずだ。もしくはイタリアを加えて、手でマシンと話すことにしてもいい。あるグループでは、MITメディアラボのジョン・アンダーコフラーがこのシナリオのさらに先に行っていて、可視化されたデータを手の動きでコントロールする試作品を開発していた。彼のシステムは実際に映画のシーンに組み込まれた。トム・クルーズの演じる役が、VR用の手袋のようなものをはめ、まるで音楽の指揮をするように手を挙げて、警察の監視データをブロックごとにシャッフルする。声で命令をつぶやきながら、データとのダンスを繰り広げていた。それから6年して、映画『アイアンマン』がこれと同じテーマを取り入れた。主人公のトニー・スタークが、コンピューターが投影したデータが並ぶバーチャルな3D画面を腕で操作し、データをビーチボールのように摑んで、情報の束をまるで何か物体のように回転させていた。

それはとても映画的な使い方だったが、未来のインターフェースは両手をもっと身体の近くで使うものになりそうだ。両腕を目の前に伸ばしたまま1分以上その姿勢でいたら、エアロビクスの運動になってしまう。もっと進んだ使い方として、インタラクションは手話により近いものになっていくだろう。未来のオフィスワーカーはキーボードを叩いたり、ましてやカッコよく明滅するホログラフィックなキーボードも使っておらず、新たに進化した手のジェスチャーを使いながら、デバイスに話しかけているだろう。そのジェスチャーは、親指と人差し指の間を広げたり狭めたりしてサイズを変えるピンチの動作や、L字形を作った左右の手を合わせて画角を決めたり何かを選んだりする動作と似たものだ。現在のスマートフォンは話し言葉をほぼ完全に認識するところまできており（リアルタイムに翻訳をすることも）、デバイスとのインタラクションにおいては声が大きな役割を占めるだろう。もし誰かがポータブルデバイスと会話している2050年の姿を描きたければ、スクリーン上にまたたく選択肢の中から目で選んで、やっと聞こえるぐらいのけだるそうなつぶやき声で確認し、膝の上や腰のあたりで素早く手をばたばたしている姿を思い浮かべればいいだろう。もし未来において、誰かがぶつぶつ言いながら目の前で両手をダンスするように動かしていたら、それはコンピューターで仕事をしているということなのだ。

コンピューターに限ったわけではない。すべてのデバイスでインタラクションが必要だ。もしインタラクションしていないものがあれば、それは壊れていると見なされるだろう。ここ数年にわたって、私はデジタル時代に子どもが成長するとはどういうことかについて、いろいろな話を集めてきた。たとえば、私の友人の一人に5歳にもならない女の子がいた。最近の多くの家庭がそうであるように、テレビはなく、コンピューターのスクリーンしかなかった。あるとき誰かの家に行って、そこにあったテレビに彼女は興味を持った。その大きなスクリーンに近づいて、周囲を探索し、下側や背面まで見て回った。「マウスはどこに付いてるの?」と尋ねた。それとインタラクションをする方法があるはずだ、というわけだ。もう一人の知り合いの息子は、2歳からコンピューターを使い始めた。ある日、母親と一緒に食料品店に行ったとき、母親が商品ラベルの表示を解読しようとじっとしているのを見て、息子は「クリックすればいいじゃない」と言った。シリアルの箱だってもちろんインタラクティブでなくてはならないのだ! 別の若い友人はテーマパークで働いていた。ある日、その友人の写真を撮った小さな女の子が、その後でこう言った。「でもこれは本当のカメラじゃないのよ。後ろに写真が映らないもん」。またある友人の子どもはよちよち歩きで言葉も喋れない頃から、父親のアイパッドを横取りして使いだした。彼女はまだ歩きだす前から、絵を描いたり複雑なアプリを簡単に使いこなしたりするようになった。ある日、父親が高解像度の画像を写真用の紙に印刷して、コーヒーテーブルの上に置いた。するとよちよち歩きの娘がそれに近付いて、指を置くと拡げてその写真を大きくしようとしているのに彼は気づいた。彼女はその動作を何回か繰り返して上手くいかないと、困ったような顔をして、

「パパ、こわれてるよ」と言った。そう、インタラクティブでないものは故障しているのだ。

　今日考えられる限りで最も寡黙な物体でさえ、センサーを付けてインタラクティブにすることで、飛躍的な進歩が可能だ。私の家にある暖房機には、古いタイプの温度自動調節器《サーモスタット》が付いていた。買い換えるときに、アップルの元役員たちが立ち上げ最近グーグルに買収されたネスト社［Nest］のスマート・サーモスタットにした。ネストのマシンはわれわれがいるかどうかを分かっている。家にいるのか、起きているのか寝ているのか、それとも休暇中なのかを感知しているのだ。その頭脳部分はクラウドにつながっており、われわれの日常生活の流れを予測して、時間と共にわれわれの生活パターンを把握し、仕事から帰宅する数分前には家を暖めて（もしくは冷やして）くれ、家を離れれば停まり、休みや週末にはその予定に合わせてくれる。もし家にいないはずの時間にいれば、自動的に調整してくれるのだ。こうしてわれわれをずっと見守りインタラクションすることで、暖房費も抑えてくれる。

　われわれと人工物との間のインタラクションが増えることで、人工物を物体として愛でるようになる。インタラクティブであればあるほど、それは美しく聞こえ、美しく感じられなければならないのだ。長時間使う場合、その工芸的な仕上がりが重要になる。アップルはこうした欲求がインタラクティブな製品に向けられていると気づいた最初の企業だ。アップルウォッチの金の縁取りは感じるためのものだ。結局われわれは、毎日、毎週、何時間もアイパッドをなで回し、その魔法のような表面に指を走らせ、スクリーンに目を凝らすことになる。デバイスの表面のなめらかな感触、流れるような輝き、その温かみや無機質さ、作りの仕上がり、光の温度感などが、われわれにとって大きな意味を持つようになるのだ。

自分にいちいち反応するものを身に着けるほど、親密でインタラクティブなことがあるだろうか。コンピューターはこれまでずっと、われわれの方へと歩み寄ってきた。最初のコンピューターは遠くにある空調の効いた地下室にある存在で、次には近くの小部屋にやってきて、そしてわれわれの机にすり寄ってその上に鎮座し、そして膝の上へと飛び乗り、最近になってポケットの中に入り込んだ。明らかに次の段階では、コンピューターはわれわれの皮膚の上に乗る。われわれはそれをウェアラブルと呼んでいる。

われわれがＡＲを体感するためには特別なメガネをかければいい。そうした透明なコンピューター（その初期の試作品がグーグルグラスだ）は、物理的な世界に重ねられた見えないビットを見えるようにしてくれる。小さな男の子が言ったように、食料品店にあるシリアルの箱をウェアラブルを通してクリックすれば、それに付随する情報を読むことができる。アップルウォッチはウェアラブルコンピューターとして健康管理もしてくれるが、主にクラウドへの手軽なポータルとして機能する。インターネットとＷＷＷがすべて集まった超強力な処理能力が、この腕にはめられた小さな四角い窓に流れ込むのだ。しかしウェアラブルといえばとりわけスマートな服を意味する。もちろん、ちっぽけなチップがシャツに織り込まれていて、スマート洗濯機に洗濯の最適頻度を教えてくれるのもそうだが、それよりもウェアラブルとは、それを着ている人の方に関わる言葉なのだ。グーグルが出資するプロジェクト・ジャカード[259]などでは、伝導性の縫い糸に細くて曲げられるセンサーを織り込んだスマートな布地を研究している。それでシャツを作ればインタラクションできる。たとえばアイパッドのスクリーンをなでるように一方の手の指で他方の腕の袖をなでれば、同じように機能して、スクリーンやメガネに情報を呼び出せる。ノースイースタン大学が試作中のスクイッド［Squid］のようなスマートシャツは、実際に着ている人の姿勢を感じる——実際は計測する——ことができて、それを数値化して記録し、シャツに織り込まれた筋肉を駆動することで体を支え、まるでコーチのように正しい姿勢を教えてくれる。[260] テキサスにあるベイラー医科大学の神経学者デビッド・イーグルマンは、ある感覚を他の感覚に翻訳する超スマートなウェアラブルのベストを発明した。その感覚置換ベスト［Sensory Substitution Vest］は、中に入った極小マイクが拾った音を網目状の振動に変換して、それを着ている聾唖《ろうあ》者が感じることができるようにした。[261] 何カ月かかけて訓練すれば、聾唖者の脳が再構成され、ベストの振動を音として聞くようになる。つまりインタラクティブな服を着れば聾唖者は音を聞けるのだ。

もうお分かりかもしれないが、肌の上までできたウェアラブルがさらに身近になる唯一の方法は肌の下だ。つまり頭にジャックインする。コンピューターを頭と直接つなぐということだ。外科的に脳にチップを埋め込むことで、盲目、聾唖、麻痺のハンデを負った人が、頭で考えるだけで直接テクノロジーとインタラクションする試みが実際にとても上手くいっている。脳をジャックするある実験では、手足がまるで動かない女性が思考しただけでロボットの腕を動かし、コーヒーの瓶を持ち上げて口まで持っていき飲むことができた。[262] しかしこうした非常に侵襲性の高い処置は、まだ健常者の能力を強化するのには使われていない。非侵襲性の脳制御装置はすでに日常の仕事や遊びのために作られていて、実際に機能している。私もいくつか軽量のブレイン・マシン・インターフェース（ＢＭＩ）を試してみたが、パソコンのことをただ考えただけで操作できた。こうした装置は通常は、センサーの付いた簡単な自転車用ヘルメットのような被り物からパソコンまで長いケーブルが出ている。それを被ると、頭にたくさんのセンサーのパッドが当たる。

それらが脳波を測定するのだが、何度か生体自己制御《バイオフィードバック》の訓練をすると、自分の意志で信号を出せるようになる。そうした信号をプログラムすれば、「プログラムを開け」「マウスを動かせ」「これを選べ」といった操作ができるようになる。練習すれば文字を打つこともできる。まだ粗削りではあるものの、そのテクノロジーは毎年進歩している。

これからの10年で、インタラクションできるものはますます増え続けるだろう。その動きは次の三つに牽引されていく。

### 1. より多くの感覚

われわれは今後作るモノに、新しいセンサーや感覚を加え続けていくだろう。もちろん、すべてのものに目が付き（視覚はほとんど無料）、音を聞くようになるが、さらには人間の能力を超えた感覚――ＧＰＳによる位置情報の取得、温度の正確な検知、Ｘ線ビジョン、多様な分子感受性、嗅覚――も次々と加わっていく。それらによって、作られたものがわれわれに反応するようになり、インタラクションするようになり、われわれの使い方に順応するようになる。インタラクティブであることはもともと双方向なので、こうした感覚のおかげでわれわれは、よりテクノロジーとインタラクションすることになる。

### 2. 親密さを増す

インタラクションを行なうゾーンはより近くになる。テクノロジーは、腕時計やポケットのスマートフォンよりもさらに近くにやって来るのだ。インタラクションすることでもっと親密さが増す。それはいつでもどこでも一緒だ。親密なテクノロジーは広大なフロンティアだ。われわれはテクノロジーが個人的な空間を満たしてすでに飽和状態だと考えているが、20年経って2016年のことを想い出してみれば、まるでそんなことはなかったことに気づくだろう。

### 3．没入感を増す

最大限にインタラクションするにはテクノロジー自体の中に飛び込まなくてはならない。VRがまさにそうだ。コンピューターの能力はいまやあまりに身近で、われわれはその中にいるのだ。テクノロジーが創り出す世界の内側から、われわれはお互いと新しい方法でインタラクションし（VR）、物理世界とも新しい方法でインタラクションする（AR）。テクノロジーはわれわれの第二の皮膚になる。

最近の日曜日に近所の公園で、ドローンを趣味にしている人たちの集まりに私も参加した。クアッドコプター〔4枚ローターの回転翼機〕でレースをするのだ。彼らは公園の草地に旗や模型のアーチでできたコースを作り、ドローンでそこを通っていく。これだけの速度でドローンを操縦するには、その中に入るしかない。彼らはドローンの前面に小さな目を付けてVR用ゴーグルでその映像を覗くという、いわゆる一人称視点《ファースト・パーソン・ビュー》（FPV）を実装していた。ドローンそのものになっていたのだ。私は観客として予備のゴーグルを装着し、カメラの信号を勝手に傍受《ピギーバック》していたが、それによってまさに操縦席に座ったパイロットの視点から見ることができた。ドローンはコース上の障害物を縦横無尽にかわし、他のドローンを追尾し、ぶつかり合いながら飛び回っていて、まさに

『スター・ウォーズ』のポッドが競争しているシーンを彷彿とさせた。子どもの頃からラジコンに親しんでいたという若者は、いままでの人生の中で、ドローンの中に入り込んで内側から操縦するときほど官能的な経験はないと言っていた。実際に、本当に自由に飛ぶことは何にも増して愉快な経験だと言うのだ。それはバーチャルなものではない。この飛行経験はリアルそのものだ。

近年、最大限のインタラクションに最大限のプレゼンスが加わった事例が集中するのは、野放し状態のビデオゲームの世界だ。ここ数年ほど、私は自分の十代の息子がゲーム機で遊んでいる様子を観察してきた。私自身はゲームの中の世界に4分以上いるのは辛いが、息子が危険なシーンに遭遇し、悪いヤツらを撃ったり、未知のテリトリーや暗い建物を探索するのを脇から大きなスクリーンで鑑賞するなら1時間でも見ていられることに気づいた。多くの同年代の子どもと同じく、息子はコール・オブ・デューティ〔Call of Duty〕、ヘイロー〔Halo〕、アンチャーティッド2〔Uncharted 2〕といった、ユーザーとのエンゲージメントがシナリオに織り込まれた古典的なシューティングゲームで遊んでいた。しかし覗き見している私の好みは、いまでは時代遅れのレッド・デッド・リデンプション〔Red Dead Redemption〕だった。これはカウボーイ時代の広大な西部の荒野で展開するゲームだ。このバーチャル世界はあまりに広くて、馬に乗って渓谷や入植地を渡り歩きながら、ヒントを探してひたすらさまよい歩かなくてはならない。私は息子の探検に付き合って、開拓地の町を訪れていくのが楽しかった。まるで映画の登場人物になってさまよっているようだった。エンディングが複数用意されたオープンエンドのアーキテクチャーは大人気のグランド・セフト・オート〔Grand Theft Auto〕と同じだったが、暴力シーンは少なかった。息子も私も、何が起きるのか、結局どういう話が展開されるのかも分かっていなかった。
このバーチャルな場所ではどこに行くにも制約はない。川まで馬で行くのも自由。線路に沿って列車を追跡してもいい。列車と並走して飛び乗り、そのまま中に入り込むというのはどうだろう。ある町から隣の町まで、雑草の生い茂る草原を切り開いて進むこともできる。助けを求めて叫んでいる女性を残して走り去るのも、立ち止まって助けるのもあなた次第だ。それぞれの行動には結果がついてくる。彼女は本当に助けを求めているのかもしれないし、悪者がわれわれをおびき寄せるための罠かもしれない。あるレビュアーはゲーム内でのインタラクティブな自由意思について、「自分が乗っている馬を頭の後ろから撃って、おまけにその皮を剝ぐことまでできるなんて、心底愉快な驚きだ」と語っている。[263] ハリウッドのヒット映画と同じような忠実さで再現された境目のないバーチャル世界をどの方向にも自由に動き回れるなら、誰だって夢中になるだろう。

それは細部までインタラクティブだ。レッド・デッド・リデンプションの世界の夜明けは壮麗な美しさで、地平線が明るくなると気温が上がっていく。その地を気候が支配しているのを感じることができるのだ。黄色い砂地に雨がざっと降ると、地面が湿ってまだら模様ができる。ときには町を霧が覆い、まるでベールをかけたように物の影が淡くなっていく。台地を照らすピンク色の光は時間とともに薄れていく。さまざまなテクスチャーが積み重なっている。枯れ木、乾燥した茂みや樹皮、小石や小枝——あらゆるスケールでこうした細部が精巧に描かれ、それぞれが完璧な影を生み出して、まるでちょっとした絵画だ。そうした本筋と関係ない部分の仕上がりが、驚くほどの満足感を与える。圧倒的な無駄に心が躍るのだ。

このゲームの世界はとても大きい。まずさっと一巡するのに平均的なプレーヤーで15時間ほどかかるし、熱心なプレーヤーがすべて知り尽くそうとすると、40時間から50時間はかかる。[264] どの地点でも次にどちらに向かうかを選べ、一歩一歩自由に動けるが、足元に見える草はいつも葉の細部まで完璧な姿で、まるでこの世界の作者はあなたが地図の中のこの極めて限定された地点に足を踏み入れることをあらかじめ予想していたかのように感じる。10億もあるスポットのどこで立ち止まっても細部を綿密に調べれば何かしら得ることができるが、この世界の美しさのほとんどは、一度も見られることがないままだ。この際限のない潤沢さというぬるま湯に浸かっていると、それが自然なことであり、この世界はずっとそこにあって、快適だという強い確信を掻き立てられる。細部まできちんと作り込まれ、驚くほどインタラクティブなこの地平線まで広がる世界の中にいると、何か完全なものの中に没入している感覚になる。論理的な思考はこれが本当の世界ではないと分かっているのに、穴の上に渡された板の上にいたときのように、理性以外の部分は信じている。このリアリズムが次に目指すのは、ＶＲのインタラクションによって完全に没入することだ。現在のところ、このゲーム世界の豊かな空間は、まだ2次元で見るしかない。

安価で潤沢になったＶＲは、経験の生産工場になるだろう。生身の人間が行くには危険過ぎる環境——戦場、深海、火山といった場所——を訪れることもできる。人間が行くことが難しいお腹の中や彗星の表面といった場所も経験できる。それに、性転換したり、ロブスターになったりもできる。また、ヒマラヤの上空を飛び回るような非常にお金がかかる経験も安価にできる。しかし経験というのは一般的に持続するものではない。われわれが旅行の経験を楽しめるのは、そこを訪れるのが短い期間だからでもある。ＶＲの経験も、少なくとも当初は、ちょっと試してみる程度のものになるだろう。そのプレゼンスはあまりに強烈なので、ほんの少しだけ楽しめればいいとわれわれは思うかもしれない。それでも、われわれがインタラクションを強く求めるものに対しては際限がない。

こうした大規模ビデオゲームは、新しいインタラクションの草分けだ。無限の地平によって提示される完全にインタラクティブな自由は、こうしたゲームが生み出す幻覚だ。プレーヤーや観客は、やり遂げるべき任務を与えられ、最後までたどり着くように動機付けされる。ゲームでのそれぞれの行動が、物語全体の中で次の難関へとプレーヤーを導く仕掛けになっており、そうやってゲームの設定した運命がだんだんと明らかになるのだが、それでもプレーヤー個々の選択は、どんな種類のポイントを獲得していくかという点で意味がある。この世界全体にはある傾向があり、あなたが何度その中を探検したとしても、最後にはある不可避な出来事に行き当たるようになっている。運命付けられた話の展開と、自由意思で行なうインタラクションが正しいバランスになれば、「ゲームで遊んだ」という素晴らしい感覚が得られる——自分がより大きな何かの一部になって前に進んでいるが（ゲームの物語性）、それでもまだ自分が舵を握っている（ゲームのプレー性）という甘美な感覚が生まれるのだ。

そのバランスをいじるのはゲームデザイナーだが、プレーヤーをある方向へと押しやる見えない力はＡＩが演出する。レッド・デッド・リデンプションのようなオープンエンドのゲーム内でのアクションのほとんどは——特に脇役のインタラクションは——すでにＡＩが動かしている。あなたがどこかの農家に立ち寄ってカウボーイと立ち話をしたときに相手がなかなかの受け答えをするのは、彼の心をＡＩが操っているからだ。ＡＩはＶＲやＡＲの中にも別の形で入り込んでいる。あなたが実際に立っている物理的世界を見てマッピングすることで、あなたを合成された世界に運ぶのに使われるのだ。それにはあなたの物理的な身体の動きのデータも含まれる。ＡＩは例えばオフィスであなたが座ったり立ったり動き回ったりしているのを、特別なトラッキング装置がなくても観察し、それをバーチャル世界に反映することができる。ＡＩは合成された世界の中でのあなたの進む道筋を読んで、まるでちょっとした神のように、ある方向へと導くのに必要な手出しをするのだ。

ＶＲの世界では、そこで起こることのすべてが例外なくトラッキングされることはお約束だ。バーチャル世界は全体監視の下にあることが前提で、というのもまずトラッキングしなければ、ＶＲでは何も起こらないからだ。それを使えば人々の行動をゲーム化するのは簡単で、ポイントやレベルアップやスコアの獲得などの仕組みで楽しみを持続させられる。おまけに現在では、物理世界もさまざまなセンサーやインターフェースで飾り立てられているので、バーチャル世界と同じトラッキングの世界となっている。われわれが日中のほとんどの時間を過ごすこのセンサーだらけの現実世界を非バーチャルＶＲだと考えてみよう。周囲からトラッキングされ、また実際には自分でも定量化された自己《クオンティファイド・セルフ》をトラッキングしているので、ＶＲと同じインタラクションの手法が使えるのだ。たとえば、ＶＲで使うのと同じジェスチャーで、家電や自動車とコミュニケーションが取れる。インセンティブを作り出すゲーミフィケーションの手法を使えば、実際の生活でも参加者を好ましい方向に誘導することができる。日常生活がすべてトラッキングされているので、正しく歯磨きができたり、１万歩歩いたり、安全運転をしたりするたびにポイントが溜まる。クイズでいちいち良い得点を競わなくても、あなたのレベルは日々上がっていく。ゴミを拾ったり、リサイクルしたりすればポイントが得られる。ＶＲの世界ばかりか、日常生活もゲーム化できるのだ。

人間の一生のうちに社会に破壊的変化を起こす最初の技術的プラットフォームがパソコンだった。モバイルがその次のプラットフォームで、これは数十年のうちにすべてを革命的に変えてしまった。次に破壊的変化を起こすプラットフォームがＶＲで、まさにいま訪れようとしている。それではＶＲやＡＲにプラグインするすぐ目の前の未来の１日について見てみよう。

私はＶＲの中にいるが、頭には何も被っていない。２０１６年まで遡ってみて驚くのは、ベーシックで十分なＡＲを体験するのに、ゴーグルやメガネさえ要らないことを予想していた人がほとんどいなかったことだ。部屋の隅の小さな光源から目に直接、３Ｄ映像が投影されるため、顔の前には何も着ける必要がない。ＶＲのアプリは何万もあるが、ほとんどの場合これでクオリティーは十分だ。

ごく初期に私が入れたアプリは、ＩＤ情報のオーバーレイ・サービスだった。人の顔を認識し、彼らの名前や所属や、私との関係があればそれを表示してくれるものだ。いまではこれに慣れてしまい、外に行くときもこれなしには出かけられない。友人たちは、知らない人の素性でもすぐ分かる非正規ＩＤアプリを使っているが、その場合、相手に失礼にならないように、自分が見ている表示が自分にしか分からないようなギアを着ける必要がある。

私は外の世界ではＡＲメガネを着けて、自分の世界をある種の透視画像を通して見ている。まずは接続状況の改善に使っている。見える世界の色が明るくなればなるほど、極めて太い帯域幅にいることを意味する。どんな場所を眺めても、そこの歴史的風景をＡＲが現実に重ねて表示してくれるので、特にローマに行ったときはとても役に立った。遺跡をよじ登ると、それに同期して実物大の3Dの完璧な競技場が重なって現れるのだ。それは忘れられない体験だ。街のいろいろな場所では、他の訪問者たちが残したコメントがバーチャルにピン留めされていて、その場所でだけ見ることができる。私も他の人のためにいくつかメモを残しておいた。アプリを使うと、通りの地下に這っているパイプやケーブルがすべて見えるようになるが、それはマニアックなほどにうっとりさせられる。私が見つけた変なアプリの一つでは、見るものすべての価値がドル表示の大きな赤い数字で浮かび上がる。ふだん自分が気になるどんなテーマにしても、それをオーバーレイで表示してくれるアプリがある。公共の場に展示されるアートの多くが、いまや3Dの投影映像だ。われわれの街にある広場では、まるで展覧会のようにこうした3Dの精巧なアートが年に2回替わる。ダウンタウンにあるほとんどの建物では、建築家やアーティストに依頼して創作してもらったもう一つのファサードがARで見られるようになっている。街を歩くたびに、違う風景が見えるのだ。

高校時代はずっとVRのゴーグルを着けていた。こうした軽量ギアで見ると、メガネなしでARを見るよりもっと鮮明にイメージが見えた。教室ではあらゆるシミュレーションにゴーグルを使ったが、特に実習のリハーサルに役立った。料理や電気製品のハックといったメイカー系のクラスでは、「ゴースト」モードを使ったものだ。これを使うことで、溶接の仕方も勉強した。ARによってゴーストのようにバーチャルな先生の手がガイドになり、その位置に自分の手をすべり込ませて重ねることで、バーチャルな鉄のパイプに対してバーチャルな溶接用のロッドを正しく構えることを学んだ。ゴーストの手の動きを追って、自分の手を動かしていくのだ。バーチャルな溶接は、私の動作に忠実に従っていく。スポーツ用には頭全体を覆うヘルメット型ディスプレーを着用した。実際の競技場で自分の動きを３６０度あらゆる角度から見てリハーサルし、見本となるシャドーボディを真似るのだ。また部屋の中でＶＲを使って長時間練習もした。剣術競技などは完全にＶＲだけで練習した。

オフィスでは額にＡＲのバイザーを着ける。それは手の幅ほどのサイズの湾曲した板状のバイザーで目の数インチ前にあり、一日中着けていても快適だ。このバイザーは強力で、おかげで周囲が全てスクリーンになる。さまざまな大きさの12のバーチャルなスクリーンに大量のデータが表示されて、それを手で操作して格闘する。バイザーの解像度は十分で速度もあり、１日のうちのほとんどの時間をバーチャルな同僚とコミュニケーションしている。といっても彼らは実際の部屋の中に見えるので、私も完全に現実の中にいる。写真のようにリアルな同僚たちの３Ｄアバターは、サイズも実際の本人とそっくりだ。同僚たちと私はふだんはこの現実の部屋のバーチャルなテーブルに一緒に座ってそれぞれの仕事をしているが、お互いのアバターの所へ歩み寄ることもできる。まるで同じ部屋にいるように、会話をしたり誰かの会話が聞こえてきたりする。アバターでいるのは非常に快適なので、もし仕事仲間が実際にこの現実のオフィスの向こう側にいたとしても、歩いてそこに行くよりもＡＲで会うだろう。

ＡＲを本当に真剣に使いたい場合は、動き回れるＡＲのシステムを使う。特別なコンタクトレンズを装着すると、完全に３６０度の視野が得られ、架空の物体も申し分なく見える。こうしたコンタクトレンズを着けていると、見えているものが本物かどうかを区別することは難しい――町の通りを7メートルもあるゴジラが闊歩していたら、さすがにそれが完全な幻想だと頭でも分かるだろうけれど。自分のジェスチャーをトラッキングするために、両手の指に一本ずつ指輪をはめている。シャツや頭に巻いたバンドに付いた小さなレンズで身体の傾きが分かる。そしてポケットに入ったGPS装置で、現在の位置を数ミリ単位の精度で追跡できる。それらによって、自分の住む街の中をまるで別世界やゲームのプラットフォームにいるかのように歩き回ることができる。実際の通りを大急ぎで歩いていると、普段の物体や空間が、まるで別のものに変容する。例えば、本物の歩道に置かれた本物の新聞スタンドが、ARゲームでは22世紀の精巧な反重力自動応答装置《トランスポンダー》のように見える。

一番強烈なVRの体験をするには、全身を覆うVR装具が必要になる。装着するのに手間がかかるので、私はときどきしか使わない。家にはアマチュア向けセットがあるが、それには私が激しく動き回って転ばないようにハーネスが付いている。それを使えば竜を追い回しながら有酸素運動のトレーニングができる。実際に、地下室にあるようなトレーニング器具のほとんどは、ハーネス付きのVR装置に置き換わっている。それでも毎月1～2回は、友人たちと地元のリアリティー劇場に、最新鋭のVRテクノロジーを試しに行く。衛生の観点からシルクの全身下着を身に着けた上で、自分の四肢を包み込むような膨張型外骨格《インフレータブルエクソスケルトン》の中に滑り込む。これはすごい触覚フィードバックを生み出す。自分のバーチャルな手でバーチャルな物体を摑むと、実際にそれの重さ——手への圧——を感じることができる。それはインフレータブル装置が適切な強さで手を押してくるからだ。バーチャル世界で岩に脛をぶつけると、脚に着けた覆いが私の脛に当たり、まるで本当にぶつかったように感じさせる。上半身は背もたれ椅子に固定されているが、それによってジャンプしたり、ひっくり返ったり、ダッシュしたりする感覚が自然に得られる。そしてアルな体験ができるのだ。

超高解像度ヘルメットの精度をもってすれば、立体音響《バイノーラル》やリアルタイムの匂いまで、本当にいまここにいるような気になれる。その世界に入って2分経過すると、自分の本当の身体のことを忘れてしまい、どこか違う場所にいる。リアリティー劇場のすばらしいところは、他の250人の人々とタイムラグなくこの迫真の世界を共有できることだ。ファンタジーの世界で、一緒にリアルな体験ができるのだ。

VRテクノロジーはユーザーにもう一つ恩恵をもたらす。VRが作り出す強いプレゼンスによって、お互いに矛盾する二つの特徴が増幅されるのだ。リアルさを強化するため、われわれは嘘の世界を本当だと見なす――それが多くのゲームや映画が目指すことだ。そしてそれは、リアルでないものも際限なく増長させる。例えば、VR世界の物理法則に手を加えて、重力や摩擦を取り除き、エイリアンの星のような架空の環境――たとえば海底都市など――をシミュレーションできる。自分たちのアバターの性や色や種まで変えることができる。この25年、ジャロン・ラニアーはVRでロブスターに変身して歩いてみたいという夢を語ってきた。いまやソフトを使えば腕をハサミに、耳を触角に、足をしっぽに変えられる――単に視覚的にではなく、運動感覚的にだ。最近になって、このラニアーの夢はスタンフォード大学のVR研究所で実現した。VRを創り出すソフトはいまでは十分に柔軟で安定しているので、こうした個人的なファンタジーでさえモデル化できるのだ。そのスタンフォード大学の装具を使って、私も自分のアバターを変身させてみた。その実験では、ひとたびVRに入ると自分の腕が脚に、脚が腕へと変わった。つまりそのバーチャルな脚でキックするときは、実際には腕を動かしてパンチしないといけないということだ。この逆転現象がどう作用するかをテストするために、私は自分の腕／脚と脚／腕を使って空中に浮かぶバーチャルな風船を割ることになった。最初の数秒は変な感じがして困惑した。だが数分も経つと、自分の腕でキックし脚でパンチできるようになった。この実験を考案し、VR装置を使った究極の社会学研究を行なおうとしているスタンフォード大学のジェレミー・ベイレンソン教授は、脳の中で腕と脚の回路の書き換えを行なうのに、普通の人ならたった4分しかからないことを発見した。われわれのアイデンティティーは、思っているよりはるかに流動的なのだ。

それは問題を引き起こすことになる。オンラインの他人が本当にリアルな人物なのかを特定するのが難しくなるのだ。外見はいくらでも操作できる。自分はロブスターだと言ってくる人がいたとしても、実際にはドレッドヘアーのコンピューター技術者だ。以前なら、その人の友人を調べることで本人かどうか確信が持てた。もしオンラインの人物がソーシャルネットワークに1人も友人がいなかったら、多分そのプロフィールは正しくない。しかし現在は、ハッカーや犯罪者、反逆者たちが嘘のアカウントを作り、友達やまたその友達まででっち上げ、偽の会社に勤めて、その会社のこともウィキペディアに投稿してしまう。フェイスブックの最大の財産はソフトウェアのプラットフォームではなく、何十億人もの本名のアイデンティティーをコントロールできることであり、それはその友人や同僚の本当のアイデンティティーによって言及されることで検証されているのだ。この一貫性のあるアイデンティティーの独占こそが、フェイスブックを驚くべき成功へと導いた。だがそれは脆いものだ。デジタル世界で通常われわれが使っているパスワードや画像確認といった本人確認の方法は、もうあまり機能しなくなってきている。画像確認は画像によるパズルで、人間なら簡単に解けるがコンピューターが解くのは難しかった。しかし現在では、人間が画像確認で苦労していてもマシンが簡単に解いてしまう。パスワードはハッキングされやすく盗まれやすい。ではパスワードより良い方法はなんだろう？　あなた自身を使うことだ。

あなたの身体がパスワードだ。あなたのデジタルのアイデンティティーはあなた自身だ。VRが開拓しているツールはすべて、あなたの動作を捉え、目の動きを追い、感情を解き明かし、あなた自身の特徴をできるだけ貯めこむことで、それを他の世界に移してあなただと信じさせようとするが、そうしたインタラクションはすべてあなた固有のものであり、あなた自身の証明なのだ。バイオメトリクスの分野——身体をトラッキングするセンサーの裏で動いている科学——で何度も驚かされるのは、計測できる項目のほとんどが、指紋のように個人に固有のものだということだ。心臓の鼓動も、歩き方も、キーボードを叩くリズムも人によって違う。どの言葉を最も使うか、どんな姿勢で座るか、瞬き、もちろん声も。それらの特徴を組み合わせれば、誰にも真似できないメタパターンになる。実際のところ、それこそが実世界で相手を特定するやり方だ。私があなたに会うことになって、以前に会ったかと訊かれたら、私は相手の声、顔、身体、スタイル、独特の癖、態度といったあらゆる種類の細かな特徴を、その質問に答える前に無意識に探り回るだろう。テクノロジーの世界でも、相手を検査するのに同じようなあらゆる基準を使うことになるだろう。システムがその人物の特徴をチェックするのだ。鼓動、呼吸、心拍数、声、顔、虹彩、表情、それ以外にもいくつもの微小な生物学的特徴はその人（もしくは物）に一致するだろうか？　われわれのインタラクションが、パスワードになっていく。

インタラクションの程度は向上していて、今後ますますその傾向が強まるだろう。インタラクティブでない単純なもの――例えば木の取手の付いたハンマー――も一方では存続し続ける。しかしインタラクション可能なモノは何でも――スマートなハンマーを含め――われわれのインタラクティブな社会でますます価値を高めるだろう。一方で、インタラクションを高めるにはコストもかかる。インタラクティブになるにはスキルや調整能力、経験や教育も必要になる。それはテクノロジーに組み込まれ、われわれ自身の中に培われていく。われわれは革新的なインタラクションの方法を発明し始めたばかりで、その傾向はずっと続くだろう。テクノロジーの未来は、かなりの部分、新しいインタラクションをどう発見していくかにかかっている。これから30年の間に、きちんとインタラクションしないものは、故障していると見なされるようになるだろう。

# 10. TRACKING

トラッキング

われわれにとって自分とははっきりしない存在であり、自分が何者であるかを解き明かすにはあらゆる助けがいる。現代ではそのうちの一つに自己測定《セルフ・メジャーメント》がある。しかし、自己測定によって隠れた性格の仮面を外そうとする崇高な探求が始まったのは、そう昔のことではない。つい最近までは、こうした測定を自分自身を騙さずに行なうには、極めてまめな人でなければならなかった。科学的に自分をトラッキングするには費用がかかり、問題も発生し、限界もあった。しかしこの数年前から数セントしかしない超小型のデジタルセンサーで簡単にいろいろ測定ができるようになり（ボタンをクリックするだけでいい）、そのパラメーターの種類は変化に富んでいて、いまでは誰もが自分の1000種類もの側面を測定できるようになった。こうした自己実験のおかげで、医療、健康、人間の行動に対する考えがすでに変わりつつあるのだ。

温度計や心拍計、動作追跡《モーション・トラック》、脳波検出など数百もある医療用の複雑な計測装置が、デジタル化の魔法によってこのページの単語ほどのサイズに小さくなっている。この文の終わりにある句点ほどの大きさしかないものもある。そうした顕微鏡サイズの測定装置が腕時計、服、メガネ、電話などに挿入され、あるいは安価になって部屋や車、オフィス、公共のさまざまな場所に広がっている。

2007年の春に、私は友人の医師アラン・グリーンと、北カリフォルニアのわが家の裏にある草が生い茂った丘を散歩していた。われわれはゆっくりと丘の頂上を目指して砂利道を登りながら、最近のイノベーションの話題で盛り上がっていた——靴紐に取り付けられる小さな電子式万歩計で、足取りを記録してそのデータをアイポッドに送り、後から分析できるというものだ。この小さなデバイスで登攀中のカロリー消費も計測できるし、日々の運動のパターンも記録できる。われわれは他にも自分たちの行動を計測する方法の一覧を作り始めた。それから1週間後に、今度はワイアードで書いているゲーリー・ウルフと同じ道をハイキングしたが、彼は最近のセルフ・トラッキング装置が社会にどういう影響を及ぼすのかに興味を持っていた。そうした実例はまだ10程度しかないが、センサーが今後ますます小さくなれば、トラッキング技術が爆発的に進むことはあまりに明らかだった。こうした文化の流れを何と呼べばいいのだろう。ゲーリーが指摘したのは、言葉ではなく数値を使うことで「定量化された自己《クオンティファイド・セルフ》」を確立できることだ。そこで2007年の6月にゲーリーと一緒にネットで呼びかけ、自分を定量化していると自認する人々なら誰でも参加できるクオンティファイド・セルフ・ミートアップを開催した。言葉の定義は明確にせず、どんな人がやって来るかと待ってみた。すると、カリフォルニア州パシフィカにある私のスタジオに、20人以上がやって来た。

　彼らがトラッキングしている対象の幅広さにわれわれは驚いた――食事、運動、睡眠パターン、気分、血液成分、遺伝子、居場所などを、定量化可能な単位として測定していたのだ。中にはデバイスを自作している人もいた。ある男性は自分の体力、持久力、集中力や生産性を最大化させるために、5年間もセルフ・トラッキングを続けていた。その方法はわれわれが想像もしないものだった。現在はこうしたミートアップを行なっている団体が世界に200ほどあって、[265] 5万人が加入している。そしてこの8年間、毎月例外なく、それまではメンバー誰もが不可能だと思っていたような生活のある一面を追跡するまったく新しい方法を、会合で誰かがデモするのだ。中にはあまりに極端に日々の生活を測定している人々もいる。だが現在は極端に見えるものも、いずれは当たり前になっていくだろう。

コンピューター科学者のラリー・スマーは毎日、皮膚の温度や電気皮膚反応（ＧＳＲ）を含め１００種類の健康パラメーターを収集している。また毎月、排泄物の微生物構成を調べ、腸内細菌の構成をチェックしている。腸内細菌はいまの医学で最も注目されている最新の話題の一つだ。こうしたデータがいつも手元にあり、素人ながら医学的な調査を大量に行なうことで、スマーは自分や医者が気づく前に、自分の体でクローン病や潰瘍性大腸炎などの兆候が出ていないかの自己診断をしている。外科医には後で確認もしてもらっている。

スティーブン・ウルフラムはマセマティカ［Mathematica］というソフトを作った天才で、この賢いアプリは計算《マス》プロセッサー（ワードプロセッサーではなく）だと言える。数字に強い彼は、自分の人生で扱ってきた１７０万ものファイルに数学を当てはめてみた。そして過去25年間にやり取りしたメールをすべて処理してみた。13年間にわたって、すべてのキーストローク、すべての電話の記録、歩き方、自宅やオフィス内の移動、屋外でのＧＰＳデータも記録した。自分の本や論文を書くときに、何回編集したのかも追った。そして自分で作ったマセマティカを使って自分のトラッキングデータを「自己分析」エンジンに仕立て上げ、過去数十年間の日常生活のパターンに光を当てた。たとえば「最も生産的になる時間」といった見えにくいいくつかのパターンは、データを解析してみて初めて分かったのだ。

ニコラス・フェルトンはデザイナーだが、過去5年間のメール、メッセージ、フェイスブックやツイッターへの投稿、電話や旅行の記録などをトラッキングして解析している。そして毎年、前年のデータから発見したことを可視化した年次報告を発行している。[266] ２０１３年にはだいたい49％の時間は生産的で、特に水曜日はそれが57％に達していることが分かったと報告している。

ある瞬間を捉えたときに彼が一人でいる確率は43%だった。人生の3分の1（32%）は寝ていた。彼はその定量的な報告を使って、会った人の名前をきちんと思い出すなど「もっとうまくやる」ために活用している。

クオンティファイド・セルフの集まりでは、参加者が記録している遅刻癖、コーヒー消費量、注意力、くしゃみの回数などが披露された。まさに、トラッキングできるものなら何でも、誰かがどこかで追跡していると私は心から言える。最近の国際クオンティファイド・セルフ会議で、私はそれを試してみた。最もあり得ないと思える測定基準を思い浮かべてみて、それを誰かがトラッキングしていないか調べるのだ。そこでセルフ・トラッキングをしている500人の聴衆に向かって、爪の成長を測定している人はいないか尋ねてみた。あまりにばかばかしい質問に思えたが、1人の手が挙がった。

チップが小さくなり、電池が長持ちするようになり、クラウドにどこでもつながるようになると、セルフ・トラッキングも長期間にわたって行なえるようになる。特に健康状態についてはそうだ。ほとんどの人は、年に1回医者に行って健康状態のいくつかの数値を測定していたら良い方だろう。しかし1年に1度ではなく、毎日ずっと、見えないセンサーが心拍数、血圧、体温、血糖値、リンパの状態、睡眠のパターン、体脂肪、活動レベル、気分、脳波などの状態を記録してくれているとしたらどうだろう。こうした個々の要素について、何十万というデータが得られる。休息時や極度にストレスのかかっているとき、病気のときと健康なとき、どんな季節でもどんな状態にいても、そのときの形跡がデータとして得られるのだ。そうやって何年も続けているうちに、数値レベルが狭い範囲に収まってくることで、自分の健康状態の正確な値が得られるようになる。結局のところ、医学における正常とは、架空の平均値のことなのだ。あなたと私の正常値はお互いに違う。平均値としての正常値はあなた個人には当てはまらないかもしれない。一方で長期間セルフ・トラッキングを行なえば、ごく個人的な基準値、つまりあなたの正常値に行き着き、これは具合が悪いときや検査をしたいときにとても価値のあるものになる。

近い将来に実現可能な夢として、この自分の体の記録という非常に個人的なデータベース（あなたの遺伝子配列すべてを含む）を使って、個人向けのオーダーメイド医療を構築できる。あなたのライフログを科学が応用することで、あなただけの治療ができるようになるのだ。例えば、家庭にあるパーソナライズされた錠剤製造マシン（第7章で紹介）は、あなたの現在の体に最適な配合で薬剤を作ってくれる。朝方の服用で症状が治まってくれれば、夕方の量はシステムが調整してくれる。

現在、医療研究をする際の標準的な方法は、できるだけ多くの対象に実験することだ。その対象数（N）が多ければ多いほど優れた研究となる。10万の不特定の人々を対象にすれば、その中に必ず存在する例外的な事例も平均化されて消えるので、その結果を国全体の人口にまで敷衍して当てはめることができる。だが実際はほとんどの医学的試験において、経済的な理由から500人かそれ以下の対象者しかいない。それでも食品医薬品局の医薬品承認の基準では、N＝500でも科学的にきちんと扱えば承認が下りることになっている。

一方で、クオンティファイド・セルフの実験では、Nは1になる。対象は自分自身だ。N＝1では科学的に有効ではないと一見思えるが、自分に対しては非常に価値がある。あなたの体と心という非常に絞られた対象をある時点でのある変数Xとしてテストすることは、あらゆる点で理想的な実験なのだ。その治療法が他の誰かに効果があるかを気にする必要もない。あなたが知りたいのは、自分にどんな効果があるかということだ。N＝1ならそこだけにフォーカスした結果が出る。

N＝1実験（それは科学以前の医学では標準だった）の問題点は、結果が有効でないというより（実際に有効だ）、自分自身を騙してしまいやすいことだ。われわれは誰でも、自分の体や食べるものについて、また世の中がどう動いているか（蒸気や振動や細菌などの理論）についても、直感や予見に頼り、そのせいで本当に起こっていることがまったく見えなくなることがある。マラリアが起きるのは空気が悪いせいだと考えて高地に引っ越しても、ほとんど効果はない。グルテンが肥満をもたらすと疑って生活の中に犯人の証拠を見つけようとすると、グルテンは問題ないという反証については無視してしまう。N＝1の実験は、われわれが実験者として抱く一般的な期待値と、たバイアスにかかりやすい。自分が傷ついたり絶望したりしていると、特にこうした実験対象としての自分を分けることができれば上手くいくが、一人の人間がこの両者を演じる以上、それは非常に難しい。こうしたある種もともと備わった偏見を取り除くために発明されたのが、大規模で無作為の二重盲検比較検査だ。検査対象の人はその試験が何を測定しようとしているか分からないので、バイアスを持つことがない。新しいセルフ・トラッキングの時代において、N＝1実験での自己欺瞞を避けるためには、自動測定器を使い（センサーが長期間にわたって何回も測定を行なうので、実験対象者から忘れ去られる）、一度に多数の項目を測定することで対象者の注意を分散させ、また統計的な手法を使うことでいろいろなパターンを解明することだ。

大規模な被験者を対象にしたかつての有名ないくつかの研究結果からは、薬は効くと信じるだけで実際に効果を発揮することが知られている。その現象はプラシーボ効果と呼ばれる。クオンティファイド・セルフのさまざまな取り組みは、プラシーボ効果に真っ向から対立するというよりは、それと一緒に機能するものだ。もしこうした治療介入によってあなたが良くなっていることが数字で確認できるなら、それは機能していることになる。このN＝1対象者に効果があるかどうかだけが問題なので、そうした測定値の改善がプラシーボ効果で生じているかどうかは問題にならない。つまりここではプラシーボ効果はありなのだ。

正式な研究では、有意な結果を得ようとするあなたのバイアスを補正するために対照群を使う必要がある。しかしN＝1のクオンティファイド・セルフの実験の場合には、対照群を使う代わりに、彼や彼女の基準値を使う。多様な測定基準でセルフ・トラッキングを十分長く続けていれば、実験を離れて（つまりそれ以前に）自分の数値が確立するので、それが比較対照群として効果的に機能するのだ。

しかしこうした数値に関する議論では、人間についてのある重要な事実が抜け落ちている。われわれの数学的な直観はいい加減なものだ。脳は統計に弱い。数学は自然な言葉ではないのだ。視覚的にも美しい図版やグラフを見せられても、理解するにはかなりの集中が必要だ。長い間には、クオンティファイド・セルフの定量化の部分は目に見えないものになっていくだろう。セルフ・トラッキングは数値を超えたものになっていくのだ。

一つその例を紹介しよう。２００４年にドイツのＩＴ企業幹部のウド・バヒターが小さなデジタル式コンパスの本体を取り出して革ベルトにはんだ付けした。そして13個の極小の圧電型バイブレーター――スマートフォンを振動させるのと同じもの――をベルト全体に沿って埋め込んだ。最後にその電子コンパスをハックして、北の方向を丸い表示盤に出す代わりに、腰に巻かれたベルトのいろいろな部分を振動させるようにした。ベルトの北の方向を向いている部分が常に振動するようにしたのだ。ベルトを着けていると、北の方角を腰で感じられる。ウドが北を指すそのベルトを着けて1週間もしないうちに、「北」という確かな知覚を持つようになった。それはもう無意識になっていた。考えずにその方向を指すことができた。ただ知っていたのだ。何週間かすると、さらに高度な位置情報の知覚が加わり、街のどこにいるのかが、まるで地図が頭の中にあるかのように分かるようになった。[267] ここにきて、デジタル・トラッキングによる定量化が、まったく新しい身体感覚に取り込まれたのだ。長い目で見れば、われわれの体中のセンサーから常に流れてくるデータの行き着く先はこういうことだろう。それらはもう数値ではなく、新しい感覚になるのだ。

こうした新しく合成された感覚は、エンターテインメント以上のものだ。われわれの感覚は、欠乏が支配する世界で生き残るために、何百万年もかけて自然に進化したものだ。カロリーや塩分、脂肪を十分に摂取できない状態は常に続いていた。マルサスやダーウィンが論証したように、生物学的にすべての種は飢餓の境界まで増え続ける。今日、テクノロジーが生み出す潤沢さが支配する世界では、生存への脅威は逆に、良いモノがあまりに過剰にあることによって引き起こされる。それによってわれわれの代謝も精神も調子が悪くなっているのだ。身体はこうしたバランスの新たな崩れを検知できない。われわれは血圧や血糖値を感じるようには進化していないのだ。しかしテクノロジーを使えばできる。例えば、スキャナドゥが出しているスカウト［Scout］というセルフ・トラッキング装置は、昔のストップウォッチぐらいの大きさだ。それを額に当てれば血圧、心拍変異度、心電図（ECG）、酸素レベル、体温、皮膚の伝導率などをたった一度で測ってくれる。いつかは血糖値も測ってくれるようになる。シリコンバレーではいくつかのスタートアップが、非侵襲性で針など使わずに、血液の状態を毎日計測してくれる装置を作っている。いずれあなたも身に着けるようになるだろう。そうしたデバイスが集めた情報を数値ではなくわれわれが感じられる形──手首での振動や腰へのプッシュなど──で提供してくれれば、われわれの体は新しい感覚を身につけることになる。それは、進化の過程では得られなかったものの、われわれが必要とする感覚なのだ。

セルフ・トラッキングは健康分野だけでなく、さらに広い応用が可能だ。それは人生と同じぐらい大きな話だ。ウェアラブルとなった小さなデジタルの目や耳が、誰に会って何を言ったかといった1日のすべての瞬間を記録し、われわれの記憶を助けてくれる。やり取りしたメールや文章を記録すれば、現在進行形の心の日記になる。そこには聴いた音楽や読んだ本や記事、訪れた場所も加えていける。日常の行動や出会いの中でのちょっとしたこと、そうした日常から離れた出来事や経験も同様に、ビットの世界へと流れ込み、時系列な流れと混ざり合っていく。

その流れは人生の流れ《ライフストリーム》と呼ばれる。それは1999年に、コンピューター科学者のデビッド・ガランターが最初に提唱したものだが、ただのデータのアーカイブ以上のものだ。彼はライフストリームを、コンピューターを構成する新しいインターフェースだと考えていた。デスクトップに代わるのは、新しい時系列な流れだ。ウェブブラウザーではなくストリームブラウザーだ。ガランターと彼の大学院の学生エリック・フリーマンは、ライフストリームのアーキテクチャーを以下のように定義している。

ライフストリームは時系列に並べられた文書の流れで、あなたの電子版人生の日記のようなものだ。あなたが作った文書や他人が送ってきた文書はすべてライフストリームに格納される。そのストリームの最後尾には最も過去の文書がある（いわばあなたの電子版人生の出生証明書だ）。その最後尾から現在へと前に進んでいくと、写真、手紙、領収書、映画、留守番電話、ソフトウェアといったより最近の文書が現れる。この現在を超えて未来に行くと、備忘録、カレンダーや仕事の予定など、これから必要になる文書が出てくる。[268]

ゆっくり腰を下ろしてどんな文書が来るか見てみるといい。ストリームの先頭にはどんどんと新しい文章が積まれていく。カーソルを動かすことでそのストリームを閲覧でき、画面上の文章に触れればページがポップアップして中身をさっと見ることができる。あなたは過去に戻ってもいいし、未来に行って来週することや次の10年の予定を見ることもできる。あなたのサイバーな人生のすべてが、まさに目の前にある。[269]

誰もが自分だけのライフストリームを生成する。私があなたに会ったとすると、私とあなたのライフストリームは時間軸で交差する。また次週会うとすれば将来また交差するし、去年会っていたり写真をシェアしていたりすれば、過去に交差している。われわれのストリームは長い組紐のように複雑に絡み合っているが、どのストリームも厳密に時系列に並んでいるのでそれを追っていくのは簡単だ。われわれは自然と時間軸に沿ってある出来事に行き着いていく。「それはクリスマス旅行の後だったけれど、誕生日の前にあったな」という感じだ。

ライフストリームを物事を整理することの喩えに使う利点について、ガランターはこう言っている。「『その情報をどこに置いたんだろう？』という疑問に対する答えはいつも一つしかない。それは私のストリームの中だ。時間軸や年代記、日記、日誌、切り抜き帳といったアイデアは、ファイルの階層構造という考え方よりもさらに古いし、人間の文化や歴史に根差したよっぽど本質的な方法だ」。ガランターはかつてサン・マイクロシステムズの代表にこう語っている。「私が新しい記憶として、例えば、ある晴れた日にレッド・パロットの店の外でメリッサに会ったとしたら、その記憶に名前を付けたり人名簿《ディレクトリー》に書き込んだりはしない。私は記憶の中にあるどんなものも、検索の鍵として使うことができる。同じように、電子ドキュメントに名前をいちいち付けるべきではないし、ディレクトリーに登録する必要もない。他のストリームを自分のストリームに混ぜ込めばいいのだ――他のストリームの持ち主が許可してくれる範囲で。私自身の個人的なストリーム、つまり私の電子版人生の物語は、他人のストリームも入れることができ、そうしたストリームは私が参加する集団や組織に属するストリームとなる。そしてやがては、例えば新聞や雑誌のストリームも自分の中に取り込んでもいい」

ガランターはこのソフトの商用化を1999年以来何度か試みたが上手くいかなかった。彼の特許を買った会社は、アップルがライフストリームのアイデアを盗んで、タイムマシンというバックアップのシステムに使ったと訴訟を起こした（アップルのタイムマシンでファイルを修復する場合は、時間軸を横に動かして目的の日まで遡る。その時点でコンピューターに入っていたもの内容が「スナップショット」として残っているのだ）。

しかし現在のソーシャルメディアでは、実際に稼働しているライフストリームの事例をいくつか見ることができる――フェイスブックだ（中国ならウィーチャット）。あなたのフェイスブックはあなたの人生に関する写真やアップデート、リンク、アドバイス、その他の文書で構成され流れ続けている。そのストリームの先頭に、常に新しいものが付け加えられるのだ。いま聴いている音楽や観ている映画を表示するウィジェットを追加することもできる。時間軸に沿って過去を回顧するインターフェースまで付いている。10億以上の他の人々のストリームがあなたのストリームと交差し合う。友人（もしくは他人）が投稿に「いいね！」を押したり、画像に写っている人にタグ付けすれば、二つのストリームが絡み合う。フェイスブックは毎日のように、最新の出来事やニュースのストリーム、それに会社のアップデートを世界規模のストリームに加えている。

しかしこうしたことですら、全体像の一部に過ぎない。ライフストリームとは活発で意識的なトラッキングだとも考えられる。人々はスマートフォンで写真を撮ったり、友人にタグを付けたり、フォースクエアで熱心にチェックインしたりして積極的に自分のストリームをキュレーションしている。フィットビット［Fitbit］で運動したデータや、万歩計の歩数ですらそうなのは、つまりそれらが注意を向けるべきものだということだ。ある程度の注意を振り向けない限り、自分の行動は変えられない。

意識されることなく活発でもないが、同様に重要なトラッキングの分野もある。この受け身型のトラッキングは、ライフログとも呼ばれる。それはただシンプルに、機械的に、自動的に、うわの空で、すべてのものを完璧にずっと追跡する。すべてのものが、なんのバイアスもなく、一生涯にわたって記録される。それは、将来もし必要になったら注意を払えばいい。ライフログは記録したもののほとんどを一度も利用しないので、極めて効率が悪く無駄の多い手法だ。しかし他の多くの非効率なプロセス（例えば進化など）と同じく、そこには天才的なところがある。現在ライフログが可能になったのはもっぱらコンピューターやメモリー、センサーなどが格段に安価になったためで、たいしたコストもかからずにそれらを浪費できるようになったからだ。そして、コンピューターの能力を創造的に浪費することは、多くの最も成功したデジタルプロダクトや企業の秘訣であり、ライフログを使う恩恵もまた、コンピューターを無駄遣いすることで得られる。

　ごく初期のライフログの例としては、１９８０年代半ばにテッド・ネルソンが行なっていたものがある（彼はそういう呼び方をしていないが）。ネルソンはハイパーテキストを発明した人物だが、他人との会話をすべて、どこでどんな内容であったとしても、録音したり映像に収めたりしていた。彼は何千人にも会っていたので、大きな倉庫を借りて、その中一杯に録音したテープを保管していた。もう一人は１９９０年代のスティーブ・マンだ。[270] 彼は当時ＭＩＴにいて（現在はトロント大学）、頭にビデオカメラを装着し、毎日の生活を映像に記録していた。すべてを毎日、一年中だ。ここ25年間、起きている間はカメラを動かしっぱなしにしていた。彼の装置では、片方の目の前にスクリーンが付いていて、カメラが彼の視点から映像を撮っていたが、これはグーグルグラスに先駆けること20年も前の話だ。１９９６年7月にマンと初めて会ったとき、彼は自分がやっていることを「定量測定《クオンティメトリック》セルフ・センシング」と呼んでいた。顔の前にカメラがあって半分がよく見えず、マンとはあまり自然に会話できなかったが、彼はいまだに自分の人生すべてをいつでも記録している。

しかしマイクロソフトリサーチのゴードン・ベルこそは、ライフログの権化と言える人物だろう。2000年からの6年間、彼はマイライフビッツ［MyLifeBits］という名前の大実験を行ない、自分の仕事に関するすべてのデータを文書化した。[271] 彼は特製のカメラを首の周りに着けていて、近付いてきた人の体温を検知すると、60秒おきに写真を撮った。このカメラはまた、新しい場所に行って光の様子が変わると写真を撮った。ベルは自分のコンピューターでのすべてのキーストローク、すべてのメール、訪れたすべてのサイト、すべての検索、スクリーン上で開かれたすべてのウィンドウとそれが開かれていた時間を記録した。多くの会話も記録していて、自分の言ったことに齟齬が生じた場合にはいつでも巻き戻すことができた。もらった書類は全部スキャンしてデジタル化し、（許可をもらった）電話の会話は全部書き起こした。彼がこの実験を行なったのは、ライフログの生み出す大海原のようなデータを従業員が管理するためにはマイクロソフトがどんなツールを作ればいいのかを探るためでもあった――こうしたデータを意味あるものにすることは、単に記録するよりよっぽど大変なことだったからだ。

ライフログのポイントは、すべてを呼び戻せる点だ。もしライフログが人生のすべてを記録していれば、自分の生物の頭では忘れていたとしても、経験したことを何でも再生できる。それはまるで、自分の人生をグーグル検索できるようなもので、実際にあなたの人生には次々と索引が付けられすべてが保存されるのだ。われわれの生物学的な記憶にはむらがあるので、それを補うどんなものでも大いに意味がある。ベルの実験の場合は、そのおかげで仕事の生産性が向上した。

以前の会話から事実を確認したり、忘れていた洞察を思い出したりすることができた。彼のシステムは、人生をデジタル化して記録することは難なくこなしたが、意味のある情報を検索するにはもっと良いツールを作る必要があることを彼は学んだ。

私もゴードン・ベルに倣ってシャツに小さなカメラを取り付けたことがある。それはナラティブ［Narrative］という製品で、1インチ角ほどの大きさしかなく、着けている間は一日中、毎分写真を撮る。それに、角を2回軽く叩けば、強制的にその場で撮影もできる。そこで撮られた写真はクラウドに送られ、そこで加工されてスマートフォンやウェブに送り返される。ナラティブのソフトは、上手にシーンごとに1日の写真を分けて、そのシーンで最も特徴的な写真を3枚選んでくれる。これのおかげで、大量の写真に埋もれずにすむ。こうした画像のまとめ機能を使えば、毎日撮った2000枚の写真もすぐに一覧でき、特に思い出したいシーンではライフストリームを拡大して、もっと多くのイメージを見ることができる。毎日のライフストリームを、1分間以内に簡単にさっと眺めることができるのだ。とても詳細な視覚的日記としてもそこそこ使えると思ったが、ライフログの計り知れない価値が発揮されるのは月に数度であり、それだけで意味があるのだ。

ナラティブの典型的なユーザーは、この写真日記を会議へ出席したときや休暇に出掛けたとき、あるいは体験したことを記録したいときに使っていた。会議の内容を思い出すのは理想的な使い方だ。カメラはずっと動作しているので、会った多くの新しい人を記録している。自分のライフストリームをブラウズすれば、交換した名刺よりも簡単に、会った人や話した内容を何年経っても思い出せる。ライフストリームの写真があれば、休暇や家族の集まりをはっきりと思い出すことができる。例えば私は最近、甥っ子の結婚式でナラティブを使ってみた。それは皆が共有した大事な瞬間ばかりか、以前には話したことのない相手との会話の様子も記録していた。現在のナラティブは音声記録はできないが、次のバージョンでは実装されるだろう。ベルが自分の研究から発見したのは、最も情報量が多いメディアは、写真による索引が付けられた音声記録だということだ。ベルは私に、もし一つしか使えないなら、映像より音声の記録を選ぶと言っていた。

ライフログを拡張していけば、以下の四つの分野で役立つだろう。

○**身体の生体測定値の常時モニター**：もし血糖値をリアルタイムで常時モニターできたら、人々の健康はどれだけ変わるだろうか。もし周りの環境から生化学物質や毒素が血液に入ってきたかどうかをほぼリアルタイムでチェックできたら、あなたの行動はどれほど変わるだろう（「2度とあの場所にはいかない！」と思うだろう）。こうしたデータは警戒システムとしてばかりか、病気の診断や薬の処方の際にも個人的基準として役立つだろう。

○**あなたが会った人、会話した内容、訪れた場所、参加したイベントのインタラクティブで拡張された記憶**：こうした記憶は検索可能でいつでも取り戻せ、シェアできるようになる。

○**あなたがこれまでに行なったこと、書いたり言ったりしたことすべての受動的で完璧なアーカイブ**：自分の行動を深く比較検討することで、生産性や創造性が高まる。

○あなた自身の人生を整理し、形作り、読む手段：このライフログをシェアすればするほど、こうした情報のアーカイブは他人の仕事を助け社会的インタラクションを拡張するのに役立つ。健康医療の分野では、医療記録を共有することで新たな医学的発見を急速に推し進めてくれる。

多くの懐疑論者に言わせれば、ライフログがマイノリティー集団を超えて広まるには二つの障壁がある。まず現在の社会状況では、セルフ・トラッキングは極めつけのオタクだと認識される。グーグルグラスを使っていた人は、それを着けていると恰好が悪いし、友人といるときに録画していることや、していなくてもその理由を説明しなくてはならなかったりして、煩わしくてすぐに外してしまった。クオンティファイド・セルフのゲーリー・ウルフが言うように、「日記として記録することはすばらしい。でも表計算ソフトに記録するのは気味が悪い」。しかし私は、ライフログを行なうべき状況かそうでないかについて、社会規範やテクノロジーのイノベーションがすぐにでも生まれると信じている。１９９０年代に携帯電話が出始めたときも、当初は呼び出し音がとにかく耳障りだった。携帯電話は電車でもトイレでも映画館でも、ものすごく大きな音で鳴り響いた。初期の携帯電話で話すとき、人々は呼び出し音と同じぐらい大きな声で話していた。その頃に戻って考えてみると、もし将来に全員が携帯電話を持つようになったら、うるさくてしょうがないと思ったことだろう。でもそうはならなかった。静かなバイブレーターが発明され、人々はメールを打つようになり、社会的な規範ができていった。今でも映画館に行くと誰もが携帯電話を持っているが、呼び出し音もしないし画面も光っていない。それがカッコ悪いと考えられるようになったからだ。われわれはライフログに関しても、同じような社会的な慣習やテクノロジーを使った解決法を進化させることで受け入れていくだろう。

もう一つの障壁は、各人がエクサバイトまではいかなくとも毎年ペタバイト級の大量のデータを生み出すことになると、どうやってライフログが機能するのかということだ。誰もこれほどのデータの大海原を泳ぎ回ることはできない。何も洞察を得られないまま溺れてしまうだろう。いまのソフトならそうかもしれない。データの意味を理解するのは、途方もなくかつ時間を食う問題だ。自分の生み出す大量のデータの流れから意味を読み取るには、極端に数字に強く、テクノロジーがよく分かっていて、飛び抜けて根気がなくてはならないだろう。そういうわけで、セルフ・トラッキングはいまだにマイノリティーの趣味に留まっている。しかし安価なAＩでかなりの部分が解決するだろう。現在研究されているAＩは、すでに何十億もの記録から、重要で意味のあるパターンを抽出するのに成功している。例えばその一つとして、先に言及したグーグルの写真解析ができるAＩに（安価になれば）ナラティブのカメラが撮影したイメージを飲み込んでもらうことが考えられる。すると、2年ほど前のパーティーで会った海賊の帽子を被った人の写真を探してくれ、と普通の話し言葉で尋ねれば探してくれる。その人物が分かれば、彼のストリームをリンクしてくれる。あるいはまた、部屋の仕様を決めるのに、私の心臓の鼓動が速まったのはどんな部屋だったかを尋ねることもできる。それは色、あるいは温度、あるいは天井の高さが原因だったのだろうか？　こうしたことはまだ魔法のように聞こえるが、まるでいまのグーグル検索のように、10年も経てば単なる機械的なリクエストだと見なされるようになるだろう。20年ほど前にはグーグルに何かを探してもらうことも魔法にしか思えなかったのだから。

しかし、これでもまだ全体像とは言えない。われわれインターネットの民は自分自身、つまりほとんど自分の生活しかトラッキングしない。しかしモノのインターネットであるＩｏＴはもっと巨大で、何十億ものモノが自らをトラッキングするだろう。これからの数十年間に生産されるモノにはほぼすべて、シリコンの小片が入っていてネットに接続されるようになるだろう。こうした広範な接続が実現すると、個々のモノがどのように使われているかを非常に正確に把握することが可能になる。例えば、２００６年以降に生産された車には、ダッシュボードの裏に自己診断機能（ＯＢＤ）のチップが付いていて、車がどう使われたかの記録を取っている。どれだけの速度で何マイル走ったか、急ブレーキを何回踏んだか、曲がったときの速度、燃費などの記録だ。そのデータはもともと修理のために使われていた。だが例えばプログレッシブ社のような保険会社は、ＯＢＤの記録を開示すれば保険料を下げてくれる。安全運転をしていれば、保険料が安くなるのだ。ＧＰＳで車の位置を非常に正確にトラッキングできるので、どの道路をどんな頻度で走ったかによって税金を取ることも可能だろう。使用量に合わせた請求は、バーチャルな道路使用料や自動的な税金徴収と考えてもいいかもしれない。

あらゆるＩｏＴの設計や、そのＩｏＴが浮かぶクラウドの本質は、データの追跡だ。これから５年間で、クラウドに接続可能なデバイスが３４０億も製造されると考えられており、[272]ものすごいデータの流れが生じる。クラウドにはそのデータが蓄積される。この追跡可能なクラウドに接続されるものはすべてトラッキングされる。

最近になって、カミーユ・ハートセルという研究者に助けてもらって、アメリカで日常的にトラッキングを行なっているデバイスやシステムを調査してみた。ここで大切なのは日常的にという点だ。ハッカーや犯罪者やサイバー兵士が行なっている非合法で日常的ではないトラッキングは除いた。政府機関が特定の目標に対して勝手に行なっている可能性も除外した（政府の追跡能力はその予算額に比例する）。この一覧には、アメリカ合衆国で平均的な人が通常の日に遭遇するトラッキングについて載せている。それらの例は、公的文書や主要な出版物から引用した。

**車の動き**――2006年以降に生産された車には、あなたが運転している間の速度、ブレーキ、エンジンの回転数、走行距離、事故などを常に記録するチップが入っている。

**ハイウェーの交通**――柱に付けられたカメラや道路に埋められたセンサーが、ナンバープレートから車の位置を記録する。毎月7000万のナンバープレートが記録されている。

**相乗りタクシー**――ウーバー、リフトなどの分散型のタクシーサービスはあなたの乗車記録を取っている。

**長距離旅行**――飛行機や鉄道を使ったあなたの旅程を記録している。

**ドローンによる監視**――アメリカの国境地帯では、プレデター無人偵察機が野外の活動を記録している。

**郵便物**――すべての紙の郵便物の表面はスキャンされデジタル記録になっている。

**水道光熱**――あなたの電気や水の使用量はすべて記録される（ゴミについてはまだ）。

**携帯電話の位置と通話記録**――あなたがいつ、どこで、誰と話したか（メタデータ）は月単位で溜められる。通話内容やメッセージを1日単位や年単位で継続的に蓄積している電話会社もある。

**都市カメラ**――米国内の主な都市の繁華街ではカメラが24時間休みなく映像を録画する。

**商業施設と私的空間**――現在は公共機関の68%、私企業の59%、銀行の98%、公立学校の64%、個人宅の16%に監視カメラが設置されている。

**スマートホーム**――(ネストのような)スマートな温度調節器は、あなたがいるかを検知し、行動パターンをクラウドに送っている。(ベルキン[Belkin]のような)スマートな電気コンセントは、電力消費量や利用時間をクラウドで共有している。

**自宅監視**――監視カメラが家の内外で撮影した映像が、クラウドのサーバーに蓄積されている。

**インタラクティブなデバイス**――電話(シリ、ナウ[Now]、コルタナ[Cortana])、テレビゲーム機(キネクト)、スマートテレビ、生活環境に入り込んだマイク(アマゾン・エコー)が拾うあなたの音声による命令やメッセージは、録音してクラウドで処理される。

**スーパーの会員カード**――あなたがいつ何を買ったかを記録している。

**電子小売店**――アマゾンのような小売店では、あなたが買ったものばかりでなく、何を見ていたか、何を買おうとしたかまで記録している。

**米内国歳入庁(IRS)**――あなたの経済状況を一生涯にわたって記録している。

**クレジットカード**――もちろん、あなたのすべての購買記録は取られている。また、洗練されたAIでデータを深く掘ってパターンを抽出し、あなたの人となり、人種、性癖、政治指向、好みなどを探っている。

**電子財布と電子銀行**――ミント［Mint］のようなアグリゲーションを行なう個人向け財務管理サイトは、ローン、抵当、投資などからあなたの財務状態を把握している。スクエアやペイパルのような電子財布は、すべての購買記録を持っている。

**写真の顔認識**――フェイスブックやグーグルは、誰かがウェブに投稿した写真からあなたの顔を特定（タグ付け）している。写真が撮られた場所から、あなたがどこにいたかの履歴も取れる。

**ウェブでの活動**――ウェブの広告用クッキーが、あなたのウェブでの動きをトラッキングしている。上位1000位までのサイトの80％以上がクッキーを使い、あなたがウェブのどこを訪れようとそれを追跡している。アドネットワークの合意を通して、あなたが訪れたことのないサイトも、あなたのウェブ閲覧記録を得ることができる。

**ソーシャルメディア**――ソーシャルメディアはあなたの家族、友人、友人の友人などを特定できる。以前の雇い主や現在の仕事仲間も同様だ。また、あなたが自由時間をどう過ごしているかも特定している。

**検索サービス**――グーグルは基本的にあなたのこれまでの検索語をすべてずっと保持している。

**ストリーミング・サービス**――あなたがどういう映画（ネットフリックス）や音楽（スポティファイ）、映像（ユーチューブ）をいつ視聴し、どう評価したかも記録している。ケーブルテレビ会社も同様で、あなたの視聴履歴が記録されている。

**読書**――公共図書館ではあなたが本を借りた記録を約1カ月間保持している。アマゾンでは本の購買記録を永遠に保持する。キンドルはあなたが電子書籍のどこを読んでいるか、各ページにどれだけ時間をかけているか、どこで止まっているかを記録している。

**フィットネス・トラッキング**――あなたの身体活動、その時間や場所などが、起床就寝の時間も含めて24時間記録される。

こうした記録の流れをすべてまとめることができたら、その機関がどれだけの権力を握れることになるかを想像するとショッキングですらある。それらをつなぎ合わせるのが技術的にどれだけ簡単かが、そのままビッグ・ブラザー出現を恐れる根拠となるのだ。しかし現在のところ、それぞれの流れは独立したものだ。それらのデータはまとめて関係付けられてはいない。いくつかのものは組み合わせられる可能性があるが（クレジットカードとメディアの利用など）、大体においてまだビッグ・ブラザー的な集約された流れはできていない。そうした動きは遅く、政府は技術的に可能な段階より遥かに遅れた状態だ（特にセキュリティー対策は無責任なほどいい加減で、何十年も遅れている）。また米政府は、どうにか成立したプライバシー法がどうにか壁を作っているので、こうした流れをまとめることができないでいる。しかし企業がこうしたデータをまとめることを妨げる法律はあまりない。そのため企業が政府のためにデータを収集する代理人となっている。顧客データはビジネスにおける新たな金脈である以上、これだけは確かだ――企業は（また政府も間接的に）ますます多くのデータを集めていく。

フィリップ・K・ディックの短編が原作になった映画『マイノリティ・リポート』は、遠くない将来に社会では監視が進んで、犯罪が起きる前に犯人を逮捕するようになる話だ。ディックはこうした介入を「前犯罪」検知と呼んでいる。私は以前にはこうした「前犯罪」という話はまるで非現実的だと思っていたが、現在はそう思っていない。

先に挙げた日常的に行なわれているトラッキングの一覧を見れば、これから50年間で起きることを想像するのは難しくない。以前には計測できなかったものが、定量化され、デジタル化され、追跡可能になっている。われわれは自分自身をトラッキングし続け、友人をトラッキングし続け、友人もわれわれをトラッキングし続けるだろう。企業や政府はもっとトラッキングの度合いを高めるだろう。50年後にはあらゆるものがトラッキングされていることが当たり前になるだろう。

第3章（FLOWING）で述べたように、インターネットは世界で最大最速のコピーマシンで、それに触れたものは何でもコピーされる。インターネットはコピーを取りたがっているのだ。この事実はまず個人や企業のクリエーターにとって非常に困ったもので、希少で貴重だったはずの作品が際限なく、しばしば無料でコピーされてしまう。こうしたコピーへのバイアスに対して断固として立ち上がり、いまだに闘っている人々もいれば（例えば映画会社や音楽レーベルが思いつくだろう）、そのバイアスを受け入れてうまく連携しようとする人々もいる。インターネットが持つこの傾向を受け入れ、容易にコピーできない価値（パーソナライズ、実体化、本物であること）を追い求める人々は成功していくだろうが、コピーしたいというネットの欲求を否定したり禁止したりして阻止しようとする人たちは、取り残されていく。消費者は当然ながら、自分たちの利便性のために手当たり次第にマシンにコピーさせる。

コピーへのバイアスは、ただ社会的、文化的な傾向というよりテクノロジーによるものだ。だからこの国だけでなく、もしかしたら統制経済下やまったく違った建国神話を持つ国、どこか別の惑星でさえ同じバイアスがかかるだろう。それは不可避なのだ。ただ、コピーを止めることはできない一方で、遍在するコピーを取り巻く法的あるいは社会的制度は大いに物事を左右する。イノベーションへの報酬、知的財産権と責任、コピーに対する所有やアクセスをどう扱うかで、社会の繁栄や幸福度が大きく違ってくるのだ。遍在するコピーは不可避だが、その位置付けについてはきちんと選んでいかなくてはならない。

トラッキングにも同じ不可避な力学が働く。その類似性は、先ほどの文章の中の「コピー」という言葉を「トラッキング」に置き換えた以下の文章を読めば明らかだろう。

インターネットは世界で最大最速のトラッキングマシンで、それに触れたものは何でもトラッキングされる。インターネットはすべてのものをトラッキングしたがっているのだ。われわれは自分自身をトラッキングし続け、友人をトラッキングし続け、友人や企業や政府もわれわれをトラッキングし続けるだろう。この事実はまず市民にとって非常に困ったもので、企業にとってもかなり影響があるが、それはトラッキングが以前には希少で高くつくものだったからだ。そうしたトラッキングへのバイアスに対して断固として闘っている人もいるが、ついには受け入れて連携しようとする人々もいる。トラッキングを飼い慣らし、市民のために生産的に使う方法を見つけた人々は成功していくだろうが、それを否定して違法にしようと試みる人たちは取り残されていく。消費者はトラッキングされたくはないと言うが、実際には自分たちの利便性のためにマシンに自分たちのデータを提供し続ける。

トラッキングへのバイアスは、ただ社会的、文化的な傾向というよりテクノロジーによるものだ。だからこの国だけでなく、もしかしたら統制経済下やまったく違った建国神話を持つ国、どこか別の惑星でさえ同じバイアスがかかるだろう。ただ、トラッキングを止めることはできない一方で、遍在するトラッキングを取り巻く法的あるいは社会的制度は大いに物事を左右する。遍在するトラッキングは不可避だが、その位置付けについてはきちんと選んでいかなくてはならない。

この星で最も速く増殖しているのは、われわれが生み出している情報の総量だ。それは数十年単位で計測できるものの中で、何よりも速く広がってきたし、今も拡大し続けている。われわれが使用するコンクリート（毎年7％増加している）や、スマートフォンやチップの生産量や、大気汚染や二酸化炭素といった副生成物の伸びよりも速く、情報は蓄積されているのだ。

カリフォルニア大学バークレー校の経済学者二人が、世界中で生み出された情報量を計算してみたところ、年66％の割合でその総量が増え、新しい情報が生み出されていた。この数字は、2005年のアイポッドの600％という販売数の伸び[273]に比べればたいした数字には見えないかもしれない。しかしそうした突発的な伸びは短期的なもので、何十年も続くものではない（アイポッドの生産は2009年には鈍化した）[274]。情報の増加は少なくとも過去1世紀の間、驚異的な率で進んできた。年66％というのは18カ月ごとに2倍になるということで、ムーアの法則と同じだが、それは偶然ではない。5年前には人間は数百エクサバイトの情報を蓄積していた。それはこの星に住む一人ひとりが、アレクサンドリア図書館の80倍の情報を所有していたことになる。現在ではそれが320倍に達している。

この成長を視覚化する別の方法もある――それが情報爆発だ。われわれはディスク、チップ、

ＤＶＤ、紙、フィルムといった情報記憶物質を、地球全体で毎秒あたり６０００平方メートルの割合で生産しては、すぐにデータで一杯にしている。この毎秒６０００平方メートルという数値は、核爆発で生じる衝撃波の速度とほぼ等しい。情報爆発は核爆発の速度で広がっており、しかも核爆発のように数秒間で終わることなく果てしなく続いていくのだ。

われわれの日常生活では、まだ捕捉したり記録したりできないような情報がはるかに多く生み出されている。トラッキングやデータ保存は爆発的に増えているのに、日々の生活の多くがデジタル化されていない。こうした使途不明の情報は、「野生《ワイルド》」情報とか「暗黒《ダーク》」情報と呼ばれる。ワイルド情報を手なずけるということは、われわれが集める情報の総量が今後何十年にもわたって増え続けることに他ならない。

集められる情報の総量が毎年ごとに増えているのは、その情報自体に対する情報を生み出しているからだ。それはメタ情報と呼ばれる。われわれが集めるどんなデジタル情報も、それについての別の情報を生み出すのだ。例えば腕に着けた活動計からデータが取られると、すぐにその時刻のタイムスタンプのデータが付加され、他の段階で取られたデータがリンクされてまた新しいデータが付加され、グラフにされる段階でもっと大量のデータが加わる、といった具合だ。同じように、例えばある女の子がエレキギターで演奏したライブのストリーム映像があれば、その映像を基にして索引データができ、彼女の友人の間でシェアすることになれば、「いいね！」を含めたさまざまな複雑なデータが付加されていく。より多くのデータを取り込めば取り込むほど、さらに多くのデータをそれに付加していくことになる。こうしたメタ情報は基となる情報よりずっと速く増えていき、その規模はほとんど無制限だ。

メタ情報は他のビット情報とリンクされることでその価値を増し、新しい富の源泉となる。ビットにとって最も非生産的なことは、そのまま何もされずに放っておかれることだ。コピーもされず、シェアもされず、他のビットとリンクもされないビットは短命に終わる。ビットにとって最悪の未来とは、ある暗い隔離されたデータ保管庫に入れられたままになることだ。ビットが本当に望んでいるのは、他の関連するビットと一緒になって、広く複製され、永続的なプログラムの一部としてメタビットあるいは実行ビットとなることだ。ビットを人に喩えるならこうなるだろう。

ビットは動きたがる
ビットは他のビットとリンクされたい
ビットはリアルタイムで気づかれたい
ビットは複製され、模倣され、コピーされたい
ビットはメタ情報になりたがる

もちろん、これはただ擬人化しただけだ。ビットに意思はない。しかし、ある傾向は持っている。他のビットと関係付けられたビットはより頻繁にコピーされる。利己的遺伝子が複製されるように、ビットも同じ傾向を持つ。そして遺伝子が自ら複製するために身体をコードすることを望むように、利己的なデータは自身を複製して拡散するためのシステムを望むのだ。ビットは自ら増え、動き、シェアされたがるかのように振る舞う。ビットを扱うなら、そのことを知ってお

くべきだ。

ビットは複製され、増殖し、リンクされたがるので、情報爆発やＳＦのようなトラッキングを止めるものはない。われわれ人類はデータのストリームからあまりに多くの利便性を引き出そうと切望している。[275] われわれが直面している大きな選択は、どういう種類の包括的トラッキングを望んでいるのかというものだ。全展望監視《パノプティコン》のように、彼らはわれわれのことを知っているがわれわれは何も相手のことを知らない一方向なものなのか、あるいは見ている人もまた見られているような相互に透明な「共監視」なのか。前者は地獄で後者なら扱いやすい。

それほど昔ではない時代には、小さな町がほとんどだった。通りの向かいに住んでいる婦人は、あなたが行ったり来たりする様子をトラッキングしていた。彼女は窓から覗いて、あなたが医者に行ったとか、家に新しいテレビを買ってきたとか、週末に誰が来て泊まっていったかを観察していた。だがあなたも、自宅の窓から彼女を観察していた。あなたは彼女が毎週木曜日の夜にしていることも、角の薬屋で何を買ってカゴに入れて帰ってきたかも知っていた。こうした相互監視には相互に利点もあった。もし彼女の知らない人が、あなたが外出中に家に入ってきたら、彼女は警察を呼ぶ。彼女が外出していたら、あなたは彼女の郵便物を受け取って預かってあげる。こうした小さな町での共監視は、対称的に働くので有効なのだ。あなたは誰から監視されているのかが分かっている。相手がその情報を基に何をするかも分かっている。そうした情報を責任を持って正確に扱う。そして監視されていることからの利益も得ている。最終的に、あなたは同じ環境で、あなたを監視している人を監視しているのだ。

今日、トラッキングされることを不快に思いがちなのは、誰が自分のことを見ているのかがほとんど分からないからだ。相手が何を知っているのかも知らない。その情報をどう使われるかについて何も言うことができない。それを正す責任が相手にはない。相手はわれわれを撮影するが、われわれは相手を撮影できない。それに、監視されることの利点も曖昧でよく見えない。つまり関係性のバランスが悪く非対称なのだ。

遍在する監視は不可避だ。システムがトラッキングするのを止められないなら、関係性をもっと対称にするしかない。それが文明化された共監視の方法だ。そのためには技術的な修正と新しい社会規範の両方が必要になる。SF作家のデビッド・ブリンはこれを「透明化社会」と呼び、1999年の同名のタイトルの著書でその考えをまとめている。そうしたシナリオがどうすれば可能なのかを、第5章（ACCESSING）で取り上げたビットコインで検証してみよう。分散化されたオープンな通貨であるビットコインは、その経済圏で行なわれるすべての取引を公的な元帳に記録することで透明化し、従ってすべての経済的取引が公になっている。ある取引の正当性は、中央銀行の監視によってではなく、他のユーザーによる共監視によって担保されているのだ。もう一つの事例として、これまでの暗号化では、秘密のプロプライエタリー暗号を使うことで中を守っていた。そこに公開鍵暗号（PGPなど）という優れた改良技術が出現し、それは公開鍵を含めて誰もが検査できる暗号によるものなので、誰もが信頼し、保証できるものだった。こうしたイノベーションはどちらも、現状の知識の非対称性を是正したわけではない。どちらかと言えば、相互監視によって駆動するシステムはどうすれば作れるかという可能性を示すものだ。

共監視社会では一つの権利の感覚が生まれるだろう――誰もが人間として、自分自身のデータにアクセスできる権利、そしてそのデータから利益を得る権利だ。しかしどんな権利にも義務が伴うわけで、誰もが情報の全体性を尊重し、シェアすることに責任を持ち、監視している相手から監視されることが義務となるだろう。

この共監視に代わるものがあるとしても期待はできない。簡単にトラッキングできることを違法化することは、簡単にコピーできることを違法化するのと同じように、多分効果のないものになるだろう。私は告発者のエドワード・スノーデンを支持している。彼が暴いたNSAの何万もの極秘ファイルからは、政府が市民を秘密裏にトラッキングしていたことが明らかになったわけだが、米国を含む多くの政府が犯している罪は、トラッキングについて嘘を言っていることだと私は考えている。大きな政府がわれわれをトラッキングしていても、その逆はなく非対称なままなのだ。私がスノーデンの告発に拍手するのは、それがトラッキングを抑制するからではなく、透明性を高めると考えるからだ。もし対称性が回復され、トラッキングしている人をトラッキングできるようになり、トラッキングする主体の責任が法的に定められて（そこには規制が必要だ）正確さが担保され、その利点が明らかになり適切なものになるなら、トラッキングが爆発的に広がることは受け入れられるのではないかと思っている。

私は友人から個人として扱われたい。こうした関係を保つには、友人が私のことを十分に理解して個人として付き合ってくれるよう、開放的で透明性を保ち、人生をシェアしなくてはならない。私は会社やお店にも自分を個人として扱ってほしいので、彼らが対個人として振る舞えるよう、開放的で透明性を保ち、情報をシェアしなければならない。政府にも個人として扱ってほしいので、そのために個人情報を開示しなければならない。パーソナライズすることと透明性を保つことには一対一の関係がある。よりパーソナライズするにはより透明性を持たなくてはならない。究極のパーソナライズ（虚栄）には、究極の透明性（プライバシーはない）が必要だ。もし友人や機関に対してプライバシーを保ち不透明な存在でありたいなら、自分という固有の条件は無視され、通り一遍の扱いを受けることを容認しなくてはならない。そうすれば、私は一般人のままだ。

ではこうした選択がスライダーで調整できると考えてみよう。その左端は〈パーソナル／透明〉で右端は〈プライベート／一般〉になっている。スライダーは左右の間のどこにでも移動できる。そのどこに移動するかがわれわれにとって重要な選択となる。驚いたことに、テクノロジーのおかげで選択が可能になると（選択の余地があることが重要だ）、人々はスライダーをパーソナル／透明とある左の方へと動かしていくのだ。彼らは透明でパーソナライズされたシェアをする。20年前には心理学者は誰もそんなことを予想しなかっただろう。現在のソーシャルメディアが教えてくれるのは、シェアしたいという人類の衝動が、プライバシーを守りたいという気持ちを上回っているということだ。これは専門家をも驚かせた。今までのところ、選択ができる分岐点に来るたびに、われわれは平均的にはよりシェアし、よりオープンで透明な方向へと向かう傾向にある。それを一言で表すならこうだ――虚栄がプライバシーを凌駕している。

人類はずっとずっと長い間、部族や氏族で暮らしてきたが、そこではすべての行為が丸見えで秘密などなかった。われわれの精神は常に共監視される環境の中で進化してきた。進化論的に言えば、共監視はわれわれにとっての自然状態なのだ。懐疑的な現代とは対照的に、循環する世界ではお互いが監視し合うことに関して大きな反動はないはずで、それは人間が何百万年もそうした環境で生きてきたからであって、それが本当に公平で対称的に行なわれるなら、快適なものになり得るからだ。

それは大いなる仮定に過ぎない。もちろん、私とグーグルや政府との関係は、本質的に公平でもなければ対称的でもない。グーグルや政府はすべての人のライフストリームにアクセスしているが、私は自分のライフストリームにしかアクセスしていないという事実そのものが、グーグルや政府の方が定性的により大きなものにアクセスしていることを意味している。しかしもし対称性が回復され、自分がより大きなステータスの一部となってより大きな責任を果たすようになり、それによってより大きな視点から利点を感じるなら、上手くいくかもしれない。こう考えてみてはどうだろう。警察はもちろん市民の動画を撮影するだろう。もし市民も警察を撮影でき、警察が撮った映像にアクセスでき、より強力な説明責任を果たし続けるためにそれをシェアできるなら、それでいいだろう。それで話が終わるわけではないが、透明な社会のきっかけにはなる。

それではプライバシーとわれわれが呼び習わしているものはどうなるのだろう？　相互に相手が見える社会で、匿名性は確保できるのだろうか？

現在のインターネットは、完全な匿名性を確保するのがかつてないほど簡単だ。一方でインターネットは、物理的世界で本当の匿名性を確保することをますます難しくしている。覆い隠そうと一歩前に進むたびに、われわれは完全に隠し事のない社会に向かって二歩進んでいく。われわれは発信者ＩＤを持っているし、それをブロックしたりフィルターする機能も持っている。次に来るもの――生体情報の計測（虹彩、指紋、声、顔、体温変化など）によって、隠れる場所はますますなくなる。ある人についてのすべてが見つかりアーカイブされている世界は、プライバシーのない世界だ。だから多くのスマートな人々は、匿名性も簡単に選べるよう選択肢を維持しようとしている――プライバシーの避難所として。

ところが、私がこれまで使ってきたシステムで、匿名を基本にしたものはすべて失敗している。匿名だらけの共同体は自己崩壊するか、完全な匿名性からイーベイのように見せかけの匿名になり、ずっとニックネームのままでも本人をトラッキングできるようになっている。アノニマスという有名な、完全に匿名のボランティアで運営される無法者の一団がある。彼らはオンラインの自警団として次々に標的を見つけていく。ＩＳ過激派のツイッターアカウントを停止させたり、邪魔するクレジットカード会社にも攻撃を仕掛けたりしている。根強く生き残って問題を起こしているものの、彼らが社会に最終的に寄与しているのかどうかははっきりしない。

文明社会において、匿名性はレアメタルのように希少な存在だ。こうした重金属は量が増えると、生命にとって最も毒性が高いものになる。殺してしまうのだ。しかしそうした元素は、細胞が生き続けるためにも必要な成分だ。そして健康に必要な量は、ほとんど計測不能なのだ。匿名性も同じだ。あるかどうか分からないほど微量ならば良いものだし、システムにとって欠かせない要素になる。匿名性のおかげでときには告発者が出てきても、過激派として迫害されたり政治的に追放されたりしないよう保護できる。しかし匿名性がかなり目立つ量になると、システムが毒される。匿名性は英雄を保護することもあるが、はるかに一般的なのは、責任逃れのために使われることだ。そのために、ツイッターやイックヤック［Yik Yak］、レディットなどのサイトで行なわれるイジメの大半で匿名が使われる。責任の不在は最悪の事態を招くのだ。

広範な匿名性の利用は、詮索好きの国家に対する解毒剤だとする危険な考えもある。それは体内の重金属のレベルを上げて体を鍛えているような話だ。そうではない。プライバシーは信頼によってしか得られないし、信頼を得るには一貫したアイデンティティーが必要なのだ。つまり、信頼と責任こそが物事を良くしていく。すべての微量元素のように、匿名性は完全になくしてはいけないし、それは可能な限りゼロの状態に近づけるべきなのだ。

データの世界では、それ以外のものはすべて無限へと向かっていく。あるいは少なくとも天文学的な量へとなっていく。惑星規模のデータと比べれば、平均的なビットは実際には匿名になり、ほとんど検知できない。実際のところ、この新しい領域がどれほど大きいかというと、大きさの単位を付けるための接頭辞が見つからなくなるほどなのだ。スマートフォンにはギガバイト級のデータが入っている。テラバイトはかつて想像もできないほど大きな量だったが、現在では私の机の上に3テラバイトのディスクが置いてある。その次の単位はペタだ。ペタバイトは企業にとっての新しい標準値となるだろう。エクサバイトは現在では天文学的な単位だ。しかし、われわれは数年で次のゼタのレベルまで行くだろう。ヨタは大きさを測る公式の単位としては科学的に最後のものだ。それ以上の単位は決まっていない。これまで、それを超えるものは空想でしかなく、正式な名前ではなかった。しかし20年ほどの間に、その次を巡る論議が出てくるだろう。そこでヨタの次については、それ以上のすべての規模を表す柔軟な単位として、「ジリオン」(zillion)の一語を使うことを提案したい。

何かが大量にあるとき、その何かは自身の性質を変えてしまう。量が違いを生むのだ。コンピューター科学者のJ・ストーズ・ホールはこう言っている。「もし何かが大量にあったら、それが少量の例外だったときには見せなかったような性質を持つ可能性が、実際には往々にしてある。

いままでの経験では、兆の規模の違いにおいて、量的な変化があっても質的な変化が起きなかったというケースはない。この兆の規模は、小さすぎて見ることも重さを感じることもできないチリと象の重さの違いだ。それは50ドルと、全人類が毎年生み出す経済的規模の違いでもある。それはまた、名刺の厚さと、ここから月までの距離との差でもある」

その違いを、ジリオン的と呼ぼう。

ジリオン個のニューロンはスマートだが、100万個ではだめなのだ。ジリオン個のデータポイントは何らかの洞察を与えてくれるが、10万個ではだめなのだ。インターネットにつながったジリオン個のチップはパルスのような振動を起こすが、1000万個では不足なのだ。ジリオン個のリンクは、10万個のリンクからは考えられなかったような情報や振る舞いをもたらす。ソーシャルウェブはこのジリオン的な世界で動いている。AI、ロボット、VRを使うには、ジリオン的なものに精通しなくてはならない。ただ、ジリオン的なものを扱うのに必要なスキルは非常にやっかいなものだ。

この領域では、ビッグデータを管理するツールでは役不足だ。最尤《さいゆう》推定（MLE）などの統計学的な予測手法も、最大値を予測すること自体が困難になり破綻してしまう。ジリオン個のビットの中をリアルタイムで泳ぎ回るには、まったく新しい分野の数学や、まったく新しいカテゴリーのソフトウェア・アルゴリズムや、ハードウェアの徹底的なイノベーションが必要になる。どれだけ可能性が広がっていることか！

ジリオン規模というこの新しいデータ配列を扱うために、必ず惑星規模のマシンが出現するはずだ。この大規模マシンの原子にあたるのはビットだ。原子が分子へと組み合わされるように、ビットも複雑な構造を持つようになる。複雑さのレベルを上げることで、ビットをデータへ、さらには情報、そして知識のレベルにまで高めていくのだ。データの持つ最大の力を引き出すには、再配列、再構築、再使用、再考、リミックスというさまざまな方法を駆使しなくてはならない。ビットはリンクされたがる——データのビットがより多くの関係性を結べば、それだけパワフルになっていく。

問題は現在の利用できる情報のほとんどが、人間だけが理解できるように構成されている点だ。あなたがスマートフォンで撮ったデータは、5000万個のビットが連なったもので、人間の目で見て分かるように構成されたものだ。あなたがいま読んでいる本書は、70万ビットの言葉が文法に従って並んだものだ。しかしわれわれは限界に来ている。人間はもうジリオンビットに対しては、触れたり処理したりすることはできない。われわれが収穫したり創造したりして生み出されるジリオンバイトのデータの潜在力を完全に引き出すには、マシンやAIが理解できるようにビットを構成しなくてはならない。セルフ・トラッキングのデータをマシンが認知できるようになったら、それはわれわれ自身を見る新しく崇高で進歩したやり方を生み出すだろう。数年してAIが映画を理解できるようになったなら、ジリオンバイトの映像データを、まるで新しい目的や方法のために使うことができるようになる。AIは記事を解析するように映像を解析し、文章を書くときに文や言葉を入れ替えるように、イメージの要素を再配置するようになる。

過去20年の間にまったく新しい業界が誕生したが、それはアンバンドル化という考えに基づいたものだった。テクノロジーを駆使したスタートアップが、曲からメロディーをアンバンドルし、アルバムから曲をアンバンドルすることで、音楽産業は大転換を経験した。革命的なアイチューンズは、アルバムではなく曲単位で商売している。かつての混合物から蒸留され抽出された音楽の要素は、共有可能なプレイリストといった新しい化合物へと再構成された。大衆紙は記事広告（クレイグズリスト）、株式市場（ヤフー）、ゴシップ（バズフィード）、レストラン批評（イェルプ）、記事（ウェブ）へとアンバンドルされ、それぞれが自立して育っていった。そうした新しい要素は再構成され、リミックスされ、新しいテキストの化合物となり、あなたの友人がツイートする最新ニュースになる。次の段階は、記事広告、記事や最新情報をもっと基本的な単位にまでアンバンドルして、想像もつかなかったような意外な方法で再構成することだ。つまり情報を最小単位の微粒子にまで叩き潰して、それをまた新しい化学反応によって再結合させるのだ。これから30年の大きな課題は、われわれがトラッキングし創造したすべての情報——ビジネス、教育、エンターテインメント、科学、スポーツ、社会関係——を解析して、最も原始的な要素にまで分解していくことだ。こうした大仕事を請け負うのは認知機能の巨大回路だ。データ科学者はこの段階を「マシン・リーダブル」な情報と呼んでいるが、そうしたジリオン単位の仕事をするのは人間ではなくてＡＩだからだ。「ビッグデータ」といった言葉は、つまりはそのことを指している。

こうした新しい情報の化学によって、いくつもの新しい化合物や情報を組み立てるための素材ができてくる。絶え間ないトラッキングは不可避だが、それは始まりに過ぎない。

２０２０年までには、毎年５４０億個のセンサーが製造されるようになるという。[276] それは世界中に広がり、車の中に埋め込まれ、体の上にまとわれ、家の中や公共の道路からわれわれを監視し、センサーのウェブとなって次の10年で新たに３００ジリオンバイトのデータを生み出す。それぞれのビットがさらに、その2倍のメタビットを生み出す。実用化されたAIによってトラッキングされ、解析され、コグニファイされることで、この広大な情報の海に浮かぶアトムが何百もの新しい形になり、新規プロダクトとなり、革新的なサービスになっていく。新しいレベルのトラッキングがどんな可能性を開くかを考えるだけでも圧倒される。

# 11. QUESTIONING

クエスチョニング

人間や知識の本質について私が信じていたことの多くは、ウィキペディアによってひっくり返された。ウィキペディアはいまでは有名だが、始まった当初は、誰もがそれは不可能だと考えていた。それはオンラインの百科事典のようなもので、驚いたことに世界中の誰もが情報を加えていいし、いつ変更してもいいし、それについて何ら許可も要らなかった。ジャカルタの12歳の子どもでも、ジョージ・ワシントンについて書かれた項目を編集できるのだ。オンラインによく生息しているような若者や退屈した人々はいたずら好きが多いので、誰でも編集できるという百科事典など頓挫すると私は思っていた。それにまた、責任感のある寄稿者の間でさえ誇張への誘惑や思い違いは避けられないと分かっていたので、それもまた信頼できる記述など不可能だとする理由となった。過去20年間のオンラインの経験から、どこの誰だか分からない他人が書いたものは信用できず、そうした雑多な寄稿者の文を集めてみてもぐちゃぐちゃになるだけだと信じていた。専門家が書いたウェブページでさえ、編集しないとたいしたものにはならず、編集したこともないアマチュアやズブの素人が書いた百科事典など、ゴミの山になるのが運命だと思っていた。

情報の構造というのは、多くのエネルギーと知性をデータに注ぎ込み時間をかけてその形を変えていかない限り、データから知識が自然に湧き出してくることなどあり得ない。それまでに関わってきた、決定者を置かず書いたものをただ集めて作ったものは、どれも記憶にも残らないゴミでしかなかった。オンラインでは違うと考える理由がなかった。

というわけで2000年に最初にオンラインの百科事典が出現したときに（当時はヌーペディア［Nupedia］という名前だった）、それを見た私は続かなくても当然だと思っていた。誰でも編集はできるけれど、ヌーペディアでは他の寄稿者と協働で書き直しをしなくてはならないという煩雑なプロセスが必要だったため、新参の寄稿者には敷居が高かった。しかしヌーペディアの創業者たちは、テキスト編集の仲介をする一方で、ウィキ［Wiki］というもっと使いやすいシステムを取り入れ、誰もが驚いたことにこのウィキが表舞台に出たのだ。それを使えば、誰もが他人に頼らずに、編集したり寄稿したりできる。私はウィキを取り入れることにはさらに期待が低かったが、ヌーペディアはウィキペディアという名前になっていた。

何という勘違いだったのだろう。ウィキペディアの成功は、私の想像をはるかに超えるものだった。2015年の数値では、3500万件以上の記事が288の言語で書かれていた。[27] その内容は米最高裁判所でも引用されて、世界中の学生たちが頼りにしていて、ジャーナリストや学習意欲のある人々が何か新しいことをすぐに知りたいときに使っている。人間の本質的な欠陥など関係なく、ウィキペディアは改良され続けている。個々人であることの弱点と美徳の両方が、最小限の規則のもと共有財産へと形を変えているのだ。ウィキペディアが機能しているのは、正しいツールがあれば、損傷を受けたテキストを回復する方が（ウィキペディアの復帰機能）、テキストを破壊するより簡単だと分かったからだ。そのため、十分優れた記事なら成長を続け、少しずつ改良されていく。正しいツールがあれば、協働コミュニティーは野心家の個人同士が同じ規模で競い合うより優れていたのだ。

共同作業が力を増幅させることはいつの時代も明白で、それは都市や文明によって証明されているが、それを実現するために必要とされるツールや監督がこれほど少なくても済むことが私には驚きだった。ウィキペディアの官僚組織は最初の10年で形作られたが、それは見えないほどに小規模なものだ。それよりもウィキペディアがもたらす最大の驚きは、ウィキの力がどこまで及ぶのかがまだ誰にも分からないことだ。ウィキ化された知性の限界はまだ見えていない。それは教科書や音楽や映画を作れるだろうか？　法律や政治的統治はどうだろう？

「そんなの不可能だ」と言う前に、まずは現状を見てみよう。何も知らない素人がどうこう言うべきでないことを私は嫌というほど分かっている。それに私はこの件に関しては一度意見を変えているので、結論を急ぐことはしたくない。ウィキペディアは不可能だ——しかし現存している。こうした理論上は不可能なのに実際は可能なことはよくある話だ。もし一度でもそうやって上手くいくという事実に行き当たったら、今度は他にも不可能だと考えられているのに実際は上手くいくものは何かと、期待の矛先を変えなくてはならない。正直に言えば、このオープンなウィキモデルは他にもいくつかの出版分野で試行されたが、あまり成功しているとは言えない。それでも、初期バージョンのウィキペディアがツールや編集プロセスのせいで失敗したように、教科書や法律、映画のコラボレーションも、さらなる新しいツールや方法論の開発が必要なだけなのかもしれない。

これについて考えを変えたのは私だけではない。いまの若者が育って、ウィキペディアのようなものがあるのが当たり前の時代になり、オープンソースのソフトが磨き上げられたプロプライエタリー・ソフトより優れていることも明らかになり、自分の写真やデータをシェアする方が大事に抱えるよりも多くを生み出すと確信できるようになれば、こうした仮定がプラットフォームとなって、共有財産をさらに積極的に受け入れるようになるだろう。かつては不可能に見えたことが、いまや当たり前になるのだ。

ウィキペディアは他の点でも私の考えを変えた。私はかなり強固な個人主義者で、自由主義教《リバタリアン》育を受けたアメリカ人だが、ウィキペディアの成功によって、社会の力についても評価するようになった。そしていまでは集団の力や、個人が集団に向かうことで生じる新たな義務について、より関心を抱くようになった。市民の権利を拡張するのと同時に、市民の義務も拡張しなくてはならないと考えている。ウィキペディアのもたらす衝撃の全体像はまだ見えないが、それが人々の精神を変える力は世界中のミレニアル世代の無意識下に働いていると私は確信している。その世代にとってウィキペディアは、集合精神《ハイブマインド》の有効性を示す生きた証拠であり、不可能なものを可能だと信じることの大切さを教えてくれるものだ。

もっと重要なことは、ウィキペディアが私に、不可能なものをもっと信じるように教えてくれたことだ。過去何十年かの間には他にも、以前には不可能だと思っていたのに結局それが実用的な良い考えであることが分かり、その考えを受け入れざるを得なくなったことがある。例えば、１９９７年に初めてイーベイというオンラインの蚤の市を知った私は、その可能性を疑っていた。遠方に住む赤の他人が売ろうとしている一度も見たことのない中古車に、何千ドルものお金を送るだろうか？　これまで教えられてきた人間の本質のすべてが、そんなのは上手くいかないと示唆していた。現在では、赤の他人と車を売買することが、大成功したイーベイの主な収入源になっている。

20年前の私は、２０１６年には個人向け携帯デバイスの中に、世界中の地図が入っていると信じていたかもしれない。しかし、多くの都市で町の通りの建物の写真までが見られたり、公衆トイレの位置までが表示されるアプリがあったり、徒歩や公共交通機関で目的地に着くまで声で案内してくれたり、そうした地図やおまけが無料で提供されるようになるとはとても信じられなかったはずだ。当時はそんなことは断じて不可能に思えた。それにこうしたフリーの潤沢さは、今でも理論的には信じられない。それがいまここに、何億ものスマートフォンの中に存在している。

こうした不可能だと思えることが、ますます頻繁に起きている。人はタダでは働かないと誰もが知っているし、もしそうしたとしても、誰か主導者がいなければろくなものができないと思っている。しかし現在では、ボランティアたちによって主導者もなく無償で作られたソフトウェアツールが、われわれの経済全体を動かす基盤となっている。人間は本質的に個人主義的な存在だと誰もが知っているが、完全にオープンで昼夜を問わずシェアするという不可能な状況がいまも続いている。人間はもともと怠惰な存在で、何かを創造するよりそれを鑑賞するのを好み、ソファーから降りて自分でテレビ用映像を作るわけがないと誰もが知っている。何百万人ものアマチュアが何十億時間もの動画を作るなんて不可能だし、そんなものを見る人はいない。ユーチューブはウィキペディア同様、理論的には不可能な存在なのだ。しかしこの不可能性もまた、リアルに存在している。

このリストはまだまだ続く。かつて不可能だと思われたことが毎日のように可能になっていく。しかしなぜいまなのだろう？　古くからの不可能と可能の境界を破壊するような何かが起きているのだろうか？

いまのところ分かっているのは、不可能なことが現実になっているのはどんな場合にも、以前には存在しなかったような新しいレベルの組織が出現したからだということだ。こうした信じられないような現象が噴出してくるのは、大規模なコラボレーションや大量のリアルタイムでの社会的インタラクションのせいで、それは惑星規模で遍在し瞬時に何十億もの人々をつなぐことによって可能になった。個々の細胞が集まった生体組織がさらに高いレベルの組織を生み出すように、こうした社会的な構造が個々の人間のための新しい生体組織を生み出すのだ。生体組織は細胞レベルではできないことをやってくれる。ウィキペディア、リナックス、フェイスブック、ウーバーやウェブ一般——AIも——といった集産主義的組織は、産業化時代の個人にはできないようなことを実現してくれる。いまこの惑星では初めて、10億人単位の人々を結び付けて即興のリズムを奏でることができるようになった——まさにフェイスブックがしてきたように。この新しい社会的組織によって、それまでのレベルでは不可能だった新しい行動が生み出されているのだ。

人類は長らく、新しい社会組織を生み出してきた——法律、法廷、灌漑のシステム、学校、政府、図書館から、最も規模が大きなものでは文明そのものまでも。そうした社会的な道具こそが人間を形作り、そのおかげで他の動物より優位に立って、不可能と思われる行動を成し得てきた。例えば、文字を発明して記録や法律が書かれるようになると、ある種の平等主義が生まれた——他の霊長類や文字を持たない文化では不可能なことだ。灌漑や農業によって培われた共同作業や協調によって、先を予想し準備するというさらに不可能と思える行動が生まれ、未来という感覚が生まれた。人間社会はそれまで不可能だったあらゆる人間の行動を、この生物圏へ解き放ったのだ。

文化とテクノロジーの現代版システムであるテクニウムは、新しい社会的組織を生み出し続けることで、新たな不可能性の創造を加速させている。イーベイの天才的なところは、安価で、簡単に、すぐにレビューできる評価システムを作ったことだった。遠く離れた赤の他人同士が売買できるようになったのは、コミュニティーの外にいる人の評価をすぐに定常的に確保できるテクノロジーがあるからだ。そうした低次のイノベーションが新しい種類の高いレベルの調整を可能にし、それが以前は不可能だった新しい交換（遠隔地にいる他人同士の売買）につながる。同様にテクノロジーが支える信頼に加えてリアルタイムの仲介を可能にしたことで、ウーバーのような分散型のサービスが可能になった。ウィキペディアの「過去ログへ戻る」ボタンのおかげで、あるページを荒らすより荒れたページを元に戻す方が簡単になった——それは新しくより高いレベルの信頼の仕組みを作り、かつてならこれだけ大規模にはあり得なかった人間の振る舞いを強化することになった。

われわれはソーシャル・コミュニケーションをいじくり始めたばかりだ。ハイパーリンク、Wi-Fi、GPSによる位置サービスは、まさにテクノロジーが可能にした結び付きで、このレベルのイノベーションはまだ始まったばかりなのだ。最も驚くべきコミュニケーションの発明のほとんどは、可能であってもまだ発明されていない。われわれはまた、本当に世界規模の制度を発明していく端緒にもある。われわれが一緒になって世界規模のリアルタイム社会を編み出せば、以前には不可能だと思われたことが一気に実現していくだろう。それは、ある種の自律的な地球意識を作り上げるということでは必ずしもない。必要なのは、あらゆる人々をあらゆる人に——そしてあらゆるモノに——常時つなげ、新しいものを一緒に作っていくことだ。現在では奇跡でも起こらない限り不可能だと思われている何百ものことが、この共有された人々のつながりによって可能になるだろう。

私はこれからの数年で、自分の考えが大いに変えられることを期待している。人間にとって自、然だと思っていた多くのことが、実はそうではないことが分かって大いに驚かされるだろう。ゆるやかに人々がつながる部族的集団にとって自然なことが、惑星規模で密に結合している人々の集団にとっては自然でないというのはほぼ間違いないだろう。人間が戦争好きなのは「誰でも知っている」ことだが、思うに社会的な軋轢を解決していくための方法が地球規模で時間をかけて生まれるにつれ、組織化された戦争は魅力を失い、役に立たないものになるだろう。もちろん、いまは不可能に見えることの多くは、どうしようもなく悪いことだ。新しいテクノロジーは、嘘をついたり、騙したり、盗んだり、スパイしたりテロを起こしたりするまったく新しい方法を解き放つだろう。ネット上の争いに対する合意された国際ルールはまだなく、これから10年の間に想像もしなかった不可能な重大事件が起きる可能性もあるだろう。地球規模のつながりのせいで、比較的簡単なハッキングで雪崩のようにトラブルが連鎖して起こり、制御できない規模にまで即座に広がる可能性もある。われわれの社会構造が世界的規模で破壊されるのは実際のところ不可避なのだ。これから30年の間に、すべてのインターネットや電話のシステムが24時間不通になるような事件が起きたら、その後何年もそのショックが後を引くだろう。

本書ではいくつかの理由から、そうした負の側面をあまり取り上げないことにした。その一つは、初期の意図に反して何らかの形で被害を及ぼさない発明というものはないからだ。天使のような最もすばらしいテクノロジーも兵器に転用され得るし、実際そうなっている。犯罪者とは世界で最もクリエイティブで革新的な人々でもある。そして被害の80%はばかげた失敗によるものだ。しかし重要なのは、こうした負の形が、これまで概要を説明してきた正の一般的トレンドとまったく同じ動きをすることだ。負の形もまた、どんどんとコグニファイし、リミックスし、フィルターをかけられていく。犯罪、詐欺、戦争行為、ペテン、拷問、腐敗、スパム、汚染、強欲やその他の損害はすべてがもっと分散化し、同時にデータを中心に回る。徳も悪も両方が、同じように〈なっていく〉大きな力と〈流れていく〉大きな力となる。スタートアップや大企業が、どこにでも遍在するシェアやスクリーンに適応しなければならないのと同様に、犯罪組織やハッカー集団も適応していく。悪者でさえこうしたトレンドからは逃れられないのだ。

それに加えて、直感には反するかもしれないが、どんな有害な発明もニッチを生み出し、そこではいままで見たこともなかったような新しい善が作り出される。もちろん、新たに作られた善も、それを利用する悪い考えに濫用される可能性がある（し、恐らくされるだろう）。新しい善が新しい悪を呼び覚まし、それが新しい善を作り出し、それがまた悪を拡散するというこの円環をわれわれはグルグルと回っていて、しかもどんどんと加速しているようだ。だが決定的な違いが一つある──こうした円環を繰り返すたびに、それ以前には存在しなかった新たな機会や選択が生じているのだ。選択肢が（有害な結果をもたらす選択肢も含め）爆発的に増えることは、自由度を増すことであり、こうした自由や機会や選択肢が増えることこそ、われわれの進歩や思いやりや個人の幸福の源泉なのだ。

テクノロジーがもたらす円環によって、われわれは新しいレベルへと投げ上げられ、未知のチャンスと恐ろしい選択が待つ新大陸へと進んでいく。地球規模のインタラクションは、われわれの想像を超えたものだ。それに必要なデータ量やパワーはもはや人間の規模ではない。ペタやエクサ、ゼタ、ジリオンという言葉は現在のわれわれには何の意味も持たない──これらは超大型マシンや惑星規模を表現する言葉だからだ。われわれは集団となれば個人とはまるで違う振る舞いをするはずだが、それがどう違うのかはまだ分からない。もっと重要なことは、われわれは集団の中でも個人として個別に振る舞うことだ。

これは、人類が遠い昔に都市に移住して文明を構築し始めてからずっと変わっていない。これから何十年の間に変わるのは、この高次の領域の接続速度（光の速度）と、巨大に広がっていくその規模（地球全体）だ。それは1兆倍になろうとしている。以前にも述べたように、1兆規模の変化は、ただの量的な変化でなく、質の変化でもある。人間について「誰もが知っている」ことの大半は、いままでのところ、個人を基準にしたものだった。しかし、数十億の人々を互いに結び付ける方法は何百万通りもあるだろうし、その一つひとつのやり方が、われわれについて何か新しいものを見つけ出すだろう。あるいは、われわれについて何か新しいものを創造してくれるだろう。どちらにせよ、人間性は変わっていくのだ。

リアルタイムにさまざまな方法でつながり、地球規模に拡大し、大小さまざまな案件を、われわれの許諾のもと、まるで新しいレベルで操作していく。そうして不可能だったものが可能になることで、われわれはずっと驚かされ続けることになる。ウィキペディアが不可能だと考えられていたことなど、いつの間にか忘却の彼方へと消え去るだろう。

信じ難い現象が起きるのに加え、われわれは起きそうもないことが起きることが日常になる世界に向かっている。警察官や救急医や保険会社の代理人はこうした世界をすでに垣間見ている。まったくもって不可能なことが実際はいつも起きていることを知っているのだ。例えばコソ泥が暖炉の煙突に挟まったり、トラック運転手が正面衝突して正面のガラスを破って前に投げ出されたのに、自分の足で着地してそのまま歩き去ったり、野生のアンテロープが自転車専用レーンを横断して自転車に乗った人を跳ね飛ばしたり、結婚式で灯されたロウソクの火が花嫁の髪に燃え移ったり、家の裏の波止場で気軽に釣りをしていた女の子が人間ほどの大きさの鮫を釣り上げたり。以前にはこうしたありそうもない出来事は私的なもので、噂でしか聞いたことがなく、友人の友人から伝え聞くだけで、嘘にしか聞こえなくて誰も本気では信じなかった。

しかし今日、そうした映像はユーチューブにあって、誰もが夢中になって見ている。自分の目で確かめられるのだ。奇妙でとっぴな出来事の一つひとつを、何百万人が見ている。

起きそうもないことは、事故だけに限らない。建物の壁を駆け上がったり、郊外の家の屋根をスノーボードで滑り降りたり、カップを瞬きするより速く積み上げたりといった、あり得ない妙技を披露する映像がネットには溢れている。そして人間ばかりでなく、ペットがドアを開けたり、スクーターに乗ったり、絵を描いたりという映像もある。そしてあり得ないものの中には、ものすごい記憶力を持つ人や、世界中の国の言葉のアクセントを真似できる人など、超人的な技を披露するものもある。こうした離れ業を見るにつけ、人間のすごさを思い知らされる。

ネットには不可能であり得ないような映像が毎分のように新しく投稿されるが、われわれにとってそれは、毎日目にする何百というものすごい事件の一つに過ぎない。インターネットはまるでレンズのようにものすごい出来事を集めて光の束に変え、それがわれわれを照らしている。こうしたあり得ないものを圧縮し、小さな見える形で日常にまとめあげている。オンラインにいる限り——ほとんど一日中そうだ——われわれはこの圧縮されたあり得ないものに照らされているのだ。それが新しい標準になる。

こうした超人的なものの光がわれわれを変える。ただのプレゼンテーションでは満足できず、世界一すばらしい、TEDに出てくるような驚異的なプレゼンターを求める。漫然と試合を鑑賞するのではなく、ハイライトの中のハイライト、最もすごい動き、キャッチ、走り、打撃、キックなど、これまで以上にすばらしくてあり得ないものを求めるのだ。

われわれはまた、人間そのものについてもかつてないほどの経験に晒されている――極端に体重のある人、極端に背の低い人、極端に口髭が長い人など、あらゆる極端が揃った世界だ。極端なものはかつては――その定義からして――希少だったが、いまではそうしたものがいくつもの映像となって一日中流れており、まったく正常に見える。人間はこれまでずっと、人間性の極端な姿を描いた絵画や写真を大切にしてきたが（初期の『ナショナルジオグラフィック』や『リプリーズ・ビリーブ・イット・オア・ノット！』など）、そうしたものはいまでは、歯医者の待合室でスマートフォンで見るほど身近なものになった。よりリアルになり、われわれの頭を埋め尽くしているのだ。このあり得ないものの大海原は、普通の人たちが何か普通ではないことをするのを促し、夢中にさせる。実際にそういった事例がすでにあるはずだ。

それと同時に、伝説になるような極端な失敗例も目立ってきている。考え得る最もばかげたことをする最高に愚かな人々が目の前に現れたのだ。これはまさに、ギネスブック記録保持者たちが住む小さくて境界が曖昧な世界にいるような気分だ。誰もが一生の間に少なくとも一度はこうした奇妙な瞬間に出くわすことがあるだろうから、誰もが15分間だけは世界記録保持者になれるのだ。その良い面といえば、人間やその生き方にとって何が可能かについて、われわれの感覚を拡げてくれることだろう――つまり極端さがわれわれを拡張しているのだ。逆に悪い面は、超極端なものへの飽くことを知らない欲求のせいで、日常のものに何も満足できなくなってしまうことかもしれない。

　こうした流れに終わりはない。カメラはどこにでもあり、われわれは集団としてますます生活をトラッキングされることになり、人が雷に打たれる映像が何千と積み上がっていくだろう——起こりそうにないことも実はけっこう起きているからだ。もしわれわれが小さなカメラを身に着けていつでも撮影していたら、いまを生きる人々の最もありそうもない出来事、究極の達成、極端なアクションがリアルタイムに記録されて、世界中で共有されるようになる。やがて、70億の人々が体験した最も極端な瞬間だけがあなたのストリームに流れるようになる。これからは、平凡なものに囲まれるのではなく並外れたものの中に浮かぶことが当たり前になるのだ。ありそうもないことがわれわれの視界に溢れ、いつしか世界は不可能なものばかりで成り立つように見えると、あり得ないことがもはやあり得ないと思えなくなる。つまり不可能なものが起こるのは不可避に思えてくるのだ。

　あり得ないことに満ちたこの状態は、夢と同じだ。確実性そのものが、かつてのように確かなものではない。私が接続する「すべての知識のスクリーン」は、10億の目を持つ人間の集団が一緒になって編み上げたものが10億枚のガラスに映っているので、そこから真実を見つけ出すことは難しい。すでに受け入れられた知識はどれも、その事実に対する異議申し立てをすぐに見つけられる。すべての事実には反事実がある。インターネットの究極のハイパーリンクは、そうした反事実をも、事実と同じように明るく照らし出す。反事実の中にはばかげているものも、有効なものも、その境界線上のものもある。これがスクリーンの呪いだ。それをより分けるのを専門家に頼ることはできない——専門家にもそれに匹敵する反専門家がいるからだ。つまり私が学ぶことはすべて、反対のものによって浸食されることになる。

皮肉なことに、瞬時に世界がつながる時代になって、あらゆるものへの確信がますます持てなくなっている。権威から真実を教えてもらうのではなく、ウェブを流れている液化した事実から自分なりの確かさを集めて回ることになってしまったからだ。唯一の真実だったものが、複数の事実の集まったものになった。自分が好きな分野以外でも、自分が直接知り得ないようなことに関しても、関係したことは何でも、事実を選り分けなくてはならなくなった。ということは、自分が知っていることに関しても、常に疑ってかからなくてはならないということだ。こうした状態は科学にとっては理想的かもしれないが、一方で間違った理由で意見を変えてしまう場合が増えるということでもある。

ネットワークのネットワークにつながっていると、自分自身がネットワークになった気がして、信頼できないパーツを集めて信頼を得ようとしている気になる。そして流れの中に散らばった生半可な真実や真実でないものやいくつかのすばらしい真実を集めて自分なりの真実を組み立てていく探求の過程で、自分の気持ちが流動的な考え方（シナリオ、暫定的な信条、主観的な勘）に惹かれ、マッシュアップやツイッター的言葉遣いや検索のような流動的なメディアを使うようになっていく。こうした摑みどころのないアイデアのウェブを流れていくと、よく白日夢を見ているような気になる。

夢が何のためにあるのかは分かっていないが、唯一言えるのは意識の根源的な欲求を満たしているということだ。私がウェブをサーフィンしているのを見た人は、次々と提示されたリンクをただたどっている姿を見て、白日夢を見ているようだと思うはずだ。最近私はウェブの中で、人々に混ざって裸足の男が土を食べているのを取り囲んで見ていたり、歌っている少年の顔が溶け出すのを見たり、サンタクロースがクリスマスツリーを燃やしたり、世界で最も高所にある泥の家の中を漂っていたり、ケルトの結び目文字が自然に解けたり、ある男から透明なガラスの作り方の講釈を受けたり、その次には自分自身を眺めていて、それは高校時代のことで、自転車に乗っているという具合だった。しかもそれは、私がある朝に数分間ウェブをサーフィンしていた間に見た話だ。どこに行くのかも分からないリンクをたどってトランス状態に陥るのは、大変な時間の無駄をして――あるいは夢を見て――いるように思えるかもしれないが、とても生産的な時間の無駄遣いなのかもしれない。多分われわれは、ウェブをうろついている間、集合的な無意識の中に入り込んでいるのだ。きっと、個々にクリックするものは違っても、このクリックが誘う夢はわれわれ全員が同じ夢を見るための方法なのだ。

この白日夢をわれわれはインターネットと呼んでいるが、それは私の中の真面目な思考と遊んでいるときの思考の違いを曖昧にし、別の言い方をするならば、オンラインではもういつ働いていつ遊んでいるのかの区別がつかない。ある人々にとっては、こうした二つの領域がゴチャゴチャになるのがネットの悪いところということになるだろうが、この時間の無駄遣いこそ最も価値があるだろう。それはささいなことから何かを生み、浅薄なものをきちんとした仕事にすることなのだ。フェイスブックの技術者だったジェフ・ハマーバッカーが以前に、「私の世代の最も優れた人たちは、人々にどうやって広告をクリックさせるかということしか考えていない」と文句を言っていた話は有名だ。[278] この白日夢は、ある人には浪費生活にはまっているように見えるだろう。私は逆に、こうした良い時間浪費は、創造性を高める前提条件だと思っている。さらに重要だと私が信じているのは、遊びと仕事を合体すること、つまり一生懸命考えながらも遊び心を持って考えることは、この新しい発明がもたらした最大の功績なのではないかということだ。これはつまり、高度に進化した先進社会では、仕事というものがなくなるということではないだろうか？

私が思考についてのこの違うアプローチに気がついたのは、ハイブマインドがそれを広くゆるやかに拡散しているからだ。私の思考は熟慮するのでなく活発に動く。疑問や直感から始めて心の中でひたすら熟慮を続け、自分の無知のなすがままになるよりも、私はまず行動する。すぐに動きだす。見て、調べ、訊いて、質問し、反論し、飛び込んで、メモを作り、ブックマークしてといった具合に、ともかく自分なりに始めるのだ。待つことはないし、待つ必要もない。アイデアがあったら考えるよりもまず行動するのだ。ある人にとっては、これはネットの最悪なところで、何も熟慮しなくなると批判するだろう。こうした内容のない行動はただの見せかけのばかげた仕事で、車輪を回しているだけの錯覚に過ぎないと思う人もいるだろう。では何と比べてそうなのだろう？　受動的にテレビを見ていることだろうか。バーをぶらついて世間話をしていることだろうか。図書館の中を歩きながら自分の抱える何百もの質問の答えをあてもなく探すことだろうか。いまこの瞬間にオンラインにいる何十億人もの人々を想像してみてほしい。私の目には、彼らはただ関連するつまらないリンクをクリックして時間を無駄にしているのではなく、もっと生産的な方法で自分の考えに取り組んでいるように見える——すぐに答えを得たり、調べ物をしたり、応答したり、白日夢を見たり、閲覧したりしながらこれまでとはまるで違うものに出合い、ささやかながらも自分の考えを書いたり、意見を投稿したりしているのだ。例えば50年前に何億もの人々がテレビを見たり、大きな椅子に腰かけて新聞を読んだりしていた頃とそれを比較してみれば分かるだろう。

この新しいあり方――波を乗りこなし、飛び込み、駆け上がり、ビットからビットへ飛び回り、ツイッターでつぶやき、新しいことに難なく入り込み、白日夢を見て、あらゆる事実に一つひとつ疑問を抱くこと――は決して不具合《バグ》ではない。そういう機能なのだ。それは押し寄せてくる大海のようなデータ、ニュース、事実に対する正しい反応だ。われわれは流動的でしなやかに、アイデアからアイデアへと渡っていくべきだ。というのも流動的であることが、われわれを取り巻く荒れ狂う情報環境への答えだからだ。こうした態度は何もせずに失敗することでも、贅沢に溺れることでもない。それは前に進むために必要なことなのだ。白いしぶきを上げる激流でカヤックを操るには、水の流れと同じぐらい迅速に漕がなくてはならないし、変化しながらあなたに向かって崩れてくるエクサバイト級の情報の波を乗り切るには、その波頭と同じ速さで流れていかなくてはならない。

しかし、この流れを底の浅いものだと勘違いしてはならない。流動性とインタラクションによってわれわれの関心は、かつてなかったほどに複雑で大きくて入り組んだ作品へと向かっていくだろう。視聴者が物語やニュースとインタラクティブにやり取りする――時間をずらし、後で再生し、巻き戻し、探査し、リンクし、保存し、クリップし、カット&ペーストする――ことを可能にしたテクノロジーは、いままでは短い作品だけでなく長いものにも応用される。映画監督はシリーズ物のホームドラマではなく、何年もかかるような壮大で延々と続く物語を製作し始めている。『ロスト』、『GALACTICA／ギャラクティカ』、『ザ・ソプラノズ 哀愁のマフィア』、『ダウントン・アビー』、『THE WIRE／ザ・ワイヤー』といった長編大作は、複数のプロットが絡み合い、複数の主人公がいて、人物描写は信じられないほど深く、洗練された作品となっていて、これまでのテレビ番組や90分映画ばかりでなく、ディケンズのような往年の作家でさえショックを受けるほどに注意を持続していかなくてはならない。ディケンズがもしこれを見たら、「観客はこの話にすべてついていけて、さらに見たいというのか？　一体何年かかるんだ？」と言ったことだろう。私自身も以前なら、これほど入り組んだ話を楽しむことはできなかっただろうし、時間を取って見たいと思えるなんて信じられなかった。私のアテンションは成長した。ビデオゲームの深さや複雑さといった惹きつけられる要素は超長編の映画や大部の本に匹敵するようになった。ゲームの中には熟達するのに50時間もかかるものがあるのだ。

　しかし、こうした新しいテクノロジーがわれわれの考え方に及ぼす最も大きな影響は、それらが一つになっていくことだ。たとえばあなたはナノ秒ごとにツイートし、ミクロ秒ごとにウェブページをサーフィンし、何時間もユーチューブのチャンネルをさまよい、それから数分で本の断片を飛び回り、やっと仕事の表計算ソフトやスマートフォンのスクリーンに帰ってくる。しかし実際のところは、ある一つの手に触れられないものに、1日10時間も注意を向けているのだ。この一つのマシン、一つの大きなプラットフォーム、巨大な傑作は、何兆ものパーツがゆるくつながってそう見えている。そして、それが一つになっていることは簡単に見過ごしてしまう。ウェブサイトの高給取りのディレクター、オンラインでコメントを寄せる群衆、作品をストリーミングしたがらない映画の巨匠たちは、自分たちが大きな地球規模のショーのデータの点に過ぎないことを信じたがらないが、実際はそうなのだ。今日、40億のスクリーンのどれか[279]に向かっているなら、それは結論のない一つの疑問に加わっていることになる。われわれは寄ってたかって答えを探しているのだ――一体これは何なのかと。

コンピューター会社のシスコは、２０２０年までにネットには何百億ものスクリーンに加えて、５００億のデバイスが接続されると予想している。[280] エレクトロニクス業界の専門家は、5年以内に10億のウェアラブル装置がわれわれの活動をトラッキングし、そのデータを流すようになると考えている。加えてネストの温度調節器のようにスマートハウスを守り立てる機器が１３０億台使われるようになるだろう。[281] ネット接続された車には、30億個のデバイスが組み込まれている。[282] ウォルマートの棚の商品には、１０００億個のＲＦＩＤのチップが埋め込まれている。それはモノのインターネット（ＩｏＴ）だ。われわれの製造するものすべてが揃った夢の国であり、ありそうもないことが並ぶ新しいプラットフォームなのだ。それはデータによって作られる。

知識は情報と関係しているが同一のものではない。しかし情報と同じ速度で2年ごとに倍加し爆発的に増えている。ここ数十年、毎年発表される科学分野の記事の数は、さらに速い速度で伸びている。過去1世紀以上、世界の特許出願数は指数関数的な増加を示している。

宇宙についても、1世紀前よりずっと多くのことが分かっている。こうした宇宙の物理的法則に関する新しい知識は、ＧＰＳやアイポッドなどの消費財で実用化され、われわれの人生の長さを延ばしてくれている。望遠鏡、顕微鏡、Ｘ線透視装置、オシロスコープなどを使えば新しい方法で対象を見ることができ、新しいツールで観察したとたんに多くの新しい答えが得られる。

しかし科学のパラドクスは、一つ解答が得られると少なくとも二つの新しい疑問が生じるところだ。より多くのツールでより多くの解答が得られると、いっそう多くの疑問が生じる。望遠鏡や電波望遠鏡、サイクロトロン、加速器はわれわれの知識を拡げるばかりでなく、新たな謎を生み出し、知らないことの領域を拡げる。以前の発見から最近分かったのは、宇宙の96％の物質やエネルギーが見えていないことだ。前世紀に宇宙は原子と熱でできているという発見がなされたが、それは基本的にはダークエネルギーとダークマターという二つの「ダーク」と呼ばれる未知の存在によってできている。「ダーク」とは何も知らないことを婉曲に表現した言葉だ。われわれは実際に、宇宙のほとんどがどんなものでできているかまるで分かっていない。細胞や脳の中に踏み入ってみても、同じぐらい何も分かっていないことが分かった。何が分かるようになるのかについても何も分からない。われわれは発明することで、自分たちの無知の中を覗き見ることができるのだ。もし科学的なツールによって知識が指数関数的に増えていくなら、すぐに解くべきパズルはなくなってしまうはずだ。しかし実際は、さらに多くの知らないものを発見し続けている。

従って、われわれの知識が指数関数的に増えたとしても、われわれの疑問は指数関数的にさらに速く増えていくだろう。数学者なら、この二つの指数関数曲線のギャップ自体も指数関数的に増えていく、と表現するだろう。つまり疑問と答えの間のギャップがわれわれの無知だとすれば、それが指数関数的に増えるということだ。別の言い方をするならば、科学はわれわれの知識より主に無知を増やす方法なのだ。

その関係が将来逆転する理由はどこにもない。テクノロジーやツールがより破壊的になればなるほど、それが生み出す疑問もより破壊的なものになるだろう。そうなると未来のＡＩや遺伝子操作、量子コンピューティング（目の前に見えているいくつかの例として）といったテクノロジーは、以前には疑ってもみなかったような物事について、巨大な疑問の集中豪雨を生み出すだろう。実際のところ、本当に重要な疑問はまだ誰も発していないと考えて間違いない。

人間はインターネットに毎年２兆回の質問をし、検索エンジンが毎年２兆回の答えを返している。ほとんどの答えはなかなかのものだ。かなりの頻度ですばらしいものもある。そしてそれらは無料なのだ！　即座に解答を得られるインターネットの検索機能がなかった時代は、２兆回の質問のほとんどは、それなりのコストを払っても回答を得ることは難しかった。もちろん、そうした回答はユーザーにとっては無料だが、回答を作りだすコストはグーグル、ヤフー、ビング［Bing］、バイドゥといった検索サービス企業が払っている。２００７年に私はグーグルが一つの質問に答える場合のコストを計算してみた。それは約0.3セントだったが、いまでは恐らくその値は下がっているだろう。そして私の計算では、グーグルはこうした検索に答える場合に、その回答ページに配置した広告から27セントを稼いでいるので、十分に回答を無料にできるのだ。

われわれはいつでも質問してきた。30年前の一番大きな回答ビジネスは、電話の番号案内だった。グーグルの前には４１１があった。誰もが使っていた４１１番の情報サービスは、年に約60億回もの電話での問い合わせがあった。[283] 過去のこうした検索の仕組みとしてはイエローページという冊子があった。イエローページ協会によれば、１９９０年代にアメリカの成人の50％は、イエローページを週に少なくとも１度は使い、毎回２件は調べていたという。[284] 当時の成人の人口は約２億人だったので、毎週２億回の検索をし、年間では１０４０億回の質問をしたことになる。これはばかにならない数字だ。過去における他の回答戦略としては図書館が考えられる。アメリカの図書館は1990年代には、毎年10億人の利用があった。[285]そのうち、3億人は「資料調べ」もしくは質問をしに来た人だ。

毎年（アメリカだけで）1000億回以上もの検索がなされていたにもかかわらず、その質問に安価もしくは無料で回答することで820億ドル規模のビジネスが生まれるとは、[286]30年前には誰も考えなかっただろう。こうした需要に応えるスキームを夢想できたMBAも多くはなかっただろう。質問と回答の需要は潜在的なものだ。すぐに答えてもらうことにこれほど価値があるとは、実際に使ってみるまで誰も分からなかった。2000年に行なわれたある調査によると、平均的なアメリカ人の成人は、毎日4回の質問をオンラインでしているという。[287]私の例で言えば、もっと頻繁に質問している。グーグルによれば、2007年に毎月349回、毎日10回（私が一番使っていたのは水曜日の朝11時）とのことだった。グーグルに1年は何秒かと訊くと、すぐに3154万秒と答えてくれた。検索エンジンすべてでは毎秒いくつの検索をしているかという質問には、60万回、つまり600キロヘルツだと答えた。インターネットは電波の周波数で質問への答えを唸っている。

しかし回答は無料なのに、その価値は非常に大きい。2010年にミシガン大学の研究者3人が、普通の人が検索にいくら払うかを確かめようと、ちょっとした実験を行なった。[288]資料が揃った大学の図書館で、グーグルで出た質問の回答を図書館の資料だけを使って学生に答えさせてみたのだ。そこに積み上げられた質問に学生が回答するのに何分かかったかを、彼らは測定した。平均で22分かかった。それはグーグルを使って同じ質問に回答するのにかかった平均値の7分と比べて、15分長いものだった。アメリカの平均賃金は時給22ドルだが、その計算でいくと、検索するごとに5.5ドルのコスト削減ができたことになる。

２０１１年にはグーグルの主任経済学者のハル・バリアンが、一つの質問に答える平均的なコストを別の方法で計算してみた。[289] 驚いたことに、グーグルのユーザーは（クッキーなどを使って調べると）平均して1日に1回しか使っていなかった。明らかに私とは違う。しかし私の使い方に、例えば、数週間に1回しか使わない私の母の頻度などを加えて平均化すればそうなるだろう。バリアンはそれに、いまでは質問するのは安く上がるので人々がますます質問している事実を差し引くように数字を補正した。こうした要素を加味した上で、検索によって平均的な人が1日に3・75分得しているとバリアンは割り出した。先ほどと同じ平均賃金を使うと、それは1日あたり60セントになる。時間が貴重だと考えるなら、その数字を切り上げて1ドルにしてもいい。平均的な人は、毎日1ドル、年間３５０ドルを検索に払うだろうか。たぶん払うだろう（私は絶対払う）。検索ごとに1ドル払うやり方でも、だいたい同じ金額になる。経済学者のマイケル・コックスは、何ドルもらえば完全にネットの利用を諦めるかと学生たちに質問したが、彼らは１００万ドルでも諦めなかった。しかもこれはスマートフォンが普及する前の話だ。

われわれは、すばらしい回答を与えることが、やっと上手くなってきたところだ。シリは自然な英語で質問すれば音声で答えを返してくれるアイフォンの音声アシスタントだ。私はいつも使っている。天候について知りたければ、「明日の天気はどうなる?」と質問する。アンドロイドを使っているなら、自分の予定についてグーグルナウに音声で訊くことができる。ＩＢＭのワトソンは、事実に関する質問のほとんどにＡＩがすぐ正確に答えられることを証明した。こうした答えをより簡単に見つけ出せるようになった理由の一つは、過去に正解した質問が他の質問の見込みを高めているからだ。同時に、過去に正解した答えは次の答えをますます考えやすくし、回答集全体の価値を上げているのだ。検索エンジンに質問をするたび、そして検索エンジンが正しい答えを返してくるたびに、このプロセスの頭脳が洗練され、将来の質問に対する検索エンジンの価値が上がっていく。われわれがさらに多くの本や映画やIoTをコグニファイしていけば、答えはどこからでも得られるようになる。1日に何百もの質問をする時代にわれわれは向かっているのだ。ほとんどの質問は自分や友人に関するものだろう。「ジェニーはどこにいる？」「次のバスは何時に来る？」「このスナックは美味しいかな？」。こうした回答の製造コストは微々たるものになるだろう。「答えをちょうだい」という検索は、もう先進国の贅沢品ではなくなる。それは基本的で普遍的なコモディティーになるだろう。

クラウドに対して普段の会話の調子でどんな質問でもできる世界がすぐにでも来るだろう。その質問に対して回答がすでにあるなら、マシンがそれを説明してくれるだろう。1974年の新人賞は誰？　なぜ空は青いの？　宇宙は永遠に膨張し続けるの？　時間が経てば、クラウドやクラウドのクラウド、マシンやAIが、何が分かっていて何がそうでないのかを学習していくだろう。当初は、われわれと対話することで曖昧な点を明確にしていくだろう（それは人間が質問に答えるときも同じだ）。だが回答マシンはわれわれと違って、もし回答が存在するなら、それがいかに深く、よく知られていない、複雑な事実関係の知識でも、惜しげもなく披露してくれる。

しかし、信頼できる回答がすぐに返ってくることが、われわれを満足させてくれることにはならない。回答が潤沢にあれば、ひたすら新たな質問が増えるだけなのだ！　私の経験では、質問するのが簡単であればあるほど、答えはより有用で、より多くの質問が生まれてくる。回答マシンは無限に答えを増やしていく一方で、われわれが質問するための時間はとても限られている。良い質問を生み出すことと、答えを理解することの労力の間には非対称性がある。いまや答えが安くなり、質問はもっと価値を持つという逆転現象が起きているのだ。パブロ・ピカソはすでに1964年にこの逆転現象を予想していて、作家のウィリアム・ファイフィールドに対して、「コンピューターは役に立たない。ただ答えを返してくるだけだ」と言っている。

そこでついに、超スマートな回答がどこにでもある世界においては、完璧な質問こそが求められるようになる。どうすれば完璧な質問がなされるだろう？　皮肉なことに、最良の質問とは答えに行き着くものではない。というのも答えはどんどんと安く豊富になっていくからだ。良い質問とは、それ一つで100万個の良い答えに匹敵するものだ。

それは例えばアルバート・アインシュタインが少年のように自分に尋ねた質問だ。「もし光線の上に乗って飛んだら何が見えるだろう？」この質問が相対性理論や原子力時代を導き出した。


良い質問とは、正しい答えを求めるものではない。

良い質問とは、すぐには答えが見つからない。

良い質問とは、現在の答えに挑むものだ。

良い質問とは、ひとたび聞くとすぐに答えが知りたくなるが、その質問を聞くまではそれについて考えてもみなかったようなものだ。

良い質問とは、思考の新しい領域を創り出すものだ。

良い質問とは、その答えの枠組み自体を変えてしまうものだ。

良い質問とは、科学やテクノロジーやアートや政治やビジネスにおけるイノベーションの種になるものだ。

良い質問とは、探針であり、「もし～だったら」というシナリオを調べるものだ。

良い質問とは、ばかげたものでも答えが明白なものでもなく、知られていることと知られていないことの狭間にあるものだ。

良い質問とは、予想もしない質問だ。

良い質問とは、教養のある人の証だ。

良い質問とは、さらに他の良い質問をたくさん生み出すものだ。

良い質問とは、マシンが最後までできないかもしれないものだ。

良い質問とは、人間だからこそできるものだ。


われわれが自分のために、質問して答えるマシンを作るとはどういうことなのだろう？

社会は厳格な階層構造から分散化した流動性へと向かっている。それは名詞から動詞に、手に触れられるプロダクトから触れられない〈なっていく〉ものになっていく。固定されたメディアからぐちゃぐちゃにリミックスされたメディアになっていく。保存から流れに変わる。価値を生み出す原動力は、「答えの確かさ」から「質問の不確かさ」へと移行している。事実や秩序、答えはこれからも常に必要だし有用だ。それらが消え去ることはないし、実際には微生物やコンクリートのようにわれわれの文明の多くを支え続けるだろう。しかしわれわれの生活やテクノロジーにおいて最も大切な側面――最もダイナミックで最も価値があり、最も生産的な面は新たなフロンティアにあり、そこでは不確かさやカオス、流動性や質問の数々が広がっているのだ。答えを生み出すテクノロジーはずっと必要不可欠なままであり、おかげで答えはどこにでもあり、すぐに得られ、信頼できて、ほぼ無料になる。しかし、質問を生み出すことを助けるテクノロジーは、もっと価値のあるものになる。質問を生み出すものは、われわれ人類が絶え間なく探検する新しい領域、新しい産業、新しいブランドや新しい可能性、新しい大陸を生み出す原動力なのだときちんと理解されるようになるだろう。質問《クエスチョニング》していくことは単純に言って、答えることよりも力強いのだ。

# 12. BEGINNING
ビギニング

これから何千年もしたら、歴史家は過去を振り返って、われわれがいる3000年紀の始まる時期を見て、驚くべき時代だったと思うだろう。この惑星の住人が互いにリンクし、初めて一つのとても大きなものになった時代なのだ。その後にこのとても大きな何かはさらに大きくなるのだが、あなたや私はそれが始まった時期に生きている。未来の人々は、われわれが見ているこの始まりに立ち会いたかったと羨むだろう。その頃から人間は、不活性な物体にちょっとした知能を加え始め、それらをマシン知能のクラウドに編み上げ、その何十億もの心をリンクさせて一つの超知能にしていったのだ。それはこの惑星のそれまでの歴史で最も大きく最も複雑で驚くべき出来事だったとされるだろう。ガラスや銅や空中の電波で作られた神経を組み上げて、われわれの種はすべての地域、すべてのプロセス、すべての人々、すべての人工物、すべてのセンサー、すべての事実や概念をつなぎ合わせ、そこから想像もできなかった複雑さを持つ巨大ネットワークを作ったのだ。この初期のネットから文明の協働型インターフェースが誕生し、それまでのどんな発明をも凌駕する、感覚と認知機能を持つ装置が生まれる。この巨大な発明、この生命体、このマシンとでも呼ぶべきものは、これまで他のマシンが作り上げてきたものをすべて包含し、実際にはたった一つの存在となってわれわれの生活の隅々にまで浸透し、われわれのアイデンティティーにとってなくてはならないものになる。このとても大きなものは、それまでの種に対して新しい考え方（完璧な検索、完全な記憶、惑星規模の知的能力）と新しい精神をもたらす。それは始まって《ビギニング》いくのだ。

〈始まっていく〉ことは1世紀にも及ぶプロセスで、変わらずなんとか前に進み続けている。その巨大なデータベースと広大なコミュニケーションは退屈なものだ。リアルタイムの地球規模の意識の夜明けというこの事象は、無意味なもの、あるいは恐ろしいものだとして片付けられている。実際のところ、大いなる不安が沸き起こるのももっともで、というのもこの脈打つ鼓動から逃れられる人間の文化（や本質）は何一つないからだ。それでも、われわれは自分たちを超えたレベルで動き出した何かの一部でしかないために、この興隆しつつあるとても大きなものの全容を掴むことができない。分かっているのは、そのまさに始まりから、古い秩序を混乱させ続けていることだ。それに対する過激な揺り戻しもあるだろう。

このとても大きな傑作を何と呼ぶべきだろうか。それはマシンよりも生物に近い。その中心には70億の人々――すぐに90億に達するだろう――がいて、それぞれの脳を相互にほぼ直接リンクさせ、常時接続するレイヤーを作り出して自分たちをすぐに覆い始めた。１００年前にはH・G・ウェルズが、こうした大きな存在を世界脳《ワールド・ブレイン》という名前で想像していた。テイヤール・ド・シャルダンはそれを思考の領域という意味でヌースフィアと呼んだ。それをグローバル・マインドと呼ぶ人も、それが何十億ものシリコンで製造されたニューロンでできているので超生命体と呼ぶ人もいた。私はこうした惑星レベルのレイヤーのことを、ホロス（holos）という短い言葉で呼ぶことにする。この言葉で私は、全人類の集合的知能と全マシンの集合的行動が結び付いたものを意味し、それにプラスしてこの全体から現れるどんな振る舞いも含めている。この全体がホロスに等しいのだ。

われわれが〈なっていく〉ものの規模を理解するのは難しい。これはわれわれが作った最大の何かだ。例えばハードの部分を見てみよう。現在では世界中で40億の携帯電話と20億のコンピューターがつながって、地球の周りを継ぎ目なく覆う大脳皮質となっている。それに加えて、カメラや車から衛星まで何十億もの周辺チップや関連デバイスがある。すでに２０１５年には、全体で１５０億のデバイスが一つの大きな回路に接続されていた。それらのデバイスには、それぞれ10億から40億のトランジスターが入っており、このホロス全体では10垓《がい》個（10の21乗）のトランジスターが入っていることになる。こうしたトランジスターは脳のニューロンと考えることができる。人間の脳には８６０億のニューロンがあり、これはホロスの１兆分の１の規模だ。その規模から言って、ホロスは脳の複雑さを大きく超えている。それにわれわれの脳は、ホロスとは違って数年ごとに2倍の大きさになったりしない。

　今日ではホロスのハードは、巨大な一つのバーチャルコンピューターとして動いていて、一つのコンピューターの中に多くのトランジスターがあるように多くのコンピューターチップで構成されている。このバーチャルコンピューターの最上位の機能は、初期のパソコン程度の速度で動いている。毎秒１００万のメール、１００万のメッセージを処理しており、それは基本的にはホロスが現在１メガヘルツのクロック周波数で動いていると考えていい。そして現在は合計で６００エクサバイトの外部記憶装置がつながっている。どんな瞬間にでも、そのバックボーンには毎秒10テラビットのデータが流れている。それは強固な免疫システムを持っており、主要幹線からスパムを除き、障害があるとルートを変えてある種の自己修復をする。

　しかし、この地球規模のシステムを有用で生産的にするには、誰が一体プログラムを書くのだろうか？　われわれだ。ウェブをぼんやりサーフィンしたり、友人のために何かを投稿したりするのは時間の無駄だと思われているが、われわれがクリックをするたびにホロスの知性の中にあるノードを強化する。つまりシステムを使うことでプログラミングしているのだ。人間は毎日１

000億回もウェブページをクリックしているが、それはわれわれが重要だと思ったことをホロスに教えているのだ。言葉と言葉をリンクで結ぶたびに、この複雑な装置にアイデアを教えているのだ。

これはわれわれの人生が乗っかっている新しいプラットフォームだ。それは世界的な規模で、常に動いている。このままのペースでテクノロジーの普及が進めば、私の見積もりでは2025年までには、この惑星に住む住人すべて、つまり100%がこのプラットフォームにほとんど無料になった何らかのデバイスを使ってアクセスするようになるだろう。誰もがその上に乗るだろう。もしくはその中にいるだろう。もしくは単に、誰もがそれになっているだろう。

このグローバルなシステムはユートピアにはならないだろう。これから30年経っても、地域間の垣根はこのクラウド内にも残るだろう。ファイヤーウォールで囲まれたり、検閲を受けたり、専有化される部分もあるだろう。企業による独占がインフラのさまざまな面をコントロールするだろう。だがこうしたネットの独占は脆弱で一時的なもので、競合他社に突然ひっくり返される場合もあるだろう。最小限のアクセスは広く行き渡るかもしれないが、より高い帯域幅は一様ではなく、都市部近郊に集中しているだろう。金持ちはプレミアムなアクセスが可能になるだろう。つまるところ、資源の配分は、人生の縮図のようになるだろう。しかしこのシステムは、例えばわれわれの誰もその一部にはなれないとしても、決定的に重要で、変革を起こすものなのだ。

いまこの〈始まっていく〉とき、この不完全なメッシュは510億ヘクタールに広がり、150億のマシンにつながり、40億の人間の心をリアルタイムで相手にし、この惑星の5%の電気を消費し、人間離れした速度で動き、われわれの1日の半分をトラッキングし、お金の主な流通経路になっている。その秩序の階層はこれまでの最大の創造物である都市よりもさらに一段上だ。こうしたレベルの飛躍を物理学者なら相転移と呼ぶだろう。例えば氷と水、水と蒸気の違いといった、分子の状態が不連続に変化することだ。温度や圧力によって相が変化すること自体はほとんど当たり前だが、閾値《いき》を超えると根本的な再組織化が行なわれ、物質の振る舞いがまるで別のものになる。水は氷とは完全に違った状態のものだ。

この新しいプラットフォーム上ではあらゆる所で相互接続が大規模になされているが、それは一見するとこれまでの社会の自然な延長に見える――お互いが顔を合わせる関係に、そのままデジタルの関係を付け足しただけのように。友人を何人か増やす。知り合いのネットワークを拡張する。ニュースの取得源の幅を拡げる。自分の動きをデジタル化する。しかし、実際はそれらすべての質が確実に向上し、温度と圧力が次第に上昇したように、われわれは変曲点を過ぎ、複雑さの閾値を超える。そこでは変化は不連続で――まさに相転移があり――気がつくとわれわれは新しい状態にいる――違った世界で違った当たり前を経験することになる。

われわれは〈始まっていく〉プロセスの中にいて、その非連続性のまさにエッジにいる。新しい領域では、中央集権的な権威や画一性といった古い文化は縮小し、本書で書いたようにシェアし、アクセスし、トラッキングするという新しい文化的な力が、さまざまな組織や個人の生活を支配するようになる。この新しい局面が形になるにつれ、そうした力はますます強力になる。シェアしていくことは、いまでもやり過ぎだと思う人もいるが、まだ始まったばかりだ。所有からアクセスへのシフトは、まだほとんど始まってもいない。〈流れていく〉こともストリーミングも、ぽつぽつと始まり出した程度だ。すでにトラッキングされ過ぎていると思うかもしれないが、これから数十年の間に数千倍はトラッキングされるようになるだろう。こうした機能はいま生まれたばかりの高品質のコグニファイングによって加速され、やがて現在最もスマートに見えるものでさえ愚かに見えてしまうだろう。どれもまだ最終形ではない。こうした移行は〈なっていく〉プロセスの第一歩を踏み出したに過ぎない。つまり〈始まっていく〉のだ。

夜間に撮影された地球の写真を眺めて、この巨大な生命体の姿を一瞥してみよう。暗い大地の上に、眩い塊となった都市の明かりが有機的な模様を描いて瞬いている。都市の光はその周辺でだんだんと暗くなり、細く照らされた高速道路が遠くの都市の光の塊まで長く続いている。外に向かう光の道は木のような樹状になっている。その姿はとても馴染み深いものだ。都市は神経細胞の結節点で、照明の光る高速道路は神経の軸索で、シナプス結合を形成している。都市はホロスのニューロンなのだ。われわれはこの中に住んでいる。

胚のようなこのとても大きな存在は、少なくとも30年以上ずっと稼働してきた。これほどの時間、片時も止まったことのないマシンを私は——どんな種類のものであれ——知らない。その一部が停電やその連鎖で一時的に止まってしまうことがあったとしても、全体が静かになってしまうことはこの先何十年にわたってないだろう。それはいままでも、またこれからも、最も信頼性の高い人工物であり続けるだろう。

この超生命体の出現で、科学者たちの中には「シンギュラリティー」という概念を思い出す人々もいるだろう。シンギュラリティーは物理学の用語で、そこから先は未知のフロンティアが広がるその境界を指す言葉だ。一般には「強いシンギュラリティー」と「弱いシンギュラリティー」の二つのバージョンが知られている。強いシンギュラリティーは、未来が超知能によってもたらされると考える。もし自分よりスマートなAIを作れるAIがあれば、理論的には世代を重ねるにつれそれ以上ないレベルのAIになっていく。実際にはAIが自力で次々とよりスマートな次世代を生み出し、それが無限に加速していくと、最後にはAIが神のような知恵を持って存在する問題すべてを解けるところまで到達してしまい、人類を置き去りにするというものだ。それがシンギュラリティーと呼ばれるのは、その先がわれわれの理解の範囲を超えているからだ。これをわれわれの「最期の発明」と呼ぶ人もいる。さまざまな理由から、私はこうしたシナリオは起こらないと思っている。

弱いシンギュラリティーの方があり得る話だ。この例ではAIはわれわれを奴隷化する（スマート人間の悪徳版のように）ほどにはスマートにならず、AIもロボットもフィルタリングもトラッキングも本書で述べたテクノロジーの数々もすべてが合体し——つまり人間にマシンが加わって——複雑な相互依存へと向かっていく。その段階に達すると、あらゆる出来事はわれわれのいまの生活以上の大きな規模で起こり、われわれの理解を超えたものになるので、それがシンギュラリティーということになる。それはわれわれの創造物がわれわれをより良い人間にする領域であり、一方でわれわれ自身がその創造物なしでは生きられなくなる領域だ。これまで氷の状態で生きてきたとするなら、これは液体だ——新しい位相なのだ。

この相転移はすでに起こっている。われわれは、すべての人類とすべてのマシンがしっかりと結び付いた地球規模のマトリックスに向かって容赦なく進んでいる。このマトリックスは、われわれが作ったものというよりプロセスそのものだ。われわれの新しい超ネットワークは途切れることのない変化の波であり、われわれの需要や欲望を新しく組み替えては絶えず前へと溢れていく。今後30年の間にわれわれを取り巻く個別のプロダクトやブランド、会社については完全に予想不能だ。ある時代に特定のものが成功するかどうかは、個人のチャンスと運の流れ次第だ。しかしこの大規模で力強いプロセスの全体としての方向性は、明確で間違いようがない。これまでの30年と同じように、これからの30年もホロスは同じ方向へと向かっていくだろう——つまり、より流れていき、よりシェアしていき、よりトラッキングし、よりアクセスし、よりインタラクションし、よりスクリーンで読み、よりリミックスし、よりフィルタリングし、よりコグニファイし、より質問し、よりなっていく。われわれは〈始まっていく〉そのとば口にいるのだ。

もちろん、この〈始まっていく〉ことはまだ始まったばかりだ。

## 謝辞

私がテクノロジーの意味を理解しようとすることを長い間支えてくれたバイキング社の編集者ポール・スロバックと、本書を書くように勧めてくれたエージェントのジョン・ブロックマンには大変世話になった。初稿に目を通してくれたのは、サンフランシスコで本の執筆を指導するジェイ・シェーファーだ。司書のカミーユ・ハートセルは多くの事実の調査をしてくれ、巻末の広範な注を作ってくれた。その調査を補助するクラウディア・レーマーは、事実確認と書式を整理するのを手伝ってくれた。私のワイアード時代の同僚、ラス・ミッチェルとゲーリー・ウルフは、初期の草稿を苦労して読んでくれて重要な指摘をしてくれ、それらは本書に反映されている。本書を書く何年かの間にインタビューに応じてくれた方々とは、すばらしい時間を過ごし、それを役立てることができた。その中には、ジョン・バッテル、マイケル・ネイマーク、ジャロン・ラニアー、ゲーリー・ウルフ、ロドニー・ブルックス、ブルースター・ケール、アラン・グリーン、ハル・バリアン、ジョージ・ダイソン、イーサン・ザッカーマンなどがいる。ワイアードとニューヨークタイムズ・マガジンの編集者には、本書の各部の初期バージョンの執筆を助けてもらった。

最も大切なのは、私をしっかり支え前を向かせてくれた私の家族、ジアミン、カイリーン、ティン、タイウェンに本書を捧げたいということだ。

ありがとう。

訳者あとがき――不可避な未来をどう受け入れるべきか

ニューヨーク・タイムズはＡＰ通信社に続いて、6月1日からインターネットの表記について、「Internet」を「internet」に変えると宣言した。ただ単に、最初の文字を大文字から小文字に変えるという話だが、つまりこれはインターネットが人名や会社名などを指す固有名詞ではなく、一般名詞になったということを公式に認めたことになる。ＡＰの編集者トーマス・ケント氏も「われわれの見解では、いまではそれは電気や電話のようにまったく一般的なものだから」とその理由を述べている。日本語では文字の大きさで名詞の種類を区別はしないが、インターネットがあまりに当たり前の存在になってきたので、いまでは「ネット」と縮めた表記が頻繁に使われて、それで話が通じるようになってきた。

インターネットが一般紙に最初に大きく取り上げられたのは、1988年の11月2日に「インターネット・ワーム」事件が起きたときだった。コーネル大学の大学院生ロバート・モリスが自己増殖するプログラムをネットに撒いて実験したところ、プログラムのコピーで一杯になって動かなくなり、「研究者の（特殊な）ネットワークにつながるコンピューターの1割に当たる6000台が停止した」とニューヨーク・タイムズ紙の1面で報じられたのだ。当時のインターネットはまだ、69年に国防総省の高等研究計画局（ＡＲＰＡ）の資金で実験が始まったときの名称のまま「ＡＲＰＡネット」と呼ばれていたが、ＡＲＰＡ以外のネットワークが徐々にできて相互につながるようになってきたことから、ネットワークとネットワークをつなぐという意味で、「インター」という文字を冠した「インターネットワーキング」という言葉が使われ始めたばかりだった。しかし、コンピューターのネットワークというのはまだ特殊な専門家が扱うもので、新聞を読んだ多くの人は、なぜそんな事件が新聞の1面を飾るのかまるで理解できなかったに違いない。全部で6万台ものコンピューターがつながる不可解な存在だが、国防総省の息もかかっているし、ひょっとしたら核戦争につながるような大事件なのかもしれないと感じた人もいた。しかし現在はインターネットにつながるコンピューターが10億を超えている。当時まだインターネットは揺籃期にあったのだ。

「(われわれがなじみのインターネットは)創造されてからまだ8000日も経っていない」と本書の著者ケヴィン・ケリーは言う。ティム・バーナーズ＝リーがウェブを発明してから、誰もが簡単にネットサーフィンできるようになり、さらにメールし、検索し、ショッピングし、日々の出来事をソーシャルメディアにアップできるようになったが、それは95年にウィンドウズ95が登場してネットブームが起きてから、たったの20年ほどの期間でしかない。最初はどうやったら使えるのかも分からず、ほとんどの人は「モデム」とか「プロバイダー」という言葉の意味も分からず、「申し込みたいので、インターネットという会社の連絡先を教えてください」という問い合わせが新聞社にも寄せられた。当初はパソコンやキーボードが使えないと始めることはできず、モデムなどをつないで通信ソフトを細かく設定しなくてはならず、電話のダイヤルアップで利用するしかなく、ちょっと使うと毎月何万円もかかったため、新しもの好きやオタクのメディアと思われていた。まだ現在と比べるとオモチャのようなレベルで、ソフトも少なくセキュリティーは問題だらけで、ビジネスや公共のサービスには危なくて使えないとされていたが、いまでは誰もがネットを大して意識することもなく、スマホを使って日々の生活の中で使っている。全世界のネットユーザーは32億人に達し、日本でも1億人以上が使っており、60兆を超えるページがあって増え続け、それが数時間でも止まったら世界中がマヒしてしまうほどの存在になった。そしてこれから、ネットをベースとしたAＩやＩｏＴ（モノのインターネット）、ビッグデータ、ＶＲ、ロボットといったさまざまな次世代テクノロジーが本格化することで、われわれの仕事がコンピューターに置き換えられ、ネットが人間総体の能力を上回ってしまうと主張するシンギュラリティーという言葉も話題になっている。

デジタル時代は、それ以前の工業時代に比べて時間の経過が何倍も早くなり、ドッグイヤーと呼ばれて物事の変化が激しくなってきた。その起点を探ろうと遡ると、30年前の80年代の世界的な通信自由化の時代に行き着く。それまでは企業を中心に「電子計算機」と呼ばれる大型コンピューターが使われていたが、オンライン利用はまだ一般的ではなく、通信速度も電話回線を使った３００bps程度で、いまの１００万分の1のレベルでしかなかった。しかし徐々に安価で高速な回線が整備され、パソコンが登場することで初めて一般人がコンピューターに触れる環境ができ始めた。パソコンとモデムを使って電話回線でコミュニケーションができるパソコン通信というサービスが始まり、誰もが初めてメールを使ったりチャットをしたり、掲示板で論議できる環境が出現した。本書でも述べられているように、それは非常に大きなパラダイム転換であり、コンピューターが計算のためというより人と人をつなぐ道具であることが認識されるようになった瞬間だった。

もともと若い頃にはヒッピーでアジアをカメラマンとして何年もさまよい、コンピューターやハイテクを国家の手先として嫌悪していた著者はこの頃、60年代のカウンターカルチャーの急先鋒だったホール・アース運動で有名なスチュアート・ブランドと仕事を始めることで、WELLというパソコン通信サービスに関わるようになり、初めてテクノロジーが人間の役に立つと感じるようになった。そしてそれからのパソコン革命を実際に経験し、90年代にはデジタル・カルチャー誌ワイアードの創刊編集長となり、ドッグイヤーで進むテクノロジーの進化に日々現場で立ち会うことになる。そして最初に、その大きな変化をまず*Out of Control*（『「複雑系」を超えて』アスキー）にまとめ、流動化したデジタル・テクノロジーが作り出す複雑でカオス的な世界を描き、次にその影響で変化するニューエコノミーを題材にした*New Rules for the New Economy*（『ニューエコノミー勝者の条件』ダイヤモンド）をビジネス界に送り、さらには本格化し始めたインターネットの形作るデジタル世界の本当の意味を求めて、宇宙の始まりから未来までをカバーする壮大な理論を構築した*What Technology Wants*（『テクニウム』みすず書房）を世に問うた。

前著の『テクニウム』では、テクノロジーを自己組織化する情報世界の基本原理と捉えて、壮大かつ深遠な宇宙観にまで論を進めた。テクノロジーを単なる人間の人工的な方便と考えるのではなく、生命世界の上位概念として宇宙の普遍的な要素とまで言い切った彼の論に、戸惑いを覚えた読者もいたかもしれない。

しかし今回書かれた本書は、われわれの身近なデジタル・テクノロジーとの付き合い方を個別のサービスなどを例に説いた、もっと親しみやすい内容だ。テクニウムという広く深い概念にまで行き着いた彼は、そこから再度現実に目を向け、日々進化するテクノロジーについてその意味を問い、どう付き合うべきかを具体的に考えた。

本書の原題は*The Inevitable*で、不可避という意味だ。何が不可避なのか？　それはデジタル化したテクノロジーが持つ本質的な力の起こす変化だ。それは水が川上から川下に流れるように、太陽が東から出て西に沈むように、この世界に普遍的な理でもある。彼はそれを12の力もしくは傾向に分けて、それぞれの力を順に説明していく。各章の表題は動詞の現在進行形で表記されており、（第1章で主張するように）動詞化する世界がまさにプロセスとして動いている姿を捉えようとしている。これらはデジタル世界の持つ根源的な性格を捉え、法則として読み解く重要なキーワードだ。

その12章を簡単にたどるなら、ネット化したデジタル世界は名詞（結果）ではなく動詞（プロセス）として生成し（第1章 BECOMING）、世界中が利用して人工知能（ＡＩ）を強化することでそれが電気のようなサービス価値を生じ（第2章 COGNIFYING）、自由にコピーを繰り返し流れ（第3章 FLOWING）、本などに固定されることなく流動化して画面で読まれるようになり（第4章 SCREENING）、すべての製品がサービス化してリアルタイムにアクセスされ（第5章 ACCESSING）、シェアされることで所有という概念が時代遅れになり（第6章 SHARING）、コンテンツが増え過ぎてフィルターしないと見つからなくなり（第7章 FILTERING）、サービス化した従来の産業やコンテンツが自由にリミックスして新しい形となり（第8章 REMIXING）、ＶＲのような機能によって高いプレゼンスとインタラクションを実現して効果的に扱えるようになり（第9章 INTERACTING）、そうしたすべてを追跡する機能がサービスを向上させライフログ化を促し（第10章 TRACKING）、問題を解決する以上に新たな良い疑問を生み出し（第11

章 QUESTIONING）、そしてついにはすべてが統合され彼がホロス(holos)と呼ぶ次のデジタル環境（未来の〈インターネット〉）へと進化していく（第12章 BEGINNING）という展開だ。

邦題は『〈インターネット〉の次に来るもの』とした。デジタル・テクノロジーの持つ力の不可避な方向性とは、まさに現在われわれが（仮に）〈インターネット〉と呼んでいるものの未来を示すものだからだ。しかし、われわれは現在、デジタル世界の水にどっぷりと浸かった魚のように、このデジタル環境が何であるかについて深く考えられないでいる。著者は未来予測をするというより、むしろ過去30年の経験を反省して距離を置くことで、〈インターネット〉という名前に象徴されるデジタル革命の本質を読み解こうとしているのだ。ワイアードの初代編集長でありながら、当初ネットは超多チャンネルのテレビになると信じたり、商売には使えないし、ウィキペディアなどのアマチュアが書く百科事典は成立しないと考えたりした失敗談を織り込み、われわれがネット出現時にいかにその本質を見誤っていたかを鋭く説く。確かに30年前には海のモノとも山のモノとも分からない〈インターネット〉が、メディアを大きく変え、政治経済や社会全体のありとあらゆる基盤を変えてしまうことなど誰も想像できていなかった。そう考えるなら今後30年経ったとき、ドッグイヤーで進化した〈インターネット〉の姿をどう考えればいいのか？　われわれが過去30年を振り返って、現在との差異を理解することで、未来の生じるかもしれない新たな変化（差異）について思い巡らすことができるのではないか。

前作の『テクニウム』で、デジタル世界を最も深く理解するビジョナリーとしての評価を確立した著者が、その後の新たなアイデアを自身のブログやニューヨーク・タイムズなどの大手のメディアに発表し、それを基に続編を書くことを公言していたので、われわれはずっと注目してきた。そして昨年に草稿ができた段階で、英語版に先行して中国語版が出され、発売前に15万部の予約が入るほどの人気を博した。また今年6月の発売に先行して、テキサス州オースチンで毎年3月に開催されているいま最もホットな音楽、映画やデジタルメディアの祭典ＳＸＳＷでは、ケヴィン・ケリーが本書について語るセッションが設けられ、主催者の一人で有名なＳＦ作家ブルース・スターリングのセッション参加者を大幅に上回る観客が詰めかけ会場から溢れた。本書は発売と同時に、ニューヨーク・タイムズやウォールストリート・ジャーナルのベストセラーの上位にランクインし、夏休み読書特集にも一押しの本として紹介されている。

本書に書かれている展望は、今後の問題点もカバーしているものの、未来についてかなり楽観的な見方をしている。これからのネットが開く世界は前向きな話ばかりではなく、ウィキリークスや炎上事件などに象徴される旧体制や社会との確執や、プライバシー、セキュリティーなどの新たな問題の火種も含んでいる。欧米では、ネット社会の未来について、世界中の利用者のデータや仕事を収奪する新たな植民地主義だと懸念する声も聞かれる。デジタルの可能性に期待を寄せるアメリカの読者の中にも、いくぶん戸惑う意見があることも確かだ。しかしケヴィン・ケリーは長年の経験から、悪いことより良いことが僅かに上回っており、こうした世界を理解することでより良く未来に対処できると信じている。物事を遠くから観察するだけでその善悪を断罪したり抗ったりするのではなく、まず虚心坦懐にその姿を受け入れて理解することこそ、問題に立ち向かう最良の生き方であることを彼は理解している。東洋を深く愛する彼だからこそ持てる視点であり、それはまるで禅の高僧の言葉のようだ。有名なパーソナル・コンピューターの命名者でもあるアラン・ケイが言ったように、「未来は予測するものではなく発明するもの」であるなら、本書が述べるように「最高にカッコいいものはまだ発明されていない。今日こそが本当に、広く開かれたフロンティアなのだ。……人間の歴史の中で、これほど始めるのに最高のときはない」と考えることで、われわれは誰もが同じスタート地点に立って、この混迷した時代にきちんと前を向いて未来を変えていくことができるのではないだろうかと思う。

本書は草稿ができた段階で、まず第2章のAIをテーマに彼が造語した「COGNIFYING」という言葉を冠した原稿が届き、それを日本版ワイアードの人工知能特集号（WIRED VOL. 20）で紹介したところ大きな反響を呼んだ。昨年末には初稿が届いてその全容が明らかになり、期待感が大いに高まった。今回は前作よりもビジネスにも配慮した内容で、NHK出版で『フリー』や『ゼロ・トゥ・ワン』を手掛け辣腕を振るう松島倫明さんに編集をお願いし、原書の出版に合わせたスケジュールでいろいろお手を煩わせた。デザインは『テクニウム』で講談社出版文化賞ブックデザイン賞を受賞した川添英昭さんにまた手掛けていただき、ワイアードを彷彿とするすばらしいものになった。訳者の力不足でまだ不十分な点もあるかもしれないが、本書を手に取られた多くの読者に、長年の友人で同志ともいえるケヴィンのビジョンが少しでも多く伝わることを切に願っている。

２０１６年６月22日

服部　桂

〈インターネット〉の次に来るもの
未来を決める12の法則

---

2016（平成28）年7月25日　第1刷発行
2016（平成28）年8月30日　第3刷発行

著　者　ケヴィン・ケリー
訳　者　服部 桂

発行者　小泉公二
発行所　NHK出版
〒150-8081　東京都渋谷区宇田川町41-1
電話　0570-002-245（編集）
　　　0570-000-321（販売）
ホームページ　http://www.nhk-book.co.jp
振替　00110-1-49701

印　刷　三秀舎／大熊整美堂
製　本　ブックアート

乱丁・落丁本はお取り替えいたします。定価はカバーに表示してあります。

Printed in Japan
ISBN978-4-14-081704-9 C0098

著者略歴

ケヴィン・ケリー(Kevin Kelly)

1952年生まれ。著述家、編集者。1984〜90年までスチュアート・ブラントと共に伝説の雑誌ホール・アース・カタログやホール・アース・レビューの発行編集を行い、93年には雑誌WIREDを創刊。99年まで編集長を務めるなど、サイバーカルチャーの論客として活躍してきた。現在はニューヨーク・タイムズ、エコノミスト、サイエンス、タイム、WSJなどで執筆するほか、WIRED誌の〈Senior Maverick〉も務める。著書に『ニューエコノミー 勝者の条件』(ダイヤモンド)、『「複雑系」を超えて』(アスキー)、『テクニウム——テクノロジーはどこへ向かうのか?』(みすず書房)など多数。

訳者略歴

服部 桂(はっとり・かつら)

1951年生まれ。1978年、朝日新聞社入社。1987〜89年までMITメディアラボ客員研究員。科学部記者や雑誌編集者を経て、現在はジャーナリスト学校シニア研究員。著書に『メディアの予言者』(廣済堂出版)、『人工現実感の世界』(工業調査会)『人工生命の世界』(オーム社)、訳書にマルコフ『パソコン創世「第3の神話」』、スタンデージ『謎のチェス指し人形「ターク」』、コープランド『チューリング』(以上はNTT出版)、ケリー『テクニウム』(みすず書房)など多数。

ブックデザイン:川添英昭

校正:円水社
組版:畑中 亨

編集:松島倫明

# 巻末注

## 1: BECOMING


[1] Erick Schonfeld, "Pinch Media Data Shows the Average Shelf Life of an iPhone App Is Less Than 30 Days," *TechCrunch*, February 19, 2009.

[2] Peter T. Leeson, *The Invisible Hook: The Hidden Economics of Pirates* (Princeton, NJ: Princeton University Press, 2011).『海賊の経済学』／NTT出版

[3] Jim Clark and Owen Edwards, *Netscape Time: The Making of the Billion-Dollar Start-Up That Took on Microsoft* (New York: St. Martin's, 1999).『起業家 ジム・クラーク』／日経BP社

[4] Philip Elmer-Dewitt, "Battle for the Soul of the Internet," *Time*, July 25, 1994.

[5] Clifford Stoll, "Why the Web Won't Be Nirvana," *Newsweek*, February 27, 1995 (original title: "The Internet? Bah!").

[6] William Webb, "The Internet: CB Radio of the 90s?," *Editor & Publisher*, July 8, 1995.

[7] Vannevar Bush, "As We May Think," *Atlantic*, July 1945.

[8] Theodor H. Nelson, "Complex Information Processing: A File Structure for the Complex, the Changing and the Indeterminate," in *ACM '65: Proceedings of the 1965 20th National Conference* (New York: ACM, 1965), 84–100.

[9] Theodor H. Nelson, *Literary Machines* (South Bend, IN: Mindful Press, 1980).『リテラリーマシン』／アスキー

[10] Theodor H. Nelson, *Computer Lib: You Can and Must Understand Computers Now* (South Bend, IN: Nelson, 1974).

[11] "How Search Works," Inside Search, Google, 2013, accessed April 26, 2015.

[12] Steven Levy, "How Google Search Dealt with Mobile," *Medium*, Backchannel, January 15, 2015.

[13] David Sifry, "State of the Blogosphere, August 2006," Sifry's Alerts, August 7, 2006.

[14] "YouTube Serves Up 100 Million Videos a Day Online," *Reuters*, July 16, 2006.

[15] "Statistics," YouTube, April 2015, https://goo.gl/ RVb7oz.

[16] Deborah Fallows, "How Women and Men Use the Internet: Part 2—Demographics," Pew Research Center, December 28, 2005.

[17] 以下を基に計算: "Internet User Demographics: Internet Users in 2014," Pew Research Center, 2014; and "2013 Population Estimates," U.S. Census Bureau, 2015.

[18] 2014年のインターネット・ユーザーの加重平均は以下を基にしている: "Internet User Demographics," Pew Research Center, 2014; and "2014 Population Estimates," U.S. Census Bureau, 2014.

[19] Joshua Quittner, "Billions Registered," *Wired* 2(10), October 1994.


## 2: COGNIFYING


[20] IBM Researchへの訪問(2014年6月)。

[21] Alan Greeneとの私信。

[22] Private analysis by Quid, Inc., 2014.

[23] Reed Albergotti, "Zuckerberg, Musk Invest in Artificial-Intelligence Company," *Wall Street Journal*, March 21, 2014.

[24] Derrick Harris, "Pinterest, Yahoo, Dropbox and the (Kind of) Quiet Content-as-Data Revolution," *Gigaom*, January 6, 2014; Derrick Harris "Twitter Acquires Deep Learning Startup Madbits," *Gigaom*, July 29, 2014; Ingrid Lunden, "Intel Has Acquired Natural Language Processing Startup Indisys, Price 'North' of $26M, to Build Its AI Muscle," *TechCrunch*, September 13, 2013; and Cooper Smith, "Social Networks Are Investing Big in Artificial Intelligence," *Business Insider*, March 17, 2014.
[25] Private analysis by Quid, Inc., 2014.
[26] Volodymyr Mnih, Koray Kavukcuoglu, David Silver, et al., "Human-Level Control Through Deep Reinforcement Learning," *Nature* 518, no. 7540 (2015): 529–33.
[27] Rob Berger, "7 Robo Advisors That Make Investing Effortless," Forbes, February 5, 2015.
[28] Rick Summer, "By Providing Products That Consumers Use Across the Internet, Google Can Dominate the Ad Market," Morningstar, July 17, 2015.
[29] Danny Sullivan, "Google Still Doing at Least 1 Trillion Searches Per Year," Search Engine Land, January 16, 2015.
[30] James Niccolai, "Google Reports Strong Profit, Says It's 'Rethinking Everything' Around Machine Learning," *ITworld*, October 22, 2015.
[31] "AI Winter," Wikipedia, accessed July 24, 2015.
[32] Frederico A. C. Azevedo, Ludmila R. B. Carvalho, Lea T. Grinberg, et al., "Equal Numbers of Neuronal and Non-Neuronal Cells Make the Human Brain an Isometrically Scaled-up Primate Brain," *Journal of Comparative Neurology* 513, no. 5 (2009): 532–41.
[33] Rajat Raina, Anand Madhavan, and Andrew Y. Ng, "Large-Scale Deep Unsupervised Learning Using Graphics Processors," *Proceedings of the 26th Annual International Conference on Machine Learning, ICML'09* (New York: ACM, 2009), 873–80.
[34] Klint Finley, "Netflix Is Building an Artificial Brain Using Amazon's Cloud," *Wired*, February 13, 2014.
[35] Paul Quinn (Department of Psychological and Brain Sciences, University of Delaware) との私信(2014年8月6日)。
[36] Daylen Yang (author of the Stockfish chess app), Stefan Meyer-Kahlen (developed the multiple award-winning computer chess program Shredder), Danny Kopec (American chess International Master and cocreator of one of the standard computer chess testing systems) との私信(2014年9月)。
[37] Caleb Garling, "Andrew Ng: Why 'Deep Learning' Is a Mandate for Humans, Not Just Machines," *Wired*, May 5, 2015.
[38] Kate Allen, "How a Toronto Professor's Research Revolutionized Artificial Intelligence," Toronto Star, April 17, 2015.
[39] Yann LeCun, Yoshua Bengio, and Geoffrey Hinton, "Deep Learning," *Nature* 521, no. 7553 (2015): 436–44.
[40] Carl Shapiro and Hal R. Varian, *Information Rules: A Strategic Guide to the Network Economy* (Boston: Harvard Business Review Press, 1998). 『「ネットワーク経済」の法則』/IDGコミュニケーションズ
[41] "Deep Blue," IBM 100: Icons of Progress, March 7, 2012.
[42] Owen Williams, "Garry Kasparov—Biogra-

phy," KasparovAgent.com, 2010.
[43] Arno Nickel, Freestyle Chess, 2010.
[44] Arno Nickel, "The Freestyle Battle 2014," Infinity Chess, 2015.
[45] Arno Nickel, " 'Intagrand' Wins the Freestyle Battle 2014," Infinity Chess, 2015.
[46] "FIDE Chess Profile (Carlsen, Magnus)," World Chess Federation, 2015.
[47] Facebookでの個人的インタビュー(2014年9月)。
[48] U.S. Census Bureau, "Current Population Reports: Farm Population," *Persons in Farm Occupations: 1820 to 1987* (Washington, D.C.: U.S. Government Printing Office, 1988), 4.
[49] "Employed Persons by Occupation, Sex, and Age," Employment & Earnings Online, U.S. Bureau of Labor Statistics, 2015.
[50] Scott Santens, "Self-Driving Trucks Are Going to Hit Us Like a Human-Driven Truck," *Huffington Post*, May 18, 2015.
[51] Tom Simonite, "Google Creates Software That Tells You What It Sees in Images," *MIT Technology Review*, November 18, 2014.
[52] Angelo Young, "Industrial Robots Could Be 16% Less Costly to Employ Than People by 2025," *International Business Times*, February 11, 2015.
[53] Martin Haegele, Thomas Skordas, Stefan Sagert, et al., "Industrial Robot Automation," White Paper FP6-001917, European Robotics Research Network, 2005.
[54] Angelo Young, "Industrial Robots Could Be 16% Less Costly to Employ Than People by 2025," *International Business Times*, February 11, 2015.
[55] John Markoff, "Planes Without Pilots," *New York Times*, April 6, 2015.

## 3: FLOWING

[56] "List of Online Grocers," Wikipedia, accessed August 18, 2015.
[57] Marshall McLuhan, *Culture Is Our Business* (New York: McGraw-Hill, 1970).
[58] "List of Most Viewed YouTube Videos," Wikipedia, accessed August 18, 2015.
[59] "Did Radiohead's 'In Rainbows' Honesty Box Actually Damage the Music Industry?," *NME*, October 15, 2012.
[60] Eric Whitacre's Virtual Choir, "Lux Aurumque," March 21, 2010.
[61] "Information," Spotify, accessed June 18, 2015.
[62] Romain Dillet, "SoundCloud Now Reaches 250 Million Visitors in Its Quest to Become the Audio Platform of the Web," *TechCrunch*, October 29, 2013.
[63] Joshua P. Friedlander, "News and Notes on 2014 RIAA Music Industry Shipment and Revenue Statistics," Recording Industry Association of America, 2015, http:// goo.gl/ Ozgk8f.
[64] "Spotify Explained," Spotify Artists, 2015.
[65] Joan E. Solsman, "Attention, Artists: Streaming Music Is the Inescapable Future. Embrace It," *CNET*, November 14, 2014.
[66] 個人的な見積もり。
[67] Todd Pringle (GM and VP of Product, Stitcher)との私信(2015年4月26日)。
[68] Nicholas Carr, "Words in Stone and on the Wind," Rough Type, February 3, 2012.

## 4: SCREENING

[69] Robert McCrum, Robert MacNeil, and William Cran, *The Story of English*, third revised ed. (New York: Penguin Books, 2002),『英語物語』/文藝春秋; and *Encyclopedia Americana*, vol. 10 (Grolier, 1999).

[70] Pamela Regis, *A Natural History of the Romance Novel* (Philadelphia: University of Pennsylvania Press, 2007).

[71] 推定1,700の公共図書館と、2,500人以上の人口を持つ2,269の地域を基に計算。Florence Anderson, *Carnegie Corporation Library Program 1911–1961* (New York: Carnegie Corporation, 1963); Durand R. Miller, *Carnegie Grants for Library Buildings, 1890–1917* (New York: Carnegie Corporation, 1943); and "1990 Census of Population and Housing," U.S. Census Bureau, CPH21, 1990.

[72] 以下を基に推定: "Installed Base of Internet-Connected Video Devices to Exceed Global Population in 2017," IHS, October 8, 2013.

[73] 2014 Total Global Shipments, HIS Display Search; Lee Grahamとの私信(2015年5月1日).

[74] "Average SAT Scores of College-Bound Seniors," College Board, 2015, http:// goo.gl/Rbmu0q.

[75] Roger E. Bohn and James E. Short, *How Much Information? 2009 Report on American Consumers*, Global Information Industry Center, University of California, San Diego, 2009.

[76] "How Search Works," Inside Search, Google, 2013.

[77] Sum of 2 million on WordPress, 78 million on Tumblr: "A Live Look at Activity Across WordPress.com," WordPress, April 2015; and "About (Posts Today)," Tumblr, accessed August 5, 2015.

[78] "About (Tweets Sent Per Day)," Twitter, August 5, 2015.

[79] Sven Birkerts, "Reading in a Digital Age," *American Scholar*, March 1, 2010.

[80] Stanislas Dehaene, *Reading in the Brain: The Science and Evolution of a Human Invention* (New York: Viking, 2009).

[81] "Rapid Serial Visual Presentation," Wikipedia, accessed June 24, 2015.

[82] Helen Ku, "E-Ink Forecasts Loss as Ebook Device Demand Falls," *Taipei Times*, March 29, 2014.

[83] Stefan Marti, "TinyProjector," MIT Media Lab, October 2000–May 2002.

[84] "List of Wikipedias," Wikimedia Meta-Wiki, accessed April 30, 2015.

[85] Lionel Casson, *Libraries in the Ancient World* (New Haven, CT: Yale University Press, 2001),『図書館の誕生』/刀水書房; Andrew Erskine, "Culture and Power in Ptolemaic Egypt: The Library and Museum at Alexandria," *Greece and Rome* 42 (1995).

[86] Brewster Kahleとの私信(2006年)。

[87] "WorldCat Local," WorldCat, accessed August 18, 2015.

[88] 同上。

[89] "Introducing Gracenote Rhythm," Gracenote, accessed May 1, 2015.

[90] "How Many Photos Have Ever Been Taken?," *1,000 Memories* blog, April 10, 2012, accessed via Internet Archive, May 2, 2015.

[91] "Database Statistics," IMDb, May 2015.

[92] 以下より推定: "Statistics," YouTube, accessed August 18, 2015.

[93] "How Search Works," Inside Search, Google, 2013.
[94] Brewster Kahleとの私信（2006年）。
[95] Naomi Korn, *In from the Cold: An Assessment of the Scope of 'Orphan Works' and Its Impact on the Delivery of Services to the Public*, JISC Content, Collections Trust, Cambridge, UK, April 2009.
[96] Muriel Rukeyser, *The Speed of Darkness: Poems* (New York: Random House, 1968).
[97] Phillip Moore, "Eye Tracking: Where It's Been and Where It's Going," User Testing, June 4, 2015.
[98] Mariusz Szwoch and Wioleta Szwoch, "Emotion Recognition for Affect Aware Video Games," in *Image Processing & Communications Challenges* 6, ed. Ryszard S. Choraś, *Advances in Intelligent Systems and Computing* 313, Springer International, 2015, 227–36.
[99] Jessi Hempel, "Project Hololens: Our Exclusive Hands-On with Microsoft's Holographic Goggles," *Wired*, January 21, 2015; and Sean Hollister, "How Magic Leap Is Secretly Creating a New Alternate Reality," *Gizmodo*, November 9, 2014.

## 5: ACCESSING

[100] Tom Goodwin, "The Battle Is for the Customer Interface," *TechCrunch*, March 3, 2015.
[101] "Kindle Unlimited," Amazon, accessed June 24, 2015.
[102] Chaz Miller, "Steel Cans," Waste 360, March 1, 2008.
[103] "Study Finds Aluminum Cans the Sustainable Package of Choice," Can Manufacturers Institute, May 20, 2015.
[104] Ronald Bailey, "Dematerializing the Economy," Reason.com, September 5, 2001.
[105] Sylvia Gierlinger and Fridolin Krausmann, "The Physical Economy of the United States of America," *Journal of Industrial Ecology* 16, no. 3 (2012): 365–77, Figure 4a.
[106] 数字はインフレ調整後。Ronald Bailey, "Dematerializing the Economy," Reason.com, September 5, 2001.
[107] Marc Andreessen, "Why Software Is Eating the World," *Wall Street Journal*, August 20, 2011.
[108] Alvin Toffler, *The Third Wave* (New York: Bantam, 1984).『第三の波』／NHK出版
[109] "Subscription Products Boost Adobe Fiscal 2Q Results," Associated Press, June 16, 2015.
[110] Jessica Pressler, " 'Let's, Like, Demolish Laundry,' " *New York*, May 21, 2014.
[111] Jennifer Jolly, "An Uber for Doctor House Calls," *New York Times*, May 5, 2015.
[112] Emily Hamlin Smith, "Where to Rent Designer Handbags, Clothes, Accessories and More," *Cleveland Plain Dealer*, September 12, 2012.
[113] Murithi Mutiga, "Kenya's Banking Revolution Lights a Fire," *New York Times*, January 20, 2014.
[114] "Bitcoin Network," Bitcoin Charts, accessed June 24, 2015.
[115] Wouter Vonk, "Bitcoin and BitPay in 2014," *BitPay* blog, February 4, 2015.
[116] Colin Dean, "How Many Bitcoin Are Mined Per Day?," Bitcoin Stack Exchange, March 28, 2013.

[117] Hal Hodson, "Google Wants to Rank Websites Based on Facts Not Links," *New Scientist*, February 28, 2015.
[118] Marshall McLuhan, *Understanding Media: The Extensions of Man* (New York: McGraw-Hill, 1964).『メディア論』/みすず書房
[119] Brandon Butler, "Which Cloud Providers Had the Best Uptime Last Year?," *Network World*, January 12, 2015.
[120] Noam Cohen, "Hong Kong Protests Propel FireChat Phone-to-Phone App," *New York Times*, October 5, 2014.

## 6: SHARING

[121] Michael Kanellos, "Gates Taking a Seat in Your Den," CNET, January 5, 2005.
[122] Ward Cunningham, "Wiki History," March 25, 1995, http:// goo.gl/ 2qAjTO.
[123] "Wiki Engines," accessed June 24, 2015, http:// goo.gl/ 5auMv6.
[124] "State of the Commons," Creative Commons, accessed May 2, 2015.
[125] Theta Pavis, "The Rise of Dot-Communism," *Wired*, October 25, 1999.
[126] Roshni Jayakar, "Interview: John Perry Barlow, Founder of the Electronic Frontier Foundation," *Business Today*, December 6, 2000, accessed July 30, 2015, via Internet Archive, April 24, 2006.
[127] Clay Shirky, *Here Comes Everybody: The Power of Organizing Without Organizations* (New York: Penguin Press, 2008).『みんな集まれ!』/筑摩書房
[128] Mary Meeker, "Internet Trends 2014—Code Conference," Kleiner Perkins Caufield & Byers, 2014.
[129] "Statistics," YouTube, accessed June 24, 2015.
[130] Piotr Kowalczyk, "15 Most Popular Fanfiction Websites," Ebook Friendly, January 13, 2015.
[131] "From Each According to His Ability, to Each According to His Need," Wikipedia, accessed June 24, 2015.
[132] "July 2015 Web Server Survey," Netcraft, July 22, 2015.
[133] Jean S. Bozman and Randy Perry, "Server Transition Alternatives: A Business Value View Focusing on Operating Costs," White Paper 231528R1, IDC, 2012.
[134] "July 2015 Web Server Survey," Netcraft, July 22, 2015.
[135] "Materialise Previews Upcoming Printables Feature for Trimble's 3D Warehouse," Materialise, April 24, 2015.
[136] "Arduino FAQ—With David Cuartielles," Medea, April 5, 2013.
[137] "About 6 Million Raspberry Pis Have Been Sold," Adafruit, June 8, 2015.
[138] Yochai Benkler, *The Wealth of Networks: How Social Production Transforms Markets and Freedom* (New Haven, CT: Yale University Press, 2006).
[139] "Account Holders," Black Duck Open Hub, accessed June 25, 2015.
[140] "Projects," Black Duck Open Hub, accessed June 25, 2015.
[141] "Annual Report 2014," General Motors, 2015, http:// goo.gl/ DhXIxp.
[142] "Current Apache HTTP Server Project Members," Apache HTTP Server Project, ac-

cessed June 25, 2015.
[143] Amanda McPherson, Brian Proffitt, and Ron Hale-Evans, "Estimating the Total Development Cost of a Linux Distribution," Linux Foundation, 2008.
[144] "About Reddit," Reddit, accessed June 25, 2015.
[145] "Statistics," YouTube, accessed June 25, 2015.
[146] "Wikipedia: Wikipedians," Wikipedia, accessed June 25, 2015.
[147] "Stats," Instagram, accessed May 2, 2015.
[148] "Facebook Just Released Their Monthly Stats and the Numbers Are Staggering," TwistedSifter, April 23, 2015.
[149] 同上。
[150] Rishab Aiyer Ghosh, Ruediger Glott, Bernhard Krieger, et al., "Free/ Libre and Open Source Software: Survey and Study," International Institute of Infonomics, University of Maastricht, Netherlands, 2002, Figure 35: "Reasons to Join and to Stay in OS/ FS Community."
[151] Gabriella Coleman, "The Political Agnosticism of Free and Open Source Software and the Inadvertent Politics of Contrast," *Anthropological Quarterly* 77, no. 3 (2004): 507–19.
[152] Gary Wolf, "Why Craigslist Is Such a Mess," *Wired* 17(9), August 24, 2009.
[153] Larry Keeley, "Ten Commandments for Success on the Net," *Fast Company*, June 30, 1996.
[154] Clay Shirky, *Here Comes Everybody: The Power of Organizing Without Organizations* (New York: Penguin Press, 2008).『みんな集まれ!』/筑摩書房
[155] John Perry Barlow, "Declaring Independence," *Wired* 4(6), June 1996.
[156] Steven Perlberg, "Social Media Ad Spending to Hit $24 Billion This Year," *Wall Street Journal*, April 15, 2015.
[157] Rachel McAthy, "Lessons from the Guardian's Open Newslist Trial," Journalism.co.uk, July 9, 2012.
[158] "OhMyNews," Wikipedia, accessed July 30, 2015.
[159] Ed Sussman, "Why Michael Wolff Is Wrong," *Observer*, March 20, 2014.
[160] Aaron Swartz, "Who Writes Wikipedia?," Raw Thought, September 4, 2006.
[161] Kaporが最初に前ウェブ時代のインターネットについて言及したのは1980年代の後半だった。私信より。
[162] "Wikipedia: WikiProject Countering Systemic Bias," Wikipedia, accessed July 31, 2015.
[163] Mesh, accessed August 18, 2015, http://meshing.it.
[164] Stef Conner, "The Lyre Ensemble," StefConner.com, accessed July 31, 2015.
[165] Amy Keyishian and Dawn Chmielewski, "Apple Unveils TV Commercials Featuring Video Shot with iPhone 6," *Re/ code*, June 1, 2015; and V. Ren.e, "This New Ad for Bentley Was Shot on the iPhone 5S and Edited on an iPad Air Right Inside the Car," No Film School, May 17, 2014.
[166] Claire Cain Miller, "iPad Is an Artist's Canvas for David Hockney," Bits Blog, *New York Times*, January 10, 2014.
[167] Officialpsy, "Psy—Gangnam Style M/ V," YouTube, July 15, 2012, accessed August 19, 2015, https:// goo.gl/ LoetL.
[168] "Stats," Kickstarter, accessed June 25,

2015.
[169] "Global Crowdfunding Market to Reach $34.4B in 2015, Predicts Massolution's 2015 CF Industry Report," Crowdsourcing.org, April 7, 2015.
[170] "The Year in Kickstarter 2013," Kickstarter, January 9, 2014.
[171] "Creator Handbook: Funding," Kickstarter, accessed July 31, 2015.
[172] PebbleTimeは$20,338,986を集め現在キックスターターで最も成功したプロジェクトだ。"Most Funded," Kickstarter, accessed August 18, 2015.
[173] "Stats: Projects and Dollars Success Rate," Kickstarter, accessed July 31, 2015.
[174] Marianne Hudson, "Understanding Crowdfunding and Emerging Trends," *Forbes*, April 9, 2015.
[175] Steve Nicastro, "Regulation A+ Lets Small Businesses Woo More Investors," *NerdWallet Credit Card* blog, June 25, 2015.
[176] "About Us: Latest Statistics," Kiva, accessed June 25, 2015.
[177] Simon Cunningham, "Default Rates at Lending Club & Prosper: When Loans Go Bad," LendingMemo, October 17, 2014; and Davey Alba, "Banks Are Betting Big on a Startup That Bypasses Banks," *Wired*, April 8, 2015.
[178] Steve Lohr, "The Invention Mob, Brought to You by Quirky," *New York Times*, February 14, 2015.
[179] Preethi Dumpala, "Netflix Reveals Million-Dollar Contest Winner," *Business Insider*, September 21, 2009.
[180] "Leaderboard," Netflix Prize, 2009.
[181] Gary Gastelu, "Local Motors 3-D-Printed Car Could Lead an American Manufacturing Revolution," Fox News, July 3, 2014.
[182] Paul A. Eisenstein, "Startup Plans to Begin Selling First 3-D-Printed Cars Next Year," NBC News, July 8, 2015.

## 7: FILTERING

[183] Private correspondence with Richard Gooch, CTO, International Federation of the Phonographic Industry, April 15, 2015. これは低く見積もった数であり、より高めの見積もりだと1,200万となる。以下を参照 Paul Jessop and David Hughes, "In the Matter of: Technological Upgrades to Registration and Recordation Functions," Docket No. 2013-2, U.S. Copyright Office, 2013, Comments in response to the March 22, 2013, Notice of Inquiry.
[184] "Annual Report," International Publishers Association, Geneva, 2014, http:// goo.gl/ UNfZLP.
[185] "Most Popular TV Series/ Feature Films Released in 2014 (Titles by Country)," IMDb, 2015, accessed August 5, 2015.
[186] Extrapolations based on the following: "About (Posts Today)," Tumblr, accessed August 5, 2015; and "A Live Look at Activity Across WordPress.com," WordPress, accessed August 5, 2015.
[187] "Company," Twitter, accessed August 5, 2015.
[188] "Global New Products Database," Mintel, accessed June 25, 2015.
[189] "Introducing Gracenote Rhythm," Gracenote, accessed May 1, 2015.
[190] "Great Books of the Western World," *Encyclopaedia Britannica Australia*, 2015.

[191] 1分間に250ワードというアメリカの8年生の平均速度を基に計算。Brett Nelson, "Do You Read Fast Enough to Be Successful?," *Forbes*, June 4, 2012.
[192] James Manyika, Michael Chui, Brad Brown, et al., "Big Data: The Next Frontier for Innovation, Competition, and Productivity," McKinsey Global Institute, 2011. これは堅く見積もったもの。ある外部のアナリストは3分の2に近いとしている。
[193] 2014年の売上収益889億ドルから推定。"Amazon.com Inc. (Financials)," *Market Watch*, accessed August 5, 2015.
[194] Janko Roettgers, "Netflix Spends $150 Million on Content Recommendations Every Year," *Gigaom*, October 9, 2014.
[195] Eduardo Graells-Garrido, Mounia Lalmas, and Daniele Quercia, "Data Portraits: Connecting People of Opposing Views," arXiv Preprint, November 19, 2013.
[196] Eytan Bakshy, Itamar Rosenn, Cameron Marlow, et al., "The Role of Social Networks in Information Diffusion," arXiv, January 2012, 1201.4145 [physics] .
[197] Aaron Smith, "6 New Facts About Facebook," Pew Research Center, February 3, 2014.
[198] Victor Luckerson, "Here's How Your Facebook News Feed Actually Works," *Time*, July 9, 2015.
[199] 私の計算は以下の数字を基にしている: "Email Statistics Report, 2014–2018," Radicati Group, April 2014; and "Email Client Market Share," Litmus, April, 2015.
[200] "How Search Works," Inside Search, Google, 2013.
[201] Danny Sullivan, "Google Still Doing at Least 1 Trillion Searches Per Year," Search Engine Land, January 16, 2015.
[202] 同上。
[203] Herbert Simon, "Designing Organizations for an Information-Rich World," in *Computers, Communication, and the Public Interest*, ed. Martin Greenberger (Baltimore: Johns Hopkins University Press, 1971).
[204] Dounia Turrill and Glenn Enoch, "The Total Audience Report: Q1 2015," Nielsen, June 23, 2015.
[205] "The Media Monthly," Peter J. Solomon Company, 2014.
[206] 以下を基に計算: "Census Bureau Projects U.S. and World Populations on New Year's Day," U.S. Census Bureau Newsroom, December 29, 2014; and Dounia Turrill and Glenn Enoch, "The Total Audience Report: Q1 2015," Nielsen, June 23, 2015.
[207] Michael Johnston, "What Are Average CPM Rates in 2014?," MonetizePros, July 21, 2014.
[208] 以下を基に計算: Gabe Habash, "The Average Book Has 64,500 Words," *Publishers Weekly*, March 6, 2012; and Brett Nelson, "Do You Read Fast Enough to Be Successful?" *Forbes*, June 4, 2012.
[209] Kempton Mooneyとの私信(2015年4月16日)。
[210] "How Search Works," Inside Search, Google, 2013.
[211] "How Ads Are Targeted to Your Site," AdSense Help, accessed August 6, 2015.
[212] Jon Mitchell, "What Do Google Ads Know About You?," ReadWrite, November 10, 2011.
[213] "2014 Financial Tables," Google Investor

Relations, accessed August 7, 2015.
[214] Michael Castillo, "Doritos Reveals 10 'Crash the Super Bowl' Ad Finalists," *Adweek*, January 5, 2015.
[215] Gabe Rosenberg, "How Doritos Turned User-Generated Content into the Biggest Super Bowl Campaign of the Year," Content Strategist, Contently, January 12, 2015.
[216] Greg Sandoval, "GM Slow to React to Nasty Ads," CNET, April 3, 2006.
[217] Esther Dyson, "Caveat Sender!," Project Syndicate, February 20, 2013.
[218] Brad Sugars, "How to Calculate the Lifetime Value of a Customer," *Entrepreneur*, August 8, 2012.
[219] Morgan Quinn, "The 2015 Oscar Swag Bag Is Worth $168,000 but Comes with a Catch," *Las Vegas Review-Journal*, February 22, 2015.
[220] Paul Cashin and C. John McDermott, "The Long-Run Behavior of Commodity Prices: Small Trends and Big Variability," IMF Staff Papers 49, no. 2 (2002).
[221] Indur M. Goklany, "Have Increases in Population, Affluence and Technology Worsened Human and Environmental Well-Being?," *Electronic Journal of Sustainable Development* 1, no. 3 (2009).
[222] Liyan Chen, "The Forbes 400 Shopping List: Living the 1% Life Is More Expensive Than Ever," *Forbes*, September 30, 2014.
[223] Hiroko Tabuchi, "Stores Suffer from a Shift of Behavior in Buyers," New York Times, August 13, 2015.
[224] Alan B. Krueger, "Land of Hope and Dreams: Rock and Roll, Economics, and Rebuilding the Middle Class," remarks given at the Rock and Roll Hall of Fame, White House Council of Economic Advisers, June 12, 2013.
[225] "Consumer Price Index for All Urban Consumers: Medical Care [CPIMEDSL]," U.S. Bureau of Labor Statistics, via FRED, Federal Reserve Bank of St. Louis, accessed June 25, 2015.
[226] "2014 National Childcare Survey: Babysitting Rates & Nanny Pay," Urban Sitter, 2014; and Ed Halteman, "2013 INA Salary and Benefits Survey," International Nanny Association, 2012.
[227] Brant Morefield, Michael Plotzke, Anjana Patel, et al., "Hospice Cost Reports: Benchmarks and Trends, 2004–2011," Centers for Medicare and Medicaid Services, U.S. Department of Health and Human Services, 2011.

## 8: REMIXING

[228] Paul M. Romer, "Economic Growth," Concise Encyclopedia of Economics, Library of Economics and Liberty, 2008.
[229] W. Brian Arthur, *The Nature of Technology: What It Is and How It Evolves* (New York: Free Press, 2009). 『テクノロジーとイノベーション』／みすず書房
[230] Archive of Our Own, accessed July 29, 2015.
[231] Jenna Wortham, "Vine, Twitter's New Video Tool, Hits 13 Million Users," Bits blog, *New York Times*, June 3, 2013.
[232] Carmel DeAmicis, "Vine Rings in Its Second Year by Hitting 1.5 Billion Daily Loops," *Gigaom*, January 26, 2015.

[233] 手元の計算による。1本の映画を作るのに必要な材料はごくわずかだ。コストの95%は下請事業者を含む人々の人件費に使われる。仮に平均賃金が時給100ドル以下だとすると、1億ドル規模の映画は少なくとも100万時間の労働量が必要となる。

[234] "Theatrical Market Statistics 2014," Motion Picture Association of America, 2015.

[235] "ComScore Releases January 2014 U.S. Online Video Rankings," comScore, February 21, 2014.

[236] 最も興行成績の良かった映画『風と共に去りぬ』は推定でチケットが2億204万4,600枚売れたとされる。"All Time Box Office," Box Office Mojo, accessed August 7, 2015.

[237] Mary Meeker, "Internet Trends 2014—Code Conference," Kleiner Perkins Caufield & Byers, 2014.

[238] Iron Editor challenge: "Sakura-Con 2015 Results (and Info)," Iron Editor, April 7, 2015; and Neda Ulaby, "'Iron Editors' Test Anime Music-Video Skills," NPR, August 2, 2007.

[239] Michael Rubin, *Droidmaker: George Lucas and the Digital Revolution* (Gainesville, FL: Triad Publishing, 2005).

[240] Mary Meeker, "Internet Trends 2014—Code Conference," Kleiner Perkins Caufield & Byers, 2014.

[241] Lev Manovich, "Database as a Symbolic Form," *Millennium Film Journal* 34 (1999); and Cristiano Poian, "Investigating Film Algorithm: Transtextuality in the Age of Database Cinema," presented at the Cinema and Contemporary Visual Arts II, V Magis Gradisca International Film Studies Spring School, 2015, accessed August 19, 2015.

[242] Malcolm B. Parkes, "The Influence of the Concepts of Ordinatio and Compilatio on the Development of the Book," in *Medieval Learning and Literature: Essays Presented to Richard William Hunt*, eds. J. J. G. Alexander and M. T. Gibson (Oxford: Clarendon Press, 1976), 115–27.

[243] Ivan Illich, *In the Vineyard of the Text: A Commentary to Hugh's Didascalicon* (Chicago: University of Chicago Press, 1996), 97.『テクストのぶどう畑で』/法政大学出版局

[244] Malcolm B. Parkes, "The Influence of the Concepts of Ordinatio and Compilation on the Development of the Book," in *Medieval Learning and Literature: Essays Presented to Richard William Hunt*, eds. J.J.G. Alexander and M. T. Gibson (Oxford: Clarendon Press, 1976), 115–27.

[245] John Markoff, "Researchers Announce Advance in Image-Recognition Software," *New York Times*, November 17, 2014.

[246] Vladimir Nabokov, *Lectures on Literature* (New York: Harcourt Brace Jovanovich, 1980).『ナボコフの文学講義』/河出書房新社

[247] Thomas Jefferson, "Thomas Jefferson to Isaac McPherson, 13 Aug. 1813," in *Founders' Constitution*, eds. Philip B. Kurland and Ralph Lerner (Indianapolis: Liberty Fund, 1986).

[248] "Music Industry Revenue in the U.S. 2014," Statista, 2015, accessed August 11, 2015.

[249] Margaret Kane, "Google Pauses Library Project," CNET, October 10, 2005.

[250] "Duration of Copyright," Section 302(a), Circular 92, *Copyright Law of the United States of America and Related Laws Contained in Title 17 of the United States Code*, U.S. Copyright Of-

fice, accessed August 11, 2015.

## 9: INTERACTING

[251] In-person VR demonstration by Jeremy Bailenson, director, Stanford University's Virtual Human Interaction Lab, June 2015.
[252] Menchie Mendoza, "Google Cardboard vs. Samsung Gear VR: Which Low-Cost VR Headset Is Best for Gaming?," *Tech Times*, July 21, 2015.
[253] Douglas Lanman, "Light Field Displays at AWE2014 (Video)," presented at the Augmented World Expo, June 2, 2014.
[254] Jessi Hempel, "Project HoloLens: Our Exclusive Hands-On with Microsoft's Holographic Goggles," *Wired*, January 21, 2015.
[255] Luppicini Rocci, *Moral, Ethical, and Social Dilemmas in the Age of Technology: Theories and Practice* (Hershey, PA: IGI Global, 2013); and Mei Douthitt, "Why Did Second Life Fail? (Mei's Answer)," Quora, March 18, 2015.
[256] Frank Rose, "How Madison Avenue Is Wasting Millions on a Deserted Second Life," *Wired*, July 24, 2007.
[257] Nicholas Negroponte, "Sensor Deprived," *Wired* 2(10), October 1, 1994.
[258] Kevin Kelly, "Gossip Is Philosophy," *Wired* 3(5), May 1995.
[259] Virginial Postre, "Google's Project Jacquard Gets It Right," *BloombergView*, May 31, 2015.
[260] Brian Heater, "Northeastern University Squid Shirt Torso-On," Engadget, June 12, 2012.
[261] Shirley Li, "The Wearable Device That Could Unlock a New Human Sense," *Atlantic*, April 14, 2015.
[262] Leigh R. Hochberg, Daniel Bacher, Beata Jarosiewicz, et al., "Reach and Grasp by People with Tetraplegia Using a Neurally Controlled Robotic Arm," *Nature* 485, no. 7398 (2012): 372–75.
[263] Scott Sharkey, "Red Dead Redemption Review," 1Up.com, May 17, 2010.
[264] "Red Dead Redemption," How Long to Beat, accessed August 11, 2015.

## 10: TRACKING

[265] "Quantified Self Meetups," Meetup, accessed August 11, 2015.
[266] Nicholas Felton, "2013 Annual Report," Feltron.com, 2013.
[267] Sunny Bains, "Mixed Feelings," *Wired* 15(4), 2007.
[268] Eric Thomas Freeman, "The Lifestreams Software Architecture" [dissertation], Yale University, May 1997.
[269] Nicholas Carreiro, Scott Fertig, Eric Freeman, and David Gelernter, "Lifestreams: Bigger Than Elvis," Yale University, March 25, 1996.
[270] Steve Mann, personal web page, accessed July 29, 2015.
[271] "MyLifeBits—Microsoft Research," Microsoft Research, accessed July 29, 2015.
[272] "The Internet of Things Will Drive Wireless Connected Devices to 40.9 Billion in 2020," ABI Research, August 20, 2014.
[273] "Apple's Profit Soars Thanks to iPod's Popularity," Associated Press, April 14, 2005.
[274] "Infographic: The Decline of iPod," Info-

gram, accessed May 3, 2015.
[275] Sean Madden, "Tech That Tracks Your Every Move Can Be Convenient, Not Creepy," *Wired*, March 10, 2014.
[276] "Connections Counter: The Internet of Everything in Motion," The Network, Cisco, July 29, 2013.

## 11: QUESTIONING

[277] "List of Wikipedias," Wikimedia Meta-Wiki, accessed April 30, 2015.
[278] Ashlee Vance, "This Tech Bubble Is Different," *Bloomberg Business*, April 14, 2014.
[279] 以下を基に計算: Charles Arthur, "Future Tablet Market Will Outstrip PCs—and Reach 900m People, Forrester Says," *Guardian*, August 7, 2013; Michael O'Grady, "Forrester Research World Tablet Adoption Forecast, 2013 to 2018 (Global), Q4 2014 Update," Forrester, December 19, 2014; and "Smartphones to Drive Double-Digit Growth of Smart Connected Devices in 2014 and Beyond, According to IDC," IDC, June 17, 2014.
[280] "Connections Counter," Cisco, 2013.
[281] "Gartner Says 4.9 Billion Connected 'Things' Will Be in Use in 2015," Gartner, November 11, 2014.
[282] 同上。
[283] "$4.11: A NARUC Telecommunications Staff Subcommittee Report on Directory Assistance," National Association of Regulatory Utility Commissioners, 2003, 68.
[284] Peter Krasilovsky, "Usage Study: 22% Quit Yellow Pages for Net," Local Onliner, October 11, 2005.
[285] Adrienne Chute, Elaine Kroe, Patricia Garner, et al., "Public Libraries in the United States: Fiscal Year 1999," NCES 200230, National Center for Education Statistics, U.S. Department of Education, 2002.
[286] Don Reisinger, "For Google and Search Ad Revenue, It's a Glass Half Full," CNET, March 31, 2015.
[287] Danny Sullivan, "Internet Top Information Resource, Study Finds," Search Engine Watch, February 5, 2001.
[288] Yan Chen, Grace YoungJoo, and Jeon Yong-Mi Kim, "A Day Without a Search Engine: An Experimental Study of Online and Offline Search," University of Michigan, 2010.
[289] Hal Varian, "The Economic Impact of Google," video, Web 2.0 Expo, San Francisco, 2011.